插图珍藏本

珍妮姑娘

Jennie Gerhardt

[美]西奥多·德莱塞（Theodore Dreiser）◎著

潘庆舲◎译

CS 湖南文艺出版社
PUBLISHING & MEDIA
HUNAN LITERATURE AND ART PUBLISHING HOUSE

博集天卷
CS-BOOKY

图书在版编目（CIP）数据

珍妮姑娘 /（美）德莱塞（Dreiser, T.）著；潘庆舲译 . —长沙：湖南文艺出版社，
2014. 5

书名原文：Jennie Gerhardt

ISBN 978-7-5404-4882-0

Ⅰ .①珍…　Ⅱ .①德…　②潘…　Ⅲ .①长篇小说—美国—近代　Ⅳ .①I712.44

中国版本图书馆 CIP 数据核字（2011）第 052404 号

上架建议: 青少年阅读·经典名著

珍妮姑娘

作　　者：[美] 西奥多·德莱塞（Theodore Dreiser）
译　　者：潘庆舲
出 版 人：刘清华
责任编辑：薛　健　刘诗哲
监　　制：陈　江　毛闽峰
特约编辑：薛　婷
版式设计：李　洁
封面设计：张丽娜
内文排版：百朗文化
出版发行：湖南文艺出版社
　　　　　（长沙市雨花区东二环一段 508 号　邮编：410014）
网　　址：www.hnwy.net
印　　刷：北京天宇万达印刷有限公司
经　　销：新华书店
开　　本：880mm×1270mm　1/32
字　　数：200 千字
印　　张：13
版　　次：2014 年 5 月第 1 版
印　　次：2014 年 5 月第 1 次印刷
书　　号：ISBN 978-7-5404-4882-0
定　　价：28.00 元
（若有质量问题，请致电质量监督电话：010-84409925）

译者介绍

潘庆舲（1930.11—　），江苏吴江人，中国资深翻译家，上海社会科学院文学研究所译审，教授，英国文学研究中心副主任，中国外国文学学会东方文学分会理事，中国作家协会会员。半个多世纪以来，致力于东方文学翻译与研究，从事英文、俄文翻译工作五十余年。作为我国波斯语言文学界有突出贡献的学者，曾获伊朗总统亲自授予的"最高总统奖"。

其主要翻译作品有《瓦尔登湖》《哈克贝利·费恩历险记》《波斯短篇小说集》《九亭宫》《波斯诗圣菲尔多西》《珍妮姑娘》《嘉莉妹妹》《美国悲剧》《逾越节的求爱》《金融家》《大街》《红字》等。

译著一览

目 录
Contents

第三部分　珍妮与莱斯特的生活

目录
Contents

第六部分　❀　漫长孤独的岁月前景

译者序

———

《珍妮姑娘》：平凡中见伟大的女性

《珍妮姑娘》是除马克·吐温那部顶峰作品《哈克贝利·费恩历险记》以外，我所读过的最好的一部美国小说。

——美国著名批评家亨利·门肯 ①

西奥多·德莱塞（1871—1945）是 20 世纪初美国文坛上异军突起的一位最杰出的作家。在美国文学史上，他不带偏见率先如实地描写了新的美国城市生活，是美国现代小说的先驱和重要代表人物。远在 1930 年，荣获诺贝尔文学

---

① 亨利·门肯（Henry Louis Mencken，1880—1956），美国著名批评家、散文作家，在 20 世纪二三十年代有极大影响，一向关心、提携青年作家。

奖的第一位美国作家辛克莱·刘易斯在授奖仪式答词中，对德莱塞在美国文学史上的成就就做出了十分中肯的评价，宣称德莱塞才是理应获得该奖的更佳人选："我和许多其他美国作家一样认为：德莱塞常常得不到人们的赏识，有时还遭人忌恨，但跟任何别的美国作家相比，他总是独辟蹊径，勇往直前，在美国小说领域里，为了从维多利亚时期和豪威尔斯式的胆怯与斯文风格转向忠实、大胆和生活的激情而扫清了道路。没有他披荆斩棘地开拓的功绩，我怀疑我们中间有哪一位——除非他甘心情愿去坐牢——敢去描写生活，描写美，和描写恐怖。"[①] 因此，美国评论家认为：德莱塞大胆创新，突破了美国文坛上传统思想禁锢，解放了美国的小说，给美国文学带来了一场革命，并且将德莱塞和福克纳、海明威并列为美国现代小说三巨头。

德莱塞又是美国文学中第一位来自底层社会，非盎格鲁-撒克逊血统的重要作家。1871 年 8 月 27 日，德莱塞生于印第安纳州特雷霍特市郊一个笃信天主教的德国移民家庭。父亲原是为了逃避征兵流亡到美国，婚后生下了十几个子女，不幸经常失业。他不但思想狭隘，而且执迷不悟，对待子女犹如暴君，以致好几个子女堕入不正经的生活。其中有一个女儿曾经被逼为娼，唯一获得成功的则是保尔·德莱塞，他原先是个闯江湖的滑稽艺人，后来成了流行歌曲作家，红极一时，在他弟弟德莱塞的心目中，不啻成功的榜样。母亲则是来自宾夕法尼亚州的斯拉夫人后裔，属于孟诺派的新教徒，无疑带有一层异教徒的神秘色彩。她秉性温柔，克勤克俭，但为生活所迫，不得不离开了家庭，携着幼小的孩子，在中西部从一个市镇到另一个市镇四处流浪。因此，子女们经常被迫辍学，都没法儿得到最起码的学校教育。德莱塞幼时也曾经光着脚在铁路道轨两旁捡过煤渣，过着极其凄苦而又遭人非议的生活。这种罕见的贫苦人生况味，令

---

① 引自辛克莱·刘易斯《美国人对文学的恐惧》。见拙译《巴比特》（获诺贝尔文学奖作家丛书），漓江出版社，1985 年初，再版及以后各版。

他永远难以忘怀，自然也就成为他后来接近贫民和同情弱者的思想基础。美国评论家对此都予以肯定，说怜悯与同情是德莱塞文学创作的主要动机。

1889年，德莱塞在一位中学教师热心资助下进入印第安纳大学，但一年后即辍学，到芝加哥某地产公司和家具公司当收账员，整日价挨门逐户去敛钱，使他接触到底层社会各种人物和阴暗面，为日后创作积累了丰富的素材，也决定了他的创作中的悲剧意识和自然主义色彩。正如美国著名作家舍伍德·安德森①在《德莱塞》一文中所说："大概世上自古以来存在过的一切忧郁、阴暗和沉重，在他笔下都有所反映。……他神情沮丧，他不知如何改变生活，因而他描绘生活一如所见——真实，毫不伪饰。"再说，德莱塞在青年时代曾如饥似渴地阅读过笛福、狄更斯、萨克雷、菲尔丁、霍桑、巴尔扎克等名家的作品，深深地为这些文学大师所塑造的人物世界倾倒。有意思的是，德莱塞常常被视为对美国自然主义做出巨大贡献的小说家，可是，对德莱塞的创作具有决定性影响的并不是左拉，而恰巧是巴尔扎克。

德莱塞一面承认自己年轻时"压根儿没有读过左拉的作品"，一面在读到巴尔扎克的作品时却说："一道新的生活之门突然为我开启，真令人心驰神往！……这里确实有一个人，真正有所见，有所思考，有所体会。他对生活理解深广，感觉灵敏，他达观、宽容而又风趣……写得多么真实！对于我来说，这简直是一场文艺革命。"后来德莱塞又写道："在相当长一段时间里，我简直跟巴尔扎克，以及他笔下的人物一同吃饭，一同睡觉，一同做梦，一同呼吸，脑子里装的是他的想法，眼里看到的是他描绘的城市。"由此，他产生了急欲表现美国形形色色的城市社会生活的创作激情。但是，直到1892年进入芝加哥《环

---

① 舍伍德·安德森（Sherwood Anderson，1876—1941），是20世纪早期美国著名的小说家，在美国文学史上有很重要的地位，是文学现代文体风格的开创者之一，海明威和菲茨杰拉德都受过他很大的影响。代表作有《俄亥俄州的温斯堡》《鸡蛋的胜利及其他》等。

球报》任新闻记者，他才开始写作一些幽默小品。

1895 年他寓居纽约正式从事写作，同时编辑杂志，经常往来于芝加哥、圣路易斯、托莱多、克利夫兰、匹兹堡等各大城市之间，接触到现实生活中各个不同的层面，目睹了贫民窟、酗酒、色情、娼妓、凶杀、拐骗、抢劫……从而使他进一步认识到美国的现实绝不是田园牧歌式的，而是一种"残酷的、不公道的现实"，是一个"毁灭的过程，而幸福只不过是幻觉而已"。他很想把它在报刊上反映出来，但是正如他自己所说的："当我想谈谈穷人的痛苦和他们身受的压迫时，我受到了嘲笑。于是，我抛弃了新闻记者的工作而开始写作，来揭发社会上不公平的事情。"美国作家詹姆斯·法瑞尔①也切中肯綮地说："德莱塞目睹了美国生活中一边是花天酒地、一边是赤贫如洗的强烈对比。他看到贫穷如何遭人白眼、道德伪善如何盛行。因此，德莱塞要对他所目睹的现状进行道德评价，这也就不仅是十分自然，而实际上乃是一种主观需要了。德莱塞进行道德评论，就他主观这方面来说，乃是思想、感情、认识的开端，它引导着他去写那些如今已成为一种文学传统的组成部分的小说。"

20 世纪初，德莱塞的头一部以前人从未涉及过的"外来妹"为题材的长篇小说《嘉莉妹妹》一出现在美国文坛上，就产生了强烈反响。由于德莱塞在《嘉莉妹妹》中通过外来妹嘉莉的发迹与高级经理赫斯特伍德的败落，对当时流行的社会道德传统标准大胆地提出了直接挑战，一方面使这位默默无闻的年轻作家赢得了很大声誉，正如辛克莱·刘易斯竭力推崇《嘉莉妹妹》"像一股强劲的自由的西风，席卷了株守家园、密不通风的美国，自从马克·吐温和惠特曼以来，头一次给我们闷热的千家万户吹进了新鲜的空气"；另一方

---

① 詹姆斯·法瑞尔（James Ferrell，1904—　），著有《德莱塞的〈嘉莉妹妹〉》。

面，也使小说作者多年来一直受到责难和攻击。因为 20 世纪初美国正经历着一场急剧的社会变革，即从自由资本主义过渡到垄断资本主义，那时也正是整个美国文学沉湎于理想主义的时代，许多作家热衷于描写人生的乐观方面，小说被视为消遣品，作品中往往充满虚无缥缈的理想或浪漫色彩，而对现实生活中的丑恶则根本熟视无睹。德莱塞在《嘉莉妹妹》中却不顾当时流行的"优雅文学"传统，如实地揭露了美国社会生活的阴暗面，于是，他们恼羞成怒对作者进行迫害，甚至企图将这部小说作为"禁书"①而加以扼杀，自然不足为怪。尽管如此，德莱塞仍坚持认为，"生活就是悲剧……我只想按照生活的本来面目来描写生活"，他"宁愿饿着肚子跑到纽约格林威治村来写几部反映真实的小说"。他就这样锲而不舍地坚持着，"一年接一年，写出了他的生动有力的小说，描写被压迫的妇女，暴露巧取豪夺的美国金融家，或是条分缕析中产阶级下层的各种惨痛的悲剧"。②所以说，德莱塞在 1911 年 10 月出版的他的第二部长篇小说《珍妮姑娘》，就是当时他继续"按照生活的本来面目来描写生活"，大胆地攻击美国传统道德标准的又一部重要作品，曾被美国评论家称为"《嘉莉妹妹》的姊妹篇"。

开头，德莱塞在小说初稿中是这样写的：珍妮是一个贫家女，一位美国参议员勾引她之后，同意跟她结婚，不料突然病故，珍妮便带着一个私生子从哥伦布逃到克利夫兰。她在那儿遇到了莱斯特·凯恩，做了他的情妇，但对他隐瞒了私生子的真相。故事的结局写成了道德上的大团圆：莱斯特愿意收养这个孩

① 《嘉莉妹妹》原稿经过删改后才得以出版，此后一直引起争论。1981 年，宾夕法尼亚大学出版社根据德莱塞原稿，出版了《嘉莉妹妹》的新版本，将当年被删去的 36 000 个词悉数补上，恢复了原书的面目。这一新版本更加突出了德莱塞现实主义的色彩，经过半个多世纪的严峻考验，《嘉莉妹妹》已被公认为"美国小说中一座具有历史意义的里程碑"。详见拙译《嘉莉妹妹》，人民文学出版社名家名译插图本丛书，2003—2006 年各版；中国书籍出版社《世界文学名著经典文库》，2005 年版。

② 引自迈克尔·高尔德《我所知道的德莱塞》。

子，同意跟珍妮结婚，给珍妮带来了欢乐。

贾克（德莱塞的妻子，后离婚）是最早读到原稿的人之一，尽管亲眼看到过《嘉莉妹妹》几乎夭折的风波，却认为《珍妮姑娘》是一部伟大的作品，比《高老头》还伟大，但她又坦率地批评有些地方写得太冗长，需要压缩。随后，在征求意见过程中，有一位名叫莉莲·罗森塔尔的年轻姑娘，赞扬了《珍妮姑娘》，但同时指出结尾有缺点："我认为，要是莱斯特跟富商遗孀莱蒂结婚，那么，珍妮的悲剧性就会更大些。这一篇故事需要深刻性……而珍妮失去莱斯特就可以表现这一深刻性。"编辑弗里蒙特·赖德对此也有同感。德莱塞觉得他们言之有理，就把故事做了修改，让珍妮失去莱斯特，失去自己的女儿，失去了一切，为了那绝望而无私的爱，他甚至还放手让贾克独自进行删节。于是，《珍妮姑娘》成了未出版物中最受欢迎的小说之一。

德莱塞将其修改稿分送给十二位编辑、评论家审读，听取他们的意见。评论家詹姆斯·胡尼克阅后发现这是一部伟大的著作，其伟大使他联想到俄国人所写的最伟大的作品。他说："无论如何，我都认为这是一部巨著，有力地表现了人性，是自弗兰克·诺里斯①的那部小说即长篇小说《麦克提格》以来我所读到的最好的一部小说。"著名评论家亨利·门肯觉得这部小说富有力度和现实主义，他写道："可以跟这部作品媲美的，只有哈代和康拉德……你写成的这部小说，当代没有其他一个美国人能够写得出来……你已经创造了确实伟大的作品。"《珍妮姑娘》正式出书时，德莱塞既是满怀希望，但又同时担心它会不会跟《嘉莉妹妹》一样遭到同样的厄运。当然，有人照例对德莱塞的"伤风败俗"的描写，以及文体上的缺点加以批评指责，这自然是在所难免的。不过可喜的是，有许多重要的评论都是赞扬性的。甚至连清教徒都认为，珍妮跟嘉莉不同，

---

① 弗兰克·诺里斯（Frank Norris, 1870—1902），美国著名作家，著有《麦克提格》《凡陀弗与兽性》及"小麦史诗"三部曲。

是用痛苦的悲剧来洗赎她的罪过的。由于这种寓意诲人的思想影响，人们可能并没有发现德莱塞反复强调的一个想法，那就是：珍妮对莱斯特·凯恩的坚贞不渝的爱情，证明私恋比教会认为正当的婚姻也许能够产生更忠诚、更纯真的爱情。大众传媒与评论界，不消说，对小说都一致加以赞扬。比如说，赞扬小说"构思巧妙极了——像一部伟大的乐曲……十分坚强有力"，说"珍妮的故事，一次又一次地使读者的心灵感到痛楚，对全部故事充满同情，虽然这种同情是无补于事的"，并认为德莱塞值得受到"最崇高的敬意"。都连篇累牍地称它为"一部伟大的小说"，有的干脆说，"用那个用滥了的字眼——'伟大的'来形容这部作品，也都不算过分"。门肯公开撰文评论，题名为《第一流的小说》，并把它跟左拉、托尔斯泰和康拉德的作品相比较。门肯问道："这是一部道德说教的故事吗？一点儿也不是。它比起弦乐四重奏或是欧几里得的第一部著作来，并没有更多的道德说教的成分。"

最后，门肯赞扬《珍妮姑娘》是"除（马克·吐温）那部顶峰作品《哈克贝利·费恩历险记》以外，我所读过的最好的一部美国小说"。托马斯·K.惠普尔教授大加赞扬的是小说里到处充满的那种激情，它"特别表现在作者的悲剧意识中。作者深感世上万物、人事沧桑本身都包含着悲剧性，它是无法逃避、根深蒂固而且无所不在的。尽管感受到这一点的人很多，但像德莱塞感受得如此强烈、如此深切的人很少。《珍妮姑娘》作者的这种气质，同《俄狄浦斯王》的作者索福克勒斯，以及《李尔王》的作者莎士比亚都是一致的"。

《珍妮姑娘》在主题思想上与《嘉莉妹妹》都十分相似，只是侧重点有所不同。在《嘉莉妹妹》中，作者认为传统的道德准则是无补于事的，小说的进展旨在演示人生无以预测的浮沉起落。在《珍妮姑娘》中，这种浮沉起落则是不言而喻的，小说的情节在于攻击人们认为社会据以运作的那些道德伦理标准。读者可以看到：一个可爱而富有同情心的女人怎样由于自己的行为被"官方"认为不合道德，从而使她的一生蒙上了阴影。这部小说的效果就在于暗示了标准的基督教道德既不足以指引世人的行为，也不能判断人们行为的是非曲直。在德莱塞看来，当前这个世界与作为基督教道德规范基础的种种前提乃是格格不入。

珍妮这位少女，对她来说，人生"始终是一个名副其实的奇境……从她的孩提时期开始，她的一言一行都以仁慈为怀"。一位富有而又名噪一时的参议员布兰德偶尔发现她在他寓居的旅馆里打工擦地板，竟为她妩媚动人的美貌倾倒，便决定娶她为妻。讵料布兰德在结婚之前遽然病故，给珍妮留下了遗腹子。随后，珍妮一家迁往克利夫兰。到那里不久，珍妮跟来自辛辛那提富商的阔少莱斯特·凯恩邂逅。尽管莱斯特出身豪门世家，教养有素，为人慷慨耿直，有时略显孟浪，尽管他十分欣赏珍妮的美德，并且就文化而言，珍妮确实根本不能与他同日而语，但作者还是让读者从感情上觉得他的形象远远没有珍妮美。诚然，莱斯特和他的家庭有着千丝万缕的联系，具有共同的特性，但另一方面，在德莱塞笔下，莱斯特又具有自己鲜明的个性，显然有别于他父兄辈的其他资产阶级人物。简单地说，他追求个性自由，具有一定的反叛精神，崇尚美国的民主传统，反对贫富贵贱对立，主张爱情至上，甚至不顾整个家庭的强烈反对，直至对他断绝关系的威胁，爱上了与他社会地位悬殊的工人女儿珍妮，企图同当时社会习俗进行较量。小说绝大部分篇幅用于描写莱斯特与珍妮之间的关系变化，特别是对他们俩之间一度相亲相爱的情节描写，德莱塞的确花了很多的笔墨，可以说相当精彩而且吸引人。但是不管怎么说，当亿万富翁的父亲遗嘱中取消他的那份遗产继承权，整个上流社会对他实行抵制，这时有教养的富裕遗孀莱蒂·佩斯又来百般引诱他，莱斯特立刻处于极端矛盾的内心斗争之中，深感自己寡不敌众，于是产生了犹豫、彷徨、动摇、退却的心理。而珍妮呢，像往常一样，她完全无私地希望莱斯特去做只要对他最有利的事就成。进退维谷的到头来还是莱斯特自己。他一方面必须对珍妮表示忠诚，另一方面深为杰拉尔德夫人所迷，又渴望保住自己的经济地位，继承先父宏图大业。总之，在上流社会的种种压力之下，莱斯特始终不敢，而且事实证明，也根本不可能冲破资产阶级利己主义这一樊笼，到头来还是被巨大的资产俘获了。最后他不得不背弃珍妮——尽管催促他离开她的也正是她，而他们依然相爱。

可是，莱斯特与富孀结婚之后，还是试图向珍妮解释自己负疚的心情："将来我即使得到快乐，想来——至多就像从前跟你在一起时差不多吧。在这笔交易中，举足轻重的显然并不是我自己；因为凡是遇到这样的情况，个人毕竟是无能为力的……依我看，我们大家多少都算是卒子吧。我们就像棋子一样听从命运的驱使，而命运呢，我们自己是支配不了的……

"归根到底，人生多少就像一出滑稽戏，"他似乎有些辛酸地继续说道，"这是一场愚蠢的喜剧，我们所能做到的，最好保持我们的人格完好无损。要想人生无缺憾，依我看来，是根本没有的。"

以上这一段话作为小说中最明晰的信仰声明，很值得读者细细地推敲。尽管它出自主人公莱斯特之口，却代表了德莱塞自己的态度，因为它实际上就是小说的主旨，寓意深长。

莱斯特一病不起，临终前把珍妮叫到跟前，还对她这样说，似乎有些回心转意："我早就要跟你说，珍妮，像现在我们这样的分离，我是一直不满意的。依我看，当时这样办毕竟是不对的。事实上，我并没有比从前更幸福。我始终觉得对不起你。我真是巴不得那时没有离开你，也许现在心里就不会这么难过了……以前的做法是不对的。这事一开头就错了，但绝不是你的过错。我觉得很对不起你。我早就要跟你解释解释。幸亏现在我还来得及告诉你。"

小说结束时，珍妮站在车站最后送别莱斯特的灵柩。她的孩子因病夭折了，莱斯特又魂归西天，如今她已是一无所有。

本来一部小说以被人供养的情妇为主人公，似乎有点儿罕见，但如果这位吃穿靠人的情妇被作为一位善良、可敬而又具备种种美德的人物来描写，显得比囿于社会习俗的普通人高尚得多，那么，不消说，读者就会发现，在这样的小说中，传统的价值受到了挑战，作者对社会上人的见解的确是不同凡响。

德莱塞的小说在艺术上堪称独树一帜，具有鲜明的创作个性。他历来独辟蹊径，我行我素，根本不受社会风尚、传统思想和文字模式束缚，仅凭惊人的洞察力和丰富的想象力，就将对世事人生的亲身感受与真知灼见，以及来自现实生活中的芸芸众生与大千世界，绘声绘色地融化到自己的鸿篇巨制中去。在《珍妮姑娘》中，他匠心独运，高瞻远瞩，经过反复构思，芟除烦冗，使小说结构上严谨缜密，人物形象栩栩如生，真实可信。情节安排也非常紧凑曲折，而且前后呼应，环环相扣，随着故事情节在跌宕起伏中进展，往往令人时而惊奇，时而亢奋，时而扼腕叹息。本来类似富家子与贫家女浪漫史题材的小说，在当时美国文坛上非常流行，许多作家叙述时采用的唯一手段，就是制造一些牵强附会的偶然巧合的荒唐事件。而德莱塞则恰恰相反，他在《珍妮姑娘》中充分发挥了善于讲故事的个人特长，仅仅用朴素无华的白描手法，写出了"一系列顺乎自然的事"，来表现生活中的真实，抨击了当时社会上伪善的伦理道德，却给读者留下了难以忘怀的印象。其次，德莱塞在塑造各种人物性格时，也富有艺术感染力，表现出他的观察细致犀利和深邃有力。正如作家戴维·卡斯纳曾经概括过的那样："他一手拿着放大镜，把他另一只手上欢蹦乱跳的各式各样的人物——富人、穷人、乞丐、偷儿、医生、律师、商人，以及社会上各界领袖人物都照彻得纤毫毕露。"当代美国小说家几乎很少有人能把人物形象塑造得像德莱塞这么实在，这么血肉丰满，这么富有立体感。就拿同一个豪门世家来说，凯恩老太爷夫妇、罗伯特、莱斯特哥儿俩及其妹妹路易斯等人物的性格，在德莱塞笔下，显然并不都是从同一个模子里浇制出来的；他们的思想、性格、气质、品貌，乃至于个人癖好、待人接物和处世之道，都绝不雷同，而是棱角分明，各具特色。一句话，他们栩栩如生的人物形象，有如走马灯似的常常萦绕在读者脑际。同样，德莱塞在描述吹制玻璃的老工人格哈特一家人，也都各具鲜明的个性，绝无雷同之处。还有，德莱塞在描述人物时也常常喜爱使用对比的手法。比如说，作者一方面写出了老工人格哈特的诚实、勤俭、耿直和贫贱不可移的品性，令人读后肃然起敬，一方面又对参议员布兰德、富商莱斯特及其遗孀莱蒂·佩斯等人骄奢淫逸、挥霍无度的生活刻画得入木三分，简直让人恶心。同样，作者既饱含深厚的同情的笔触，描绘了格哈特一家人贫病交迫、孤苦无告的遭际，同时又揭示了权势显赫的参议员布兰德、富商莱斯特等人的上流社会生活，"就像是在另一个星球上似的"——两相对照，令人触目惊心地看到当时美国存在着的不可逾越的贫富鸿沟及深刻尖锐的社会矛盾。

当然，德莱塞在《珍妮姑娘》中最大的成功之处，莫过于真实地描写了19世纪末处于社会底层的美国平民的悲惨生活，塑造了勤劳、纯洁、爽直和富有自我牺牲精神的珍妮这个工人女儿的动人形象，这在以往美国文学作品中尚属罕见。德莱塞在小说中不仅笔酣墨饱地叙述了珍妮一生坎坷的遭遇，而且感人至深地写出了珍妮每当危难之际，无不自告奋勇，甘愿做出自我牺牲的那种闪闪发光的可贵性格。因此，她的思想和品格远远地凌驾于诸如莱斯特等上流社会人物之上。她始终如一地孝敬贫病煎熬中的德国移民的父母——格哈特夫妇，她无比疼爱头一个情夫留下来的那个弃儿——维思德，她还谅解遗弃了她、但在临终前似乎又回心转意的那个负心汉——莱斯特。由于德莱塞写得真切动人，这个金钱万能的社会的殉葬品——弱女子的悲惨结局，真是催人泪下。不过，当时德莱塞还只是一个"朦胧的社会主义者和人道主义者"，思想上受到托马斯·亨利·赫胥黎①、赫伯特·斯宾塞②等人机械论和生物进化论的影响，相信"弱肉强食"乃是不可抗拒的自然规律，此外还坚信宿命论，认为命运深不可测，难以捉摸，并对世事人生始终满怀狐疑，困惑不解，因此在小说的结尾处，的确蒙上了一层悲观主义色彩。然而瑕不掩瑜，它体现了德莱塞作品中无处不有的悲剧意识，理应得到包括美国评论家在内的广大读者的肯定和特别赞赏。

德莱塞从 20 世纪 30 年代起就显示出了非凡的创作才华，声誉日隆，取得了美国文坛坛主这个领袖地位，被称为继惠特曼、马克·吐温之后的又一位现实主义大师。他那气势磅礴、充满现代美国本土浓郁生活气息的作品及其丰富的创作经验，曾经使美国作家从舍伍德·安德森、菲茨杰拉德到海明威、福克纳等都受益，并为美国文学走向世界铺平了道路。但美国文学界长期以来争论不休的，是德莱塞的文体问题。的确，他写得不那么优美、雅致，有时行文滞重。然而，正如不少评论家所指出的，德莱塞的作品中并不是所有句段全然如此。有不少章节，他倒是写得非常严谨密致，富有文采。在很多作品中，德莱塞极其成功地塑造了不少具有坚实生活基础的人物，像嘉莉妹妹、珍妮姑娘、克莱德、赫斯特伍德和考珀伍德等等，都已成为美国文学中的典型。特别重要的是，德莱塞善于通过大量的真实细节来展现人物的社会背景，因此，他的小说不仅具有生活真实感，而且生动地再现了一个历史时代，犹如一部"社会文献"或"历史实录"，使我国读者看到了美国自南北战争前段时期直到资本输出时期的一部既深刻又生动的美国史。经过半个多世纪的论争、研究和比较，德

---

① 托马斯·亨利·赫胥黎（Thomas Henry Huxley, 1825—1895），英国博物学家、教育家。英国著名博物学家，达尔文进化论最杰出的代表。主要著有《人在自然界中的地位》《进化论与伦理学》《论有机界现象的起因》等。

② 赫伯特·斯宾塞（Herbert Spencer, 1820—1903），英国哲学家，"社会达尔文主义之父"，著有《第一项原则》《心理学原理》等。

莱塞在美国文学史上的重要地位也越来越被美国评论家和广大读者确认。他们认为，德莱塞的小说内容广博丰富，气势恢宏，引人入胜，具有史诗般的魅力。在描写典型人物的典型环境方面，德莱塞在美国文学中是无与伦比的。德莱塞尽管文笔不佳，却有惊人的观察力和想象力，美国著名评论家阿尔弗雷德·卡津[①]风趣地说德莱塞"什么都缺，唯独不缺天才"。

德莱塞于 1945 年 12 月 28 日在加利福尼亚去世，但他的作品早已成为世界文学宝库中的重要组成部分，拥有越来越多的读者。早在 20 世纪 30 年代，我国伟大的新文学运动先驱瞿秋白先生就撰文介绍了德莱塞。他在题名为《美国的真正悲剧》一文里，说德莱塞的"天才，像太白金星似的放射着无穷的光彩"，并指出"德莱塞是描写美国生活的极伟大的作家"。德莱塞一生创作宏富，计有长篇小说八部，短篇小说集五部，自传四部，戏剧、特写、散文、政论集十一部。他的重要作品，包括他的成名作《嘉莉妹妹》及其姐妹篇《珍妮姑娘》、代表作《美国悲剧》[②]，以及《欲望三部曲》在内的八部长篇小说和一些优秀短篇小说，都已经译成中文。近年来，我国还出版了研究德莱塞生平创作与评述德莱塞小说等集子，对德莱塞的研究也在不断地深入。德莱塞的"神来之作"不仅是我国作家、艺术家和广大读者最喜爱阅读、欣赏的珍品，而且是研究 20 世纪美国文学及其社会历史风貌的首选必读经典著作。特别值得一提的是，《珍妮姑娘》和《嘉莉妹妹》已同时跻身于美国《现代文库》所评选出的"20 世纪 100 本最佳英文小说"。须知，一个作家能享有两部小说同时获选的殊荣，实在是很罕见的。

---

① 阿尔弗雷德·卡津（Alfred Kazin, 1915—1998），美国社会文化批评家，著有《扎根本土》等。

② 参阅拙译《美国悲剧》《金融家》《欲望》三部曲之一），均由上海译文出版社出版。其中《美国悲剧》长江文艺版"世界文学名著典藏"（精装本）同时出版。拙译《珍妮姑娘》曾由人民文学出版社"世界文学名著文库"与中国书籍出版社"世界文学名著经典文库"等出版。

最后补叙一下，拙译《珍妮姑娘》译竣于 1977 年 8 月，曾由人民文学出版社首印，先后列入该社"世界文学名著文库"（精装本）、"20 世纪外国文学丛书"，广泛印行，旋即被众多外国文学名著丛书印造，足见其深受读者青睐。我国著名资深翻译家、《外国文艺》杂志首任主编汤永宽先生在评论拙译《珍妮姑娘》时就一语道破："译文朴素可诵而不事雕饰，非常切合原著的现实主义风格。"

上海社会科学院文学研究所教授

潘庆舲

1977 年 8 月初稿于上海连云庐

2014 年 4 月补识于上海圣约翰名邸

Part 1

第一部分

珍妮的少女时代

第一章　格哈特一家的不幸

　　一八八〇年秋天的一个早晨，一位中年妇女，由一个十八岁的年轻姑娘陪着，走进俄亥俄州哥伦布市的一家大旅馆，来到账房的台子跟前，打听那里有没有她能做的工作。她身子虚胖无力，面容坦率开朗，言谈举止却显得天真羞怯。她那双善于忍耐的大眼睛里，饱含着这么一点儿忧愁，只有满怀同情地端详过孤苦无告、心烦意乱的穷人面容的人方能理解。谁都看得出来，跟在她后面的女儿怎么会有一种羞涩、胆怯之感，使她躲缩在背后，两眼若无其事地望着别处。要知道，她母亲虽说没有受过教育，但她富有诗意的心灵里，却充满了幻想、感情，以及与生俱有的慈爱。她父亲则具有一种稳重沉着的性格，而这些性格在她身上都兼容并包了。此刻正是贫困把她们赶到这里来的。她们母女俩赤贫如洗的境况是那样富有感染力，甚至连那个账房都被感动了。

　　"你乐意干什么样的工作？"他问。

　　"也许你们这里有一些洗洗擦擦的活儿，"她胆怯地回答，"我会擦地板。"

　　她的女儿一听见这句话，就怪别扭地把脸孔侧转过去，这倒不是因为她不乐意干活儿，而是因为她不愿让人家一眼就看出她们穷得非出来干活儿不可。那个账房倒是颇有侠义心肠的，见到这样的美人儿落了难，不免有些于心不忍。从那个女儿真的百般无奈的神情，一望可知，她们的遭遇确实是苦不堪言。

"请稍等一会儿。"那个账房说了，就走进后面办公室去叫女茶房的领班出来。

旅馆里果然有的是工作。经常来擦地板的那个女工走了以后，大楼梯和大客厅就没有人打扫了。

"跟着她的是她的女儿吗？"女茶房的领班问，因为从她站着的地方就看得到她们。

"是的，依我看大概是吧。"

"她要是想来，今儿个下午就可以来。我想，那女孩子也会给她帮帮手吧？"

"你就去找女茶房的领班，"那账房回到办公桌跟前高兴地说，"就打那儿过去，"他指着附近一道门，"她会关照你的。"

原来，吹制玻璃的工人威廉·格哈特本人和他全家屡遭不幸，这短小的一幕，不妨可以说，就是这出悲剧的顶点。威廉·格哈特碰到的正是下层社会里司空见惯的厄运，他每天都得看着他的妻子，他的六个孩子，还有他自己，就靠哪一天赶上运气好，赐给他的一点儿东西勉强过活。他自己正病倒在床上。他的大儿子塞巴斯蒂安（他的同伴们管他叫巴斯）现在本地一家制造货车厂商那里当艺徒，每周收入只有四块钱。大女儿珍妮维芙，虽然十八岁多了，至今还没有学过任何手艺。剩下的孩子是，乔治十四岁，玛莎十二岁，威廉十岁，维罗尼加八岁，他们年纪还都太小，什么事都不会干，只是给全家生活徒增困难罢了。他们生活上唯一的依靠就是那所房子，尽管用房子来抵押只借得了六百块钱，但毕竟还是属于格哈特的财产。当时他之所以要筹借这笔钱，是因为买下这所房子已把他全部积蓄都花完了，他还想在旁边另搭三个房间和一条门廊，这样一家人方才全能住下。虽然离抵押期限还有好几年，但因为他日子过得越来越紧，不但把平日攒下来准备还本的那一点儿钱动用了，就连偿付年息的钱也都花完了。格哈特求告无门，自己知道日子难过——医生索取诊金的账单，房子抵押后的按期付息，不用说，还有向肉铺子、面包房的赊欠，尽管店主们知道他的确诚实可靠，随他拖欠不还，可是到头来还是信不过他了……以上种种烦恼沉重地压在他心上，使他寝食不安，他的病也就迟迟好不了。

格哈特太太可不是一个弱女子。她一直替人家洗衣服，反正有多少洗多少，其余的时间就得给孩子们穿衣、做饭，打发他们去上学，还要给他们缝补衣服，侍候卧病的丈夫，偶尔也会暗自落泪。每当杂货铺不肯赊欠东西时，她又得常常亲自出去，寻找一家远一点儿的新杂货铺，先拿一点儿现钱开个户头，以后记账赊欠，直到有人警告那位好心的铺子老板切莫上当、不再让她赊欠的时候，她只好越走越远，另找新的铺子去。那年月，玉米最便宜。有时她就煮上一锅加碱玉米糁，再也没有别的东西，吃上整整一个星期。玉米粉调成粥，也总比没东西吃强些，不过里面要是加上一点儿牛奶，那就算得上吃酒席了。炸土豆在他们看来几乎就像一种佳馔，咖啡则是难得喝上的珍品。煤块是他们提着篮子、木桶，沿着附近铁路车场的岔道两旁捡来的，劈柴同样是从附近木栈那里拾来的。他们就这样一天又一天地熬着日子，无时无刻不在巴望父亲的病好起来，玻璃厂早一点儿开工。无奈冬天转眼就到，格哈特开始感到绝望了。

"我恨不得马上摆脱掉窘境才好。"这是那个倔强的德国人嘴上常说的一句口头禅，不过，他说话时那种有气无力的声音，还是表达不出内心的焦灼不安。

真是祸不单行，偏巧小维罗尼加又出了麻疹，一连好几天，大家都认为她八成儿活不成了。她的母亲什么事都顾不上了，只是守在她身旁，一个劲儿地替她祈祷神佑。埃尔旺格大夫纯粹出于人类的同情，每天都过来给那个孩子认真地诊治。路德宗教会①里的旺特牧师，也以教会的名义前来表示慰问。他们两个人都把一种阴森森的宗教气氛带到了格哈特家里。他们是身穿黑袍、由至高无上的主派来的神圣使者。格哈特太太好像以为马上就要失掉自己的孩子，忧

---

① 16 世纪欧洲宗教改革运动时期，由马丁·路德所倡导的基督教新教教义。有时也指依据这种教义而成立的新教教会，即路德宗（亦称信义宗）的教会。最初产生于德国，后成为北欧各国的国教。18 世纪随着德国移民而传入美国，后逐渐发展成为美国基督教（新教）大宗派之一。

心忡忡地守在那小床旁边。三天以后，危险好歹过去了，可家里连一块面包都没有了。塞巴斯蒂安挣来的工钱，都拿去买药了。只有煤块还可以随便去捡，可是，孩子们已有好几回从铁路车场被撵了回来。格哈特太太把她可以求职的地方通通想过了，正在绝望之中才想起了这家大旅馆。现在她真像奇迹一般，时来运转了。

"你要多少工钱？"女茶房问她。

格哈特太太没承想人家会征求她的意见，可是她为饥寒所迫，就壮了壮胆回答说："一天一块钱，不算太多吧？"

"不太多，"女茶房说，"这里每星期大概只有三天的活儿。你只要每天下午来一趟，就干完了。"

"好极了，"格哈特太太说，"打今天就开始？"

"好的。你跟我来，我指给你看打扫的工具在哪儿。"

她们就这样即刻被领进的地方，是当地一家以豪华著称的大旅馆。

作为俄亥俄州首府的哥伦布，人口有五万，过往旅客络绎不绝，确是经营旅馆业的理想场所，事实上也充分利用了这一大好机会，至少当地居民对此颇感得意。这家旅馆是一座气势宏伟的五层楼建筑物，坐落在本城中央广场的一隅，广场那里则是州议会大厦和各大商店。旅馆大厅很宽敞，不久前还重新装饰过。白色大理石地坪和墙裙，因为经常细心地揩擦，总是闪闪发亮。富丽堂皇的楼梯两侧是胡桃木扶手，每个踏级上都嵌着黄铜横条。大厅的一隅，有一个专卖报纸和香烟的柜台，十分惹人注目。账房间和经理部各办公室，就设在楼梯拐弯处底下，全用上等硬木板壁隔开，都安上了当时最新款式的煤气装置。站在大厅尽头的一个门口，就可以望见旅馆附设的理发厅，里面摆着一排排理发椅和刮脸用的水杯。旅馆门前，经常有两三辆接送客人的汽车，按照火车开行的时刻一会儿开来，一会儿又开走。

这个大旅馆是本州政界冠盖云集之处。有好几个州长在他们任期内都把这里当作常驻的寓所。还有两个美国参议员，只要到哥伦布来办事，少不了住到这家旅馆里带有客厅的房间。里头有一位就是参议员布兰德，差不多被旅馆老板看成是个长住的客人，因为布兰德不仅是本城居民，而且是个单身汉，除了旅馆，城里已是无家可去了。在其他来去匆匆的客人里头，包括众议员、本州议员，以及院外游说的政客、商人、自由职业者，总之，各色人等，应有尽有，他们来来往往，使得这个有如万花筒一般的世界越发眼花缭乱、喧声鼎沸。

她们母女俩突然被抛入这个光艳夺目的小天地，不由得感到无限惊骇。她们总是小心翼翼的，什么东西都不敢去碰，生怕得罪人家。她们负责打扫的那个铺着红地毯的大门厅，在她们看来简直如同宫殿一样富丽堂皇；她们总是连眼睛都不敢抬起来，说话时也把声音压得低低的。后来去刷洗楼梯踏级，揩擦漂亮的楼梯上那些铜条的时候，她们俩可得鼓起一点儿勇气来才行，因为这时母亲心里不免有些胆怯，而女儿觉得自己就这样出现在大庭广众之前，哪能不害臊呢。客人们就在楼梯下壮丽宏伟的休息厅里闲坐、抽烟，还不断有人进进出出，谁都看得见她们母女两个。

"这儿不是挺美吗？"珍妮维芙喃喃自语道，但一听见自己的声音，心里就感到紧张不安。

"是啊。"她母亲回答说，这时正跪在地上，用她那双笨拙的手在使劲儿地拧揩布。

"住在这儿一定花很多的钱吧，您说是不是？"

"是啊，"她母亲说，"小小的旮旯儿里，可别忘了擦。看这儿，你就漏掉了。"

珍妮听了妈这么说，心里很憋气，但她还是认真地干活儿，使劲地揩呀擦呀，再也不敢抬头东张西望了。

母女俩就这样胼手胝足地从楼上沿着楼梯揩擦下来，一直忙活到五点钟光景。外面天黑了，整个大厅却灯火辉煌。她们眼看着快要擦到楼梯底脚了。

经过偌大的转门，一个身材颀长、气度非凡的中年绅士从寒气袭人的户外走了进来。他头戴缎子大礼帽，身披军用大氅，在这些悠闲自在的人里头，一望可知是一位重要人物。他脸孔黝黑端庄，但轮廓鲜明，显出富有同情心的线条；他那闪闪发亮的眼睛，有两道乌茸茸的浓眉毛掩映着。他经过柜台旁边，随手捡起早就给他准备好的钥匙。走到楼梯边，他就款步登楼了。

他看见在他脚跟边擦地板的中年妇女，不但绕开走了过去，而且亲切地摆摆手，仿佛在说："不必为我挪动嘛。"

可是这时，那个女儿已站了起来，跟他面面相觑了。从她那困惑不安的眼色里，可以看出，她生怕自己挡住了他的去路。

他和蔼可亲地鞠了一躬，笑了一下。

"你不必感到不好意思。"他说。

珍妮只是报之以一笑。

他一走上楼梯口，情不自禁地又回过来乜了一眼，这次才算看清了她那异常动人的容貌。他看到她那白白净净的高额角，一头秀发光滑地从额前分开，扎成两根辫子。他还看见她那碧蓝的眼睛和秀丽的面容，甚至还可以尽情欣赏她那动人的嘴唇和丰腴的双颊，特别是她那丰腴、雅致的身段，洋溢着青春、健美的气息，而且充满一种乐观的希望，这一切使中年男子顿时产生了非分之想，认为最值得向造物主默祷祈求。他看了这一眼，再也没有回头张望，就不失尊严地径直往前走去，不过她那魅人的风韵，也难以忘怀地随他一块儿去了。这个人就是资历不深的参议员，可尊敬的乔治·西尔威斯特·布兰德先生。

"刚上楼的那个人，不是很漂亮吗？"过了一会儿，珍妮说。

"是呀，很漂亮。"她的母亲说。

"他还拄着一根顶端镶金的手杖呢。"

"人们打这儿走过，你可别瞪着眼睛看，"她的母亲一听就明白，就特意关照她，"这样不好。"

"我可没有瞪大眼睛看他呀，"珍妮天真地回答说，"是他自己向我鞠了一躬呢。"

"好吧，往后你千万不要去看人家，"她的母亲说，"说不定人家会反感的。"

珍妮又默默地干起活儿来，可是，这个奇妙世界的魅力使她产生了种种感想。她对她周围的兴高采烈的谈笑声和喧闹声，实在没法儿掩耳不听。底楼一部分是餐厅，从那里传来了杯盘碰击时的叮当声，想来正在预备晚餐了。另一部分就是大客厅，有人正在那里弹钢琴。那个地方正弥漫着晚餐前常有的那种悠闲轻松的气氛。它在这个天真的工人女儿心中勾起了一种希望，因为她毕竟年纪很轻，贫困也还不足以让她稚嫩的心灵里全都充满了忧愁。她一直在很勤奋地揩擦，有时忘了满脸愁云的母亲就在她身边。她母亲慈祥的眼睛两边布满了鱼尾细纹，而且为了日常生活发愁，嘴上老是唠叨不休。她只是在暗自琢磨：眼前的这一切都很诱惑人，但愿自己也能分沾到一点儿才好呢。

到了五点半，女茶房的领班想起了她们，就来关照她们可以走了。

那时楼梯总算全都擦完了，母女俩才松了一口气，离开了那里。她们拾掇好工具以后，就急忙回家去了。至少说那个母亲，一想起自己好歹有活儿可干，不用说心里怪高兴的。

一路上，她们走过了好几幢漂亮的房子，珍妮心中又勾起了旅馆里新奇罕见的生活所产生的那种模糊不清的情绪。

"有钱不就很好吗？"她说。

"是啊。"她的母亲回答时，心里惦着正在闹病的维罗尼加。

"旅馆里餐厅好大，你看见了吗？"

"我看见了。"

她们路过了一些低矮的棚屋，脚底下踩着沙沙作响的枯叶。

"真巴不得咱们也有钱该多好。"珍妮几乎在自言自语。

"我真不知道该怎么办才好，"她的母亲长叹了一声，终于说出了自己的心事来，"我知道，家里一点儿吃的东西都没有了。"

"咱们顺路再去看看鲍曼先生吧，"珍妮大声说道，母亲说话时的绝望语调又唤起了她那天生的同情心。

"你说，他还会信得过咱们吗？"

"咱们不妨跟他说明咱们已在什么地方工作了，让我去说说。"

"好吧。"她的母亲疲倦无力地说。

离她们家两个街坊有一家灯光暗淡的小杂货铺，她们忐忑不安地闯了进去。格哈特太太还没有开口，珍妮却抢先说了："今天晚上，劳驾赊给我们一点儿面包和咸肉行吗？我们已在哥伦布大旅馆打工。星期六准定把钱还给您。"

"是的，"格哈特太太又加了一句，"现在可有工作做了。"

格哈特一家还没有贫病交迫以前，鲍曼早就同他们有生意往来，所以知道她们说的是实话。

"你们在那儿打工有多久了？"鲍曼问。

"今天下午才开始。"

"唉，目前我的情况，格哈特太太，"他说，"您总是了解的，并不是我存心不肯。格哈特先生历来说话是算数的，偏偏我自己手头也很紧。日子可真难过呢，"他又加上一句，"我自个儿也得养家糊口呀。"

"是呀，我都知道。"格哈特太太有气无力地说。

她的那双干了一天活儿的粗手已经红肿了，虽然用她那条破旧的蹩脚围巾遮盖着，但还是在里面局促不安地颤动。珍妮站在一旁，默不作声，显得挺尴尬。

"好吧，"最后鲍曼先生说，"我想，就再赊一回，下不为例。星期六您务必归还我。"

说完，他就把面包和咸肉包扎好，递给了珍妮，又冷言冷语地加了一句："我说，你们一有了钱，大概就去照顾别处的生意啦。"

"不会的，"格哈特太太回答说，"这您可是了解得最清楚都没有了。"

不过，她心里太激动，不敢再辩白了。

她们出了杂货铺，踏上那条暗淡无光的街道，经过了好几座矮棚屋，向自己家走去。

"我真不知道，"快要走到家门口的时候，格哈特太太疲惫不堪地说，"他们捡到了煤块没有。"

"你别着急，"珍妮说，"要是他们没有捡回来，我会去捡的。"

"嘿，有一个家伙撵我们呢。"母亲一问到捡煤块的事，心慌意乱的乔治还来不及向她问一声好，就脱口说道。"反正我总算捡到了一点儿，"他又说了一句，"我这是从一节车皮上扔下来的。"

格哈特太太只是淡淡一笑，珍妮却大声笑了。

"维罗尼加怎么样了？"她问。

"她好像睡着了，"父亲说，"五点钟我又给她吃过药。"

一顿分量少得可怜的晚饭还在准备的时候，母亲就走到病孩床边，又照例开始陪夜了。

吃晚饭的时候，塞巴斯蒂安出了一个主意，因为他的社会经验和经商经验比较丰富，所以他提出的意见就值得好好考虑了。他虽然只是客车修造厂里的一个艺徒，从来没有受过正式教育，除了他自己竭力反对过的路德宗教义以外，他就一无所知了，可是现在他身上充满美国人的色彩和活力。他改称巴斯这个名字，确实跟他十分般配。他长得身材魁梧，孔武有力，按他的年龄来说，可以说相貌堂堂，是一个典型的城市青年。他早就有了自己的人生哲学，认为一个人要想成功，必须有所作为，必须去结交这个最最讲究体面的社会上那些阔佬大亨——或者至少也要佯装是在跟他们交往的样子来。

基于上述原因，这个年轻小伙子总喜欢到哥伦布大旅馆附近去转悠。他觉得这家大旅馆就是当今社会上所有要人麇集的中心。如今他能挣钱、买得起一套体面衣服，每天晚上就去闹市区跟他的那一拨朋友站在旅馆门前闲荡，嘴里叼着五分钱可买两支的雪茄烟，炫耀自己身上的时髦装束，两眼盯住年轻女人。有时也有一些小伙子跟他在一起，他们就是城里的花花公子、纨绔子弟，还有特意上那儿去刮脸或喝一杯威士忌的年轻人。所有这些人——他都暗自羡慕，一心想要胜过他们。看人首先看衣着。人们只要身上穿着好衣服，戴着戒指和别针，那么，不管他们干出什么事来，似乎都是无可厚非的。巴斯就是要做这样的人，一举一动都仿效他们。因此，他对那种无聊透顶的闲荡生活早就见多识广了。

"你们干吗不向旅馆里的客人要一些衣服来洗洗？"珍妮一说完那天下午的

经过情况，巴斯就这样问她，"这个总比擦洗楼梯好些。"

"你说说怎么个要法呢？"她反问了一句。

"当然，要去问那个账房呗。"

珍妮觉得巴斯这个主意非常高明。

"要是你在那儿碰上我，可别跟我说话，"过了一会儿，他又在背地里关照她说，"你别露出认得我的样子来。"

"为什么呢？"珍妮天真地问。

"嘿，你是知道为什么的。"他回答说，原来巴斯早就有言在先，像她们这么一副穷酸相，要是把她们认作亲骨肉，还不是叫自己丢脸吗。

"你只假装没看见就得了。听见了吗？"

"好吧。"珍妮百依百顺地回答，论年龄他虽然比她只大一岁，但毕竟是兄长，珍妮还得听他的话。

转天，珍妮在去旅馆的路上，把巴斯这个主意告诉了母亲。

"巴斯说，咱们不妨向旅馆里的客人要一些衣服来洗洗。"

这个主意格哈特太太马上就赞成了，因为除了她六个半天可得三块钱以外，她已绞尽脑汁想了整整一夜能否再挣一些钱这个问题。

"那敢情好！"她说，"我就去问账房。"

可是，她们到了旅馆以后，一时还没有机会去问这事。她们一直忙活到傍晚，也算是碰巧，女茶房的领班叫她们去擦账房房间后面的地板。

那位账房对待她们母女俩非常和气。他喜欢那个母亲淡淡的愁容，也喜欢那个女儿秀气的面孔。所以，他就和颜悦色地听着格哈特太太怯生生而又冒昧地把整个下午萦回心头的那个问题提出来了。

"请问这儿有哪一位先生，"她说，"乐意把他的衣服交给我洗吗？那我可要感激不尽呢。"

账房看了她一眼，从她焦急的脸上又一次看到她走投无路的神色。

"让我想想看。"他回答时，就想起了参议员布兰德和霍普金斯将军。

他们两位都是好心肠，是非常乐于帮助一个穷苦的女人的。"你就上楼找参议员布兰德去吧，"他继续说，"他住在二十二号，"他写下了房间号码，又说了一句，"拿着这个硬卡，你就上楼，说是我叫你去的。"

格哈特太太抖抖索索地把硬卡接了过来，眼里充满了难以用言语表达出来的感激之情。

"就这么办，得了，"账房看到她激动的神情，就说，"你这就上楼去。他正在房间里。"

格哈特太太满怀着最大的羞怯心情，轻轻地去敲二十二号房间的门。珍妮默默地站在她身边。

过了一会儿，房门开了。房间里灯火辉煌，耀人眼目，那位参议员正伫立在那里，身上穿着一件漂亮的吸烟衫，看上去比她们头一次见面时更年轻了。

"您好，太太。"他说，他认出了她们母女两人，特别是那个女儿，"你们来找我，有什么事呀？"

珍妮的母亲感到非常羞愧，迟疑了一下才回话。

"我们想问问，也许您有什么衣服可以给我们洗洗吧？"

"要洗衣服？"他仿照她的回答又重复说了一遍，说话时的声音听起来特别响亮，"要洗衣服？请进来吧。让我想想看。"

布兰德落落大方地闪在一旁，摆摆手叫她们进去，把门关上。"让我想想看。"他又重复说了一遍，随手把黑桃木大衣柜里的抽屉一个个地都打开，又给关上。珍妮津津有味地仔细观察着那个房间，摆在壁炉架上和梳妆台上那么多玲珑剔透的小玩意儿，她从来没有见过。参议员的安乐椅旁边，有一盏绿罩的灯，一大块华丽的厚地毯，还有好几块精美的小地毯，这是何等闲适，何等富丽啊！

"坐下，就在那儿两把椅子上坐吧。"参议员和蔼可亲地说着，就向一个壁橱走去。

母女俩依然诚惶诚恐，觉得还是站着不坐反而更有礼貌，可是，这时参议员刚好找过东西，又一次请她们坐下。她们俩不得不神色惶遽地从命，这才落了座。

"这是你的女儿吗？"他朝着珍妮微微一笑，继续问道。

"是的，先生，"母亲回答说，"她是我的大闺女。"

"你丈夫还健在吗？"

"他叫什么名字？"

"他住在哪儿？"

对于以上所有的问题，格哈特太太都毕恭毕敬地回答了。

"你有几个孩子？"他继续问。

"有六个。"格哈特太太说。

"哦，你家人口真不少呀，"他回答说，"不用说，你对国家算是尽到了自己的责任。"

"是的，先生。"格哈特太太回答说。她已被他那殷切关注的态度感动了。

"你说，这是你的大闺女？"

"是的，先生。"

"你丈夫干哪一行的？"

"他是个吹制玻璃的工人。可是现在，他病倒了。"

他们正在一问一答的时候，珍妮那双碧蓝的大眼睛始终饶有兴味地睁大着。参议员看她一眼，她就天真坦率地向他投以一瞥，或者茫然不知所措地报之以一笑，以至他的目光几乎一刻都离不开她了。

"是啊，"他满怀同情地接下去说，"那真是太糟了！我这儿有一些衣服要洗——不太多，可是欢迎你们拿去洗。也许下星期还有呢。"

他一面在房间里走来走去，一面把衣服塞进一个饰有花边的蓝布袋里。

"这些衣服您哪一天要？"格哈特太太问。

"不，"他琢磨了一下说，"下星期内哪天都行。"

她只向他说了一句道谢的话，就起身走了。

"让我想想看，"他说着，抢前一步，开了门，"你不妨在下星期一送回来。"

"好吧，先生，"格哈特太太说，"谢谢您。"

她们走了，参议员又看起书来，可是不知怎的，心里很不平静了。

　　"糟透了，"他掩卷沉思道，"这些人的遭遇真够可怜的。"珍妮在惊羡赞赏时的那种神态又在客房里重现了。

　　格哈特太太和珍妮又沿着幽暗的街道走去。她们好像突然走运了，心里感到说不出的兴奋。

　　"他那个房间很漂亮吧？"珍妮低声说。

　　"是啊，"母亲回答说，"他是一个了不起的人物呢。"

　　"他是一个参议员，是不是？"女儿接着问。

　　"是的。"

　　"做一个大名人，我想，一定是够美的。"女儿悄悄地说。

第二章　珍妮的精神世界

珍妮的精神世界——谁能说得透呢？这个家境清贫的姑娘，现在不得不给哥伦布城里这位杰出人物收送衣服，但她秉性温和柔顺，是很难用言语说得清楚的。有些人确有举世罕见的特殊性格，他们莫名其妙地来到了人间，却又不明不白地离开了人间。在他们看来，人生直至最后一刻，始终是一个名副其实的奇境，一个无比美好的东西，要是他们能够满怀惊羡之情到那里漫游，那它简直就像天堂一般。他们一睁开眼，就看到了一个令人欣慰的完美世界，树影婆娑，繁花似锦，色彩纷呈，群音回荡，这些就是他们的心态留下来的最珍贵的东西。只要没人对他们说这些东西是属于"我的"，那么，他们就会喜形于色地在那里流连忘返，嘴里唱着有一天全世界都希望能听到的歌。这就是仁慈之歌。

不过，具有这样性格的人，囿于追求物欲的世界，几乎概莫能外，通通被称为"怪物"。那个贪婪、骄妄的现实世界，历来蔑视思想家、梦想家。如果有人说欣赏一下天上的云彩很有意思，人们就会警告他切勿优哉游哉。如果有人很想听一下簌簌的风声，而且听了之后心情确实为之一爽，哪知道就在这时，他的财物早已不翼而飞了。如果说整个所谓无生命的世界，用非常完美而使人不得不颖悟的声音亲切地向他召唤，以至乐而忘返，那他就要罹病了。现实世界的巨掌永远伸向这些人——恨不得永远抓住他们才好。原来，唯唯诺诺的奴仆，就是这样造成的。

在这个现实世界里，珍妮身上就具有这样一种精神。从她的孩提时期开始，她的一言一行都以仁慈为怀。比如说，塞巴斯蒂安跌跤碰伤了，急得要命地把他安全送到母亲跟前的就是她。乔治嘴里乱嚷着肚子饿，她就把自己的面包通通都给了他。每天她要花上很多时间，摇着小弟弟、小妹妹睡觉，有时她就尽情地唱唱歌，甚至还做过一些虚无缥缈的梦。从她刚学会走路那时起，她就是她母亲的好帮手。擦地板、烤面包、喂孩子，还有上街跑腿，什么事她都干。虽然她有时会想到自己命苦，但从来没有人听到她说过一句怨言。她知道人家的姑娘生活比她要自由得多，充实得多，可她从来没有表示过嫉妒；她心里也许会感到孤寂，可嘴里老是唱个不停。赶上天色晴朗的日子，她从厨房窗口望出去，恨不得能到草地里走走。大自然里优美的曲线和光影像一支动人的歌，撩拨着她的心弦。有时候，她带领乔治和弟弟妹妹一起出去，来到长着一大片枝繁叶茂的山核桃树的地方，因为那里有空旷的田野和令人舒坦的浓荫，还有嬉闹的溪水。她虽然不是一个善于抒发自己情怀的艺术家，可是，此情此景依然在她心里引起共鸣，甚至每一个声音，每一声叹息，她都因能领略到它们的美而感到无比快活。

远处传来了林中鸠鸽——这些夏天的小精灵——轻柔的呼唤声，她偏着脑袋在倾听，它的全部精髓像银白色水泡一般滴落在她自己的超乎寻常的心坎里。

在阳光暖和与树荫底下无数光点交织成一种美妙无比的图案的地方，她常常会看得出了神，便信步来到金灿灿的阳光最浓的那个地块，凭着本能的鉴赏力，向神圣的游廊一般的密林走去。

她对色彩并不是无动于衷。傍晚时分，夕阳从西边天际辐射出那种瑰丽神奇的光辉，使她心里感到说不出的轻松愉快！

"我真想知道，"有一回，她几乎带着小丫头般单纯的口吻说，"要是随着浮云飘去，该有什么样感觉。"

这时，她发现了一架由野葡萄藤条长成的天然秋千，就跟玛莎和乔治一起坐上，荡起秋千来了！

"啊，你要是坐一只小船上那儿去，不是很有意思吗？"乔治说。

她正抬头望着远处天上的一朵彩云，宛如银海里一座红艳艳的小岛！

"你不妨想一想，"她说，"要是人们能够住到那样的一座小岛上去，会是怎么样呢。"

她的灵魂早已到了那里，她步态轻盈地往来于天国的小径之间。

"瞧，一只蜜蜂飞走了。"乔治指着飞过的一只野蜂说。

"是的，"她好像还置身在梦境似的回答说，"它回家去了！"

"难道说什么东西都有一个家吗？"玛莎问。

"差不多什么东西都有个家吧。"她回答说。

"难道说鸟儿也要回家吗？"乔治问。

"是的，"她说，深深地感到自己这句话很有诗意，"鸟儿照样也要回家去。"

"那蜜蜂也要回家吗？"玛莎追问下去说。

"是的，蜜蜂也要回家去的。"

"大狗小狗也都要回家吗？"乔治看见有一条狗正在附近路上孤零零闲荡着，于是这样问道。

"当然咯，"她说，"你知道狗也要回家的。"

"那么，咬人的蝇子呢？"他看见薄暮时分有许多小虫子拼命地盘旋着乱飞，就一个劲儿地问下去。

"是的，"这话她虽然说出了口，可连自己也是半信半疑呢，"听啊！"

"哦！"乔治好像不以为然地嚷道，"我可想不出它们住在什么样的房子里。"

"听啊！"她又轻轻地说了一遍，摆摆手叫他别出声。

这是一天之中最恬静的时刻，天主教堂里奉告祈祷的钟声，如同祝福的仪式一般，在暮色四合的上空回荡。远处，宿鸟的啾叫声隐约可闻。她在侧耳倾听着的大自然似乎也趋于沉寂了。一只红脖子的知更鸟离她只有几步路，正在草地上蹦跳，一只蜜蜂在嗡嗡地叫，一个牧牛挂铃在叮当作响，枝头上传来了一些可疑的窸窸窣窣的响声，大概是一只小松鼠正在偷偷地觅食。她还是把她长得秀气的手伸向空中，侧耳倾听着，远处那些柔和而又悠长的声响逐渐扩散消失，因而她心里也就无所依托了。随后，她站了起来。

"啊！"她说着，在一种富有诗意的怅惘中紧紧地握起自己的双手。这时，晶莹的泪水夺眶而出，她心中的感情，就像汹涌澎湃的海上巨浪在冲击它的堤岸一样。珍妮此时此刻的心境，就是这样。

第三章　参议员的圣诞节厚礼

　　资历不深的美国参议员乔治·西尔威斯特·布兰德，是一个具有特殊气质的人。随机应变的政客的小聪明和真正的民族代表的同情心，在他身上显然兼而有之。他生在美国俄亥俄州南部，除了在哥伦比亚大学念过两年法律以外，都是在本州长大和接受教育的。他熟悉民法和刑法，其水平也许不在州内任何公民之下，但他开业后工作从来不是兢兢业业的，所以在律师界毫无卓绩可言。他确实也赚过一些钱；要是他肯昧着良心，本来还是有很好的机会赚大钱，不过那样的事情他始终不干。他虽然廉正自守，但在朋友面前也还无法完全杜绝不徇私情。就在上次的总统竞选中，他支持过一个人竞选州长，其实心里明白那个人根本不够资格当州长，从良心上来说本是不应该支持的。

　　布兰德也有过一些过错，他多次委派可疑人物担任公职，有一两次闹腾得简直不成体统。每当良心谴责他的时候，他就竭力用"都是命中注定"的口头禅来聊以自慰。他独自坐在安乐椅上沉思默想，有时嘴里念念有词地说着这句口头禅，站起身来，脸上还露出一种羞怯的笑容。在他身上，良心还没有完全泯灭。至于他的同情心（如果有什么区别），倒是越来越强烈了。

　　布兰德在地方选区（哥伦布市也包括在内）里，曾经三次当选为众议员，两次当选为美国参议员，可他从来没有结过婚。年轻时他有过一次热恋，但是没有成功。这也怨不得他，分明是女友认为不合适，不肯再等他了：要等到他具备赡养家室的能力，时间还长呢。

他身材高大，肩膀魁伟，不胖也不瘦，真可以说堂堂正正，一表人才。他受过沉重的打击和巨大的损失，因此他身上总有一种东西，很容易激起富有想象力的人们的同情。人们都觉得他天生和蔼可亲，而在参议院里，他的同僚认为他虽然算不上杰出人才，论人品，还是很出色的。

他这次到哥伦布来，是为了提高威望，巩固自己的政治地盘。经过最近的选举，他的那个党在州议会里的势力已经削弱了。他本人拥有足够的票数可以重新当选，不过还得极其审慎地使出政治手腕才能稳操胜券。除了他以外，别人也都是野心勃勃。有希望当选的议员还有五六人之多，谁都想取代他。他看到了这种危急的情况。他暗自思忖他们休想击败他，即使击败了，他也能诱使美国总统委派他到国外去当公使。诚然，参议员布兰德算得上是一位飞黄腾达的人物，可他总觉得自己还有些美中不足。他的抱负很大，想要做的事情简直太多了。如今他已是五十有二，虽然在人们看来，他洁身自好，超群逸类，令人尊敬，但依然是个独身汉。他想到自己至今还没有一个贴心人，禁不住常常要环顾四周。有时，他觉得房间里空虚得出奇——甚至对自己这个人都感到特别讨厌了！

"年过半百啦！"他时常暗自寻思道，"孤零零的——好不寂寞呀！"

那个星期六的下午，他独自坐在房间里，忽然被叩门声惊醒了。那时，他正在沉思默想着：生命和名誉犹如过眼烟云，他致力于政治活动也不过是枉然徒劳罢了！

"我们要保住自己的地位，就得花费多大的精力去拼搏啊？"他心里想道，"再过几年，这种拼搏对我来说意思就不大了！"

他站了起来，把门敞开，定神一看，原来是珍妮。她之所以现在就来而不再等到下星期一，正如她对母亲所说的，是为了要给客人留下办事利索的好印象。

"进来吧。"参议员说。他像上回一样和蔼可亲地让开，请她进屋。

珍妮一走进来，巴不得立刻听到称赞她衣服洗得挺快的好话。可是那位参议员压根儿没有注意到这点。

“喂，我的小姐，”她一放下衣包，参议员就说，“今天晚上你好吗？”

“很好，”珍妮回答说，“我们想，还是今天提前把衣服送回给您，不必等到下星期一！”

“哦，那可没有什么关系。”布兰德随便脱口回答说，“撂在椅子上好了！”

珍妮没有想自己还没有拿洗衣钱，就准备告退了，这时那位参议员却拦住了她。

“你母亲好吗？”他和颜悦色地问。

“她很好！”珍妮简单地说。

“你的小妹妹呢？她身体好一些了吧？”

“大夫说好些了。”她回答说。

“坐下，”他还是和蔼可亲地接下去说，“我想要跟你谈谈！”

年轻的姑娘在近旁的一张椅子上坐了下来。

“嗯，”他稍微清一清嗓子又接下去说，‘她得了什么病？”

“麻疹，”珍妮回答说，“前几天我们还都认为她活不成了！”

趁她说这句话时，布兰德仔细地打量着她的面孔，觉得从她脸上看出了一种非常令人动怜的东西。姑娘身上的破衣烂衫和她暗自惊羡他生活舒适的那种神色，深深地打动了他。他几乎觉得自己周围那种舒适奢华的生活是可耻的。他在人世间显然是何等高贵啊！

“现在她身体好一些，我很高兴，”他亲切地说，“你父亲多大年纪了？”

“五十七岁。”

“他身体也好些了吗？”

“是的，好些了，先生；他可以下地了，但还不能出门。”

“我记得，你母亲说过他是个吹制玻璃的工人，是吧？”

“是的，先生。”

布兰德深知本地玻璃行业很不景气，这就是上次选举时政党争议造成的后果的一部分。这么说来，他们的境况一定是真的苦不堪言了！

“你们家里的孩子都上学了吗？”他问。

"嗯，是——是的，先生！"珍妮结结巴巴地回答。原来她家里有一个孩子因为没有鞋穿不得不辍学了，可她觉得太寒碜，说不出口来。刚才说的是假话，她心里感到难受。

他沉思了片刻，觉得自己找不到好的借口可以把她再留下来，就站了起来，走到她身边。他从口袋里掏出一小叠钞票，从里面抽出了一张递给她。

"你拿去吧，"他说，"转告你母亲——就说是我说的，她拿了这个爱怎么个花法都行！"

珍妮把钱接了过来，真是百感交集；她根本顾不上去看看他究竟给了多少钱。这位大人物离她那么近，他住的这个了不起的房间又是那么令人神往，她简直不知道自己该怎么办才好。

"谢谢您，"她说，"您说哪天让我们再来取衣服？"她又加上一句。

"哦，是的，"他回答说，"星期一，每星期一的晚上，好吗？"

她走了，他随手把房门关上，几乎马上就陷入了沉思。他对这些人表示关注，确是异乎寻常的。贫困和美——不消说，令人感动地融合在一起了。他兀自独坐在安乐椅里，沉醉于她来过以后引起的令人愉快的遐想之中。他为什么不应该去帮助他们呢？

"我要把他们的住处找到。"最后，他下了这样的决心。

从那天以后，珍妮经常定期来取待洗衣服。参议员布兰德觉得自己对她越来越感兴趣，很快打消了她的那种羞怯和恐惧的顾虑，使她跟他见面时不再感到别扭。原来他亲昵地叫她的小名，起了很大作用。这是她第三次来的时候叫起的，后来，他就不知不觉地老是改不了口。

当然，他叫惯了她的小名，说不上是出于父辈的拳拳之情，因为他对任何人都很少有过这样的态度。他同这个姑娘谈话时，就觉得自己非常年轻。他还时常纳闷，说不定她也许会发觉和意识到他春心不老这一面呢。

至于珍妮，她几乎被这个人舒适奢华的生活环境迷住了，也可以说，下意识地被布兰德本人迷住了，因为她生平见过的人就数他最有魅力。他所拥有的东西，样样都是好的；他所做过的事情，样样都是文雅的、出色的、周到的。她对这一切所做出的理解和评价，是源远流长的——说不定还是与她的德国老祖宗一脉相承的。生活就应该像他的生活那样，她特别赞赏的是他的慷慨大方的风度。

她的这种态度部分来自她母亲的启迪。原来在她母亲心目中，同情常常比理智更有力量。比如说，珍妮把那十块钱交给她的时候，格哈特太太简直乐不可支了。

"哦，"珍妮说，"我到了门外一看，才知道有这么多的钱。他关照我一定得交给您。"

格哈特太太接过钱来，把它摊开，用双手捧着，仿佛清晰地看见那个身材魁伟、风度翩翩的参议员就站在她眼前。

"他这个人有多好啊！"她说，"真的，他心眼儿太好了。"

当天晚上一直到第二天，格哈特太太不时地念叨着这一笔不可思议的意外之财，一遍又一遍地夸他为人不知该有多好，气量不知该有多大。洗衣服的时候，她差不多把他的衣服都要搓烂了，觉得她怎么使劲儿，对他也是报答不尽。这件事可千万别让格哈特知道。原来格哈特处世为人非常刻板，即使眼前一贫如洗，他也不会接受施舍的，所以，妻子要他收下钱来可难呢。于是，她一句话都不说，干脆用这笔钱来买面包、买肉，日子照旧过得非常细，使他始终没有发觉这笔突然而来的钱财。

从这时起，珍妮就把母亲对待参议员的态度全盘接受下来了。她心里那么感激他，所以说话就比从前更坦率了。后来他们两人处得好了，有一回，他发觉她对一个小巧玲珑的皮制相片框子很喜欢，就从梳妆台上拿下来送给了她。以后她每次来，他总要找借口把她留下来。

没有多久，他发现这个秉性温柔的少女心里深藏着这么一种思想，既瞧不起穷困，而对自己穷困又感到羞愧。他衷心赞赏她的正是这一点。

布兰德看到她衣衫褴褛，鞋子破烂，心里开始琢磨应该怎样来帮助她，而又不至于伤害她的感情。

他时常想到，不妨在某天晚上同她一起回家去，亲自了解一下她的家庭境况。不过话又说回来，他是一个堂堂正正的美国参议员呢。他们住地附近一带，必定是很贫穷的。想到这里，他不由得考虑一下，审慎暂时占了上风。于是，这个预定的寻访计划搁置起来了。

十二月初，参议员布兰德返回华盛顿，为期三周。有一天，格哈特太太和珍妮知道他走了，不免大吃一惊。他每星期给她们的洗衣钱从来没有少于两块的，有几回还给过五块钱。他也许不会想到：他这一走将给他们一家的收入造成多大的缺口吧。但是他们无法可想，只得束紧裤带过日子。格哈特觉得自己病好了，就到各大工厂去找工作，结果一无所得，好歹弄到一副锯木架子和一把锯子，挨门逐户去找锯木头的活儿。这种零活本来就不太多，可他使劲儿干，一星期总算也挣到两三块钱。凑上他妻子挣来的钱和塞巴斯蒂安交出来的钱，刚够他们买面包吃，可也只不过够吃面包罢了。

快乐的圣诞节刚开始的时候，穷困的滋味才让他们感到难以忍受了。本来德国人最喜欢在圣诞节摆阔的，这是一年之中他们大家庭里骨肉深情得以充分表现的良辰佳节。他们非常重视儿童时代的欢乐，特别喜欢看到孩子们好好地玩他们的玩具和游戏。离圣诞节其实还有好几个星期，虽然格哈特老头儿手里锯着木头，但心里动不动就想到这件事。小维罗尼加病了这么久，该给她买点礼物，好让她高兴高兴啦！他恨不得给每个孩子都买一双结实耐穿的鞋子，此外男孩子每人一顶暖和的便帽，女孩子每人一顶漂亮的兜帽。往年他们过圣诞节常常得到的是玩具和糖果，还有游戏。一想到皑皑白雪的圣诞节的早晨，桌子上还没有满满地堆起幼小的心灵里最喜爱的礼物，他就心酸极了。

至于格哈特太太的心情，与其去如实描述它，还不如想象一番为好。她心里觉得非常难过，几乎不敢去跟她丈夫谈那个令人害怕的节日。她好不容易攒下来三块钱，原想凑足购买一吨煤的，这样可怜的乔治也犯不着每天都得跑到煤站去捡了，可是现在圣诞节一天比一天近，她就决定只好用它来买礼物了。格哈特老头儿也瞒着妻子私下里攒了两块钱，心想：到了圣诞节前夕这个节骨眼儿上才拿出来，叫老是揪心的孩子妈也高高兴兴。

可是，到了圣诞节那天，他们从区区五块钱里很难说得上得到了多少安慰。

这时，全城都沉浸在节日的气氛里。杂货铺和肉铺子都扎起了一排排冬青树。玩具店和糖果铺里，各色商品都摆得琳琅满目，美不胜收，总之，一位庄重慈爱的圣诞老人周围应该有的东西，真可以说样样齐备了。所有这一切——父母和他们的孩子照例都看见了——大人一想到家徒四壁，心里就发愁，孩子只是一味地胡思乱想，似乎很难把他们的渴望完全压抑下去。

格哈特不止一次在他们面前说过："今年圣诞老人穷得很。他送不起那么多的礼物喽。"

可是，尽管孩子们受尽贫困的煎熬，偏偏没有一个会相信他的话。他每次说完以后，总要仔细地端详孩子们的眼色：尽管他向他们打过招呼，但他们眼睛里燃烧着的希望光芒依然没有泯灭。

圣诞节那天正是星期二，头天星期一就放学了。格哈特太太在去旅馆以前，吩咐过乔治务必多捡些煤块回来，要足够过圣诞节那一天烧用。乔治马上带了他的两个小妹妹走了，但是，那里的煤块少得可怜，花了好长时间才算装满他们的篮筐，所以直到天黑了，他们才不过捡到了一点儿。

"你去捡过煤块没有？"那天晚上格哈特太太从旅馆一回来，劈头就问这件事。

"去捡过了。"乔治说。

"你捡的够明儿一天烧的？"

"嗯，"他回答说，"我想总差不离。"

"好吧，我去看看。"她说。他们就端着灯，走进了存放煤块的棚屋。

"啊，我的天哪！"她一看到就大声嚷了起来，"嘿，还差得远哩。你可得马上走，多捡一些回来才行。"

"哦，"乔治噘着嘴说，"我不想去了，就让巴斯去吧。"

原来巴斯六点一刻就回家了，这会儿正在后房间忙着洗脸穿着，准备到闹市区去。

"不行，"格哈特太太说，"巴斯忙了一整天了，还得你去。"

"我可不想去。"乔治仍然噘着嘴。

"好吧，"格哈特太太说，"要是明儿个屋子里生不了火，你说怎么办？"

他们回到屋里，乔治受到良心的责备，觉得事情不能就此了结。

"巴斯，你也去一趟吧。"他叫他那个正在里屋的哥哥。

"去哪儿？"巴斯问。

"捡煤块呗。"

"不，"哥哥对他说，"我才不去呢。你把我看成什么人了？"

"好吧，那我也不去。"乔治犟头倔脑地说。

"今儿下午你干吗不去捡？"他哥哥厉声地问，"你有一整天时间呢。"

"哦，我去过了，"乔治说，"我们捡不到多少。那儿没有煤，叫我去捡什么呢？"

"我想，你准没有费劲儿地去寻摸吧。"那个花花公子说。

"怎么回事？"珍妮刚替母亲去过杂货铺，一回来看见乔治老大不高兴地噘着嘴，就这样问道。

"哦，巴斯不肯跟我一块儿捡煤去！"

"你下午去捡了没有？"

"去捡过了，"乔治说，"可妈说我捡得还不够用。"

"我跟你一起去，"姐姐对他说，"巴斯，你也乐意去吗？"

"不，"那个小伙子满不在乎地说，"我才不去呢。"这时他正在调整领带，不免感到有些恼火了。

"难就难在那里没有煤呀，"乔治说，"除非我们上煤车去捡，我去的那个地方连一辆煤车都没有。"

"煤车大概也是有的吧！"巴斯嚷了起来。

"没有就是没有嘛！"乔治说。

"得了吧，别吵嘴，"珍妮说，"快拿篮筐去，我们马上就走，要不然时间太晚了。"

其他的弟弟妹妹一向喜欢他们的大姐姐，就把装煤块的东西都拿了出来——维罗尼加拿一只小篮子，玛莎和威廉拿小木桶，乔治拿一只存放待洗衣服的大篮筐，打算跟珍妮捡满了，两人一起抬回来。巴斯看见珍妮这么热心地张罗着，不免有些感动了，何况他对她至今还有一点儿好感。现在他居然也来给他们出主意了。

"好吧，我给你出一个点子，珍[1]，"他说，"你带领小家伙上第八条大街去，在那些煤车周围等着。我一会儿就到。我一到那里，你们谁都要假装不认得我。你们只消说，'先生，劳驾扔一点儿煤块给我们吧？'

"然后，我爬上煤车，就多扔一些下来，好让你们的篮子都装得满满的。你们全都听明白了没有？"

"好极了。"珍妮很高兴地说。

他们出了家门，在雪夜里，朝着铁路那边岔道走去。在大街和宽广的火车站停货场的交叉口，有许多满载烟煤的车皮不久前才停在那里。这时，孩子们都躲在一辆车皮的阴影里。他们站在那里等哥哥到来的时候，来自华盛顿的特别快车到了——一长溜富丽堂皇的车厢，其中包括好几节新式豪华的卧铺车厢，偌大的玻璃窗精光瓦亮，旅客们正坐在宽大舒适的软椅里凭窗眺望车外景色。列车隆隆地开了过去，孩子们都本能地往后退去。

"啊，这趟列车不是很长吗？"乔治说。

"可我就是不喜欢当火车司机。"威廉叹了一口气说。

只有珍妮一个人依然默不作声，但是，一想到像这样舒适的旅行，她的心里就激动不已。富人的生活不知该有多美！

这时，塞巴斯蒂安远远地出现了，他昂首阔步，颇有点儿男子汉的气派，处处显出自己非常了不起。他脾气特别固执，要是弟妹们没有依照他的设想去做，他就会大摇大摆地走过去，压根儿不给他们帮忙。

可是，玛莎真的一本正经地干起来了。她按着巴斯的吩咐，淘气地嚷了起来："先生，劳驾扔一点儿煤块给我们吧？"

塞巴斯蒂安突然站住，严厉地望了他们一眼，仿佛真像陌生人一样，大声

---

① 这是巴斯对妹妹珍妮的爱称。

嚷道:"那还用说吗?"就爬上那辆煤车,手脚利索得出奇,从车上扔下许许多多大块煤,多得简直叫他们的篮子都装不下。随后,他装出不愿跟这一伙穷小子鬼混的样子,急匆匆地穿过路轨,连影儿都看不见了。

他们在回家的路上,却跟另一个绅士先生(这一回是真的绅士先生)邂逅了。他头戴大礼帽,身上披着大氅,珍妮一眼就把他认出来了。原来眼前就是那位可敬的参议员。他刚从华盛顿回来,料想他要在这里过一个毫无意思的圣诞节,他搭乘的正是刚才引起孩子们注意的那趟快车。此刻他手里拎着手提箱,安步当车往旅馆走去。他走过去的时候,突然觉得好像看见了珍妮。

"是你吗,珍妮?"他说着,就停住脚步想仔细确认一番。

珍妮却比他更快把对方认出来了,大声嚷道:"啊,原来是布兰德先生!"她放下她正抬着的篮子的那个把手,吩咐孩子们赶快把它送回家去,自己却朝着相反的方向仓皇跑去。

那位参议员正紧紧地尾随着她,"珍妮!珍妮!"喊了三四声,还是听不见她的回音。一是看来怎么也赶不上她了,二是突然想到,要照顾到她那纯洁的少女的羞涩心理——他就不再追她了,转过身来,决定跟着孩子们一起走去。这时,他又感到他跟珍妮相遇时常有的那种感觉,仿佛觉得她的身份和自己的地位确实很不般配。今晚他是一位堂堂正正的美国参议员,这些穷孩子却在这里捡煤块,真是意味深长了。明天——快乐的圣诞节,还会带给他们些什么呢?他满怀同情地径直走去,脚步也显得格外轻快,不一会儿,看见孩子们往一座低矮的棚屋的门道里走了进去。他穿过大街,伫立在白雪压枝的大树的疏影里。从屋后一个窗子里,透出来一线昏黄的灯光。四下里都是皑皑的白雪。他依稀听得见棚屋里孩子们的声音,有一回,他仿佛还看到了格哈特太太的影子。过了一会儿,他看见有一个人影影绰绰地从边门闪了进去。他看得出那是谁的身影,心里不由得突突地跳了起来。他拼命地咬紧嘴唇,不再让自己心中的激情流露出来,随后猛地一转身,就离开了那里。

本城那家主要的杂货铺,是一个名叫曼宁的掌柜开设的。他衷心地拥护布兰德,并因有缘结识参议员而引以为荣。当天晚上,布兰德来到了正在柜台上忙活的曼宁跟前。

"曼宁，"他说，"今儿晚上你乐意帮我个忙吗？"

"嘿，那还用说？参议员先生，那还用说吗？"杂货铺掌柜说，"您什么时候回来的？见到您，真高兴！那还用说吗？"

"现在我要你配齐一份厚礼，那是送给一家八口过一个愉快的圣诞节用的东西——他们家里有夫妻两口子，还有六个孩子，圣诞树啦，各色杂货啦，玩具啦，样样都要——你明白我的意思吧？"

"明白了，参议员先生。"

"至于这要多少钱，你就不用管了。送去的各样东西，都要多多的。他们的地址——我就给你。"说着，他掏出一个小本子把地址写下来。

"好极了，我一定办到，包您满意，参议员先生。"曼宁接下去说，仿佛也有点儿激动起来了，"我一定办到，包您满意。您向来是慷慨大方的。"

"你且听着，曼宁，"布兰德仅仅为了要维护参议员的尊严，才不得不正言厉色地说，"所有这些东西马上就送去，回头把发票给我送来。"

"好极了，好极了。"惊讶不已而又唯唯诺诺的杂货铺老板，这时能说的就只有这么两句话了。

参议员一走出杂货铺，才想起了他们老两口，就款步走到一家衣鞋商店。他仅仅凭估摸一下的尺寸大小订购了几件衣鞋物品，讲明如不合适可以包退包换。等到这些事都忙完了，布兰德这才回到自己房间去。

"拾煤呢，"他想了一遍又一遍，"说真的，我太疏忽大意了。我可不应当把他们再忘掉啦。"

第四章　慷慨好心的参议员

珍妮刚才一看见参议员就想逃走，无非是觉得自己地位低微，很不光彩。她一想到参议员原先对她那么有好感，如今却发现她在做这种很不体面的事情，就觉得羞惭不已。她还像女孩子那样，天真地以为他之所以对她发生兴趣，一定是另有所属，而不是仅仅对她这个人。她回到家里，格哈特太太早已听到其他孩子说起姐姐逃走的事了。

"你到底是怎么回事？"她一进屋，乔治就问她。

"哦，没有什么，"她回答说，但她马上转过身去跟母亲说，"布兰德先生打路上走过，见到了我们。"

"哦，他真的见到了吗？"她母亲轻声嚷了起来，"那么说，他已经回来啦。可你为什么要跑呢，你这个傻丫头？"

"嗨，我就是不要他看见我。"

"唉，说不定他还不认得你呢。"她对她女儿的窘状深为同情。

"不，他还认得我，"珍妮低声耳语道，"他还喊过我三四遍呢。"

格哈特太太摇摇她的头。

"怎么一回事？"格哈特问，原来他在隔壁房间里听见母女俩在说话，就走了出来。

"哦，没有什么事。"母亲说。她不愿意说明参议员这个人已在他们生活里起着重要作用，"他们正在捡煤的时候，有个家伙吓唬他们啦。"

圣诞节礼物当夜送到，全家人兴奋得简直喧声鼎沸。当杂货铺的车子停在他们的小屋门口、一个身体挺棒的伙计开始把礼物往里面搬的时候，格哈特夫妻俩谁都不敢相信自己的眼睛了。他们对那个伙计说他送错了货，伙计偏偏不信，他们就喜出望外地把那么多的好东西一一过目。

"你们尽管放心好啦，"那个伙计一本正经地说，"我知道我是来干啥的。您姓格哈特，是不是？对啦，就是送给您老的。"

格哈特太太这时坐不住了，兴奋得来回搓手，偶尔也说上一句，"是的，难道说还不好吗？"

格哈特本人一想到这个不知名的恩人如此慷慨，心也就软了。他总以为这是出于本地某大工厂老板的好心才给他送来的，因为那个工厂老板认得他，而且待他很好。格哈特太太虽然含着眼泪对丈夫所说的礼物来源有所怀疑，可她还是一言不发。至于珍妮，不消说，心里明白这是谁的大手笔。

圣诞节后第二天下午，布兰德在旅馆里遇到珍妮的母亲，因为那天珍妮正留在家里照料家事。

"你好，格哈特太太。"他和颜悦色地一面伸出手来，一面大声嚷道。

"圣诞节过得愉快吧？"

可怜的格哈特太太抖抖索索地握着他的手，眼里立刻噙满了泪水。

"你怎么啦，"他轻轻地拍了一下她的肩膀说，"别哭啊。今天可别忘了去我那里收衣服。"

"哦，忘不了的，先生。"她回答说。她本来还有话要跟他说，可是他走开了。

从此以后，格哈特就不断地听她们母女谈起旅馆里有个漂亮的参议员，待人多么和气，给的洗衣钱又很多。德国劳工本来头脑简单，所以格哈特很容易就相信了这位布兰德先生一定是个非常伟大而且心地又非常好的人。

珍妮心里也正是这么想的，所以不用鼓励，她对布兰德更有好感了。

那时节，她已有了成年女子的风韵，体态渐臻丰腴，叫哪一个男子都不能不动心。她的体格很好，身材高高的，不像一个小姑娘，要是穿上时髦女人的一袭拖地长裙，真不愧为那位高个子参议员最理想不过的伴侣了。她的眼睛明亮得出奇，她的肌肤细柔粉嫩，她的牙齿洁白而齐整。她聪明伶俐，又很敏感，而且善于观察事物。她缺少的正是那些自知要完全依赖他人的人常常被剥夺了的锻炼和自信。她不得不出外收送衣服，把几乎什么东西都得看成是人家的恩赐，这对她的前途极为不利。

近来，她每隔三天左右就旅馆送一次衣服，布兰德对她总是落落大方，她也以同样的态度回应他。他时常把一些小玩意儿分送给她和她的弟妹们，而且跟她的谈话已是这样真挚自然，以至她原来觉得两人之间有天壤之别的那种畏惧情绪终于完全消除了，因而她就把他当作一个慷慨大方的朋友，不再看成是一位卓尔不群的参议员了。有一次他问她乐意不乐意上学去，因为他一直在想，等她从学校出来，必定会更加富有吸引力。后来，有一天晚上，他终于把她叫到身边。

"你过来，珍妮，"他说，"站在我这儿。"

珍妮走到了他身边。他突然一阵冲动，抓住了她的手。

"得了，珍妮，"他用一种好奇的试探的目光端详着她的面孔说，"你到底觉得我这个人怎么样？"

"哦，"她故意侧转脸回答说，"我可不知道。您干吗要问我这句话？"

"哦，你是知道的，"他回答说，"你对我总会有个看法。现在你不妨说说，怎么样？"

"不，我可没有看法。"她天真地说。

"哦，你是有看法的，"他觉得她显然在躲躲闪闪，所以很感兴趣，继续说道，"你必定对我有一些看法。现在说说你怎么想的，好吗？"

"您的意思是问我喜欢您吗？"她坦率地问，两眼俯看着他的一大绺白花花的头发，它披散在他的额前，使他那张漂亮的脸显得更加神采奕奕。

"哦，是的。"他觉得有些失望地说，看来她根本不懂得卖弄风情。

"怎么啦，我当然是喜欢您的。"她嫣然一笑，回答说。

"你对我还有什么别的想法吗？"他继续问道。

"我想，您这个人非常和气。"她接下去说，感到更加害羞了。这时，她才觉得布兰德仍在抓着她的手。

"就这么一点儿吗？"他问。

"哦，"她眼睫毛一闪一闪地说，"这还不够吗？"

参议员看着她，而她在回眸时流露出的那种快活、友好的坦率神情使他浑身发颤了。他默默地端详着她的脸，她侧转身子，简直给搞糊涂了，觉得他的仔细审视里确实意味深长，只是她一时还理解不了。

"我说，"布兰德最后说，"我想你是一个好姑娘。你不觉得我这个男人很好吗？"

"是的。"珍妮毫不迟疑地说。

他身子一仰，靠着椅子背，觉得她无意之中的回答有些好玩，于是笑了起来。她好奇地望着他，微微一笑。

"您在笑什么？"她问。

"哦，我笑你的回答挺有意思。"布兰德回答说，"不过，说实话，我是不应该笑的。我看，你一点儿也赏识不了我。我不信你会喜欢我。"

"可是我偏偏喜欢你，"她一本正经地回答说，"我觉得您这个人可好啦。"从她的眼睛里一看，就知道她这话是打心坎里说出来的。

"好吧。"他一面说着，一面把她轻轻地搂到自己身旁，刹那间在她的脸颊上吻了一下。

"啊！"她嚷了起来，随即直起身子，这使她大惊失色了。

这对他们两人的关系来说，是一种新的征象。他那参议员的威仪一下子消失了。她从他身上发现了过去从没感觉到的一些东西。他自己也仿佛觉得比从前更年轻了。在他看来，珍妮就是一个成年女人，而他正在扮演一个情人的角色。她犹豫了一会儿，简直不知道如何是好，所以就根本没有做出什么表示。

"是吗，"他说，"我刚才把你吓了一跳吧？"

她两眼望着他，心底里仍然崇敬这个大人物。她微微一笑，说："可不是，您把我吓了一跳。"

"这是因为我实在太喜欢你啦。"

她听了他这句话，沉思了一会儿，说："我想，现在该走了。"

"那么，"他恳求似的问道，"难道你是为了吓了一跳才想逃走的吗？"

"才不是呢，"她不知怎的，突然觉得不该忘恩负义，才这么说的，"可是我应该走了。他们正纳闷我上哪儿去了。"

"你肯定没有生气吧？"

"没有。"她回答说。这一回她才显示出比过去更多的柔情绰态来。

她感到如今能这样征服了他，实在很新奇，显然他们俩谁都有点儿迷糊了。

"不管怎么说，你就是我的姑娘了，"参议员站了起来说，"今后我总会照顾你的。"

珍妮听了这句话，心里挺高兴。她暗自思忖，只有他才能做出惊人的奇迹来，他神通广大，简直就像是一个魔术师。她举目四顾，想到要进入这么一种美妙的生活境界，真的就像上天堂一样。不过，她毕竟还没有彻底领悟他的意思。她只晓得他待人好，慷慨大方，送好东西给她。她自然觉得很幸福。她拿起了她来取的那个衣包。她并没有发觉、也没有感到那个衣包跟她的新地位极不相称，他却觉得这是直接针对他的一种谴责了。

"那个衣包用不着她取走了。"他想。一股同情的思绪在他心中汹涌翻腾着。他两手捧着她的脸颊，这回却表现出一种高傲的恩主的态度来了。"别着急，小姑娘，"他说，"你不会永远干这种事情的。我会替你想办法的。"

从这以后，他们两人之间果然产生了一种更加和谐的关系。下回珍妮一来到，他就不假思索要她坐在他自己椅子的扶手上，亲昵地问她家里的光景和她个人的愿望。有好几回，他觉察到她回避他的问话，特别是问到她父亲近来在干什么事情的时候。她不好意思照实说她父亲在替人家锯木头。布兰德深恐她家里更加窘迫，就决定在哪天亲自前去察看一番。

有一天早晨，正好他没有紧要的事，果然抽空走了一趟。那是在州议会里开始大搏斗之前的三天。那场大搏斗后来虽然以他的失败而告终，但在胜负未决的这几天里，反正什么事情他都干不下去，于是，他拿起手杖，款步走了出去。大约半个钟头光景，他来到了珍妮家的小屋跟前，就壮起胆子去敲门。

格哈特太太给他开了门。

"早上好，"他高兴地说，可是见到她有些犹豫不决，他又加上了一句，"我可以进去吗？"

格哈特太太一见到贵客突然驾临，几乎惊呆了。她两手偷偷地往千补百衲的围裙上乱擦，又看见他等着听回话，就说："哦，对了。请进来吧。"

她忘了关门，急急忙忙地把参议员引进屋里，给他端来了一把椅子，请他坐下。

布兰德眼看着自己一到弄得她如此手忙脚乱，觉得很抱歉。他说："格哈特太太，不必麻烦了。我只不过打这儿经过，所以就进来看看你们。您丈夫身体好吗？"

"谢谢您，他很好，"格哈特太太回答说，"今天他出门干活儿去了。"

"那么说，他找到工作了？"

"是的，先生。"格哈特太太说。她就像珍妮一样，也不肯说出她丈夫干什么活儿去了。

"我想现在孩子们也都好，他们都去了学校吧？"

"是啊。"格哈特太太回答说。这时，她已经脱下了围裙，在膝上局促不安地来回拉扯着。

"那就好了。我说，珍妮又在哪儿呢？"

珍妮正在熨烫衣服，一听到来客人了，就丢下熨衣板躲到卧室里去，忙着给自己梳洗。她深恐母亲事先没有考虑好，索性推托说她不在家，让她好歹也有一个躲避的机会。

"她在家里，"格哈特太太果然这样回答说，"我这就去叫她。"

"你干吗跟他说我在家里？"珍妮轻轻地嘀咕着。

"那叫我怎么办呢？"母亲问。

母女俩正在踌躇不决的当口儿，参议员却在仔细地观察那个房间。他一想到像这样的好人还都非得如此受苦不可，心里就很难过；他脑海里模模糊糊地出现一种想法，希望自己尽可能地改善他们的境遇。

"早上好，"当珍妮终于忸怩不安地走了出来的时候，参议员就这样跟她说，"今儿你好啊？"

珍妮走上前去，一伸出她的手，脸上就立刻泛起了红晕。她一见到他突然来访，就心乱如麻，所以连参议员问她的话都答不上来。

"我想，"他说，"我应该来看看你们住的地方。这里房子倒是很不错。你们有几个房间？"

"有五间，"珍妮说，"今儿早上我们一直在烫衣服，弄得乱七八糟的。请您多多包涵。"

"我知道，"布兰德低声地说，"珍妮，你以为我不明白吗？你见了我，用不着紧张不安嘛。"

她一听到平时在他房间里同她谈话那种令人宽慰的温和语气，心里也就不再忐忑不安了。

"我要是今后上这儿来串门，你们可别见怪，我是诚心诚意来的。我要跟你父亲见见面。"

"哦，"珍妮说，"他今天出去了。"

他们正在谈话的时候，那个诚实的替人锯木头的人却带着锯木架和锯子出现在家门口。布兰德一看见他，觉得他的样子跟他女儿有点儿相像，一下子就把他认出来了。

"瞧你父亲来了，我想，准错不了。"布兰德说。

"哦，是他吗？"珍妮往窗外张望着说。

近来格哈特总是心事重重，此刻他正眼也不抬地走过窗前。他先把锯木架放下，再把锯子挂在屋子旁边一个钉子头上，这才走了进来。

"孩子他妈。"他先用德语叫唤了一声。没有看见她，格哈特就走到前房门口往里面张望。

布兰德站了起来，同时伸出他的手来。那个满面风霜、眉宇深锁的德国人走上前去握住他的手，脸上却露出非常怀疑的神情。

　　"他——就是我的父亲，布兰德先生。"珍妮说。这时，她的羞涩心情全被同情心冲散了，"爸爸，他——就是旅馆里的那位绅士，布兰德先生。"

　　"什么名字？"那个德国人掉过头来问。

　　"布兰德。"参议员回答说。

　　"哦，是啊，"他说话时带着相当明显的德语腔调，"打我得了热病以后，耳朵就不灵了。我的老伴她曾经跟我念叨过您。"

　　"是的，"参议员说，"我心里早就想过来跟你们见见面。依我看，你们还是个大家庭呢。"

　　"是啊。"父亲说。他意识到自己身上的破衣烂衫，恨不得快点儿走开，"我有六个孩子——年纪都还小。她是大闺女。"

　　这时，格哈特太太又走过来了。格哈特就趁这个机会，连忙说："请您别见怪，我失陪了。我把锯子弄断了，所以不得不把活儿撂下。"

　　"那您请便吧。"布兰德和蔼可亲地说，直到此刻，他才明白珍妮过去始终不肯和盘托出的缘故。他心里想，但愿她今后胆子要更大些，什么事情都不要瞒他才好。

　　"好吧，格哈特太太，"他见格哈特太太腰背挺得笔直坐在那里，就对她这样说，"我说，你们可千万别把我当成陌生人呀。今后但愿你们要把家里的事情都告诉我，珍妮总是不肯跟我说。"

　　珍妮默默地微笑着。格哈特太太只是一个劲儿来回搓手。"好的。"她回答时，露出了谦恭而又满怀感激的神情。

　　他们又谈了片刻，参议员这才站起身来。

　　"转告你的丈夫，"布兰德说，"叫他下星期一到我旅馆里的办公室来找我。我一定会尽力而为的。"

　　"谢谢您。"格哈特太太嗫嚅着说。

　　"我可不能再耽搁了，"接着，他又说了一句，"别忘了叫他来一趟。"

　　"嗯，到时他会去的。"她回答说。

　　这时，他一只手正在戴手套，另一只手伸给珍妮。

"格哈特太太，这是——你的掌上明珠呀，"布兰德说，"我可想要把她带走。"

"噢哟哟，"母亲说，"连我都不知道舍不舍得她呢。"

"那好吧，"参议员走到门口，伸手给格哈特太太的时候说，"再见！"

他点点头，走了出去。有五六个见他进门的街坊，这时，都从门帘和百叶窗后面用惊异的目光窥视着他。

"那究竟是谁呀？"大家心里都有这个疑问。

"看他给了我什么玩意儿。"参议员把门带上了以后，那个天真的母亲就对她的女儿这样说。

那是一张十块钱的钞票，是布兰德在说"再见"时轻轻地放在她手里的。

第五章　参议员的无限深情

　　珍妮迫于境遇，不由得对参议员怀着无比感激的心情，所以说，凡是布兰德往日所做和今后要做的每件事情，珍妮自然都佩服得五体投地了。那天，参议员把一封介绍信交给了她父亲，本地一家工厂的老板见信后，就马上给格哈特派了工作。当然天晓得，只不过是个守更的差使，但是不无小补，格哈特老头儿也就千恩万谢，感激不尽了。像参议员这样伟大、这样好的人，天底下还从来没有呢！

　　可参议员对格哈特太太也没有忘掉。有一回，布兰德送给她一套衣服，后来又送给她一条围巾。这些小恩小惠本来就包含着既有乐善好施，又有自鸣得意的成分，但在格哈特太太看来，仅仅是出于一种动机：参议员布兰德的心眼儿——就是好。

　　至于珍妮，布兰德想方设法使她跟自己更加亲近，所以后来，她就用一种需要仔细分析方才看得清楚的眼光来看待他了。可是这个涉世不深的少女简直太天真无邪了，所以说，她怎么都不会考虑到人们有什么议论的。那一次令人难忘的愉快会见时，布兰德驱散了她那少女的羞怯之情，并在她脸颊上亲了一吻，从那时起，他们已生活在一种与过去迥然不同的氛围里了。如今，珍妮已成为他的伴侣，而布兰德早已解开了披在他身上的那件尊严的外衣，甚至心甘情愿地把它扔在一旁，因此，珍妮对他的认识也就越发清楚了。现在他们谈笑风生，一点儿都不拘束了，布兰德对自己能重新进入这个光辉灿烂的青春幸福的世界而深感欣喜。

可是有一件事使他感到不安，就是他常常要情不自禁地想起：他现在所做的事很不妥当。人们一定很快就会发现，他和这个洗衣婆的女儿之间有些越轨的地方了。珍妮每次来收送衣服的时候，差不多都要在他卧室里逗留一刻钟到三刻钟之久，参议员疑心这事女茶房的领班不会不知道的。他心里明白：万一这个消息不胫而走，传到了旅馆掌柜他们的耳朵里，免不了要闹得满城风雨，使自己身败名裂，但他即便想到了这种后果，还是我行我素，不改初衷。有时候，他聊以自慰地认为，他真的还谈不上害了她；有时候，他又认为自己生活中可不能摆脱这种缠绵柔情。难道他不是真心要她好吗？

他偶尔想起这些事情，就毅然觉得，他跟珍妮已是千丝万缕，欲罢不能了。他下了这种决心，既给他带来了自我慰藉，又犯不着因为自我克制而深受痛苦。他是没有几个年头可活的了，那又何必要抱恨终天呢？

有一天晚上，他伸出胳臂抱住了她，就紧紧地将她搂在自己怀里。

又有一回，他让她坐在自己膝上，给她讲述自己在华盛顿的生活。现在布兰德免不了总要跟她拥抱亲吻，不过仍属一种尚未肯定的试探而已。

他还不愿意使她内心太激动。对于这一切，珍妮却完全天真地觉得挺有趣似的，她的生活里增添了幻想和新奇这两种成分。她是一个不懂世故的少女，富有感情，说到谈恋爱这一类的事完全没有经验，可是从心理上来说已经很成熟，她对这位大人物如此纡尊降贵来跟她交朋友，自然是受宠若惊了。

一天晚上，她正站在他的椅子旁边，把他额角上的头发捋到后面去，这时，又觉得没有别的事情可做，就把他的表从口袋里掏了出来。那位大人物看着她如此天真烂漫，不由得感到惊喜交集。

"你也想要一块表吗？"他问。

"是的，说实话，我真想要一块。"珍妮说了以后，深深地叹了一口气。

转天，他路过一家珠宝铺，就进去买了一块表。那是一块饰有精美的指针的金表。

"珍妮，"当她下次来到那里的时候，布兰德就对她这样说，"我有一个小玩意儿要给你看看。你看我的表上是什么时间了。"

珍妮从他的坎肩口袋里把表掏了出来，不由得大吃一惊。

"这可不是您的表呀！"她嚷了起来，脸上充满着天真的惊诧神情。

"可不是，"他说话时，觉得自己设下的这个小小的骗局挺好玩似的，"这块表——这就是你的嘛。"

"我的？"珍妮大声嚷了起来，"我的！啊，这——有多美呀！"

"你觉得真是这样吗？"他问。

看到她如此欣喜若狂，布兰德心里无比激动和高兴。这时，她脸上光彩照人，两眼脉脉含情。

"那块表是你的，"他说，"现在你就把它戴上，可别丢了。"

"您真是太好了！"她大声嚷了起来。

"那可不敢。"他嘴里虽然这么说，但是他的胳臂早已伸直，拢着她的纤腰，他正在心里捉摸着，看她该怎样来答谢他。随后，慢慢地把她拽到自己身边来，到两人挨得非常近的时候，她就用胳臂搂住他的脖子，满怀感激之情，让自己的脸颊紧紧地贴在他的脸颊上。这在布兰德看来有说不出的快乐，他刚才感觉到的，正是他多年来一直渴望的。

竞选参议员这场大搏斗在国会里一开始，他那牧歌式的浪漫插曲的进展只好暂时停止了。在劲敌们的联合攻击之下，布兰德不得不面临一场生死未卜的决战。他发现，有一家大型铁路公司历来向他表示友好，现在暗地里却替一个非常得势的候选人出力，这叫他大吃一惊。这家公司背信弃义以后，布兰德心情变得反复无常了，时而忧郁绝望，时而勃然大怒。他对这种命运的打击虽然佯装出满不在乎的样子，实际上则是创巨痛深。好久以来，他一直没有尝过失败的滋味。

在这些日子里，珍妮生平头一遭了解到了男人的喜怒无常是怎么一回事。有两个星期之久，她甚至连他的影儿都见不着。后来，有一个晚上，那是在跟他的党内领袖极不愉快的磋商以后，他居然带着一副冷冰冰的官腔来对待她。在她敲门的时候，他只肯开启一英尺大小的一条门缝，几乎粗声粗气地嚷道：

"今儿晚上没有要洗的衣服，明儿来吧！"

珍妮连忙退了出来，她竟然受到这样的冷遇，不由得大为惊诧，她真不知道该怎么办才好。眨眼间，他仿佛重新登上了他那遥远而又威严的宝座，万万不可惊动他。当然，他要是高兴，就可以把他脸上的笑容收敛起来的。但是为什么——

过了一两天以后，他不免有点儿后悔了，但还是没有时间来进行弥补。珍妮来收送衣服的时候，布兰德还是一本正经的。他心无旁骛地继续苦斗下去，直到最后终因两票之差而遭到惨败，这个结果使他大为震惊，心情也就一蹶不振了。现在他又该怎么办呢！

珍妮带着她天生乐观的那种轻松愉快的情绪，来到这种郁郁不乐的氛围里。这时候，布兰德正好愁肠百结，难以排遣，原想跟她随便谈谈，无非是消愁解闷罢了，但是没有多久，他心中的烦恼早已不知不觉地飞走了，果然，他觉得自己真的喜上眉梢了。

"啊，珍妮，"他像哄孩子似的对她说，"青春是属于你的。你有人生最可珍贵的东西。"

"是真的吗？"

"是真的，可你还没有体会到。等你体会到了，已经为时太晚了。"

"我爱珍妮姑娘，"那天夜里，他暗自思忖道，"但愿我能使她常常跟我在一起。"

可是命运偏偏又叫他遭到另一个沉重的打击。那时，旅馆里已在风言风语，说珍妮的举止作风跟往日大不一样了。一个收洗衣服的姑娘，要是她的穿着打扮有不符合她自己身份的地方，肯定会受到人们的非难，何况人们看见珍妮居然还戴着金表呢。这些事情——女茶房的领班都已告诉了珍妮的母亲。

"我想，应该趁早关照你，"她说，"人家都议论开了。你最好别让你女儿到他房间去收送衣服。"格哈特太太听了以后，又惊诧又气恼，连一句话都说不出来了。珍妮什么事情都没有告诉她，但是即便现在，她也还不相信会有什么事情值得一说。那块金表当初确实得到过她的同意和赞赏，可她没想到这一块表正在玷污她女儿的名声。

　　她在回家的路上，简直抑制不住心中的烦恼，就把这件事情告诉了珍妮。珍妮不肯承认自己有什么行为不检的地方。事实上，她并不是从那个角度来看待这个问题的。但是她和参议员会面的情形，她就是不肯照实说出来。

　　"要知道，人言可畏呀！"她的母亲说，"你果真在他房间里待了那么久吗？"

　　"我可不知道，"她受到良心的逼迫，至少也说了一些实话，"说不定是那样吧。"

　　"他从来没有跟你说过什么不对头的话吗？"

　　"没有，"她的女儿回答说，原来，她根本不会怀疑到他们交往之间有过什么邪念的。

　　珍妮的母亲要是稍微再紧逼一步，本来还可以问出更多的底细来，可她为了要使自己心情平静下来，就趁着那股高兴劲儿打住，不再往下追问了。好人免不了要受到毁谤，那她是知道的。珍妮做事有一点儿不太谨慎，人们总是喜欢评头论足的。可怜的姑娘处在这样不幸的环境之中，除了现在这样以外，难道还能有别的办法吗？格哈特太太一想到这里，就痛哭起来。

　　最后的结果，是她决定今后只好自己去收送衣服。就在决定做出以后的下一个星期一，格哈特太太来到了参议员的房门口。正在盼望珍妮的布兰德，不由得感到又是惊奇，又是失望。

　　"怎么啦，"参议员对她说，"珍妮怎么样了？"

　　格哈特太太原先指望对换人这一件事他是不会觉察的或者至少也不会过问，所以一时竟不知道该怎么回答才好。她天真地，有如慈母一般，但又是有气无力地抬起头来望着他说："今儿晚上她来不了。"

　　"莫不是病了吧？"他问。

　　"不是的。"

　　"那我就放心了，"他松了一口气说，"你近来可好？"

　　承参议员垂询，格哈特太太一一做了回答，然后就走了。在她走了以后，他就把这个事情反复思考着，怎么也捉摸不出其中有什么蹊跷，他还觉得自己这样胡乱猜疑倒是挺好笑的。

不过，到星期六那天，仍由珍妮的母亲把衣服送了回来，参议员这才觉得其中一定出了什么事。

"怎么一回事，格哈特太太？"他问，"你的女儿出什么事了？"

"没有事，先生。"她嘴里这样回答，心里却很难受，真不想哄骗他。

"难道说今后她再也不来收送衣服了吗？"

"我——我——"她已是惊惶万状，瞠目结舌，久久说不上话来，"她——人们在说她的闲话呢。"最后，她才被逼得说出了这句话。

"谁在说闲话？"他一本正经地问。

"还不是这儿旅馆里的人呗。"

"是谁？什么人？"他打断了她的话，声音里显然有点儿恼火了。

"女茶房的领班呗。"

"女茶房的领班，嗯！"他嚷了起来，"她说了些什么呢？"

格哈特太太就把她听到的话告诉了参议员。

"那些就是她说给你听的，是不是？"他愠怒地问。

"我的事情她竟敢来管，是不是？我纳闷，人们好像闲得发慌，非要干预我的事不可。格哈特太太，你的女儿上我这儿来，你尽管放心好了，我对她是不会起坏念头的。"他义愤填膺地接下去说，"要是不问来由，就不许一个女孩子到我的房间里来，这种做法真是太不像话了。这件事情我非得弄个水落石出不可。"

"我希望，您不要怀疑这事跟我也有关系，"珍妮的母亲替自己辩解说，"我知道您喜欢珍妮，您是不会害她的。您帮了她和我们这么多的忙，布兰德先生，我不让她来见您，实在也说不过去呀。"

"没有什么，格哈特太太，"参议员心平气和地说，"你做得完全对，我一点儿都不责怪你。我反对的只是旅馆里放出来的谣言。谁是谁非，我们等着看吧。"

格哈特太太激动得脸色煞白，伫立在那儿。她害怕把她们的大恩人深深地得罪了。她心里想，要是三言两语就能把事实澄清，免得参议员把她看成是一个爱说闲话的长舌妇，该有多好。眼前的流言蜚语，真叫她寒心！

"我想，什么事我都是尽力而为。"临到最后她说了这么一句话。

"你说得不错呀，"他回答说，"我非常喜欢珍妮。她到这里来，总是叫我感到高兴。说心里话，我是要她好呀，但是，我看，也许叫她别来还是上策，至少暂时请她不要来。"

那天晚上，布兰德又坐在他的安乐椅里，默默地琢磨着事态的新发展。他觉得，珍妮确实要比他过去想象的更可贵。现在他再也没法儿指望跟她会面了，这才开始觉得她以前短暂的来访该是多么有意思。他经过非常仔细的反复思考以后，觉得要解决旅馆里的流言蜚语，简直是无计可施。而且他最后断定，确实是他自己使那个姑娘处于一种非常难堪的境地了。

"唉，我也许不如趁早让这件小事就此收场吧，"他暗自思忖道，"我再这样干下去，可不是明智之举。"

布兰德得出了上面这样的结论，就返回华盛顿；等到参议员任期满了以后，才又回到哥伦布，静候总统提擢他，派他出国去当外交公使。

可他对珍妮依然丝毫没有忘怀。远离她的日子越长久，他的归心也就越急切。现在他又在自己的老地方长住下去了。有一天早晨，他拿起了手杖，款步往那座小屋的方向走去。到了小屋门前，他就毅然要进去，一敲门，出来开门迎接他的却是格哈特太太和她的女儿，母女脸上露着惊疑不已的微笑。参议员含含糊糊地说明他前些时候离开过哥伦布，又提到了洗衣服的问题，好像这是他特地上门来的目的。后来，母亲走开了，好让布兰德有片刻时间和珍妮单独会面。于是，他趁此机会对珍妮冒昧地说："明天晚上你跟我一起坐车兜兜风去，好不好？"他问。

"好的。"珍妮回答说，因为她觉得兜风这个新玩意儿是挺风光的。

他微笑了，抚摩了一下她的双颊，这会儿又看见了她，简直傻呵呵地乐了起来。在他看来，珍妮似乎是一天比一天更美丽了。她身上系着洁白的围裙，素雅的发辫盘在头顶，显得那么妩媚动人，叫哪一个男子见了都要回头张望。

参议员一直等到格哈特太太回来，因为此行目的已经达到，所以他就站起身来。

"明天晚上我要带你的女儿出去兜兜风，"他跟珍妮的母亲干脆讲明了，"我要跟她谈谈她的前途问题。"

"那敢情好！"母亲说。她并不觉得他这个提议有什么不妥当的地方。他们就在笑语声中握手告别了。

"这个人心眼儿可真好呀，"格哈特太太一语道破地说，"他不是常常夸你吗？也许他会帮助你去念书。你应该感到得意哩。"

"是的。"珍妮坦率地说。

"我可不知道这件事该不该告诉你父亲，"格哈特太太最后说道，"他不喜欢你晚上出门的。"

末了，她们决定不告诉他。他可能理解不了的。

转天他上门的时候，珍妮早已预备好了。他从起坐间的淡淡灯光里看出她，是特地为了他才打扮一番的，而且借这个机会把她最好的衣服都拿出来了。一件淡紫色方格花布衣服，浆过又烫过，看上去就像洗衣店里的样品，使她那娟秀的身姿显得佳妙无双。那件衣服上有一道相当高的领圈，袖口四周还镶着一点儿花边。她既不戴手套，也没有什么珠宝首饰，甚至连一件质地稍好的短外套都没有。可是，她的发型看上去非常雅致，衬在她漂亮的脑瓜儿上比任何帽子都好看，还有几缕秀发斜出旁逸在外边，就像一轮光环笼罩着她。布兰德提醒她最好穿上一件短外套，她犹豫了一会儿，这才走进屋里去，向她母亲借了一件素灰色羊毛披肩来。这时，布兰德才知道她没有短外套，但她也会考虑要出门而没有短外套这个问题，一想到这里，他心里感到非常难受。

"她宁愿在夜里受凉，"他暗自思忖道，"可就是一字不提啊。"

他望着珍妮，仿佛若有所思地摇摇他的头。随后，他们就出发了。

布兰德马上就忘掉了一切，脑瓜里只知道珍妮偎依在自己身旁，该有多神气。这时，珍妮带着一种温柔的少女的热情，毫无拘束地跟他谈着话，使他感到她好像有一种不可抗拒的魅力。

那时，在一轮冉冉上升的新月的掩映下，路旁的树木笼罩在黄澄澄的光影里，朦朦胧胧，显得格外可爱。就在珍妮叫他留神观看的时候，他却对她这样说："啊，珍妮，你真了不起。你要是念过一点儿书，我相信你一定会写诗呢。"

"您猜我真的会写诗？"她天真地问。

"我哪儿是在猜，小姑娘，"他握住她的手说，"我哪儿是在猜，不，我早就知道了。你是世界上最最可爱的一个小小的幻想家，你当然会写诗啰。你的生活里充满诗情画意。你本身就是——诗，我的好姑娘。至于写什么，你可不必发愁。"

只有这一篇颂词才让她深深地为之感动，他总是爱说类似这样好听的话。天底下有谁能像他这样喜欢她，看重她，哪怕只及到他一半的，也还没有呢。唉，他这个人心眼儿多好啊！人人都这么说，就是她自己的父亲也这么说。

他们的车子越走越远了，这时，他才突然想了起来，说："不知道现在什么时候了，咱们该回头走了。你身边带表没有？"

珍妮吓了一跳，因为这一块表——正是她希望他不要再提到的一件东西。他从华盛顿回来以后，她一直惦着的就是这一桩心事。

那是在参议员离开哥伦布期间，她家里的经济十分拮据，她不得不把那块表送进了当铺。那时，玛莎的衣服早已千疮百孔，不换一件新的就没法儿上学去了，经过反复讨论，才决定把那块表当掉。

于是，巴斯拿了那块表，跟当地的一家当铺老板舌敝唇焦地说了好久，才当了十块钱拿回家来。格哈特太太把这笔钱通通都花在孩子们身上，她才算松了一口气。玛莎的样子仿佛好看多了，珍妮心里自然是高兴的。

可是现在，参议员问到了那块金表，她仿佛觉得受惩罚的时刻已到了。实际上，她已在浑身发抖了，布兰德也觉察到了她的窘状。

"怎么啦，珍妮，"参议员轻声地说，"你为什么吓成那个样子？"

"没有什么。"她回答说。

"你身上带表没有？"

她停了一会儿，因为她觉得不能故意说假话。一阵难堪的沉默之后，她才说:"没有呀，先生。"他觉得她的声音里有一种抽抽噎噎的呜咽，所以相信她说的是实话，但他还是一个劲儿问她，于是，她把事情的来龙去脉全都说出来了。

"我的心肝儿，"参议员说，"你心里别难过。像你这么好的姑娘天底下再也找不出第二个来。赶明儿我替你把表赎回来。从今以后，你要是短缺什么东西，就来找我好了。你听见了吗？现在我要你答应我。我要是不在城里，你就写信告诉我。今后我会经常跟你保持联系的，你随时都会知道我的地址。只要跟我言语一声，我就会给你帮助的。你明白了吗？"

"明白了。"珍妮说。

"现在你愿不愿意答应我的这个要求？"

"我愿意。"她回答说。

有一会儿，他们俩谁都没有说话。

春意恼人的夜晚，使他的感情骤然迸发了。最后，他终于说了出来："珍妮，我似乎相信，没有你，我简直活不下去了。你说，从今以后，你肯答应跟我生活在一起吗？"

这时，珍妮两眼望着别处，还不十分明白他说这些话的意思。

"我可不知道。"她模棱两可地说。

"那你就好好想一想吧，"他愉快地说，"我说话是算数的。你愿不愿意嫁给我，好让我送你去念几年书？"

"离了家去念书？"

"是的，就在你嫁给我之后。"

"我想，总可以吧。"她回答说。她心里忽然想起了她的母亲，也许她多少还能给家里一些接济呢。

布兰德仔细端详着她，想要看出她脸上有怎么样的表情。那时，天还没有黑，月儿正悬在东边的树顶上，数不清的星星显得黯然失色了。

"珍妮，难道你一点儿都不关心我吗？"他问。

"哪儿的话！"

"可是你再也不上我那里来取衣服哩。"他马上回答说。她一听见他这句伤心话很感动。

"这就怨不得我了，"她回答说，"我可没有办法啊，妈妈说还是不去的好。"

"这话不错，"布兰德表示赞同地说，"你别难过，我只是在跟你开玩笑。你要是能去，一定很高兴去的，是不是？"

"是的，我一定高兴去的。"她坦率地回答。

他无限深情地握着她的手，紧紧地握住不放，他刚才说过的那些温言款语——她仿佛觉得有加倍的分量似的。珍妮感情冲动地站了起来，搂住他。"你待我这么好。"她说话的声调里好像充满着女儿的深情。

"珍妮，你是我的意中人，"他怀着一片深情说，"为了你，无论什么事情我都乐意干。"

第六章　格哈特一家的争吵

　　说到这个不幸家庭的主人——威廉·格哈特，倒是一个相当有趣的人物。他出生在萨克森王国，性格很倔强，在十八岁那年，因为反对不合理的征兵制，逃到了巴黎。后来，他又离开巴黎来到了充满希望的乐土——美国。

　　到了美国之后，他就慢慢地、一程接一程地从纽约迁往费城，然后再到西部各地，有一段时期在宾夕法尼亚各家玻璃工厂里做过工。后来，他在这新世界的一个充满浪漫情调的村子里找到了他的意中人，她是一个德国血统的质朴的美国姑娘。他们先是移居扬斯敦，又从那里迁到哥伦布，每次都是跟着一个名叫哈蒙德的玻璃厂商走，因为哈蒙德的生意总是兴衰交替。

　　格哈特是一个诚实的人，只要人家能赏识他那诚笃正直的性格，他的心里就高兴。"威廉，"他的雇主动不动就对他说，"我之所以要用你，就是因为你——我信得过。"他认为，这句话要比金银财宝还都珍贵呢。

　　他的为人诚实如同他的宗教信念一样，完全是从祖上遗传下来的。这一点他自己从来都没有想到过。他的父亲和祖父都是骨气很硬的德国手艺人，从来没有骗过人家一块钱，而这种诚实的天性后来就原封不动地流进他的血管里去了。

　　多年来，他无论在礼拜堂还是在家里都是虔诚恪守教规，所以他对路德宗教会的信仰不时地得到加强。在他父亲的小屋子里，路德宗教会牧师的影响历来是最强大的。因此他继承了这样的一种信念，认为路德宗教会是一个尽善尽美的团体，它所阐述的有关来世的教义，是非常重要的。他的妻子名义上虽属孟诺教派①，却十分乐于接受她丈夫的信条。因此，他一家人都虔信上帝。他们无论到什么地方安家，首先成为当地路德宗教会礼拜堂里热心的会众，而路德宗教会的牧师总是格哈特家里的座上客。

哥伦布城教堂里的旺特牧师是一个诚笃热心的基督徒，但是他的脾气很顽固，加上那不可触犯的正统观念，使得他十分褊狭。他认为，他的教徒们要是一味跳舞、玩牌、看戏，到头来他们的灵魂就得不到最后的拯救。他总是毫不迟疑地大声疾呼，说要是有谁不听他的劝诫，赶明儿就要被地狱一口吞下去。饮酒，哪怕是偶尔沾沾唇，也算是一种罪孽。至于抽烟呢——瞧，他自己还不是照样抽？可是正当的婚姻行为，以及结婚以前的纯洁，都是每一个基督徒安身立命的绝对条件。

他曾经说过，做女儿的要是保持不了她的贞操，做父母的要是疏忽大意，纵容她去堕落，那就不要侈谈什么灵魂的最后得救了。凡是这样的人，地狱正张开大嘴等着他们呢。你如果要想避免上帝的惩罚，那就必须走正道，而公正的上帝每天都要对罪人发怒。

格哈特和他的妻子，还有珍妮，对于旺特牧师精心阐述的教义，都毫无保留地接受了。但是，珍妮只不过是表面上同意罢了。

宗教至今对她还没有什么明显的影响。她知道有一个天堂，觉得挺有意思，可是一想到还有一个地狱，就毛骨悚然了。青年男女都应该好好地做人，听父母的话。至于整套的宗教观念，她心里简直乱糟糟的，茫无头绪。

格哈特相信，只要是在教堂里讲坛上说过的都是千真万确的，死后和转生——在他看来都是实有其事的。

现在，随着岁月流逝，人世间的问题变得越发难以理解了，格哈特还是死心塌地相信那些万应妙方的教义。啊，要是他活着的时候真的为人正直，诚实可信，将来上帝就没法儿借口把他逐出天堂！如今他不但替自己，而且替他的

---

① 基督教新教的一派，系荷兰教士孟诺·西蒙斯（1496—1561）的信徒，不信原罪，反对暴力、洗礼、与别的教派的人结婚等等。

妻子儿女担惊受怕，将来有一天他不是要替他们承担责任吗？他要是疏怠偷懒，教导无方，使他们认不清永生的规律，最后的结局还不是他自己跟他们同遭天罚吗？他自己常常想象下地狱的苦景，真不知道大限到来时，他和他的亲骨肉会落到怎样的境地。

既然怀着这样深笃的宗教感情，格哈特对待孩子们的态度自然是非常严峻的。他喜欢侧目窥视着青年人寻欢作乐及其流露的弱点。父亲要是不表态，珍妮就永远不准谈情说爱。她在哥伦布的大街上也许跟年轻的小伙子互送秋波，一回到家里就得完全断念。格哈特忘了从前他自己也有过青春的经历，但如今只关心珍妮的灵魂的最后拯救。所以，那位参议员就成为她生活中的一个新奇的因素了。

参议员布兰德刚刚开始成为他们家庭生活的一部分时，格哈特老爹的那些传统概念已被证明靠不住了。他根本没有办法来评定这样的一个人物，向他的漂亮女儿求爱的布兰德——可不是一个寻常人。

布兰德闯进他们家庭生活的方式很别致，而又似乎可信，所以，他在人家还来不及加以考虑前，就已成为他家中有活力的一部分了。格哈特自己也受了骗：有了这样一个靠山，他就只指望荣誉和利益源源不绝地流到自己家里来，心安理得地接受他的关注和帮助，从而太太平平地过日子。布兰德在那快乐的圣诞节前后遣人送来过许多礼物，他的妻子始终没有告诉他这事。

可是有一天早晨，格哈特刚下夜班走在回家的路上，一个名叫奥托·韦弗的邻居特地过来招呼他。

"格哈特，"他说，"我想跟你说句话。你我都是老相识啦，不论我耳朵里听见了什么话，都得告诉你。你知道，街坊邻居都在议论到你家来看你女儿的那个人。"

"来看我女儿的？"这一突然袭击使格哈特说话时感到了难以用言语形容的困惑和痛苦，"你说的是哪一个？我可不知道有谁来我家看过我女儿。"

"难道你不知道吗？"韦弗反问时，几乎跟格哈特一样大为惊讶。

"就是那个头发花白的中年男子，有时候他还拿着一根手杖。你不认识他吗？"

格哈特竭力回忆着，脸上露出惶惑的神色。

"据说他从前还当过参议员呢。"韦弗接下去说，心里却将信将疑，"这事我可不知道。"

"啊，"格哈特松了一大口气，回答说，"是参议员布兰德啊。不错。有时候他倒是来过的。你说，那又怎么样呢？"

"没有什么，"他的邻居说，"只不过人们在说闲话罢了。你知道，他可不是一个小伙子了，你的女儿近来跟他一起出去过好几回。人家看见了，都在议论她。我想，你也许应该过问一下。"

格哈特一听见这些可怕的话，直气得浑身颤抖起来。人们说这些话一定不会平白无故的，珍妮和她母女俩已铸成大错。但他毫不犹豫，仍要替他女儿进行辩护。

"他是我们家的朋友嘛，"格哈特惶惑地说，"人们应该言之有据才是。我的女儿压根儿没有做过坏事。"

"既然这样，那就算啦，"韦弗继续说，"人们尽是瞎扯淡。你我是老朋友。我想，这件事你也许应该过问一下。"

格哈特一动也不动站了一会儿。他张大嘴巴，露出一种异常的孤苦无告的神情。要知道，一旦遭人敌视，该有多可怕！而舆论和口碑又是何等重要。他，格哈特，本来就是循规蹈矩地过着苦日子的，为什么人们还不肯高抬贵手，放他过去呢？

"谢谢你的好意，"他转身回家，嘴里却喃喃自语道，"我也要去了解一下，再见。"

他一到家，就查问起他的妻子来。

"参议员布兰德来家里看珍妮，那是怎么一回事？"他用德语问，"街坊都在说闲话呢。"

"啊，没有什么。"格哈特太太也用德语回答说。显然，丈夫这一问把她吓了一跳，"他来过此地两三次。"

"你以前可没有跟我说过。"他回答说。见到她这样纵容、袒护自己的孩子，他有些恼火了。

"不，我说倒是说过的，"她窘相毕露地说，"他只来过两三次嘛。"

"两三次！"格哈特大声嚷了起来，德国人本来习惯用大嗓门说话。

"两三次！街坊都在说闲话了。那你说到底是怎么一回事？"

"他只来过两三次嘛。"格哈特太太有气无力地又重复了一遍。

"刚才韦弗在街上碰到我，"格哈特继续说，"他跟我说，邻居都在议论跟女儿一块出去溜达的那个男人。这件事我什么都不知道。我像傻瓜一样站着听他的话，真是叫我有口难言。那到底是怎么回事啊？不知道他会把我看成什么样的人！"

"实在是不沾边的事，"格哈特太太用一句深刻有力的德国惯用语说，"珍妮跟他出去溜达过一两次，他也上咱们家里来过。这些事都是明摆着的，人们为什么瞎扯淡呢？难道说姑娘们就不兴有一点儿娱乐吗？"

"可他是一个老头儿，"格哈特援引韦弗的话说，"他是一个知名人物。他干吗要来看珍妮这样的小丫头？"

"那我不知道，"格哈特太太给自己辩护说，"是他自个儿上咱们家来的。我只知道他是个好人。你说，我能不让他来吗？"

格哈特听后，并没有吭声。他所了解的那位参议员是极好的，那现在又为什么要说得这么可怕呢？

"街坊总爱议论人的。我想，现在他们备不住是没别的话可说，所以就说到珍妮身上来了。她是不是个好姑娘，你心里是有数的。他们干吗要说这样的闲话呢？"她这样说着，泪水从那软心肠的做母亲的眼里掉了下来。

"那就得了，"格哈特喃喃地说，"可是他不应该上咱们家来，领了像她这样年纪的女孩子出去溜达。就算他不坏念头，看起来也是不成体统的。"

这时，珍妮进来了。她本来已听见父母在前面小房间（平时珍妮和一个妹妹就睡在那里）说着话，可并没有听出话里的意思来。此刻她进来了，她母亲把身子侧转过去，低着头，俯在桌子上继续做饼子，不让女儿看见她红肿了的眼睛。

"出了什么事？"珍妮开口问道，看见父母俩都紧张得缄口不言，心里不免感到惶惑。

"没有事。"格哈特断然地说。

这时，格哈特太太并没有表态，她那呆若木鸡的样子却是意味深长的。珍妮走到母亲身边，马上发现了她刚才掉过眼泪。

"什么事啊？"她直瞅着父亲，惊疑不止地又问了一遍。

格哈特只是伫立在那里，他女儿的天真无邪已经把他对罪恶的恐惧心理一扫而光了。

"到底出了什么事？"她又轻声地追问母亲。

"哦，都是那些街坊，"母亲语不成声地回答说，"他们尽是喜欢无中生有，瞎扯淡。"

"又在说我的闲话吗？"珍妮问。她脸上微微红了。

"你看，"格哈特的口气显然是在昭示世人，"她自己也都知道了。那么，你为什么不告诉我他来过此地呢？街坊邻居都议论开了，可是我一直蒙在鼓里，到今天才知道。你说，这到底是怎么回事啊？"

"我，"珍妮纯然是因为同情她的母亲，大声嚷了起来，"这又有什么关系呢？"

"有什么关系？"格哈特仍旧用德语大声嚷道，虽然珍妮刚才是用英语来回答他的，"有人在街上拦住我谈起这件事情，你还说又有什么关系？亏你说得出来，真是没羞没臊！那个人我本来对他印象还不错，可是你们娘儿俩偏不告诉我，要等到别人向我通风报信，真叫我想不通！难道我家里的事非得通过街坊告诉我吗？"

母女俩一下子都愣住了，珍妮这才开始觉得，她们是大错特错了。

"我从来没有做过什么坏事，谈不上向您隐瞒不隐瞒，"她说，"其实他只带我出去兜过一回风。"

"是的，可你从没有跟我说过。"她的父亲回答说。

"我知道您是不乐意我天黑以后出去的，"珍妮说，"所以当时我就没有告诉您。此外也就没什么可瞒您的了。"

"问题是，他不应该在天黑以后带你出去，"一向留心外面风言风语的格哈特说，"他要你干什么？他干吗要上这儿来？唉，他有那么大的年纪了。像你这样的黄毛丫头——我看，你不应该跟他有什么交往的。"

"他只是一心想帮助我，"珍妮喃喃自语，"他要跟我结婚。"

"跟你结婚，嘿！嘿！为什么他自己不跟我说！"格哈特大声嚷道，"这个事我可要弄弄清楚了。我不乐意他老是缠着我女儿，叫街坊说闲话。再说，他年纪也太大了。赶明儿我要直截了当地告诉他。他应该知道，让一个姑娘给人家随便说闲话，这可要不得。今后，别让他上咱们家来。"

格哈特的这番吓唬，在珍妮母女俩看来实在是非常可怕的，难道他真的叫布兰德不要登门吗？像他这样的态度究竟会有什么好处呢？难道她们在布兰德面前就非得要堕落不可吗？事后，在格哈特外出干活儿的时候，布兰德当然又来过家里，那时她们生怕父亲发觉还都吓得浑身直发抖。几天以后，布兰德又来找珍妮出去溜达了好半天，这事她们母女谁都没有告诉格哈特。不过瞒不了多久，他就知道了。

"珍妮又跟那个人出去过了吗？"转天晚上，他就追问格哈特太太。

"昨天晚上他来过这儿了。"她含糊其辞地回答。

"她关照过他今后不要再来吗？"

"我可不知道。我想，也许没有关照吧。"

"好吧，那就由我自己来办，看看这种事能不能马上刹住，"父亲毅然地说，"我自己跟他谈去，等他下次再来就说。"

既然下了这个决心，有三个晚上格哈特就抽个空从厂里回来，每次都在家里仔细地巡视一遍，看有没有客人在家里。到了第四天晚上，布兰德果然来了，招呼珍妮，尽管这时她心里紧张极了，但他还是照旧带她出去溜达了。珍妮害怕她父亲，生怕闹出不体面的事情来，可她真的不知道该怎么办才好。

那时，格哈特快要到家，眼看着她走出了家门，他觉得证据已经足够了。他就不紧不慢地走进屋里，冲着格哈特太太说："珍妮上哪儿去了？"

"她出去了。"她的母亲说。

"是的，我知道她上哪儿去了，"格哈特说，"我看见她了。好吧，等她一回来，我要跟他当面谈。"

他心平气和地坐了下来，一面看一份德文报纸，一面留心观察他的妻子，最后听见大门咯吱响了一声，随即前屋房门打开，他才站了起来。

"刚才你上哪儿去了？"他用德语大声嚷道。

布兰德没料到会碰上这样的窘境，心里不由得感到懊恼不安。珍妮简直慌了神。她的母亲身在厨房，心里却感到一阵阵剧痛。

"哦，刚才我出去溜达了。"珍妮十分尴尬地回答说。

"我不是叫你天黑以后不要再出门吗？"格哈特说，根本不理睬布兰德。

珍妮满脸涨得通红，一句话都说不出来。

"什么事呀？"布兰德神情严肃地问，"你为什么要这个样子跟她说话？"

"天黑以后，她就不该出去，"格哈特粗鲁地回答说，"我关照过她两三次了。我想，今后你也不该再上这儿来了。"

"为什么？"参议员反问了一句，就顿住了，然后字斟句酌地说，"这不是怪事吗？试问，你的女儿究竟做过什么不好的事？"

"做过什么不好的事！"格哈特大声嚷道。他因神经极度紧张，心里越来越激动，结果连英语的重音都说不清楚了，"不应该，她就是不应该深更半夜地满街乱跑。我可不让我的女儿在天黑以后跟你这样年纪的男人出去乱转。您到底要她干什么？她说起来还是个毛头孩子呢。"

"什么？"参议员死乞白赖地要挽回他的面子，"当然，我想要跟她谈一谈。她已经到了足以引起我的兴趣的年龄了，我还要跟她结婚，要是她同意。"

"现在我要你马上滚出去，今后不准再来，"这时气得昏头昏脑的父亲就摆出平日一家之主的强硬态度回答说，"从今以后，我不让你再进我的家门。我的女儿给你带出去，得了个坏名声，你给我添的麻烦，真够我受的！"

"我老实告诉你，"参议员挺起胸脯来说，"你现在就得把话讲明白才行。我并没有做过什么亏心事，你的女儿并没有因为我而受到任何损害。现在，我要了解清楚你这种行为到底是什么意思。"

"我的意思，"格哈特这时愤愤地重复着说，"我的意思，我的意思是说——街坊都议论开了，说你趁我不在家的时候常常上这儿来，带着我的女儿去兜风，去溜达——我的意思就是这些。我说，你可不是一个正人君子，要不然你就不会带着一个完全可以做你闺女的小丫头满处乱转。你的德行——人们早就详细告诉我了。我只要你马上走开，别再缠住我的女儿。"

"人们！"参议员重复说了一遍，"得了吧，我才不管你的什么人们不人们。我爱你的女儿，而我上这里来看她，就是因为我爱她。我的意思就是要跟她结婚。如果你的街坊要说闲话，就让他们说去吧。你还没有领会清楚我的意思就这样来对待我，那是毫无道理的。"

珍妮被这一场突如其来的可怕的争吵吓昏了，就连忙躲进通向吃饭间的一头门里去。她的母亲一看见她，就走过来了。

"哦，"她的母亲激动地直喘着气说，"他是你不在家的时候回来的。现在叫我们怎么办呢？"她们母女俩抱在一起，默默地哭泣着。那两个男子汉还在争辩不休。

"结婚，嗯，"父亲大声嚷道，"当真是结婚吗？"

"是的，"参议员回答说，"结婚，一点儿都不错。你的女儿已经十八了，她自己可以做主了。你侮辱了我，并且伤害了你女儿的感情。现在我要你明白，这事并没有完。抛开那些风言风语，你要是还举得出我的不是，那就请你当面说吧。"

参议员几乎大义凛然地仁立在珍妮父亲面前。布兰德说话既不声嘶力竭，态度上也不是怒气冲冲，但从他嘴唇周围绷得紧紧的线条来看，他这个人确实是果断有力的。

"我不想跟你再谈什么了。"格哈特气冲冲地说。这时他虽然有些泄气，但并没有被吓倒，"女儿终究是我的女儿。至于她夜里该不该出去，还是该不该嫁给你，那只有我一个人说了算数。你们这些政客我可领教过了。我头一次见到你的时候，还当你是个好人，现在见你跟我女儿有那种表现，我对你也就无话可说了。现在只请你马上走开，今后不要再进我的家门。我对你的要求就是这些。"

"请原谅，格哈特太太，"这时布兰德已撇开那个怒不可遏的父亲，说，"我在你府上引起了这样的一场争吵。我没想到你的丈夫是反对我到府上来的。不过这件事情我看只好暂时放一放，别去管它。你千万不要认为这事好像就糟了。"

格哈特想不到他的态度如此冷静，惊讶地直瞅着他。

"现在我走了，"他转过身去又对格哈特说，"你可千万不要认为这件事我就永远不提了。今天晚上你的确干了一件天大的错事。但愿有朝一日你会明白过来。再见，祝你晚安。"他微微鞠了一躬，就走出去了。

格哈特使劲儿地把房门关紧。"现在，"他转过身来跟母女俩说，"咱们合计合计要不要把这个人甩掉。我早就跟你们说过，既然人家都在说闲话，怎么还能深更半夜地满街乱跑呢。"

现在，这场争吵在言谈上算是止住了，但是，从大家的脸色和情绪来看，似乎芥蒂很深，不可小看，因为随后几天之内，那座小屋子里几乎听不见谈笑的声音了。格哈特一想到自己的工作是布兰德荐给他的，就决定干脆离职。他又声明今后不准他家里人再给参议员洗衣服。至于格哈特太太在旅馆里的工作，是她自己费了很大劲儿找来的，格哈特要是不知道这一点，本来也会不让她继续做下去的。反正他认为这样的工作总是一点儿好处都没有的。要是当初她没有找到那家旅馆，今日沸沸扬扬的传闻又从何而起？

至于参议员本人，碰了一鼻子灰之后就断然走了。街坊的流言蜚语本来已经糟透了，但像他那种有地位的人如此有失自己的身份地被卷了进去，实在有点儿犯不着。面对这种局面，他简直束手无策，但还没有想出好办法来，一晃几天，时间已经过去了。不久，他应召前往华盛顿，临走的时候来不及跟珍妮再见一面。

在这段时间里，格哈特一家人如同往日一样挣扎着过日子。的确，他们很穷，可是格哈特宁愿受穷，只要光明正大，虽穷无怨。不过话又说回来，欠杂货铺的账还是有增无减，孩子们的衣服越来越没法儿穿了。

他们不得不把腰带勒得更紧，而且格哈特本来竭力想还清的旧账如今也只好分文不还了。

后来有一天，他们发觉正是拿房子做抵押的借款年利到期的日子；接着又有一天，两家杂货铺的老板在街上碰到格哈特，一起向他讨还数目不大的欠账。他只得马上跟他们说明自己不名一文，并且要他们相信他说话有一是一，自己一定要竭尽全力设法归还。但是这些倒霉的事情，使他精神错乱起来了。他一面干活儿一面祷告祈求上苍恩典，还毫不迟疑地利用他理应睡觉的时间，只要天上还有点儿亮光，就疲于奔命地到处寻找工作——不论收入较好的工作，还是偶尔碰上的零活，其中有一项就是割草。

格哈特太太提出反对，说他这样干下去简直不要命了，他却一一列举家里的窘况，说明自己万般无奈才这么干的："人们在街上拦住我向我要钱，我哪有时间再睡觉呢？"

他们一家人的境况确实够困苦了。

祸不单行，塞巴斯蒂安偏偏在这时候进了监狱。原因是他那偷煤的老办法使用次数多了，不免露了马脚。有一天晚上，他叫珍妮和孩子们等着接应，自己刚爬上煤车，就被铁路上的侦探逮住了。最近两年里，偷煤的事件层出不穷，但因数量有限，铁路上也就不大注意。可是后来托运的客户抱怨说从宾夕法尼亚煤场运往克利夫兰、辛辛那提、芝加哥等地的煤块一路上丢失竟达数千磅之多，侦探们便奉命出动了。

本来靠偷铁路上的煤块过日子的也不仅仅是格哈特家的孩子。在哥伦布，有许多人家也常常干这个行当的，只是塞巴斯蒂安不早不晚，刚好被抓住当作替罪羊罢了。

"喂，你下来。"突然从阴影里出现的侦探说。珍妮和孩子们马上丢下篮子、桶子就逃。塞巴斯蒂安的头一个念头就是想先跳下车，然后逃走，但是没料到那个侦探一把拽住了他的上衣。

"站住，"他大声嚷道，"我正找你呢！"

"喂，快撒手！"塞巴斯蒂安疯狂地说，因为他可不是一个懦弱的孩子。虽然他这个人很坚强而又果断有力，在这时却知道自己已陷入困境。

"快撒手，我就跟你说。"他又重复了一遍，身子顺势往前一冲，几乎把那个侦探撞倒了。

"下来。"那个侦探说，狠命地把他往下拽，想要显显自己的威风。

塞巴斯蒂安只得跳下车来，可是顺势一拳，把他的对手打得摇摇晃晃，连脚跟都站不稳了。

两个人搏斗了一阵，随后有一个过路的铁路工人赶来帮了那个侦探的忙。两人好歹把他扭至车站，报告驻地警官之后，就将他送进了监狱。这时，塞巴斯蒂安身上的衣服全被扯烂了，手上脸上伤痕累累，一只眼睛也被打肿了，就这样被关押了一夜。

孩子们回家以后，也不知道塞巴斯蒂安究竟怎样了，但一直等到九点钟、十点钟、十一点钟都敲过了，还不见塞巴斯蒂安回来，格哈特太太可急坏了。他虽然经常是半夜十二点、一点才回来的，可是那天夜里，他的母亲预感到出了什么可怕的事情，到了半夜一点半，仍然不见塞巴斯蒂安的影子，她就哭起来了。

"应该派人去通知你的父亲，"她说，"说不定巴斯进了监狱。"

珍妮自告奋勇，正在熟睡的乔治这会儿也被叫醒，跟他的姐姐一同去。

"什么事？"格哈特一看见他的两个孩子，不觉大吃一惊。

"巴斯到现在还没有回家。"珍妮说。接着，她向父亲叙述了当天晚上遇险的经过。

格哈特立刻放下他的工作，同两个孩子一起走了出来。到了一个地点，他才拐弯朝着监狱那边走去。他已经猜到儿子出了什么事，心里感到非常难过。

"难道真要这样吗！"他激动不安地叨咕着说，用他的那双粗手擦着汗淋淋的额角。

到了警察局，值班的警官三言两语地告诉他巴斯已被收押。

"塞巴斯蒂安·格哈特吗？"他一面查看名册，一面说，"是的，押在这儿。他偷煤，还拒捕。他是你的孩子吗？"

"哎哟哟，天哪！"格哈特说，"我的上帝。"① 他万分悲痛地来回搓手。

"要见见他吗？"那个警官说。

"是的，是的。"父亲说。

"带他到后面去，弗雷特，"那个警官对值班的看守员说，"让他去见自己的儿子。"

格哈特站在隔壁的那个房间里，一见到带上来的塞巴斯蒂安身上青一块、紫一块的，就伤心地哭起来了，一时竟说不出话来。

"别哭呀，爸爸。"塞巴斯蒂安说，他真是好样的，"我可是没有办法呀。得了。明儿早上我就出来了。"

格哈特只是心痛得浑身直发抖。

"别哭啦，"塞巴斯蒂安竭力忍住泪水，接下去说，"我就要出去了，哭管什么用呢？"

"我明白，我明白，"满头白发的父亲伤心地说，"可我忍不住呀，都怪我让你去干这样的事呀。"

"不，不，不怪您的，"塞巴斯蒂安说，"您也是毫无办法呀，母亲知道了没有？"

"哦，她知道了，"他回答说，"珍妮和乔治刚才上我那儿去通知我的。直到现在，我才闹清楚了。"说着，他又哭了起来。

"得了，您别难过。"巴斯接下去说。他性格中最优秀的东西一下子都表现出来了，"我的事情就会过去的。您只管回去工作，别着急了。我的事情就会过去的。"

"你的眼睛怎么会受伤的？"父亲看见他的眼睛红肿了，这样问他。

"哦，当时我同那个捉我的人还对打了一阵子呢。"那个孩子勇敢地笑着说，"我想，我也许可以逃走的。"

"你不该那么干的，塞巴斯蒂安，"父亲说，"你苦头说不定会吃得更多。你

---

① 原文为德语。

的案子什么时候了结？"

"他们通知我说明儿早上，"巴斯说，"九点钟。"

格哈特和他的儿子又待了一会儿，商量有关具保、罚款、坐牢等问题，但都得不到具体的结果。末了，这个老头儿好歹被巴斯劝了回去，但临别时又叫他感到一阵心酸；他浑身哆嗦着，抽抽噎噎地被人带走了。

"这可是难受极了。"巴斯在押回囚室时暗自思忖道。他一想起父亲就心如刀割，"我真不知道妈妈又该怎么样了。"

"当时我先下手把那个家伙打倒在地该多好，"他说，"我没有撒腿就逃，真是个大傻瓜！"他一想到这里，真是伤心极了。

第七章　珍妮的牺牲

　　格哈特已陷于绝望之中；从深夜两点至翌晨九点这段时间里，他真不知道该去向谁求告。他回家跟妻子商量了一下，又回去上班了。该怎么办呢？他想到只有一个朋友能够——说不定也还乐意帮助他。这个人就是制造玻璃的厂商哈蒙德，无奈那时正好不在城里，不过格哈特并不知道。

　　到了九点钟，他独自一人上了法庭，因为他心里想家里人还是不去为好。有什么情况，他马上就会转告格哈特太太，反正他打算去一会儿就回来。

　　格哈特不得不在那里等了很久，才见到塞巴斯蒂安出庭来了，因为在他前头还安排了好几个犯人，最后叫到了他的名字。塞巴斯蒂安这个孩子就被推到被告席上。

　　"法官先生，他偷煤，还拒捕。"那个逮捕他的警官向法官作了情况说明。

　　法官仔细地打量着塞巴斯蒂安，看到小伙子的脸上伤痕累累，确实印象不佳。

　　"喂，小伙子，"他说，"你有什么话要给自己申辩吗？你眼边的乌青块是怎么来的？"

　　塞巴斯蒂安望着法官，但是没有回答。

　　"是我逮住他的，"那个侦探说，"他正趴在咱们公司的一个车皮上。他拼命地想要逃走，我去抓他的时候，他还动手打人。"他掉过头来指着当时帮他抓人的一个铁路工人，又补上一句说，"见证人就在这儿。"

"你的那部位就是被他打的吗？"法官发现侦探肿起的下巴问。

"是的，先生。"他回答说，他觉得有进一步出气的机会心里很高兴。

"如果容许我说，"格哈特身子往前一冲，插进来说，"他是我的孩子。是我叫他去捡煤块的。他——"

"他要是在站场旁边捡煤块，我们管不着，"侦探打断了他的话，"可他是从车皮上扔煤块给他的五六个同伙。"

"难道你挣的钱不够，非去偷煤车不可吗？"法官问，但父子俩还来不及回答，法官又接着问，"你是干哪一行的？"

"修车工。"塞巴斯蒂安说。

"那你呢？"他又指着格哈特问。

"我在密勒家具厂守更。"

"哼，"法官觉得塞巴斯蒂安的态度仍然气呼呼的，还是不服输，就这么说，"好吧，这个青年人本来倒是可以不做偷煤论处，但是他乱抡拳头也似乎太放肆了。偷煤这类事在哥伦布城里委实太多了，罚他十块钱就得了。"

"要是容许我说，"格哈特刚要开口说话，庭警早已把他推出去了。

"我可不要听他再唠叨了，"法官说，"反正他的态度倔强得很。下一个案子是什么？"

格哈特打他孩子身边走过，心里觉得挺羞愧，幸好判决的结果还不算最坏。这笔款子——反正他暗自思忖，总可以筹措到的。格哈特走过来时，塞巴斯蒂安关心地望着他。

"一切都顺利，"巴斯竭力安慰父亲说，"他就是不给我一点儿说话的机会。"

"幸好罚得还算不多，"格哈特激动地说，"我们就想方设法弄钱去吧。"

格哈特一回到家里，就把结果告诉了正在发愁的妻子和孩子们。

格哈特太太站在那里，脸色煞白，可是也算舒了一口气，因为十块钱看来好歹还能凑齐。珍妮瞠目结舌地听着父亲讲事情的来龙去脉，这对她来说是一次可怕的打击。可怜的巴斯！他一向是那么快活，那么厚道，连他都会锒铛入狱，简直是太可怕了。

格哈特匆匆地赶到哈蒙德的漂亮的宅邸，偏巧哈蒙德不在城里。于是他想起一个他从前偶然认识的名叫詹金斯的律师，可是詹金斯这时也不在事务所里。他跟好几个杂货铺和煤店的老板虽然挺熟，不过至今还欠着他们的钱呢。旺特牧师说不定会借钱给他，但想到要在那位好人面前丢丑，他心里真难受，也就迈不开步了。他还去找过一两个老朋友，但他们对他这种突如其来的奇怪请求感到震惊，也就都婉言谢绝了。直到四点钟，他才精疲力竭地回到了家里。

"我可不知道该怎么办才好，"他绝望地说，"我一点儿办法都想不出来了！"

珍妮想到了布兰德，但是情况还不允许她不顾一切地去求他帮忙，她深知父亲要反对她的这种做法，何况父亲当面侮辱过参议员，挺吓人的，她至今记忆犹新。她的那块表第二次进了当铺，她可不知道，还有什么别的办法可以弄到钱。

家庭会议一直开到十点半，什么办法都还定不下来。格哈特太太两眼直瞪着地板，只是一个劲儿地来回搓手，格哈特心烦意乱地叉开五指直挠着他那红褐色的头发。"全没有用的，"最后他说，"我简直一点儿办法都想不出来了。"

"珍妮，睡去吧，"她的母亲关心地说，"孩子们也都去睡吧，叫他们干坐着是没有用的。也许我会想出一些办法来。你就睡去吧。"

珍妮走到自己房里，可怎么也睡不着觉。在她父亲跟参议员争吵之后不久，她从报上知道参议员已上华盛顿去了。还没有他回来的消息。说不定他已在城里，也很难说。她面对镶在破衣柜上的一块小镜子站着，沉思默想。跟她同室的维罗尼加早已进入梦乡。她左思右想了好久，最后果断地下了决心。她要去见参议员布兰德，只要他在城里，是会给巴斯帮忙的。她为什么不去找他——要知道他是爱她的，曾经多次向她求婚，她为什么不该去找他帮忙呢？

她犹豫了一会儿，听见维罗尼加正在发出均匀的呼吸声。她就戴上帽子，穿上短外套，悄没声儿地打开起坐间的门，看看谁还在那里。

那时，除了格哈特在厨房摇椅上焦灼不安地来回摇动的声音以外，再也没有别的声音。除了她自己房里一盏小灯和厨房门底下透出来的一线灯光以外，再也没有别的亮光。她转过身去，把自己房里的灯熄了——然后悄悄地溜到前门。她开了前门，朝着黑夜走去。

下弦月淡淡的光里，仿佛默默地充满着一种生机盎然的情调，春天又快要到了。珍妮急匆匆地沿着幽暗的街道——那时弧光灯还没有发明——走去，一种恐惧的感觉埋在心底。现在她正要做的事该有多么轻率啊！参议员将会怎样接待她呢？他又会有怎样的感想呢？她突然呆若木鸡地站住，心中不免有所动摇和疑惑；不一会儿，她又想起了黑牢里的巴斯，就急匆匆地往前走去。

哥伦布大旅馆有个特点，就是无论夜里什么时候，一个女人都不难经由女子专用的入口到达旅馆各层楼。这家大旅馆跟时下许多别的旅馆一样，虽然还不是让人胡作非为的地方，但从管理上来说，有些地方未免太松弛，任何人都可以随意进去的，只有打后门走到前厅，才会被账房发觉。躲开那条路，进进出出也就没有人注意了。

珍妮走到旅馆那个入口处的时候，四下里都是黑洞洞的，只有过道里一盏灯发出暗淡的亮光。沿着二楼过道走去不远，就到了参议员的那个房间。她急匆匆地登上了楼梯，心里激动得很，以至脸色顿时发白，但是，尽管她心头就像来一场狂风暴雨似的，却始终没有让它外露出来。她一走到那熟悉的房门口，就踌躇不决了，她深恐房间里也许找不到他。她一想到说不定他真的就在房间里，却又浑身颤抖了。她看到从门上气窗里透出来一道光，就鼓足勇气去敲门了。她听见有人在里面咳嗽和走动的声响。

布兰德把房门一打开，简直大吃一惊。"怎么啦，珍妮？"他大声嚷道，"多有意思啊！我正惦着你哩。进来——进来。"

他用一阵热烈的拥抱来欢迎她。

"我正要去看你，你要相信我说的是实话。我一直都在想办法，要把这件事情澄清一下。现在你来了，真好。你可是碰到了什么麻烦事？"

他伸直胳臂拢住了她，仔细端详着她的愁容。在他看来，她是那么鲜艳美丽，好像刚摘下来的一朵百合花，还水灵灵地沾着晨露呢。

他觉得有一股柔情涌上心头。

"我有事来求你呢,"她终于硬着头皮说,"我的哥哥坐班房了。我们得花十块钱才能保他出来,我真不知道该上哪儿去想办法。"

"我可怜的孩子!"他一面擦热她的手,一面说,"你还要上哪儿去想办法呢?我不是跟你说过,你随时都可以来找我吗?无论什么事情,我都会替你做的,珍妮,难道你还不知道吗?"

"知道的。"她喘了一口气说。

"好吧,那件事你就不必再发愁啦。但是,可怜的孩子,命运怎么老是跟你过不去呢?你哥哥是怎么会坐班房的?"

"他从车皮上往下扔煤块时被他们逮住了。"她回答说。

"哦!"他说着,满腔的同情心不禁油然而生。原来,这个男孩子实际上正是命运逼得他非干不可才被捉住而挨罚的。深更半夜上门向他求告的这个姑娘,不过是为了——十块钱,它——在她看来是十万火急的一笔巨款,而在他简直是不足挂齿。"你哥哥的事情我会做出安排的,"他连忙说,"你别着急。半个钟头之内我就叫他出来。你就坐在这儿,尽管放心,等着我回来。"

他指着一盏大灯旁边自己坐的那张安乐椅示意她坐下,就急匆匆地从房里走出去了。

原来布兰德跟主管本县监狱的司法行政官员是熟悉的,他同主张罚款的法官也是认识的。他只花上五分钟的工夫,写了一张便条给那个法官,请他顾念到那孩子的声名前途,设法取消罚款,并派人把便条送到了他家。接着,他又花上十分钟的工夫,亲自去了趟监狱,找他那个老相识——司法行政官,请他当即就地释放塞巴斯蒂安。

"钱——在这儿,"他说,"如果罚款取消了,你可以把钱退回我。现在就让他走吧。"

那个司法行政官欣然同意,赶紧下楼去亲自把事情办妥了。惊讶万分的巴斯立时获释了,至于释放的理由,他们根本没有向他交代。

"这会儿行啦,"看守开锁时说,"你自由了。快回家去,那样的事情还是洗手不干吧，别叫他们再逮住你。"

巴斯就这样莫名其妙地回家去了。那位昔日的参议员也回到了旅馆，一路上琢磨着怎样处置这种微妙的局面。珍妮这次出来打交道，显然没有告诉她父亲，她一定是万般无奈才来找他的。此刻，她正在他房间里等着他呢。

每个人在一生中免不了要遇上一些关键性的时刻，那时他就会在两者之间动摇不定，是严格遵守道义和责任呢，还是只要遵循另一种行为准绳，个人的幸福就唾手可得。在这里，分界线远不是常常泾渭分明的。布兰德知道，自己即使跟她正式结了婚，因为她父亲的一味反对也会使事情变得很棘手。再加上公众舆论，这个问题就更加复杂了。试想他公开地娶了她，外界又会怎么议论呢？她生来就特别富有感情，这一点他是了解的。从审美观点和气质方面来看，她身上确实有一些东西绝不是芸芸众生所能理解的。至于这到底是一些什么东西，连他自己也不很清楚，只觉得她那无比丰富的内心世界，完全不是用理智，甚至也不是用经验来做出判断的，因而使哪一个男子都不免心存非分之想。"这个姑娘真了不起。"他这样想着，自己心里仿佛清晰地看见她就在眼前一样。

他一路上默默地想着下一步该怎么办，不觉已走进了他的旅馆，回到了他的房间。他一进门，又为她的美和她那不可抗拒的魅力倾倒。在那一圈遮罩的辉煌灯光里，她——在他看来——就像是一个惊人的具有无穷潜力的人物。

"好吧，"他竭力显出平静的样子说："你的哥哥我去看过了，他已经出狱了。"

她立刻站起身来。

"啊！"她禁不住喊了出来，轻拍了一下自己的双手，便把两条胳臂向他伸了过来。她的眼里噙着感激的泪花。

他看见了她的泪水，就走上一步，跟她挨得更近了。"珍妮，谢天谢地你别哭啦，"他恳求地说，"你这个天使，你这个仁慈的女神！瞧你已经做出了牺牲，怎么又在掉眼泪！"

他不由得把她拽到自己身旁，他几十年来谨小慎微的作风，一下子连影儿都不见了。他心里只想到了需要和满足。命运屡经挫折之后，终于带给他最渴望的东西——爱，和一个令他心爱的女人。他把她搂在怀里，不断地亲吻她。

　　英国人杰弗里斯①曾经告诉我们，说造就一个十全十美的处女，需要一百五十年的时间，"这种珍贵的气质，就是摄取天地万物之间所有一切魅人的精华。它——来自长达一个半世纪之久，轻轻地拂过麦田的南风；来自摇曳在沉甸甸的金花菜和欢笑的威灵仙上面，并且隐藏着金翅雀，叫蜜蜂无处可逃的萋萋芳草的清香之中；来自缀满蔷薇的篱笆、忍冬花，还有那青杉树荫下金黄色麦秆之间的天蓝色矢车菊；来自曲曲弯弯的溪流在虹彩映照下的迷人景色；来自一切原始的树林子所固有的美；还有满山坡散发着百里香和自由的气息；这一切，在三百年间就是这样不断地重复着。

　　"百年之间的莲馨花、风铃草、紫罗兰；姹紫嫣红的春天，金碧辉煌的秋天；还有阳光、阵雨、晨露；永恒的夜；正在展开中的时间的全部节奏。这是一部谁都没有写过，而且谁也写不了的编年史；一个世纪前蔷薇架上落下的花瓣，试问有谁记忆犹新呢？还有三百次飞回屋檐下的燕子——你就不妨想一想吧！处女就是从那里孕育出来的——而世人之仰慕她的美，犹如怀念昔日的花朵一般。芳龄十七的姑娘之妩媚可爱，就在于它具有历时数百年之久的魅力。情欲几乎是可悲的，原因就在这里。"

　　你要是懂得并且又能欣赏几百次地周而复始、生生不息的吊钟柳的美；要是蔷薇，音乐，以及晨昏暮霭触动了你的心弦；要是所有一切的美眼看着就要消逝，而你趁世上芸芸众生还没有溜走的时候，就把这些东西搂抱在自己怀里——那你还肯舍得把它们放弃吗？

---

① 即约翰·理查德·杰弗里斯（1848—1887），英国作家，擅长描写乡村生活的小说，如《林中魅力》《红鹿》等。

第八章　前参议员布兰德逝世

有时我们会突然在身心方面发生了一些变化，当时对它们的意义根本认识不清。惊惧之余，我们显然又回复到原状，但这种变化确实是毋庸非议的。不论在什么地方，我们再也不会跟过去完全一样了。珍妮想到那天晚上出于同情跟参议员冒险相会而在感情上引起的微妙变化，就心乱如麻，不能自主了。至于她跟参议员布兰德的这种新关系在社会上和生理上可能会发生什么样的变化，她确实还认识不清。即使在最顺利的情况下，怀孕的可能也会使平常女人感到惊恐，但她还没有意识到这一点。目前她心里只是感到惊骇、好奇，以及恍惚不安，同时，她又真正感到了一种怡然自乐的幸福。布兰德是个好人，现在他跟她的关系比过去任何时候更亲密了，布兰德爱上了她。正是由于这种新关系，她的社会地位必然跟着来一个变化。从现在起，生活就要跟过去截然不同了——就在此刻也已经大不一样了。布兰德向她一再保证，他的爱情是忠贞不渝的。

"我告诉你，珍妮，"在珍妮临走时，他又重复说了一遍，"你千万别着急。我实在抑制不住自己的感情，可我总是要跟你结婚的。我一时真是太狂放了，不过我会想办法给你补偿的。你回家后什么都不要说，如果还来得及，也要警告你的哥哥不要说。你可要守口如瓶，将来我要跟你结婚，而且把你带走。可是这事我还不能马上就办，我不愿意在这儿办事。但是我马上要去华盛顿，以后再来接你。这个——"他掏出钱包，从里面取出一百块钱，这时，他实际上是倾囊而出了，"你先拿着。明天我再派人给你多送些去。现在你是我的情人了——你可要记住，你已是属于我的了。"他深情地拥抱着她。

她朝着茫茫的黑夜走去，一直在沉思默想。毫无疑问，他说话是算数的。她浮想联翩，仿佛沉醉在一种迷人的新生活里。当然，他会跟她结婚的。她一个劲儿在想：她就要去华盛顿——那么遥远的地方，而她的父亲和母亲——他们再也用不着胼手胝足地打工了。还有巴斯和玛莎——她一想到自己可以通过许多种方式来帮助他们，心里简直乐滋滋的。

走过了一排房子，她就站住等着布兰德——这时，布兰德已伴送她到了她家门口，等着她小心翼翼地对周围察看了一番。她悄悄地踏上台阶，推推门。门还敞着。她顿住了一会儿，向她的情人示意说她平安到家了，这才走了进去。屋子里静悄悄的。她溜进了自己的房间，只听见维罗尼加在呼吸的声音。她悄没声地走到巴斯和乔治一起睡觉的那个地方。巴斯直挺挺地躺在床上，好像睡着了。可是她进去的时候，他就问："珍妮，是你吗？"

"是的。"

"你刚才上哪儿去了？"

"你听着，"她低声耳语道，"你见过爸爸妈妈没有？"

"见过的。"

"他们知道我出去了吗？"

"妈知道的，她叫我不要打听你。刚才你到底上哪儿去了？"

"为了你的事情，我去找参议员布兰德了。"

"哦，原来如此。他们并没有说明为什么把我释放出来。"

"你可不要告诉别人，"她恳求地说，"我可不乐意让别人知道。反正你知道爸爸对他的态度是怎样的。"

"好的。"他回答说。可是他好奇地问那位昔日的参议员对此有何看法，又是采取什么办法以及她又是怎样央求他的。她扼要地说了一些，就听见她的母亲来到了房门口。

"珍妮。"她低声道。

珍妮应声走了出去。

"哦，刚才你干吗出去了？"她问。

"我没有办法呀，妈，"她回答说，"我想我总得出点儿力才好。"

"那你干吗耽搁了这么久？"

"他要跟我谈谈。"她躲躲闪闪地回答说。

她母亲焦虑不安地直瞅着她，脸色煞白。

"噢哟哟，这事可把我吓坏了！你父亲到你的房间去过，但是我说你已经睡了，他就把前门上了锁，是我重新把门打开的。巴斯一到家就要找你，但我劝他还是等明天再说。"

她又忧心忡忡地望着她的女儿。

"放心吧，妈妈，"珍妮宽慰她说，"赶明儿我把事情全都告诉您。睡去吧。爸爸知道巴斯是怎么出来的？"

"他还不知道哩。他认为，说不定他们看巴斯交不出罚款，就把他放出来了。"

珍妮亲昵地把手撂在她母亲的肩膀上。

"睡去吧。"她说。

那时，珍妮不论在想问题或做事情时，都要比她的实际年龄老练得多了。她觉得，好像现在她应该照顾母亲，就像照顾她自己一样。

随后的几天里，珍妮心里仿佛就像做梦似的恍惚不定，她把那些富有戏剧性的事情在心里翻来覆去地思考着。跟母亲说说那位参议员又提出了结婚的事，他打算下次从华盛顿回来就娶她，这次他给了她一百块钱，以后还要给她更多的钱——她觉得这些事情都还不难开口，可是一提到那件事——那件至关紧要的事情，她就没有勇气说下去了。要知道，这件事是太神圣了。至于他答应过的那笔钱，第二天已派人送来，是四百块钱，还关照她应该把这些钱存入本地的一家银行。那位昔日的参议员说，已动身去华盛顿了，但是他会回来的，要不然就派人来接她。他还留言说："你要勇敢些，美好的日子在等着你呢。"

布兰德走了，珍妮的命运确实还在未定之天，可是她心里仍然保持着她青春的天真烂漫的情趣；某种淡淡的沉思的表情，却是她外露在脸容上的唯一变化。当然，布兰德一定会派人来接她的，在她心里隐隐约约出现的，就是有如海市蜃楼一般的远方奇景。她在银行里已存入不少钱，比她过去梦想的还要多得多，足以赡养她的母亲了。她就像每一个女孩子一样，天生希冀着美好的东西，因此很少悲观失望；不然，她也许早就觉得忧心如焚了。要知道她这个人的生活和前途都是在未定之天，可以好，也可以坏，但是，对这样一个毫无经验的姑娘来说，不到坏透了的地步，她显然是不会觉察到的。

一个姑娘在这种朝不保夕的情况之下，居然还能保持如此相当平静的心境——那简直是一种奇迹，其原因只好从青年人心灵里那种与生俱有的信任中得到解释。人们未必常常都能保留他们青年时代的理解力，奇怪的并不是在于有人居然保留下来了，而是在于有人早已丧失殆尽。你走遍全世界，既然把青年人的敏感和好奇心理通通都扔掉，那剩下的还有什么呢？在你那个注重物质利益的荒漠里，有时会出现几枝嫩绿的枝叶，在有如严冬凛冽的心灵之前，偶尔也会出现盛夏烈日的闪光，以及在漫长的、沉闷的掘土劳动之中所得到的短暂的休息——这些都会给颠沛流离的旅伴展示出青年人常常心驰神往的那个宇宙世界。没有恐惧，也没有宠爱；空旷的田野和山冈上的阳光；早晨，晌午，夜晚；群星，鸟语，以及潺潺的流水声——凡此种种都由童心从自然界承袭下来了。有人管它叫诗情画意，有些灵魂僵硬的人却叫它想入非非。他们在青年时代对这些东西自然能理解，但是，只要青年人的敏感一消失，他们就什么都看不见了。

至于这一点在她个人行动上究竟怎样发生影响，那只能从一种若有所思的愁容上才看得出来；如今她不论在做什么事情，都带着这样的神情。有时候，她纳闷为什么布兰德没有来信，但同时想起了布兰德曾经说过他要去好几个星期，这么说来，实际上已过去的六个星期看来就不算太长了。

在此期间，杰出的昔日参议员扬扬自得地去会见过总统，愉快地进行了一连串访友拜客的活动。他正好要到马里兰乡间去小住几日，顺便看望几个朋友，却突然发了点儿低烧，不得不好几天闭门不出。偏巧在这个节骨眼儿上病倒不起，他心里感到有些烦恼，可是没有想到自己的病是挺严重的。后来，医生发现他得的是病毒性伤寒，曾经一度昏迷，身体也非常虚弱。那时，人们认为他已在恢复之中，谁知在他跟珍妮分手后刚好六个星期，突然又心脏病发作，此后就一直昏迷不醒了。珍妮还算幸运，始终不知道他的病情，甚至也没有看到报上有关布兰德讣告的大字标题，一直到那天晚上巴斯回到家里。

"珍妮，瞧，"他激动地说，"布兰德死了！"

他举起了那张报纸，就见在头栏里用大号黑体字印着：

前参议员布兰德逝世

俄亥俄州名人溘然长逝

因心脏病发作殁于华盛顿阿林顿 [①]

布兰德氏近患伤寒，后以为已在痊愈之中，讵料病

情突然恶化，终至不治。布兰德氏生平建树卓著。

珍妮看着它，脸都白了，"死了吗？"她大声喊了出来。

"你看报上就是这么登的嘛，"巴斯回答说，听他的语气好像是在报告一个非常有趣的消息，"布兰德是今天上午九点钟死的。"

---

① 此处的阿林顿可能指医院或饭店。

第九章　珍妮被赶出家门

珍妮无法掩饰浑身的颤抖，拿着那张报纸，走进了隔壁的那个房间。她站在前窗那里又看了一遍，心里好像涌上一阵恐怖的感觉，使她有如发呆似的。

"他死了。"——那是她心里能够形成的唯一概念。她痴呆地站在那里，巴斯在隔壁房间向格哈特述说这件事情的声音在她耳鼓里回响。"是的，他死了。"她听见巴斯这么说，于是，她再一次试着设想一下布兰德的死对她将意味着什么，殊不知，心里好像只有一片空白了。

不一会儿，格哈特太太来找珍妮。她已经听到了巴斯刚才向父亲透露的消息，又看到珍妮从房间里走了出来，但她因为那个参议员的事跟格哈特有过争吵，所以她就得非常小心，不敢让自己的感情外露出来。她对事态的真相一点儿都不清楚，她关心的只是要看看珍妮对自己突然遭到破灭的希望会有怎么样的想法。

"真是糟透啦！"她十分难过地说，"你想一想，他不早不晚，恰好在他正要给你——也就是给咱们大家——出大力的时候死了。"

她顿住没说话，等着女儿表示赞同的话语，可是，珍妮依然如痴似呆，缄口不言。

"我倒不觉得难过，"格哈特太太继续说，"那有什么办法呢。从前他打算过要给咱们做许多好事，可是现在你也不必老是再惦着那个了。一切都完了，这是没法儿挽回的，你明白吗？"

她又顿住了，而珍妮仍然呆若木鸡，闷声不响。格哈特太太看见自己的话不管用，料定珍妮希望独自一人待在那里，就走开了。

珍妮仍然伫立在那儿。但是，由于那个确实重要的消息开始连贯起来构成了忧虑，她才了解到了自己的处境之悲惨和绝望。她走进自己的卧室，坐在床沿上，看见小镜子里一张非常惨白而又心烦意乱的面孔在凝视着她。她惘然若失地望着它，难道真的就是她自己的容颜吗？

"我是非走不可了。"她想到这里，仿佛在绝望中壮了胆量，开始琢磨哪儿将是她的安身之地。

该是吃晚饭的时候了。她为了保持彬彬有礼，就出去跟全家人一起进餐；她想要像往日那样泰然自若却很难。格哈特虽然猜不透她那深藏不露的悲哀，但是看出了她在竭力克制着自己的神情。巴斯只关心自己的事情，所以对别人的事，他并不是特别经心在意。

在随后的几天里，珍妮都在反复思考她眼前的困境，真不知道该怎么办才好。现在她总算是有钱了，但是她没有朋友，没有经验，没有栖身的地方。她一向是跟她家里人住在一起的。她开始感到自己精神上已经一蹶不振，有一种莫名其妙的、不可名状的恐惧，仿佛老是缠住她。有一天早上，她一起来，觉得怎么也抑制不住，就要哭了出来；此后一遇到最不如意的时刻，这种情绪就常常左右着她。她的这种心态格哈特太太已经注意到了，有一天下午，就决心要向女儿问个清楚。

"你有什么心事，现在就跟我说一说吧，"她的母亲挺温和地说，"珍妮，什么事情你可千万别瞒着妈妈。"

就珍妮来说，要她自己坦白出来看来是不可能的，但在她母亲充满同情的一再追问之下，最后不得不把那招灾惹祸的事情和盘托出了。

格哈特太太痴呆地站在那里，心痛如割，一句话都说不出来了。

"哦！"最后她说，一阵自我谴责的思绪突然涌上心头，"这都是我的过错呀。本来我就应该估计到的。可是现在我们总要尽量想办法吧。"她说着说着，几乎泣不成声了。

过了一会儿，她又回去接着洗衣服。她弯着身子在洗衣盆上一面揉搓、一面哭泣。泪水从她脸颊上淌下来，一颗一颗掉在肥皂泡沫里。有时她要歇一歇，用围裙把眼泪擦干，可是不知怎的，才擦去又夺眶而出了。

初惊刚过去之后，她们马上意识到了显然随时都会碰上的那种危险。格哈特要是知道了，该怎么办？他时常说，要是他的女儿里头也有像他听说过别的女人那样行为不检，那他就要把她撵出大门。"不准她赖在我家里！"他会这样大叫大嚷。

"我可害怕你的父亲呢，"这些天来，格哈特太太时常跟珍妮这样叨着，"我真不知道他会说什么的。"

"也许最好还是我走吧。"珍妮出了这个主意。

"不，"她说，"暂时他还不会知道。等等再说吧。"但她在内心深处，知道大祸临头之日已经不会太远了。

有一天，格哈特太太心里焦灼不安到了极点，仿佛再也按捺不住了。于是，她打发珍妮带着弟妹们出去，希望在他们回家以前把事情都告诉丈夫。整整一个上午，她心里一直烦躁不安，提心吊胆地等着找个合适的机会说说话，结果一句话都没有说，却让丈夫饭后打瞌睡去了。那天下午，她没有出去打工，因为她觉得她眼前这个苦差使完不成就不能走。格哈特四点钟睡醒一觉，她仍旧犹豫不定，虽然她明明知道珍妮快要回来了，这次特别安排好的机会就会错过了，要不是她的丈夫先提到珍妮近来样子难看，她准是没有胆量开口的。

"她近来面色不好，"他说，"恐怕有什么不顺心的事吧。"

"哦，"格哈特太太开始说话了，显然在竭力抑制着自己心中的恐惧。但不管怎样，她决心要一吐为快："珍妮够倒霉的。我真不知道该怎么办才好。她——"

这时，格哈特刚把门锁旋开来打算修理，一听到这些话，就突然抬起头来看着妻子。

"你说这话到底什么意思？"他问。

　　格哈特太太手里正攥着自己的围裙，激动得来回乱搓，她想要鼓足勇气来加以说明，可是恐惧早已完全主宰了她。她只好用围裙掩住眼睛，哭起来了。

　　格哈特望着她，站起身来。他的面孔有点儿像加尔文①，相当瘦削，因为年纪大了，又常常在风里雨里干活儿，皮肤蜡黄，仿佛有病似的。赶上他惊诧或发怒的时候，两眼简直就会冒出火星子来。他在恼火的时候，常常把头发捋到脑后去，总是在屋子里踱来踱去。此刻，他看上去很警觉，大有一触即发的架势。

　　"你到底在说什么呀？"他用德语反问，口气变得相当强硬，"够倒霉的，难道有人——"说到这里，他突然顿住，把手向上一扬。"你干吗不作声？"他一个劲儿追问。

　　"我万万想不到，"格哈特太太虽然惊恐万状，但还是有条不紊地说，"她会碰上那样的事。她是个多么好的闺女呀。唉！"末了，她说，"怎么会想到他把珍妮毁了！"

　　"真是岂有此理！"格哈特怒不可遏，大声嚷道，"我可早料到的！布兰德！嘿！嘿！是你们的好好先生呀！深更半夜让他把她叫出去乱转悠，坐车兜风，还有遛马路呀，就这么惹下的祸。这事我早就料到的。我的老天爷哪！——"

　　他这段悲剧式的独白戛然而止。他在那个斗室之中昏头昏脑地踅来踅去，好像是一头困兽。

　　"毁了！"他大声嚷道，"毁了！嘿！他真的把她毁了，是不是？"

　　他突然站住，有如一个傀儡被线头牵住，伫立在格哈特太太跟前。那时，她已后退到靠墙的桌子旁边，站在那里吓得脸色煞白。

　　"现在他死了！"他大声喊着，仿佛此刻才头一次想到这件事情。

　　"他果然死了！"

　　他两手掐住太阳穴，好像害怕脑袋就要裂开似的。他站在那里直瞅着妻子，一想到自己受到命运如此嘲弄的境遇，简直就像浑身火燎一般。

　　"死了！"他又重复了一遍。格哈特太太因为害怕他，往后退缩得远了。格

_____

① 约翰·加尔文（1509—1564），法国神学家和宗教改革家。

哈特好像在扮演这样一个人物的悲剧，那副表情看来要比他心中真正的悲哀更让她寒心。

"他是存心要跟她结婚的，"她慌慌张张地辩解着，"他要是不死，早就娶她了。"

"早就娶她了！"格哈特一听见她这句话，好像从痴呆状态中突然清醒过来了。他大声嚷道，"早就娶她了！现在说起来，可真好听呀。哼，早就娶她了！呸，坏家伙！让他的灵魂在地狱里焚烧吧——那个狗东西！上帝啊，我希望，我希望，如果我不是一个基督徒……"他握紧拳头，那满腔的愤怒使他不由得如同一片树叶子那样，浑身瑟瑟发抖。

格哈特太太一下子抽抽噎噎起来了，她的丈夫故意掉过头去——他自己的情绪依然非常冲动，远远地还不能对她表示同情。他只是在厨房踱来踱去，那沉重的脚步使地板都震动了。不一会儿，他又走到妻子那里，他忽然心血来潮，要问问这场骇人的灾祸的真相。

"这件事情是什么时候发生的？"他追问说。

"我不知道。"格哈特太太回答说。这时她已吓得不敢说实话了，"只是前两天我才知道的。"

"你撒谎！"他激愤地嚷了起来，"你老是替她打掩护，现在她落到这一步，都是你的过错。当初你要是依着我的办法，今儿个晚上咱们也就不会有这种麻烦了。"

"好下场呀，"他自言自语，"真是好下场呀。儿子坐班房；女儿满街乱跑，让人们说闲话；街坊邻居都指着我鼻子当面说我孩子的坏话；现在这个坏蛋却把她毁了。我的老天爷呀，真不知道为什么偏偏要叫我的儿女受罪哟！"

"我实在不明白这到底是怎么回事。"他咕哝着，无意识地对自己怜悯起来，"我还不是一心要做一个好的基督徒吗！每天晚上，我都祷告上帝叫我做好事，可是都不管用。反正我可以一直干活儿，看吧，我的这双手——都长满了茧子，我这一辈子就是要做一个诚实的人。可现在呢——现在呢——"他的话音喑哑了，仿佛一时按捺不住马上就要掉眼泪。突然间，他在一阵狂怒之下又掉过头来，冲着他的妻子。

"你可是祸根呀，"他嚷了起来，"就是你这个祸根。当初你依了我的话，料想就不会有这样的事情。不，你就是不肯听我的话。现在她不滚出去可不行！不滚出去不行！！就是不行！！！她当上野鸡了——她还不是那样的贱货吗！现在她只有一条路——下地狱，让她去吧。这件事已经够我受的了，我今后就再也不管了！"

他转过身来，好像要到自己的小房间去，可他刚走到房门口，就又折回来了。

"我可要叫她滚出去！"他好像发疯似的说，"不准她赖在我家里不走！今儿晚上！马上就滚！今后不准她再进我的家门。我可要给她点儿颜色看看，今后看她敢不敢再叫老子丢脸！"

"今儿晚上你可不能把她撵到街上去，"格哈特太太替女儿求情说，"问题是，她没有地方可去。"

"就在今儿晚上！"他又重复说了一遍，"这会儿就走！让她自个儿找个家去吧。这个家她可不稀罕了，叫她马上就滚。咱们瞧着，人们是怎样对待她的。"说罢，他就从房里走出去了，在他那副凶神恶煞般的脸上显露出了不可动摇的决心。

到了五点半，格哈特太太噙着眼泪正在准备晚饭的时候，珍妮回来了。她母亲一听见女儿开门的声音，就心惊胆战起来，因为她知道一场轩然大波又要掀起了。这时，她父亲已在门口跟她撞见了。

"快滚出去，我可不要见你！"他蛮横无理地说，"我这家里不准你再待上一个钟头，今后我再也不跟你见面。快滚吧！"

珍妮站在父亲跟前，吓得脸色惨白，身子有点儿颤抖，嘴里默不作声。这时跟她一起回来的孩子们惊吓得团团围住她，维罗尼加和玛莎平日里挺爱姐姐的，一下子都哭起来了。

"什么事情？"乔治问，他吃惊地张大着嘴巴。

"叫她滚出去，"格哈特又重复说了一遍，"我不要她赖在咱们家里。她乐意当野鸡去，我可管不了，只是不许她赖在这儿不走，拾掇东西去吧。"他两眼直瞅着珍妮，又加上了这么一句话。

这时，珍妮已是无话可说，孩子们都号啕大哭起来。

"你们别哭哭闹闹的，"格哈特说，"都上厨房去。"

格哈特把他们都赶走了，自己连头都不回地跟着也走出去了。

珍妮悄悄地走到了自己房间里，收拾她的一两件零星东西，眼泪汪汪地装进了她母亲递给她的一个手提包。她平日里积聚起来的那些小丫头的细小饰物，都没有带走。这些小玩意儿她并不是没有看到，可是一想起她的几个妹妹，就都留下了。玛莎和维罗尼加本来要去帮她拾掇东西的，偏偏父亲不让她们去。

到了六点钟，巴斯回来了，他看见一家人惊慌失措地聚在厨房，就开口问莫非又出了什么事情。

格哈特恶狠狠地瞥了他一眼，一句话没有回答。

"什么事情？"巴斯追问下去，"你们干吗都围坐在这儿？"

"父亲要把珍妮赶出去。"格哈特太太掉着眼泪低声说。

"为了啥呀？"巴斯大吃一惊，不由得睁大着眼睛问。

"我就告诉你到底为了啥，"格哈特仍旧用德语接过去说，"她是个野鸡，问题就出在这里。她老是出去乱跑，给一个男人糟蹋了，论年纪，这个男人要比她大三十岁，做她父亲正合适呢。现在我要她滚出去，不许她在这里再待上一分钟。"

巴斯举目四顾，孩子们的眼睛都睁得大大的。大家——甚至连那几个小家伙也都清清楚楚地感觉到有一种可怕的事情发生了，但是，只有巴斯一个人知道是怎么回事。

"您干吗非得叫她今儿晚上就走呢？"他反问父亲，"现在把一个女孩子赶到街上去，可不是时候。她就不能等到明儿早上再走吗？"

"不行。"格哈特说。

"你爹可不该这么心硬。"母亲插了进来说。

"她现在就得走，"格哈特说，"她一走，就算了事啦。"

"可是叫她上哪儿去呢？"巴斯逼问着说。

"我可不知道哩。"格哈特太太有气无力地插话说。

巴斯往四下里看看，无可奈何，后来格哈特太太趁着她丈夫身子侧转过去的当儿，挤挤眼叫他上前门那儿去。

"进去！进去！"她打手势就有这个意思。

于是，巴斯走进了屋里，格哈特太太也放胆撂下活儿，跟着儿子进去了。孩子们又坐了一会儿，但是后来他们也一个个都溜进屋里去了，撇下格哈特一个人在厨房。过了相当长的时间，他才站起身来。

这时，珍妮的母亲在仓促之间向女儿叮嘱了一番。

母亲的意思是，珍妮应当先找一户能供膳宿的人家住下，然后把地址捎回来。巴斯此刻不要陪着她一起出门，但是珍妮走了一段路，就要在街上等着，他准会赶上来去送她的。日后父亲出门干活儿去了，母亲就会去看望女儿，要不然珍妮自己回家来也无妨，其他的事待下回见面时再商议。

母女俩话还没有谈完，格哈特就走进来了。

"这会儿她就走吗？"他声色俱厉地问。

"这就走。"格哈特太太在答话时，生平头一遭用了充满蔑视的语调。

巴斯说："为什么这样匆匆忙忙呢？"可是格哈特恶狠狠地一皱眉头，吓得巴斯再也不敢说个"不"字了。

珍妮身上穿着她唯一的一件好衣服，手里拎着手提包走了进来，眼睛里饱含着恐惧，因为她知道自己正面临着一种严峻的考验。但她毕竟不是一个小姑娘了。她曾经得到过爱情的力量和忍耐时赖以支撑的东西；她虽然做出了牺牲，内心却感到甜蜜。她默默地吻了母亲一下，禁不住泪如泉涌。随后，她转过身来，朝着她的新生活走去。这时，她背后的门就此关上了。

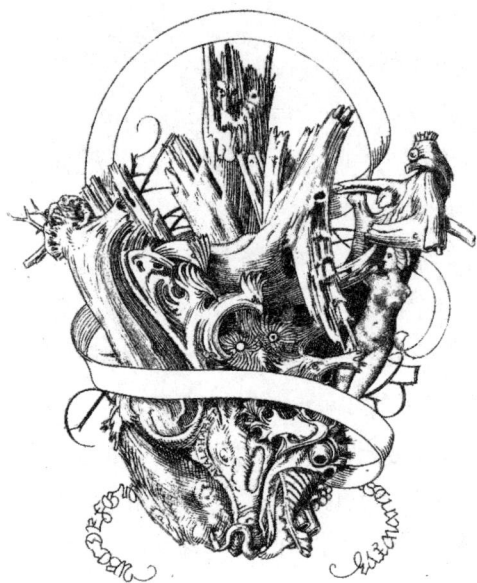

Part 2

第二部分

珍妮邂逅莱斯特

第十章　巴斯动身到克利夫兰

在珍妮不恰当地挤进去的那个世界里，德行自古以来一直在徒劳地搏斗着；因为所谓德行，就是对别人有好意，并乐于替别人做好事。德行——就是一种慷慨厚道的品质，它总是乐于助人，因此被世人几乎看成是一钱不值的东西。你要是自惭形秽，就会被人们轻视而踩在脚底下。你要是自视甚高，尽管你怎么微不足道，照样也会受人尊敬。整个社会令人痛心地缺乏明辨是非的能力，它的唯一的判断标准，就是人云亦云而已。它的唯一的检验标准，就是自卫本能。他保住了自己的财产吗？她保持了自己的贞洁吗？看来只有极少数的事极少数的人，敢于发表自己独具慧眼的见解。珍妮这个人从来不把自己的一切看得很重，她与生俱来有一种天性，就是乐于做出自我牺牲。世上有一种劝人要明哲保身的利己主义的哲学，看来很难腐蚀得了珍妮。

正是在这种紧要的关头，人的成长——才会显得最伟大。这时候，力量和自信心也就油然而生，说不定我们还会周身颤抖，畏首畏尾，裹足不前，但我们是在成长着，灵感的闪光在指引我们前进。大自然是根本不排外的，我们即便被一个团体或一种环境抛弃，还是可以跟天地之间万物做伴。大自然是宽宏大量的，风儿和星星——都是你的伴侣。只要心胸宽厚而又敏感，你就会领悟到这一伟大的真理——也许它不是那老一套的成语，而是一种感情，一种安慰，说到底，就是知识的精华所在。在茫茫的宇宙之间，智慧即寓于恬静之中。

珍妮一出门才走了几步，巴斯就追上来了。"把手提包给我吧。"他说。见她默不作声，好像有口难言的样子，巴斯又补上一句说，"我想，总能替你找到一个房间的。"

他带着珍妮来到了南城——那里谁都不认识他们，径直找到一位老太太的家门口，原来她家起坐间里的那座钟就是最近向雇用巴斯的那家分期付款公司购买的。他知道她手头不宽裕，有一个房间待出租。

"您的那个房间现在还空着吗？"他问。

"还空着呢。"她看了珍妮一眼说。

"我想，您总乐意租给我妹妹住的。我们家都搬走了，可她一时还走不了。"

那位老太太表示同意，珍妮就算暂时有了安身的地方。

"现在你别着急啦，"巴斯说着，替妹妹想想是挺伤心的，"这个事情很快就会忘掉的。妈妈叫我转告你不要着急。明天爸爸出门干活儿去，你就来家里吧。"

珍妮说她到时会回家去的。巴斯又说了几句话给她鼓鼓气，接着跟老太太讲好有关包伙的事情，就告别离去了。

"现在一切都很顺利，"他在出门时又令人鼓舞地说，"你马上就会顺心的，别着急。我现在该回去了，但是明天早上再来看你。"

他一路上走着，心里总是感到特别沉重，因为他觉得，珍妮这一回确实铸成大错了。这从他在路上盘问珍妮的话里就看得出来，尽管他也看到那时珍妮的心情是很悲伤而又疑惧的。

"你为啥要干这样的事呢？"他一个劲儿地追问，"难道你没有想到你在干的是什么事吗？"

"今天晚上请你不要问我吧。"珍妮说出了这句话，他那一连串令人难堪的问话才算止住了。她既没有给自己辩解，也没有怨天尤人。如果要责怪谁，那么十之八九只好责怪她自己啦。至于她自己的不幸和一家人的不幸，甚至连她所做出的牺牲，这一切早已都被忘掉了。

珍妮孤零零地住在这个陌生的地方，心中哀思如缕。她一想到自己被摈弃于家门之外，就感到震惊而又羞愧，不觉潜然泪下。她虽然生来就有宁愿自己长期受苦，从不怨天尤人的性格，但是，她心中的全部希望就这样毁于一旦，实在叫她太难受了。生活中怎么会有这样的一种力量，就像一阵大风一样，把一个人刮得无影无踪呢？为什么死神会突然闯进来，把一生中看来最美好的全部希望都化为乌有呢？

　　她回顾过去的事情时，她和布兰德长时间交往中所有一切的细节至今依然历历在目。尽管现在苦不堪言，但是珍妮对于布兰德始终有着一种眷恋的柔情。毕竟他没有存心要坑害她，他心地善良，胸怀恢宏，这些都是确有其事的。从本质上说，他是一个好人，所以，她一想到他不能尽其天年，首先是替他而不是替自己感到难过。

　　以上这些思绪虽然很难使她得到宽慰，至少好歹把那漫漫长夜打发过去了。转天清晨巴斯上班时路过那里，转告珍妮，说格哈特太太要她晚上回家去。格哈特不在家，她们可以谈个通宵呢，珍妮冷冷清清地度过了那个白天，但是天刚黑下来，她的心情就亢奋起来；等到八点一刻，她就出门了。

　　其实，家里也没有什么令人欣慰的消息可告诉她。格哈特依然气愤难抑，不时地暴跳如雷，他已经决定下个星期六就离职到扬斯敦去了。

　　如今，他觉得哪一个地方都比哥伦布好；在哥伦布，他一辈子都抬不起头来了。他一想起它就恶心，他马上就要离开此地，想找到了工作再把家眷接走，意思就是要丢掉他的那所小房子了。反正他不打算去设法还清小房子的抵押款子——他觉得，这是根本没法儿指望的事。

　　过了那个星期，格哈特果然走了，珍妮终于回家了，至少有一段日子，家里的光景总算恢复过来了，但是那样的局面，不用说是不能持久下去的。

　　这一点巴斯心里很明白，珍妮的这个难题及其可能的后果不由得使他心事重重。哥伦布是不能再住下去了，扬斯敦这个地方也去不得。要是他们一家子都搬到某个大城市去，该有多好。

　　巴斯把这些情况通盘考虑了一下，又听说克利夫兰这个地方制造业日益兴旺，他就想，不妨去碰碰运气。他要是走运了，家里人都可以跟他走。格哈特要是如同目前一样还在扬斯敦工作，而全家人都可以迁往克利夫兰，那么，珍妮也就得救了，她不会再流落在街头了。

巴斯煞费了一番苦心，才把这个计划定下来。最后，他终于向大家宣布了。

"我决心要去克利夫兰。"一天晚上，巴斯对正在做晚饭的母亲这样说。

"为什么呀？"她半信半疑地抬起头来问。说实话，她正担心巴斯会把她扔下不管。

"我想，到了那儿准能找到工作的。"他回答说，"这个该死的地方咱们不应该再待下去了。"

"别开口乱骂呀。"母亲责备儿子说。

"哦，我自然明白，"他说，"可是实在也叫人够受的，这才骂它一句。咱们住在这儿一直是倒霉透顶。我马上就要走，说不定能找到工作，那咱们全家都搬去。要是到了谁都不认识的那个地方，咱们的光景就好过了。咱们在这儿别指望有好日子过。"

格哈特太太一面听，一面心中强烈地希望他们的可怜生活能够有所改善。巴斯要是果真说到做到该有多好！要是他到了那里，果真找到工作，就像一个健壮的、聪明的儿子那样，把他母亲从苦海里拯救出来该有多好！他们处在正向可怕的灾难奔去的生活急流之中，但愿能出现新的局面就好了。

"你想，你准能找到事做吗？"她很关心地问。

"一定找得到的，"他说，"我找事情从来还没有碰过钉子呢。别人到了那里，还混得挺不错呢，就瞧米勒一家子吧。"

他两手插在口袋里，眼睛直望着窗外。

"你想，我在那边还没有站住脚跟以前，你们在家里总能撑得住吧？"巴斯问。

"我想总可以吧，"她回答说，"爸爸现在有了工作，我们还有一点儿钱，就是，就是——"她一想起家里的难处怪寒碜的，真不好意思把那笔钱的来源说出来。

"是呀，我知道。"巴斯皱紧眉头说。

"秋天以前咱们说什么也付不出房租，反正那时候房子只好让给人家了。"她接下去说。

她这话是指房子的抵押款子，因为九月份到期，显然是付不出的。

"咱们要是能在到期以前就搬走，我想，总可以凑合过去吧。"

"那我一定办到，"巴斯毅然决然地说，"我非走不可。"到了月底，他果然辞了职，转天就动身到克利夫兰去了。

第十一章　珍妮的婴儿出生

此后，特别是在珍妮生活中所发生的一些事情，正是当代道德认为应该严加禁止的。

自然界在造物中的某些过程，即某种创造力在冥冥之中显示出来的伟大的智慧，如果根据它所创造的一些微不足道的庸人的成见来加以观察，都是卑鄙透顶的。提到有关生命创造的事情，我们总不免要嗤之以鼻，仿佛是我们不应当公然对它发生兴趣一样。

奇怪的是，这种感想来源于一个孕育万物、繁衍后代的世界，而在这个世界里，风、水、土，以及光——也都有助于我们的躯体的形成。

不单是人类，就是整个大地，无不被一种和合欢乐的情欲支配，而且，大地上万物都得经过这一必由之路方才能够存在，然而有一种闭上眼睛掉转头的那种可笑的倾向，仿佛自然界本身也有什么不洁净的东西。"邪恶中受孕，罪孽中诞生"这句话，原是走向极端的宗教狂强加给这个过程的一种违反自然规律的解释，但是这种荒谬绝伦的见解，后来居然被世人默认了。

这种态度肯定是大错特错了，哲学上的学说和生物学上的推论应该更有实效地运用到人们的日常思考中去。在自然界，邪恶的进程和违反自然的状态都是不存在的。偶尔违背某一种社会习俗，不见得就构成罪孽。可怜的凡夫俗子碰巧交了好运道，即使无意中触犯了人们的陈规陋习，也不必像世人所断言的那样，就此坠入孽海深渊了。

如今，珍妮不得不以亲身经历来证明，人们对那种自然界奇迹所做出的解释是不公正的，因为只要布兰德还没有死，那本来可以作为人生的最高职责之一而被认为是至高无上的神圣的。她自己虽然还看不清这个进程跟所有的其他正常的生命进程有什么不同，但是她从她周围的人们的行动上感觉到：堕落是她的命运，罪恶则是她的处境的基础和条件。人们终归要她将对待自己孩子应有的那种眷爱、关注和照顾扼杀了，那种正在萌生中必不可少的爱，也差不多被看成是邪恶了。虽然她现在受到的惩罚并不是像几百年以前上绞刑架或者银铛入狱，然而周围的人们都是愚昧而又麻木不仁的，所以对她目前的处境就不能完全理解；他们只知道她故意触犯社会道德准则，因而受到了被众人摈弃的惩罚。现在她只好尽量躲避人们投来的轻蔑眼光，默默地忍受即将在身上发生的巨大变化。奇怪得很，她觉得自己问心无愧，也没有徒然抱憾终天。她的心是纯洁的，而且她觉得自己心里充满了宁静。悲哀，她心里当然是有的，然而已经有所缓和，只剩下一种朦朦胧胧的惊疑不安的情绪，有时候会使她眼眶里噙满泪水罢了。

你想必听见过林中鸠鸽在寂寂无声的夏日里细细絮语；你也曾发现过那条人迹罕至的小溪在无人侧耳谛听的地方尽情歌唱。在枯叶覆盖和大雪堆之下，那娇嫩的五月花仿佛应和着大地回春的召唤，开出了素淡的花朵，如今，另一朵不同凡响的巾帼之花也是这样开出来了。

现在，珍妮虽然独自一人，但像林中鸠鸽一样，是夏日里的一种柔美悦耳的声音。她一面忙着操持家务，一面毫无怨言，平心静气地等待着那个过程的完成，反正她已经充当了牺牲品。家务不是最忙的时候，她喜欢坐下来，静静地沉思默想，生活中的奇迹使她恍然如入梦幻之中。要是家务冗杂，非要她帮母亲忙的时候，她也要不时轻声地唱起歌来，因为工作的乐趣使她完全忘掉了自己。不管怎样，她总是怀着一种安详的、毫不动摇的勇气去展望未来，这一点远不是所有女人都能做得到的。无情的大自然总是让那些微不足道的女人生男育女。而真正了不起的女人，到了她们成熟时候，都会欢欢喜喜地去做母亲，她们看到自己能够完成使种族得以绵延不绝这么重大的目的而感到快乐和满足。

珍妮按年龄几乎还是个孩子，但在生理上和心理上是个早已成熟的女人；但是，她对人生，以及在人生中所处的位置还没有得出一个圆满的结论。当时异乎寻常的形势虽已迫使她处于目前这种反常的地位，但从某种观点来看，也可以说是对她的个人品格的一种赞美。它证明了她的勇气，她宽厚的同情心，以及她为了正当的目的而甘愿做出自我牺牲的精神。如果说由此造成的这种始料不及的后果已把更大、更复杂的负担压在她身上，那是——她的自卫本能还不能凌驾于感情之上的缘故。有时候，她想到孩子就要呱呱落地，不免产生一种恐惧烦乱的情绪，原来她担心这个孩子将来也许还会责备她；然而，正是由于她始终认为人世间总有正义感，所以在精神上并没有完全陷于崩溃。按照她的想法，人们可不是存心要那么残酷的，她的灵魂已被模糊不清的同情和神圣的善良的思想观念渗透了：

生活——好歹都是美好的，而且——向来是美好的。

她的这些思想观念并不是刹那间突如其来，而是经过长达数月之久的观察和期待才形成的。做妈妈——即使身处逆境，也是一件了不起的事情。她觉得，只要生活允许，她就要爱这个孩子，做一个好妈妈。现在的问题是——生活会允许她有多大的权利呢？

要张罗的事情可多着呢，婴儿的衣服等着去做，关于个人卫生和饮食方面的某些规定也得遵守。她整天价提心吊胆的一件事，就是生怕格哈特突然归来，幸好他并没有回来。平时给格哈特一家老小看病的那位老医生——就是埃尔旺格大夫——现在也去请教过了，他出的主意都是很有道理而又切实有用的。这位大夫虽然受过路德宗教义的熏陶，但因他长年行医、仁慈为怀，他倒是相信天地间的事情本来就比我们的哲人贤士和我们的市井细民所能梦想到的要多得多。他听格哈特太太惴惴不安地叙述了病因以后，就说："哦，既然如此，那你也不必着急啦。这样的事许多地方都有。你要是像我那样见多识广，就用不着哭哭啼啼了。你的女孩子没有什么事，她非常健康。以后嘛，她可以上别处去，那就谁都不知道了。至于街坊的风言风语，管它干什么呢？这又不是什么天下奇闻。"

　　格哈特太太听了以后，心里不免感到惊诧。原来他是一个这么开明的人，他这番话多少给了她一点儿勇气。至于珍妮，她本来就无所畏惧，现在就津津有味地听着医生的嘱咐。她之所以要做好充分准备，不是为了她自己，而是为了她的孩子，而且恨不得马上就照着医嘱去做。那位大夫好奇地问到孩子的爸爸是谁，她们也就如实相告。他听了以后，抬眼沉吟了一下，说："那准是一个聪明的孩子。"

　　婴儿呱呱落地的时刻终于来到了。埃尔旺格大夫亲临指导，格哈特太太则从旁协助，因为她从前生过六个孩子，该怎样照料女儿是一清二楚的。临盆时没有遇到什么困难。当新生的婴儿呱的一声叫了出来的时候，珍妮心中马上对她产生了一种无比炽烈的渴念。这是她自己的孩子啊！那是一个孱弱无力的小女孩，多么需要妈妈的细心照顾啊！

　　等到婴孩洗过浴、用襁褓包好以后，珍妮就把她搂在自己怀里，真的感到说不出的满足和快乐。这是——她的孩子，她的小女儿。她希望自己活着就要为孩子工作，此刻她虽在产后不免有些虚弱，但觉得自己身体还是那么硬朗，不由得喜从中来。埃尔旺格大夫预料，珍妮很快就能完全复原。他认为，要不了两个星期，珍妮就可以下地了。事实上，珍妮只有十天工夫就下床走动，跟往日一样活泼健壮了。珍妮生来就是强壮的，而且具有一个理想的母亲所必不可少的优秀品质。

　　那个严重的关头已经过去了，现在的生活几乎如同往日一样。撇开巴斯不说，珍妮的弟弟妹妹年纪都还很小，根本不懂事，所以他们都受了骗，以为珍妮真的嫁给了不久前突然亡故的参议员布兰德。在婴儿出生以前，他们一直都不知道珍妮会有这么一回事。格哈特太太最怕的是街坊，因为他们时刻在注意，实际上什么都知道了，要不是巴斯规劝过她，本来珍妮对此地的气氛怎么也受不了的。多亏巴斯不久前已在克利夫兰找到了工作，来信说等她身体完全复原，最好还是全家迁到那里，去另谋出路。克利夫兰那边真可以说百业兴旺呢，一旦离开哥伦布，他们就再不会听到现在邻舍的闲话，而珍妮也可以在那里找一些事情做。这么一来，她就暂时待在家里不走了。

第十二章　珍妮离开哥伦布

巴斯一到克利夫兰，那个欣欣向荣的城市里的奇异景象不但足以使他心境完全恢复了宁静，而且使他产生了有可能振奋自己、重建家园的新的幻觉。"要是他们都上这儿来多好，"他暗自思忖，"但愿他们都能找到工作就好啦。"这里不会见到他们不久前遇到的种种不幸的痕迹，更不会碰到一见他们，就会想起他们过去的苦难的熟人。在克利夫兰，到处是一片生机勃勃。看来，只要度过困境，就可以把往昔的日子和罪恶全都摆脱掉；在每一个街区，仿佛都可以发现一个新世界。

巴斯很快就在一家卷烟店里找到了一个职位，在那里工作了半个月左右，就给家里写信，谈到了他那充满乐观的想法。珍妮应该尽早到克利夫兰去，要是她在那里找到了工作，别人就可以跟着来了。像她那样年纪的姑娘，在这里有的是工作。她可以暂时跟他住在一起；或者他们也许可以找到月租十五元的一所小房子。那里有的是大型家具店，用按月付款的优厚办法，就可以买到一个小家庭所必需的各种东西。他的母亲可以来给他们管家。他们将会生活在一种洁净的、清新的气氛里，谁都不认得他们，更不会议论他们了。他们又可以开始过一种新的生活，他们可以成为正派、体面、幸运的人。

巴斯满怀着这种希望，以及新景物和新环境必然会在他纯朴的心灵上产生的魅力，终于写了一封信，建议珍妮马上动身来克利夫兰。那时候，孩子已满六个月了。他在信上说，这里有剧场和优美的街道，来自湖上的船只直达市中心。这是一个了不起的城市，发展得非常快。新的生活就是这样吸引着巴斯。

所有的这一切，对格哈特太太和珍妮，还有家里其他人的影响都是非常好的。好久以来，格哈特太太因为珍妮的错误心里一直郁郁不乐，现在恨不得巴斯这个计划能够立刻付诸实现。她生来就有一副乐观的脾性，所以克利夫兰的繁华景象立时使她心驰神往。她仿佛看见，到了克利夫兰，不仅她自己如愿以偿地住上好房子，而且孩子们都有锦绣前程。"当然，他们准能找到工作的。"她说。巴斯的想法是对的。她平时老是希望格哈特进大城市去，偏偏他不乐意去。现在呢，看来已经是非去不可了，只要他们去了，就肯定能过上好日子。

格哈特对目前的处境也是像她那样的看法。他在给格哈特太太的回信里说，现在他还不便离职，要是按巴斯的说法，他们能在克利夫兰站得住脚，那就不妨搬去。其实，他比他们更乐于默认巴斯的这个计划，理由很简单，因为他一想到要养家糊口，又要偿还即将到期的债款就揪心，就差点儿没疯了。每个星期，他从薪水里只留下五块钱，其余的就都通过邮局汇给格哈特太太了。就说他留下的这五块钱，三块钱要付饭钱，五角钱零花，比如说，要应付礼拜堂募捐，买点儿烟抽抽，偶尔还喝它一杯啤酒。此外，他每星期还要把一块五角钱存在一个小铁罐里，以备不时之需。他的那个房间就在工厂最高层的顶楼里，只占一个角落而已。他总是独坐在满目荒凉的工厂大门前的阶沿上，直到晚上九点钟才往上爬到他的房间去。到了那里，他就在从楼下飘上来的令人窒息的机器气味里，借着一支蜡烛的亮光看他的德文报纸，双手交叠在胸前沉思默想，朝着一个敞开的窗口跪下来，在影影绰绰的黑夜里做完祷告，才悄悄地躺到床上去安歇，就这样把他那孤寂的一天时间打发过去。这真是度日如年，前途渺茫啊。可是，他依然举起双手，极端地虔信上帝，祈求上帝饶恕他的罪孽，好让他过上几年舒适和快乐的家庭生活。

这个重大问题最后就这样定下来了。孩子们早已望眼欲穿，按捺不住了，格哈特太太的心情也跟孩子们差不多，只是深藏不露罢了。按照巴斯的办法，珍妮要先走，随后全家跟着去克利夫兰。

到了珍妮动身的那时候，家里出现了无比激动的场面。

"你啥时候来接我们呀？"玛莎一连声问了好几遍。

"通知巴斯快来啊。"急不可待的乔治说。

"我要去克利夫兰呀，我要去克利夫兰呀。"维罗尼加就这样自言自语，哼唱起来了。

"嘿，听她哼呀唱的！"乔治讥笑地嚷了起来。

"你快住嘴。"她怪不高兴地反驳了一句。

可是，到了最后时刻，珍妮就得拿出最大的勇气来跟家人一一话别。虽说眼前一切都是为了准备他们日后重新团聚过上好日子，可她还是禁不住感到一阵心酸。她的小宝贝现在刚满六个月，暂时还得留在家里。这么大的世界在她看来就是还没有被发现过的新天地，不免使她感到惶恐。

"您千万放心，妈，"她鼓足勇气说，"我会自己留神的。我一到那里，就给您写信。我想，时间不会很久的。"

可是，到低下头来给她的孩子最后一瞥时，她的勇气就像一盏吹灭了的灯那样消失殆尽。她俯身伏在婴儿睡的摇篮上，满怀慈母的殷切之情，仔细地看着她的小脸蛋。

"你长大了就是一个好姑娘吗？"她在喃喃自语。

然后，珍妮把她抱在怀里，紧紧地贴在自己的脖子和胸脯上，让自己的脸吻着她那娇小的身体。格哈特太太看见珍妮浑身都在颤抖。

"得了，"母亲好言劝慰着说，"别难过啦。她撂在我这儿，你尽管放心，我会好好地照料她的。你要是这样舍不得，干脆就别走了。"

珍妮抬起头来，她那碧蓝的眼睛里噙满泪水，把小宝贝儿递给了母亲。

"我可是控制不住自己呢。"她含泪笑着说。

她很快就跟母亲和弟妹们一一吻别，就匆匆出门了。

她跟乔治一起走到大街上，又回过头来，毅然决然地挥挥手。格哈特太太也挥手相应，眼看着珍妮的样子是多么像一个成年的女人。要出远门搭乘火车，少不得从她的存款里取出一些来添置几件新衣服。她挑选了一件现成的栗色外衣，显得挺素雅，穿上也很合身。她的裙子上系着一条白色束腰带，头上还戴着一顶扁平的硬边草帽，帽檐四周有一道随时可以放下来的洁白的面纱。格哈特太太无限深情地目送着她，看她越走越远，一直到看不见她的踪影。这时她老泪纵横，低声地说："瞧她长得这样漂亮，我可真高兴。"

第十三章　父女冰冷的会见

　　巴斯在克利夫兰车站跟珍妮一见面，就满怀希望地谈到未来生活的前景。"头一件事就是找工作。"巴斯一开头就这样说，当时这个城市里叮叮当当的噪音和令人刺鼻的气味不断地向珍妮袭来，弄得她头昏脑涨，而且几乎麻木不仁了。"找个工作做吧。不管是什么工作，只要找到就成啦。即使你每个星期只挣三四块钱，也够付房租了。往后乔治来了，好歹也可挣个几块，再加上爸爸寄来的钱，我们的日子就好过了。反正比住在哥伦布那个窝里要好哪。"他最后下了这样的结论。

　　"是的。"她茫然地说。那时，她心里已被周围的新生活弄得迷迷糊糊起来，所以没法儿全神贯注地来考虑此刻正在讨论的问题。"你的意思我领会了。我先得去找事做。"

　　如今，她已经老练得多了，这里显然不是指她的年纪，而是指她的理解力。最近经历过的那一磨炼，使她更清醒地意识到自己在生活中的责任感。她心里老是惦着母亲。她就是惦着她的母亲，还有她的弟弟妹妹，特别是玛莎和维罗尼加，怎么也得给她们创造一个较好的生活环境，不要再像她当年那样困窘。她们应该穿得好一些，应该多上几年学；她们应该有更多的伙伴和更多可以开阔她们眼界的机会。

　　克利夫兰，如同当时其他蒸蒸日上的城市一样，挤满了找寻工作的人。新的企业虽然正在兴起之中，但是，这些企业所提供的工作机会总是没有寻找职业的人多。有的初来乍到的人也许碰巧当天就找到了一个马马虎虎的小职位，可是，也有人四处奔走了好几个星期甚至于好几个月之久，仍然毫无结果。巴斯认为，珍妮不妨先到各商铺和百货商店去打听一下。实在找不到，下一步就去工厂和其他地方谋出路。

"可是，不管你碰到什么样的机会，"他关照珍妮说，"千万不要错过。你就得马上抓到手。"

"那我该怎么开口说呢？"珍妮顾虑重重地说。

"你就对他们说你要工作嘛。开头不管干什么工作，都行。"

依照巴斯的嘱咐，珍妮刚到克利夫兰的头一天就开始四处奔波，得到的却是一些令人寒心的回绝。不论她走到哪里，看来谁都不需要添人。她去问过各店铺、工厂以及城郊的许多小作坊，总是到处碰壁。她虽然心里想尽量不去当女仆，可是，到了万般无奈的时候，最后还得走这条路。她仔细地研究了报上的招聘广告栏，选出了四处，看来比较有希望，她就决定不妨去试试看。不料有一处，等她去时，那里早已找到了人；可是，那位出来开门的女主人见到珍妮的容貌很有好感，就请她进去，向她一一盘问。

"唉，真可惜，你干吗不早来呢？"那位女主人说，"跟我刚才雇到的那个女人相比，我可更喜欢你呢。好吧，暂且把你的地址留下来。"

珍妮因为受到了女主人如此款待，于是含着微笑走了出来。如今，她的模样儿看上去虽然不像生育以前那么年轻，可是，她那比较瘦削的双颊，略微凹陷的眼眶，给她的容颜平添了一层淡淡的愁云，宛如一个整洁的模特儿。她身上的衣服都是离家前刚洗过、烫过的，所以使她的容貌显得格外鲜艳悦目。虽说她的身材还在继续增高，但就她的容貌和智力来说，是像一个二十岁的少妇了。难能可贵的是她那种乐观的天性，所以尽管过的是含辛茹苦的生活，珍妮始终是自得其乐。谁要是想找一个侍女或家庭伴侣什么的，不消说，都会乐意要她。

珍妮去应聘的第二个地方，是尤克莱德大街的一座大宅邸。她看到那府上气派非常大，心想自己大概不配到这里当女仆，但又转念一想，既然走了这么远，不妨先试一下吧。在门口接见她的那个仆人叫她稍候片刻，然后把她领到二楼女主人的客厅里。这位女主人名叫布雷斯布里奇夫人，是上流社会常见的一个惹人喜爱的、肤色浅黑的时髦女人，她品赏女人的姿色很有眼力，对珍妮的印象倒是极好。布雷斯布里奇夫人跟珍妮谈了一会儿，就决定试用她，看看她能不能当侍女。

"每星期我给你四块钱，你要是乐意，可以睡在这里。"布雷斯布里奇夫人说。

珍妮说明，眼下她跟哥哥住在一起，不久她家里人也都要来了。

"好吧，"布雷斯布里奇夫人回答说，"那就请便吧。只不过每天早上你可要准时到。"

布雷斯布里奇夫人希望她当天就留在那里，马上开始干活儿，珍妮也一口应允了。布雷斯布里奇夫人给了她一顶精致的小帽，一条围裙，又花了一点儿时间向她讲明职责范围。珍妮的主要工作就是侍候女主人，替她梳头发，帮她穿衣服。门铃响时，她也要去开门，必要时还得侍立在餐桌旁，听候女主人的吩咐。布雷斯布里奇夫人对待她这个未来的侍女似乎有些严厉而又拘泥形式，尽管如此，但是珍妮对她的雇主办事精明泼辣暗自钦佩不已。

当天晚上八点钟，珍妮这一天的活儿总算干完了。她心里纳闷，不知道自己在这样的大户人家究竟顶用不顶用，但看到自己居然干得还相当出色，因此连自己都感到吃惊。女主人一开头就叫她把珠宝饰物和客厅里的小摆设揩擦干净，虽然一刻不歇地使劲干活儿，但到她回家的时候也还没有干完。她赶紧回到她哥哥的住所，兴冲冲地说已经找到了工作。现在，她母亲可以来克利夫兰了。现在，她可以跟自己的孩子待在一起了。现在，他们真的可以开始过一种新的生活了，在他们看来，这种新的生活要比从前更好，更美，更甜蜜。

按照巴斯的意见，珍妮给母亲写了信，请她立刻就来，又过了一个星期光景，把一所挺合适的房子租了下来。多亏孩子们一起帮忙，格哈特太太收拾好了极为简单的家什，其中家具就装满了一车子。过了两个星期，他们就举家迁往克利夫兰新居去了。

　　格哈特太太一直在殷切地期望一个真正舒适的家，一套布置得整整齐齐的质地坚固、装潢漂亮的家具，一条色彩鲜明、又厚又软的地毯，还有许多椅子、安乐椅和一些画，以及一张躺椅、一架钢琴——这许多好东西，她曾经梦想了一辈子，但由于时乖命蹇，至今没有如愿以偿。不管怎样，她始终没有绝望，她认为，只要自己还在人世间，这些东西总有一天可以得到的，那时她也就心满意足了。现在，说不定她时来运转了。

　　到了克利夫兰，格哈特太太看见珍妮神采飞扬的面容，她的那种乐观情绪就越发高涨起来。巴斯要她放心，说他们往后日子一定会过得很好。他带着他们来到了新居，又吩咐乔治按原路回到车站去，把行李家什运回来。参议员布兰德送给珍妮的那笔钱还剩下五十块，现在格哈特太太带在身边，有了这些钱，就可以用分期付款的办法添置一些短缺的家具。头一个月房租巴斯已经付过了。珍妮花了好几个晚上的时间，把新房子的门窗、地板全都擦洗过，简直可以说一尘不染了。就在头一个晚上，他们把两套新的被褥铺在洁净的地板上；一盏崭新的灯，是从附近一家小铺子买来的；一只木头箱子，是珍妮向一家杂货铺借来的，往后擦地板时，格哈特太太不妨坐在上面歇歇；此外还预备好了今晚明晨全家吃的腊肠和面包，当晚他们就在一起商谈未来的生活问题，一直谈到九点钟才都去安寝，只剩下珍妮和母亲两人。她们谈着谈着，觉得家里这副重担子如今已落到珍妮身上，格哈特太太开始感到，往后自己多少就要指靠珍妮了。

　　过了一个星期，整个屋子已布置得井然有序，大约添置了五六件新家具，一块新地毯，还有厨房里的一些必需用具。最伤脑筋的是他们还需要购置一个新炉灶，这就得花上好大的一笔钱。小弟弟、小妹妹都已上了公立学校，但是乔治呢，大家决定只好让他先去找个工作。珍妮和她的母亲都觉得虽然很不公允，可也想不出什么好办法使乔治不必做出这样的牺牲。

　　"我们要是有能力，明年就让他上学去。"珍妮说。

　　虽然这种新生活似乎已经顺利地开始了，但是他们仅能做到收支相抵，他们手头还很拮据，这确是时刻存在着的一种威胁。巴斯一开头倒是还很大方，但是没有多久，他就公开地说，每星期自己只消交上四块钱的膳宿费已经够多的了。珍妮把全部收入都交给家里，她说过只要替她领好孩子，她自己什么都不要。乔治在一家商店里找到了送款员的工作，每星期可挣两块半钱。开头他很乐意全部交给家用，以后让他留下五角钱自己零用，那也是很公道的。格哈特单身在外地谋生，每星期给家里邮寄五块钱，老是关照他们要攒下一点儿钱，打算偿还他那牵肠挂肚的哥伦布的旧债。每周全家收入总共十五元，吃的、穿的，加上房租、煤钱，都要从这十五块里面开支，此外还有五十元的家具账，每月要出三块钱。

究竟该怎么办呢？劳驾那些侈谈社会贫困的不愁吃、不缺穿的先生们自己去琢磨吧。单是房租、煤和照明这三项，每月需要二十元；吃的——可惜也是须臾不可缺的一项——每月又得交出二十五元；此外还有衣服，分期付款，零碎开支，碰巧还有医药费等开销，都要从剩下来的十一块钱里交——究竟怎么应对，那就请惬意的读者们凭着他们热情的想象力去猜一猜吧。不过话又说回来，他们居然凑合过去了，而且，格哈特一家人个个满怀希望，至少就目前来说，他们觉得日子过得还相当不错。

就在这些日子里，这个小小的家庭呈现出一幅为人诚实、刻苦耐劳的动人情景，实在令人深思。格哈特太太活像一个仆人，但酬劳呢，无论是衣服、娱乐还是其他别的东西，她压根儿都不要。每天一清早，她头一个起床，先把火生好了，接着就得准备早饭。她往往拖着一双薄薄的、要垫上报纸方才舒适一些的破拖鞋，悄没声儿在屋子里来回走动。有时，她还要去看看正在酣睡中的珍妮、巴斯和乔治。她舐犊情深地望着他们，真舍不得他们起床太早或者工作得太累了。有时候，她在叫醒她那心爱的珍妮以前总要犹豫一会儿，凝视着她睡眠中显得非常安谧的白皙脸庞，痛恨这个世道不该对她如此冷酷无情。

随后，格哈特太太才用她的手轻轻地放在珍妮的肩膀上，低声耳语道："珍妮，珍妮。"一直要把困倦不堪的女儿唤醒。

等到他们都起床了，通常早饭早已准备好了。每天晚上他们一回到家里，不消说，晚饭也摆上了餐桌。每个孩子都受到格哈特太太的精心关注。特别是那个小外孙女儿，简直给照料得无微不至。格哈特太太曾经说过，只要哪个孩子肯替她出去跑跑腿，她的衣着鞋子也就用不着讲究啦。

说到那些孩子，就数珍妮最了解她母亲的苦衷；唯独珍妮最有孝心，千方百计地想要助母亲一臂之力。

"妈，这个活儿让我来做。"

"妈，那个您别管，就交给我干吧。"

"妈，您去歇一歇。"

从这些日常对话里可以看出，她们母女之间有着一种历久不替的感情，原来珍妮母女俩之间早就完全谅解，而且随着岁月的流逝，这种谅解自然变得更加深广了。珍妮想到她母亲一辈子株守家门，心里就很难受。每天她在工作的时候，总会想到母亲正在那个寒碜的家里倚门守望。她多么渴望母亲也能得到她自己常常追求的那种舒适的生活环境啊！

第十四章　维思德的洗礼

珍妮在布雷斯布里奇夫人府上帮佣的这些日子里，确实使自己的见闻大有长进。这个深宅大院对珍妮来说就像是一所学校，她不仅学会穿戴打扮和繁文缛节，而且逐渐悟出一套做人的道理。若论态度之自负，设备之高雅，服饰之讲究，布雷斯布里奇夫人和她的丈夫都是不同凡俗的。至于在待人接物、广宴宾客等交际场合，他们也都是温文尔雅、无懈可击的。布雷斯布里奇夫人不时地还用精辟的警句来表明她的人生哲学：

"生活——就是一场搏斗，亲爱的。你如果想要得到什么，就得为它而奋斗。"

"不会借助别人的力量来达到你自己的目的，依我看就是傻瓜。"（这是她在抹上淡淡的一层口红时说的）

"几乎所有的人都是天生的笨蛋，他们只是浑浑噩噩地活着罢了。我最瞧不起的，就是缺乏雅趣；这是天底下最大的罪过。"

以上这些警世箴言，布雷斯布里奇夫人多半不是直接说给珍妮听的。但是，珍妮从旁听来以后，经过沉思默想，觉得这些话确实很有分量。如同种子一般，这些话已经落在沃士里生根发芽了。她开始对权力和地位有一些朦朦胧胧的认识，也许这些东西对她远不是唾手可得的，但在世界上确实是有的，而且，谁要是运气好，就可以改善自己的处境。但她在干活儿时也在纳闷，真不知道这种好运气怎样才会落到她的头上。人家要是知道了她的底细，会乐意娶她吗？

还有她的这个孩子，她又怎样才能说清楚呢？

她的孩子，她的孩子——就是一个超凡脱俗、扣人心弦的难题，使她一则以喜，一则以惧。但愿能在什么时候，用什么方式给她的女儿做一点儿什么事就好了！

第一个冬天顺顺当当地过去了。由于日子过得挺细，孩子们都穿得暖暖的，还进了学校，房租和家具账也都能按时交付。只是有一回，他们这种安定的家庭生活似乎有些难以维持的样子。那就是格哈特来信说要回家过圣诞节，原因是节日期间工厂要停工。他自然心急火燎地想去克利夫兰，看一看他那个新家里生活究竟怎么样。

格哈特太太要是不怕丈夫大闹一场，本来是打心眼里欢迎他回家的。这事珍妮已找母亲谈过，格哈特太太又跟巴斯谈过，巴斯一个劲儿劝她们不要害怕。

"别着急，"巴斯说，"料他不会怎么样的。他要是说什么怪话，就由我来跟他谈好了。"

那种不愉快的事情果然发生了，幸好还没有像格哈特太太所担心的那样严重。格哈特是在下午到家的，巴斯、珍妮和乔治还都在外面上班，弟妹二人上火车站去接他。进门的时候，格哈特太太挺亲热地招呼他，心里却在哆嗦，为的是那事肯定马上就会被发现。其实，她心里七上八下的时间也没有多久。格哈特到家才几分钟，就把前房的门打开了。有一个漂亮的小孩正睡在床铺的洁白床罩上，他马上就明白了这是谁的孩子，可他偏偏佯装不知道的样子。

"那是谁的孩子？"他开口问。

"是珍妮的呗。"格哈特太太有气无力地回答。

"什么时候来这儿的？"

"才来还不久呢。"她惶惶不安地回答说。

"嗨，我早料到她也在这儿。"他带着轻蔑的口吻说，就是不提她的名字。这事果然被他事先料到了。

"她现在帮人家去了，"格哈特太太仿佛替珍妮苦苦求情似的说，"她现在干得很不错。她没有地方可去，别找她的麻烦吧。"

格哈特自从离家以来，脑瓜似乎有些开窍了。他在冥思苦索宗教的真谛时也出现过一些莫名其妙的思绪。他在祷告的时候向上帝承认自己当初不该对女儿如此无情，可是他仍然拿不定主意往后该怎样对待女儿才好，她毕竟犯过教规，不管怎样说，都是开脱不了的。

那天晚上，珍妮回到家里，免不了要跟父亲碰面。格哈特明明看见她进来，却偏偏假装自己正在埋头读报。格哈特太太哀求过他不要不理睬珍妮，但还是在发抖，生怕他万一说了或做了一些叫珍妮伤心的事。

"现在珍妮来了。"她走到格哈特兀自独坐的前房门口说，可他硬是连头都不肯抬起来，'你怎么也得跟她说说话呀。"这是房门还没有打开以前她的最后请求，格哈特还是没有回答。

珍妮进屋时，母亲低声说："他在前房哩。"

珍妮脸色煞白，把大拇指摁在嘴边，惘然若失地伫立着，真不知道该怎么应对这尴尬的局面。"他看见了没有？"

珍妮马上踌躇了一会儿，因为她从母亲连连点头，以及脸上的神情就知道父亲早已见过孩子了。

"进去，你别害怕，"格哈特太太说，"他什么都没有说呀。"

珍妮终于走到了房门口，看见她父亲皱紧眉头，仿佛在认真地思考什么问题，脸上并无怒意，所以迟疑了一下，也就进去了。

"爸爸。"她只说了这么一句，一时语塞了。

格哈特这才抬起头来，他那双灰褐色的眼睛好像在浓密的黄中带红的睫毛底下琢磨什么问题似的。他一看见女儿，就心软了，但还是要端出这块自制的决心盾牌来加以防卫，即便今天见了女儿，也不露出一点儿喜悦的神情来。他那传统的道德观念跟他天生的父女骨肉之情，此刻正在心里做殊死搏斗，但就一般人来说，多半是传统的观念暂时占了上风。

"嗯。"格哈特应了一声。

"爸爸，您会饶了我吗？"

"就算饶了你吧。"他严峻地回答说。

她迟疑了一会儿，随后向前迈了一步，他心里明白她的这一目的所在。

"得了，得了。"她的嘴唇差不多快要碰着他那长满灰白胡子茬的腮颊，格哈特就把她轻轻地推开了。

这是一次冷冰冰的会见。

珍妮受到了这样难堪的冷遇以后，就往外走到了厨房，一抬眼，看到她那正在引颈相望的母亲。珍妮虽然竭力想要装出一切都很好的样子来，却被自己的感情征服了。

"他跟你和好了吗？"她母亲正要打算这样问。不料，话只说了一半，女儿早已陷在厨桌旁边的一把椅子里，脑袋伏在一只手臂上，浑身抽搐着，几乎泣不成声地呜咽起来了。

"得了，得了，"格哈特太太说，"得了，你不要哭啦。他究竟跟你说了些什么？"

珍妮过了好半天才答上话来。

她母亲总是设法要把这事化为小事。

"我觉得还不算太坏，"格哈特太太说，"你爸爸的脾气就是这样的，一阵子过去就没事了。"

第十五章　莱斯特向珍妮示爱

格哈特回家以后，有关那小女孩的种种问题就都提出来了。他情不自禁从外祖父的角度来考虑孩子了，特别因为那个孩子——毕竟也是个有灵魂的人。他还不知道孩子受过洗礼了没有，所以就开口问妻子。

"没有，当然还没有呢。"他的妻子回答说。她虽然并没有忘记这种教规，但教堂里是不是欢迎她的小外孙，到现在她还不清楚。

"唉，当然还没有呢！"格哈特挖苦地说。本来他就觉得妻子信教并不十分虔诚，"嘿，这么随随便便！这么不守教规！真是妙极了！"

他又转念一想，觉得这个差错应该马上要改正过来。

"孩子嘛，是应该受洗的，"他说，"干吗不带她去受洗呢？"

格哈特太太这才提醒他，说小孩子受洗，必须有人做她的教父，还要举行洗礼的仪式，这么一来，就不得不当众承认她不是合法父亲所生的这一事实了。

格哈特听了这话沉默了一会儿，可是他那诚笃的宗教信仰绝不会因为这些区区小事就把教规置之脑后。对于这样的遁词，上帝是怎么个看法呢？这样的事不管，就算不上是一个基督徒了；他身为基督徒，这事可是责无旁贷。他认为，小孩子应该马上送到教堂去，珍妮和他们老两口都陪着去，就算作教父、教母。但他又觉得自己不愿意过于迁就女儿，所以主张小孩受洗时，珍妮还是不在场为好。他把这个难题通盘考虑了一下，最后决定就在圣诞节到新年之间，珍妮还在上班的某一天举行洗礼的仪式。格哈特又把这个打算说给妻子听，果然得到了她的赞同。于是，他又提出了另一个问题来。"孩子至今还没有名字呢。"他说。

关于孩子的名字问题，珍妮早就和她的母亲谈过，表示乐意取名为维思德。现在，她的母亲就把它算作自己的意思，大胆地提出来了。

"就叫维思德这个名字，好吗？"

格哈特听了以后觉得很不以为然。其实，孩子的命名问题他心里早就有谱了。原来他偷偷地给孩子取好了一个名字：维黑米娜，那还是从他幸福的青年时期留下来的，可惜始终没有机会给自己的孩子用上。当然，这也说不上他对这个小小的外孙女儿有什么骨肉深情，他只不过是喜欢这个名字，而外孙女有幸得到这个名字还得好好感激他呢。于是，他像往昔那样兴冲冲地把他的第一个贡物奉献给天然情爱的圣坛，因为说它是贡物毕竟一点儿都不错。

"这个名字也好啊。"他忘了刚才那种不以为然的态度，回答说，"要是叫作——维黑米娜，怎么样？"

格哈特太太一见他正在不知不觉地心软下来，也就不敢再去招惹他。那时，女人家常有的那种圆通机智就给她解围了。

"那么，两个名字都给了她吧。"她表示了折中的意见说。

"我看反正都可以嘛。"他说了这话以后，却又马上退回他刚才一时疏忽有所放松的那种反对的立场上去了，"让她受洗最要紧。"

珍妮听见了格哈特夫妇这些对话，心里真高兴，因为不管信教也好还是其他问题也好，只要可能，她恨不得马上给自己的孩子都争取到各种有利条件。她费了很大的劲儿给衣服上浆熨烫，好让孩子在受洗日穿上。

格哈特从离家最近的路德宗教会礼拜堂里物色到一位牧师，是一个脑袋滚圆、身材矮胖、做事极其拘谨的神职人员。格哈特向他讲明了来意。

"是你的外孙女吗？"那个牧师问。

"是的，"格哈特说，"可惜孩子爸不在这里。"

"哦，原来如此。"那个牧师好奇地看了他一眼说。

格哈特深恐来意还不够清楚，就说明他老两口要把孩子送来受洗。那个牧师知道个中或有隐衷，就不便向他追问下去了。

"既然你们外公、外婆乐意做她的教父、教母，教堂就不能拒绝她受洗。"他说。

格哈特走出了礼拜堂，觉得刚才自己很丢脸，心里真不是滋味，但又觉得自己已经尽职了，感到很满意。现在，他要把孩子送到礼拜堂去受洗，只要受洗仪式一完毕，就算他恪尽厥责了。

可是，等到举行洗礼仪式的时候，他仿佛觉得有某种力量使自己对孩子发生了更大的兴趣，从而也负有更大的责任感。原来，他在那里听到的就是使他狂喜出神的那种严峻的宗教及其一再强调的最高教规，这时，他又从牧师的讲道中听到促使他跟自己的儿孙紧密联系在一起的那些箴诫了。

"你们愿意根据福音书上所宣扬的仁爱精神来教育这个孩子吗？"

当他们带着孩子来到那座僻静的小礼拜堂时，有一个身穿黑袍的牧师面对着他们，这样问道。其实，那个牧师也只不过按照洗礼仪式的老一套提问罢了。格哈特应声回答说"愿意"，格哈特太太赶紧也做了肯定的回答。

"你们是不是应该利用一切必要的关心照顾，孜孜不倦地通过劝告、警诫、警告和戒律，务使这个孩子能够服从上帝的旨意和圣诫，抵制住所有的罪恶？"

听了上面这些话，格哈特忽然一闪念，想起了自己的子女来。原来，他们从前也像眼前这样有幸受过洗礼，他们也亲耳听见过他要关心他们来世福祉的庄严誓言。想到这里，格哈特默不作声了。

"是的，我们应该。"那个牧师仿佛给格哈特提词一样说。

"是的，我们应该。"格哈特夫妇俩有气无力地跟着念了一遍。

"现在你们应不应该把这个受过洗礼的孩子奉献给——赐予她生命的上帝？"

"是的，我们应该。"

"最后，你们要是能够凭着良心在上帝面前起誓，说你们的信仰确实是无比虔诚，你们的庄严誓言确实是出于你们严肃而又坚定的信念，那么，劳驾你们二位在上帝面前再重复说一声'是的'。"

"是的。"他们回答说。

临了，牧师伸出他的一只手悬在孩子头上，念念有词地说："维黑米娜·维思德，现在我以圣父、圣子、圣灵的名义给你施洗礼。让我们一起来祷告吧。"

格哈特耷拉着他那白发苍苍的脑袋，毕恭毕敬地跟着牧师念下面这篇辞藻优美的祷词：

> 全能的、永恒的上帝！我们崇拜你，因为你是人类子孙的始祖，是你把灵魂赐给我们，是你把肉体赋予我们。我们赞美你，因为你把生命赐给这个婴孩，而且至今一直佑助着她。我们祝福你，让这个婴孩听从你的召唤，热爱德行和荣耀，如今我们把她奉献给你，并且引领她进入基督教会的辖区。我们感谢你，因为听了圣子的福音讲道，她已具备了来世福祉所必需的一切品质；因为福音讲道使她思想得到启发，心灵获得安慰，并且使她得到恪尽自己职责的鼓励力量，以及仁慈和永生这种可贵的信心，让她变得无比虔诚，笃信上帝。最最仁慈的上帝啊，我们还要祈求你，让这个孩子从孩提时代起就由圣灵来启迪她，使她圣洁无瑕，并且由于你的仁慈，使她的灵魂永远得救。请你开导和祝福你的仆人吧，因为你已经把精心教育她的重大工作委托给他们，启发他们要懂得宗教真谛的正确信念。让他们永世不忘这个后裔乃是属于你的，倘若由于他们可耻的疏忽大意或者自己根本不能以身作则，从而毁了你那有理性的创造物，你就可以责问他们。让他们深切地意识到她那非凡的天性，她那珍贵的灵魂，她即将遇到的种种危险，以及她在你的佑护下得到的光荣和幸福，但也可以由于邪恶的情欲行为而导致今生的堕落和来世的苦难。让他们蒙受天恩，便于他们去遏制她那心中初萌的邪念，保护她不受儿童时代和青年时代常有的诱惑；而且，她一旦长大成人，就可以使她增进见识，引导她去熟悉——你和你所派遣的耶稣基督。
>
> 让他们蒙受天恩，以便在她心中培养出一种至高无上的敬爱你的热忱，让她感谢你的儿子，也是她的救星——基督耶稣——给她带来的福音，尊

重福音书中的一切训诫和条规，同时让她既要对全人类和蔼可亲，又要对诚挚和真理无比热爱。

　　请你还要帮助他们继续亲切地关心她，并且仔细地考察：通过他们的举止言谈，使她的心灵不致变坏，而且随时都要做她的表率，使她安安稳稳地踩着他们的脚印一步一步地走去。你要是乐于延长她在人间的日子，那你就要让她的父母和朋友一提到她确实感到一种莫大光荣和安慰，让她在人世间成为有用之人，并在你的佑助之下不断地得到保护和支持。她既然生下来了，就让她为你而生；万一她死了，就让她为你而死。在末日来临之时，由于耶稣基督的佑助，她和她的父母的罪孽将会得到主的赦免，因而欢天喜地永远、永远地团聚在一起，阿门。

　　当牧师在宣读这篇庄严的训诫的时候，外祖父禁不住对这个小小的弃儿产生了一种责任感。他觉得，自己对此刻抱在妻子怀里的那个小家伙不得不给予上帝在圣礼中所吩咐的照顾和关注。他低着脑袋，心中却怀着无限敬畏。等到受洗仪式结束，他们离开那座僻静的礼拜堂的时候，他的心情简直没法儿用言语来形容了。原来他一辈子就是这样虔诚信仰宗教的，他认为，上帝是一个人，是高于一切的一个实体。宗教绝不是仅仅在礼拜日念给大家听听的一通漂亮的话或是一些有趣的想法；不，它是神的意志生动有力的一种表现，从人类和上帝开始接触以来就一直沿袭下来的。在他履行宗教义务时，他仿佛看见了快乐、拯救和一个人在尘世间的慰藉，它的意义不是在尘世间，而是在天国才能得到解释的。格哈特一面慢腾腾地在街上走，一面仔细地琢磨着圣誓中所包含的词义和职责，他觉得，他带着孩子去教堂时萦绕心中的厌恶阴影早已烟消云散了，取而代之的却是一种天然的骨肉之情。不管他女儿犯的罪有多大，可千万不能责怪这个婴孩，她是一个孤苦无告的、嘤嘤啜泣的弱小东西，需要他给予同情和怜爱。格哈特觉得他的心已经倾注在这个小孩身上了，虽然他的态度一下子还不能完全转变过来。

　　"那才是一个好人呢。"他们一路上走着，谈到那个牧师时，格哈特对妻子说了这么一句话。可是想到自己的新义务，他的心就一下子软下来了。

"是的，他是个好人。"格哈特太太胆怯地附和道。

"那座小礼拜堂倒是并不太小。"他继续说。

"是的。"

格哈特举目四顾，看到的是街道及其两旁的房屋以及在冬天阳光底下活泼泼的生活景象，最后，他才看到妻子怀里抱着的孩子。

"想必她一定够重的，"他用自己那种独特的德语说，"让我来抱抱她吧。"

格哈特太太正累得慌，就把孩子递了过去。

"唉！"他看了孩子一眼，然后让孩子舒舒服服地偎在自己肩头上。

"真巴望她将来不要辜负我们今天的这番苦心啊。"

格哈特太太一听到他的这番话，从他的口吻里早就明白了他的意思。这个孩子自从来到家里，常常令人郁郁不乐，或者在口角之间不时发生龃龉，如今却有另一种更为强大的力量来约束格哈特了。反正现在总得时时刻刻地想到那个孩子的灵魂。今后，他再也不会完全不理睬她的灵魂了。

第十六章　莱斯特与珍妮的恋爱

　　格哈特在家的最后几天里，见了珍妮就害臊，只好干脆装作没看见她的样子。到离家时，他甚至没有跟她告别就走了，只是叫妻子替他向女儿说一声。殊不知，他真的踏上了去扬斯敦的归途时又后悔不及了。"我本来打算要跟她告别的。"当列车隆隆地奔驰而去的时候，他暗自思忖着，但是已经太晚了。

　　这时，格哈特家里的光景依然如故。珍妮继续在布雷斯布里奇夫人府上帮佣。塞巴斯蒂安在那家卷烟店里当伙计，也算是站住了脚跟。乔治的薪水已加到三块钱，后来又加到三块半。一家人过着一种穷困而又乏味的生活。煤，粮，油，盐，鞋子，衣服，都是他们谈话时的中心；要做到收支相抵，家里人人都觉得挺紧张吃力。

　　天生敏感的珍妮本来就心事重重，不过叫她忧心如焚的还是她自己的前途问题与其说为了她自己着想，倒不如说更多的是为了维思德和一家人着想。她实在不知道何处才是她的归宿。"谁会要我呢？"她一遍又一遍扪心自问，"万一又有人爱我，那么，维思德该怎么办呢？"这样的事尽管很偶然，但也是完全有可能的。珍妮年轻貌美，男人们免不了都要和她调情，少说也有这样的念头吧。到布雷斯布里奇夫人府上来的男宾很多，其中有几位对她还有过不愉快的主动表示呢。

　　"我的好姑娘，你长得真俊呀。"这是一天早上珍妮替女主人传话，到客人房间敲门时，一个年过半百的老色迷冲着她说的。

"对不起。"她挺尴尬地说，不觉脸红起来。

"说实话，你真迷人哪。你干吗跟我说对不起呢？有空我还要找你聊聊天。"

他还想去抚摸她的下巴，可是，珍妮赶紧逃走了。她原想把这件事报告女主人，可是怕难为情，也就没敢说。她暗自思忖："为什么男的总要来这一套呢？"难道她自己打娘胎里就坏了，骨子里坏透了，所以也非得招引坏家伙不成？

真怪，不善于自卫的人简直就像招引蝇子的蜜糖罐一样，蝇子飞来时两翼空空，飞去时却把许多蜜糖带走了。一个温和、柔顺、无私的女人，男人们自然要冲着她一窝蜂地拥来。她那种宽宏大量的性格，那种毫不设防的态度，他们老远就会感觉到。对一般男人来说，珍妮这样的姑娘就像一团火，让人感到十分舒适。他们都要被她吸引过来，寻求她的同情，以至恨不得将她占有。因此，她对许多人死乞白赖地向她献殷勤很伤脑筋。

有一天，从辛辛那提来了一个名叫莱斯特·凯恩的客人。他的父亲是个制造车辆的大厂商，无论在辛辛那提城以至全国各地都很有名。他常常到布雷斯布里奇夫人府上拜访。他跟布雷斯布里奇夫人的交情比跟她的丈夫的交情还深厚，因为布雷斯布里奇夫人是在辛辛那提长大的，她在做姑娘的时候常常到他父亲家去玩。她认识他的母亲，还认识他的兄弟姐妹，总之挺亲热的，几乎就像他们家里人一样。

"莱斯特明天要来了，亨利，"珍妮听见布雷斯布里奇夫人对她丈夫这样说，"今天中午我接到他的电报，他是个调皮鬼。我打算让他住楼上东边那个大房间。你要对他热情些，不要冷淡他。别忘了，他父亲一向待我挺好的。"

"我知道啦，"她丈夫心平气和地说，"我喜欢莱斯特。他们家就数他最了不起。只不过他太大大咧咧了，他对什么都满不在乎。"

"这个我知道，可他这个人还是挺正派的。我想，他是我所见过的人里最有教养的一个了。"

"我当然不会怠慢他的。你的客人来了，我不是历来以礼相待的吗？"

"是的，是以礼相待。"

"嘿，我自己可不知道呢。"他干巴巴地回答说。

这个惹人注目的客人果然登门拜访来了。珍妮心里早就想见见这个非同小可的人物了，这次一见之下并没有使她感到失望。走进客厅向她的女主人寒暄问候的是一个年龄在三十六岁上下的男人，中等以上身材，长得面目清秀，魁梧挺拔而又矫健有力。他说话时声音深沉洪亮，到处都听得清楚，所以，人们不管是不是认识他，禁不住都要停下来倾听一番。他说话简明扼要，干脆利落。

"您好啊，"他开始说，"我又见到了您，很高兴。布雷斯布里奇先生近来好吗？范尼也好吗？"

他这几句问话显得十分殷勤动人，他的女主人也同样亲热地回了话。"见到你我很高兴，莱斯特，"她说，"乔治会把你的东西搬到楼上去的。请上楼到我的房间里来，那里要舒适一些。老太爷和路易斯都好？"

莱斯特跟着她上了楼，那时伫立在楼梯口听的珍妮就感到他这个人好像具有磁石一般的魅力，她只觉得来了一个真正了不起的大人物，但为什么会有这样的印象，却又说不出来。顷刻之间，屋子里谈笑风生，女主人的态度也就越发和蔼可亲，好像人人都觉得非要给这位客人效劳不可。

珍妮继续干活儿去了，可是刚才那个印象久久地萦回脑际。她心里默念着那位客人的名字：莱斯特·凯恩，而且，他是从辛辛那提来的。

她不时要偷偷地看他一眼，觉得这是她有生以来头一次对一个素昧平生的男人发生兴趣，他长得这么魁伟，这么漂亮，这么矫健有力。

她心里想不出他从事的是哪一种职业，她又感到有点儿害怕他。有一次，珍妮发现他目不转睛地盯住自己，她心里一颤，赶紧找个机会躲开了他。另一次，他很想跟她说几句话，她却假装有事，扭头就走了。她知道，只要自己一转过背来，他的眼睛就会常常盯着她，叫她感到紧张不安。她心里总想躲开他，可是自己又说不出所以然来。

事实上，论财产、教育和社会地位，这位男客远比珍妮优越得多，但他对她那种异乎寻常的人品还是感到了一种本能的兴趣，如同许多男人一样，他就是被她那种特别温柔的性情和惊人的女性美吸引住了。

她那种风姿绰态，使人联想到她的柔情眷爱一定令人销魂。他总觉得她反正是唾手可得的，但又说不出个中道理来。至于她以往的事，在她的外貌上并没有留下任何痕迹。她虽然一点儿都没有卖弄过风骚，可是他仍旧"觉得自己稳操胜券"。头一次来访时，他本来就打算小试一番，可是他有急事不得不走。那次他是在四天之后离开克利夫兰的，一去就是三个星期。珍妮以为他一去再也不会回来了，因此心里产生了一种忽而轻松忽而惆怅的奇异感觉。后来，他突然又来了，这一趟显然是人们始料不及的，他只好向布雷斯布里奇夫人说明因为买卖关系，不得不再来克利夫兰。他说这些话的时候向珍妮挤了一下眼睛，珍妮好像觉得他的这次来访也许还跟她有一点儿关系。

在他第二次来访期间，珍妮有了各种机会可以见到他。早饭有时就是她开的；宴客时，她可以从大客厅或起坐间看到赴宴的客人；偶尔，珍妮还可见到他在布雷斯布里奇夫人的卧室里聊天。原来，莱斯特跟布雷斯布里奇夫人关系很亲密。

"莱斯特，你干吗还不成家，结束这不安定的生活？"就在他来后的第二天，珍妮听到布雷斯布里奇夫人对他说过这样的话，"你知道到时候了。"

"我知道，"他回答说，"可我还没有心思结婚。我想不如自由一点儿好。"

"是的，我知道你要自由自在。可你自己也应该觉得难为情吧。说真的，令尊大人在替你操心呢。"

他哈哈大笑起来。"家父才不会替我着想呢，他自己的买卖就够他操心的了。"

珍妮好奇地看了他一眼。她简直不知道自己心里在想些什么，只觉得这个人已把她吸引住了。当初她要是懂得这种吸引是怎么一回事，就会马上躲开他的。

如今，他开始更加细致地观察她，不时地跟她说上几句话——目的是逗引她闲聊一会儿。这样，她也不得不应酬他几句——他却博得了她的欢喜。有一回，他在二楼过道里碰到了她，那时她正在壁柜里找什么衣服，楼上只有他们两个人，那天早上布雷斯布里奇夫人外出买东西去了，其他仆人全都在楼下。莱斯特马上抓住了这个机会，摆出一种居高临下，毫不迟疑而又非常坚定的姿态走到了她身边。

"我要跟你谈谈，"他说，"你住在什么地方？"

"我——我——"她结结巴巴地说，脸色顿时煞白，"我不在这儿住，我住在洛里埃街。"

"门牌几号？"从他盘问的神气来看，好像在逼她说出来。

这一问，吓得她心里七上八下的。"一千三百一十四号。"她不由自主地回答说。

他那炯炯有神的深褐色眼睛紧紧地盯着她那双碧蓝碧蓝的大眼睛。两人的目光之间有一种催人欲睡的、意味深长的东西，就像闪电那样，一掠而过。

"你是属于我的，"他说，"好久以来我都在找你。什么时候我能去看你？"

"噢哟哟，你千万不能去，"珍妮慌了神，竟把手指摁住嘴边，"我可不能同你见面——我——我——"

"难道说我不能，我不能去看你吗？你听着——"他抓住了她的胳臂，轻轻地把她拉到自己身旁，"现在，你和我完全可以彼此心心相印嘛。我喜欢你。你喜欢我吗？你说呀？"

她直瞅着他，两眼睁得大大的，充满惊奇畏惧，以及越发恐怖的神情。

"我不知道。"她喘着气说，她的嘴唇发干了。

"喜欢我吗？"他目不转睛地，严峻地瞅着她。

"我不知道。"

"你看我一眼。"他说。

"好吧。"她回答说。

他很快就把她搂住了。

"往后再跟你谈吧。"他一面说，一面老实不客气地跟她亲起嘴来了。

她那惊慌失措的样子，活像一只小鸟被践踏在一头猫的脚爪底下。可是这时，仿佛有一种不可抗拒的致命的东西在向她召唤。他嘿的笑了一声，就把她放开了。"我们以后在这儿可不要再胡闹，不过，要记住，你已是属于我的了。"他一面说，一面转过身，若无其事地朝过道走去。

这时，惊恐万状的珍妮奔进了女主人的房间，就随手把门锁上了。

第十七章　珍妮即将重蹈覆辙

这次突然的邂逅给了珍妮极大的震惊，所以过了好几个钟头以后，她的心情才算平静下来。开头，她简直弄不明白刚才发生的是怎么一回事，这种骇人的事情确实就像晴天霹雳突如其来。现在，她又不得不向另一个男子屈服了。为什么呢？为什么呢？她常常这样反躬自问，但在她内心深处倒是有一个答案的。尽管她此时的心情连自己都说不清楚，但她仿佛觉得自己生来就是属于他的，而他也是属于她的。

恋爱如同打仗一样，都逃脱不了命运的摆布。这个坚毅有力和聪明机智的男人，虽然是一个殷富的厂商儿子，就物质条件来说，他比珍妮不知要优越多少倍，可是，他还是本能地就像磁石遇到磁场一般被这个穷婢女吸引住了，尽管他自己还不知道。对他来说，她具有一种天然的吸引力，她似乎就是能满足他那生理机能上最大需要的一个女人。

各种各样的女人，不论富的，穷的，他自己那个阶级里有着高贵的有教养的少女，还是无产阶级的女儿，莱斯特·凯恩全都见识过，但从来没有见过这样一个理想的女人，那就是说——善解人意，禀性温柔，年轻，貌美这四种特点——他认为在她身上样样都兼备了。这种理想标准在他心目中是根深蒂固的，只要合乎这种理想标准的女人一出现，他就决心要把她弄到手。他的原则是：如果要想结婚，他也许应该从本阶级中去物色这种理想的女人；如果只图一时快乐，他倒是可以逢场作戏的，当然，结婚的问题可就谈不上了。他从来都没有想到自己会一本正经地向一个婢女去求婚，不过话又说回来，他跟珍妮的事要另当别论。像她那样的女仆，他可从来没有见过。她具有贵妇人那种雍容大方，而风度又楚楚动人——这一点看来连她自己都不知道呢。唉，这个女人真是一朵世间罕见的鲜花！他为什么不该想想办法把她弄到手呢？我们评论莱斯特·凯恩时应该恰如其分，还得尽量体谅他和他的处境。一个人的思想，绝不能只凭一次荒唐事就去妄加评定；同样，一个人的品格，也绝不能只根据一时放纵的情欲就随便下断语。

当今世界上，物质力量的影响几乎已是不可抗拒了，人的灵魂已被这种影响慑服了。我们的物质文明正处在错综复杂的巨大发展之中；我们的社会形式多种多样，而且在不断变化之中；此外，我们各种深奥、微妙和诡秘的主观印象，已由诸如铁路，船运，邮政，电话，电报，报社等机构——一句话，就是整个社会上人们相互交往和联系的媒介机构——汇总起来，数量越发增多，然后再广为传播开去；所有这些生活要素一汇合起来，就散发出一种有如万花筒那样令人眼花缭乱和困惑不解的生活幻影，足以使人们在思想上和道德上感到厌烦，甚至变得愚蠢起来；还会引起一种智力上的疲劳，比如说，我们看到患有诸如失眠症，忧郁症，以及精神错乱症的病人正在与日俱增。每月每日层出不穷的大量事实和印象，看来我们现代人的脑子还没法儿全部接受下来，加以分门别类，最后储存起来。我们生活在光天化日之下，简直没法儿掩饰自己的内心世界，要我们承担的事情毕竟也太多了。这就跟无限的智慧拼命要挤进杯儿大小的有限的心窝，都是一个道理。

莱斯特·凯恩就是这些反常现象的自然产物。他生来善于细心观察事物，具有拉伯雷①小说人物的那种气质，但因周围事物繁多，生活场景广阔，简直可以说，光怪陆离，真伪难辨，所以就使他头昏目眩，无所适从了。他生在一个笃信天主教的家庭里，但早已不相信天主教的神灵；他已是当今上流社会里佼佼者之一，但他早已不再盲目崇拜门第等级观念；他虽然是一份巨大产业的继承

---

① 拉伯雷（Rabelais，1494—1553），16世纪法国著名讽刺小说家，著有《巨人传》。

人，人们指望他跟门第相当的大户人家联姻，但他偏偏不相信结婚要受条件的制约。婚姻——当然是一种社会风俗。当然，它自古以来就有了。但是，这又算得了什么呢？举国上下居然人人都相信它。这固然不错，可是，有些国家相信一夫多妻制。此外还有不少问题——比如说，宇宙间是否唯有上帝主宰一切？共和政体、君主政体、贵族政体，究竟何者最优？凡此种种，也都使他烦恼不已。总而言之，有关物质的、社会的，以及来世的所有问题，都汇集在他心灵里那把外科手术刀底下，不过，他只解剖到一半就搁下了。人生对他来说还是没有得到证实过的东西；除了为人必须诚实这个观点以外，几乎没有一个观点得到过他的最后赞同。此外，无论对任何事情，他的态度都是动摇怀疑犹豫的，而把这些使他烦恼的问题留给时间和宇宙之间神秘的力量去解决。的确，宗教、商业、社会这三种因素已在莱斯特·凯恩身上自然而然地融成一体了，只不过他还受到了我们国民生活中极为普遍的自由气氛的影响，而后者又滋生着几乎毫无限制的思想自由和行动自由。他年纪已有三十六岁，显然是一个精力充沛，进取心强，理智健全的人物，但从本质上说，毕竟是一个具有七情六欲的俗物，至多不过涂上一层令人悦目的出身和教养的油彩罢了。遥想他的父辈当年，几十万爱尔兰人，有的造铁路，有的采矿，有的开沟，有的则在这个年轻的国度数不完的建筑工地上运砖头，拌灰浆，如今他跟他们一样，粗壮有力，毛发浓密，通情达理，而又机智风趣。

他在长到十七岁时，因为品行不端，安布罗斯神父打算处罚他，他就质问神父："你明年还要不要我来上学？"

那位神父惊诧地直瞅着他。"那个问题，你父亲当然会过问。"他回答说。

"呸，我父亲才不过问呢，"莱斯特回嘴说，"你的那根鞭子要是碰一碰我，你就再也管不着我了。我没有犯过什么应该受罚的过错，从今以后，我就再也不能随便挨打了。"

这件事情，可惜只凭唇枪舌剑已不顶用，还是一场激烈的爱尔兰—美国式的摔跤才解决了问题，结果是莱斯特把那根鞭子折成了两截，严重破坏了校规，因此不得不卷了铺盖回老家。到家后，他当着父亲的面，说他从此以后再也不去上学了。

"我宁愿马上就去工作,"他解释说,"正规教育对我没有用。让我到事务所去,相信我准能干得了。"

他的父亲阿奇博尔德·凯恩精明强干,一心经商,信誉卓著。他对儿子这种决心很赞许,所以就不再逼他上学去了。

"那你就上事务所去吧,"他父亲说,"也许那里有些事你说不定做得了。"

莱斯特自从十八岁上经商以来,办事一向勤勤恳恳,随着父亲对他的信任逐渐增长,现在他俨然成了父亲的私人代表。凡是订契约,制定重要决策或者是代表工厂出外去打交道,每回都是选派莱斯特。父亲完全信任他,而他因为办事卖力,手腕灵活,所以父亲始终不渝地信得过他。

"公事公办"是他挺喜欢说的一句口头禅,从他说话的口气里就反映出他的性格和人品。

他身上那些炽烈的热情,虽然他确信自己能够加以控制,但还是像火焰一般不时地迸发出来。比如说,他对饮酒有嗜好,就是他内心冲动时的一种表现,但他相信自己完全能够加以节制。他想他喝酒本来就很少,而且仅仅是为了应酬才呷上几口,从来没有酗过酒。再说,他还有一个弱点,就是生来喜好女色,但他同样相信自己在这方面是能够完全克制住自己的。他虽然喜欢跟一些女人发生不正当的关系,但能断定危险性是在什么地方。他认为,拈花惹草的男人只要善于逢场作戏,反正不会招来多大的麻烦。总而言之,他自以为掌握了一种正当的生活诀窍,不外乎是默认现存的社会环境,再加上自己对别人瑕瑜互见的品行表示一点儿意见就得了。千万不要自寻烦恼,不要无理吵闹,不要感情用事,而是要有充沛旺盛的精力,保持自己的个性,使它始终不变,以上这些就是他的处世之道,他又妄以为它是很灵验的,因而颇为沾沾自喜。

至于珍妮,他原先接近她的目的纯然是出于一己之私。可是现在,他仗着他那种男性特权至少已经迫使她屈服了,他开始认识到,她这个女人很不平常,绝不是暂时供他消遣的玩物。

有些男人,在他们的一生中就有过这么一段时间会无意识地去评论女性的青春和美，不过他们的评论与美满幸福的理想关系不太大，倒是与他们周围的社会习俗有关。

这些人一考虑到该不该娶妻的时候，常常反躬自问："既然我深信无疑，此刻就要投入我怀抱的女人只不过是跟我自己一样易变的人，将来随着她的姿色逐渐衰老，意兴阑珊，她的想法也会变得顽固而又令人厌烦——难道说我就不得不服从公众的道德标准，恪守社会法规，保证自己清心寡欲，并且要让别人有权来干预我的一切事情吗？"凡有这种想法的男人，都不会为了一种合法婚姻关系而愿冒许许多多意外的风险，所以他们就认为约束较少的结合，即临时结伴的做法确是有好处的。他们拼命想要攫取人生的乐趣，却不愿为他们的纵情玩乐付出代价。随后，他们认为就可以去建立一种更加明确而又合乎传统的关系，这样既不会怨天尤人，也根本用不着再重新调整关系了。

莱斯特·凯恩谈恋爱的青年时代早已过去了，这一点他自己明白。青年人那种天真无邪的理想也一去不复返了。他需要得到女性伴侣的安慰，却越来越不愿因此牺牲个人自由，要是他既能满足自己身心的需要，而又仍然自由自在，无拘无束，那他就不会给自己戴上社会习俗的枷锁。当然，他一定要找到一个称心如意的女人——如今他深信已在珍妮身上发现这样的女人了。她在各方面都能吸引住他，他从来还没有见过像她这样的女人。至于要不要跟她结婚——那不仅是不可能，而且是不必要的。他只消说一声"来"，她就非得顺从不可，她命里注定就是这样。

莱斯特平心静气、头脑清醒地把这个事情仔细地斟酌了一遍。他款步来到了她所居住的那条破烂不堪的街道，看见了她栖身的那所寒碜的小房子。她那贫困窘迫的生活环境触动了他的心。难道他对她就不应该慷慨大方而又光明磊落吗？后来，他一想起了她那惊人的美貌，心情就为之大变。不，现在他一定要占有她，只要可能——就在今天，就在此刻，总之，越快越好。他就是怀着这样的心情，在探访过洛里埃街之后，回到了布雷斯布里奇夫人的府上。

第十八章　难以抗拒的吸引力

这时候，珍妮心里所感到的苦恼就像一个人在遇到错综复杂的问题时一模一样。她的孩子，她的父亲，还有她的哥哥、弟弟和妹妹，全都浮现在她眼前，她刚才所做的是什么性质的事情？难道她能容许自己重蹈覆辙，再次造成一种可鄙的罪孽的关系吗？至于这个男人，她又该怎样向家里人交代呢？他要是了解到她的底细，肯定不会跟她结婚，反正像他那样具有身份和地位的人怎么也不会娶她的。可是，她就要在这里跟他谈判了。那她该怎么办呢？她对这个问题翻来覆去考虑了好久，直到晚上，开头她决定索性回避，可是又痛悔自己不该把家里的地址告诉他。后来，她决心要鼓起勇气来拒绝他，老实告诉他，说她不可能、也不愿意跟他有任何来往。当他没有出现在她眼前的时候，最后这个解决办法看来倒是简单得很。不过，她又想到别处去找工作，这样他就没法儿再来跟她纠缠不清了。那天晚上，她在穿起外套打算回家的时候，还觉得所有这些办法仿佛都是非常简单的。

可是，她的那个富有积极进取精神的情人对这件事早就有了自己的结论，他和珍妮分手之后，对所有的问题都深思熟虑过了。

他决定必须马上行动起来。她也许会通知她的家里人，以及布雷斯布里奇夫人，说她可能要离开克利夫兰这个城市。他还想更多地了解有关她周围的情况，那只有一个办法，就是跟她当面谈谈。他一定要说服她跟他同居，他想她会同意的，她承认她是喜欢他的。她那种温和、柔顺的性格最初曾使他一见倾心，似乎也预示着他只要愿意一试，不用费多大劲儿就可以赢得她。所以，不管怎么说，他决定尝试一下，因为他想她确实入了迷。

五点半，他回到了布雷斯布里奇夫人的宅邸，看看珍妮还在不在那里。六点钟的时候，他碰巧有一个机会，就悄悄地对她说："今天我要送你回家。你在街上头一个拐角处等我，好吗？"

"好吧。"她回答说，她觉得他的话就像下了一道命令，她是非听不可似的。后来，她又暗自思忖，认为她应该跟他谈一谈，最后声明一下自己决心再也不愿意跟他见面，那么，眼前确是一个好机会。到了六点半，他推托说——突然想起来有个约会——就走出大门，七点刚过一点儿，他已在离那个约定地点不远的一辆垂下帘子的轻便马车里等候她了。那时，他心情平静，对这个结果表示完全满意。真怪，他虽然心里暗自欣喜，但从他道貌岸然的神态上一点儿都看不出来，他仿佛正在吸入一股令人销魂的馥郁温馨的香气。

八点刚过不久，他看见珍妮来了。煤气灯的光线虽然并不强烈，但莱斯特还是能够把她认出来，一股柔情立刻涌上他心头，因为她身上有着一种难以抗拒的吸引力。她一走到拐角处，他早已下了车，伫立在她面前。"来吧，"他说，"上车，咱们一起走。我要把你送回家去。"

"不，"她回答说，"我想，上车不合适吧。"

"跟我来。我要把你送回家去。车上说话更方便些。"

她又一次感到了他的那种优势和威力，她虽然一直都不想屈服，但此刻不得不屈服了。他就吩咐马车夫说，"遛一会儿，随便上哪儿都行。"她刚在他身旁坐下，他就立刻开了口。

"你听我说，珍妮，我需要你。你不妨谈谈自己的情况嘛。"

"我不能不跟您讲明。"珍妮回答说，竭力想守住她原来的防线。

"讲什么来着？"他问，他想从朦朦胧胧的光影里去观察她脸上的表情。

"我可不能再像这个样子下去了，"她惴惴不安地咕哝着，"我不能这样干下去了。您是什么都不知道的。今天早上那样的事，本来我就不应该这么做。以后，我再也不能跟您见面了，说真的，不能见面了。"

"今天早上的事情不应该怪你，"他抓住了这个词儿，就东拉西扯起来，"由我承担好啦。既然以后你不打算见我，那索性让我去见你吧。"他抓住了她的手，"你不了解我，可我喜欢你。一句话，我想你简直想疯啦。现在你已经属于我了。你听我说。我一定要使你归我所有，你乐意跟我一起走吗？"

"不，不，不！"她用一种痛苦的声音回答说，"我不能做那样的事，凯恩先生。请你听我说。这是办不到的。您不明白。啊，您不明白。我可不能依您的意思去做。我不乐意，就是乐意了，事实上也办不到。您不知道这是怎么一回事。可是，我说什么也不想做错事。我绝不应该这么做，我也不可能这么做。说实话，我压根儿就不愿意这么做。噢哟哟，不！不！不！求求您放我回家吧。"

他听了珍妮这样感情迸发但又苦苦求告的话语，不由得对她怀着同情——甚至还有一点儿怜悯。

"你说办不到，这是什么意思？"他好奇地问。

"哦，我可不能告诉您，"她回答说，"请您不要问我。您不应该打听这个呀，可我以后再也不能跟您见面了。见了面，不会有什么好处的。"

"可是你喜欢我。"他反驳了一句。

"哦，是的，是的，我喜欢您。我这是情不自禁，可您以后千万不要再挨近我了。千万千万！"

莱斯特俨如法官一般庄严地在心里反复琢磨着他的这个难题。他知道这个女人是喜欢他的——实际上，她已经爱上他了，尽管他们接触的时间很短。而他自己也已经被她吸引，虽然一时还谈不上到了不可挽回的程度，但她那种吸引力是不同凡响的。那么，现在究竟是什么缘故使她不敢依从呢？特别是在她表示过愿意以后。他觉得好奇。

"好吧，珍妮，"他回答说，"你的话我听见了，但你说，就是你乐意，'事实上也办不到'这句话的意思我不明白。你说你喜欢我，那你为什么不能跟我一起走呢？你正是我梦寐以求的人。咱们一定非常合得来，你的脾气又跟我十分相投。我真恨不得你常常跟我在一起。你为什么要说不能跟我一起走呢？"

"我不能呀，"她回答说，"我不能。我不乐意。我也不应该呀。唉，劳驾别再问我啦。您不会知道的。我也不能告诉您那究竟是为什么。"

她心里不知怎的，想到了她的孩子。

莱斯特具有一种强烈的正义感，为人一向光明磊落，平日里他待人接物也还厚道。现在，他虽想表示一番温存体贴，但念念不忘的是——他一定要赢得她！于是，他只好把这个事情再仔细地琢磨一遍。

"你听我说，"他终于说话了，一面仍然握着她的手，"我并不是要你马上做出决定。我只不过是要你再好好想一想。不过要记住，你已经属于我了。你说你对我有情意，今天早上你就是这样承认的，我也知道你确实如此。那么，你干吗要这样死心眼呢？我喜欢你，我还能帮你许多的忙。咱们现在干吗不交个好朋友呢？其他的事情嘛，咱们以后再谈也不迟。"

"可是，我说什么也不想做错事，"她仍然坚持着说，"说实话，我压根儿不乐意。请您以后千万不要再挨近我啦，我可不能按着您的意思去做。"

"好吧，"莱斯特说，"你说的大概不是真心话。要不然，为什么你又说你喜欢我呢？难道说——你变心了？你看着我。"（这时，她低下了头。）

"你看着我！你到底变心了没有？"

"噢哟哟，没有，没有，没有！"她不知怎的，激动得几乎没法儿控制自己，简直有点儿泣不成声了。

"好吧，那么，你干吗对我还是那样死心眼呢？我爱你，我老实告诉你——我想你简直想疯啦。我这次回来，就是这个原因。我是特地为了看你来的！"

"是吗？"她惊诧地问。

"可不是嘛！今后如有必要，我还可以一次一次地再来。老实告诉你，我想你简直想疯啦，我决心要使你属于我。你就答应吧，说你愿意跟我一起走。"

"不，不，不！"她苦苦求告说，"我不能。我一定要打工。而且我愿意打工。我说什么也不想做错事，请您千万不要再问我啦。您务必放我走。说实在的，我可不能依您的意思去做。"

"告诉我，珍妮，"他又换了一个话题，"你父亲是干哪一行的？"

"他是吹制玻璃的工人。"

"就在克利夫兰吗？"

"不，他在扬斯敦打工。"

"你母亲还健在吗？"

"是的，先生。"

"你跟她住在一起吗？"

"是的，先生。"

他一听见"先生"这个词儿，不觉笑了起来。"别叫我'先生'呀，我的好宝贝儿！"他几乎厉声地对她说，"也不要再叫我凯恩先生。我再也不是你的'先生'了。现在你已经属于我了，小姑娘，属于我了。"说着，莱斯特就把她搂了起来。

"请您不要这样，凯恩先生，"她恳求说，"噢哟哟，请您不要这样。我可不能呀！我可不能呀！您千万不要这样。"

殊不知，他的嘴唇早已跟她的嘴唇紧紧地贴在一起了。

"你听我说，珍妮，"他用他最喜爱的词老是重复说，"我老实告诉你：现在你已经属于我了。你呀，我真是越看越喜欢。可惜以前没有机会认识你。我是绝不会放走你的，到头来你非得跟随我不可。我绝不让你再去那个太太那里当侍女了，那个地方你一刻儿都不能再待下去了。我打算把你带到别处去。我还要给你留下一些钱，你听见吗？你务必收下。"

她一听见"钱"这个词儿，就吓得直哆嗦，连忙把手缩了回来！

"不，不，不！"她一连声地说，"不，我绝不会收下的。"

"你得收下。把它交给你母亲。我根本不是收买你。我猜，你大概一定是这样想的。可我并没有这个意思。我只是一心要帮助你，还要帮助你的一家人。你的住处我知道，今天，我去看过了。你家里一共有几口？"

"六口。"她低声地回答说。

"唉，穷人的家里偏偏人口多。"他心里不禁这样想道。

"得了，这个你先拿去。"他坚持着说，从口袋里掏出一个钱包来，"我马上就会去看你的。你可别躲着我，我的好宝贝儿。"

"不，不，"她反对说，"我不要。我根本用不着。不，您千万别问我这个。"

他还是固执己见，但她也很坚决，最后，他只好把钱收回去了。

"有一点是肯定的，珍妮，你是绝不会躲开我的，"他心平气和地说，"反正早晚你一定要跟我走的。你不知道自己也是心甘情愿的吗？这一点从你自己的态度来看早就很清楚了。我是绝不会把你放走的。"

"哦，您要知道，您这是在折磨我啊！"

"难道我真的在折磨你吗？"他开口问道，"当然不是。"

"怎么不是！任您怎么说，我也绝对不会依您的意思去做。"

"你一定会的！你一定会的！"他心急火燎地嚷了出来，一想到这头猎物就要逃脱，他的情欲又在心中重新翻腾起来，"你一定会跟我走的。"说完，他不顾她不断抗拒，就把她搂在自己怀里。

"你看，"莱斯特说，经过一阵短暂的挣扎，不知怎的，他们之间似乎又在情愫暗通了，她心里也不再感到紧张了。这时，她眼里虽然噙满了泪水，他却没有看见，只说："难道你自己还没明白吗？原来你也是喜欢我的。"

"我可不能呀。"她呜咽着，又重复了一遍。

显然，她的窘态打动了他。"你干吗要哭，小姑娘？"他反问了一句。这时，她没有回答。

"请原谅我，"他接下去说，"今天晚上不再谈下去了。现在快要到你的家门口了。我明天就动身了，可是很快又要去看你的。是的，我一定要去看你，亲爱的。现在我绝不会把你放走的。我将想尽一切办法，为的是要使你安心，可就是不能把你放走，你听见吗？"

她摇摇头。

"你就在这儿下车。"他在轻便马车将要临近拐角处的时候说。他仿佛依稀看见从格哈特的矮棚屋窗帘里透出来的一线灯光。

"再见吧。"在她下车的时候，莱斯特说。

"再见。"她低声说。

"你可要记住，"他说，"这才不过是刚刚开头呢。"

"不，不！"她苦苦地恳求着。

莱斯特目送着她渐渐远去的背影。

"好一个美人儿！"他禁不住嚷了出来。

珍妮一走进家门，就感到浑身困倦，心情沮丧而又羞愧难言。刚才她做了什么事啊？她已经无可挽救地跟他妥协了，那是没法儿否认的事实。不久他又会回来的。

不久他又会回来的。而且，最糟糕的就是：他要送钱给她。

第十九章　凯恩家族的府邸

　　莱斯特·凯恩和珍妮这次会见纵然难免有言犹未尽之感，但两人之间早已深信不疑，事情当然不会就此结束。莱斯特·凯恩知道自己被她深深地迷住，他觉得珍妮这个姑娘确实招人喜爱。她那惊人的美是他过去从没有意想到的。她那迟疑不决的神态，她那接连不断的婉拒，甚至连她轻轻发出的"不，不，不"的请求，都像一支乐曲拨弄着他的心弦。毫无疑问，这个姑娘是命中注定给他的——他当然就把她据为己有了。像珍妮这样迷人的姑娘，他岂能把她放走？至于他家里和外界会有什么想法，他才不管呢。

　　说来也真怪，凯恩竟然深信不疑地认为，珍妮早晚一定会委身于他，就像她的心灵早已依从他一样，只是连他自己都说不出所以然来。从珍妮身上所流露出的一些东西——一种女性的脉脉温情，一种真挚动人的眉目传情，一望而知她心里赞同性爱，但这跟粗野的淫亵行为完全无关。像她那样的女人，就是为男子——而且又是唯一的一个男子而生的，在她看来，性爱跟爱情，温存和柔顺不能分开。当那个唯一的男子一来到，她就会爱上他，依从他。莱斯特所了解的珍妮就是这样，而且他已经感觉到了，她一定会依从他，因为他——莱斯特——就是她心目中那个唯一的男子。

　　就珍妮来说，她已预感到事情非常复杂，说不定会祸从天降。他要是紧追不放，不消说，什么事情都瞒不了他。有关布兰德的事情，珍妮没有告诉他，因为她至今还在朦朦胧胧地幻想着最后自己总可以逃掉。在同他分手时，她知道他一定要回来的，她知道自己心里也巴不得他回来。不过，她还是觉得自己万万不能依从他，只好继续过她那种胼手胝足、单调乏味的生活。这就是对她的前愆的惩罚，也可以说是她自作自受。

莱斯特告别了珍妮，就回到了凯恩家族在辛辛那提的府邸，它那富丽堂皇的气派若与格哈特的住房相比，确有天壤之别。那是一座大楼，共有两层，建筑布局似乎有些零乱，是照法国别墅样式仿造的，用的却是红砖和赭石。在园树庭花的掩映之下，这里差不多好像公园似的，就是那些石头雕饰，也都显得庄严豪华、不同凡响。他父亲阿奇博尔德·凯恩所积下的巨大财产，倒不是靠搜刮、恐吓等不正当的手段，而是因为他善于提供缺门货。他年轻时就看到美国是个正在欣欣向荣的国家，将来对于各种车辆——货车，马车，大车——的需求量一定很大，他知道必须有人来提供这些交通运输工具。开头，他办了一个小型修车厂，后来就发展成一个规模挺大的企业。他造的车辆由于质量很好，所以挺能卖钱。他有一种看法，认为诚实的人总是居多数；他相信人们到底都要地道的货色，你要是把这样的货色给了他们，他们乐意再向你买，以后的生意也会源源不绝而来，这样你就成了有钱有势的人。他还相信自己的"生意经"很灵，那就是既要爽气大方，售出时还得满满当当。凡是认识他的人历来都尊敬他，恭维他，即便此刻他到了垂暮之年，也还是这样。"阿奇博尔德·凯恩嘛，"你总会听到他的那些竞争对手这样说，"嘿，他是个顶呱呱的人。精明但又诚实。真是了不起啊。"

阿奇博尔德·凯恩生有两男三女，个个都长得健壮漂亮而且非常聪明，可是没有一个像他们那位长寿又宽宏大量的父亲那么厚道，那么有干劲。大儿子罗伯特现年四十，是帮父亲理财的得力助手，非常精明而又悭吝，所以，他做买卖人是最适合不过了。他是个中等身材，体格稍嫌细瘦，额角很高，头顶已开始秃了，还有一对明亮的浅蓝色眼睛，鹰钩鼻和两片坚定匀称的薄嘴唇，平日里他沉默寡言，行动相当迟缓，但是善于深思。在郊区占有整整两个街区的一家大公司里，他作为公司副经理，老是坐在他父亲身边。总而言之，罗伯特是一个很厉害的人，也是一个前途未可限量的人，这一点他父亲知道得最清楚。

次子莱斯特，是父亲的宠儿。论理财能力，他远远不如罗伯特，但是，他对人生奥秘的见识更为广博。若跟罗伯特相比，他待人接物都比较随和，富有人情味，心眼儿也比较好。说来也真怪，阿奇博尔德·凯恩老先生倒是欣赏他，信任他，觉得他看问题眼光远大。凡是遇到难以解决的理财问题，也许他要找罗伯特商量，不过，他最心疼的还是莱斯特。

他的长女名叫艾米，三十二岁，长得挺漂亮，早已出嫁了，眼下有了一个儿子。次女叫伊慕琴，二十八岁，也已嫁人，但还没有孩子。小女儿路易斯，二十五岁，还待字闺中，姐妹中间她容貌最好，但脾性也最冷酷，而且最爱挑挑剔剔。今日凯恩府上就数她最最关心社会声望，最最渴求显赫的家族权势，恨不得凯恩一门第光耀，卓荦冠群。她觉得自己的家族在社会上已有了这么显贵的地位，心里沾沾自喜，不免要流露出一种妄自尊大的派头，使莱斯特见了有时好笑，有时恼火。莱斯特本来就喜欢她——在兄妹之间也可以说他是宠爱她的，但他认为路易斯千万不要那样盛气凌人，否则就要有损于他们家族的声誉。

母亲凯恩太太已经六十岁了，是个温文尔雅的妇道人家。她的丈夫原是贫家出身，即便到了今日，她还是不大关心上流社会的交际活动。可是，她爱自己的子女和丈夫，为他们的功成名就难免也飘飘然。说实在的，仗着他们的荣光，她也够神气的。说她是淑女、贤妻、良母，洵非虚语。

那天傍晚，莱斯特一到辛辛那提，马上坐车回家。那个爱尔兰的老仆人出来给他开了门。

"哦，莱斯特先生，"他喜出望外地说，"你回来了，真是好极了，好极了。大衣就让我拿着吧。是的，是的，天气一直都很好啊。是的，是的，府上个个都好啊。艾米大姑带着孩子才走呢。老太太正在她楼上房间里。是的，是的。"

莱斯特乐呵呵地朝着他笑笑，就上了楼，来到了母亲的房间里。那个用白色和金色装潢过的房间，东南两处窗口俯瞰着花园。凯恩老太太正坐在房间里，看上去很温和、娴静、大方，斑白的头发梳得光溜溜的。门开了，她抬头一看，是儿子回来了，就放下正在看的那本书，站起来招呼他。

"妈妈，"他两手搂住她，跟她亲吻，"妈，您好吗？"

"哦，还是那样呗，莱斯特。你近来可好？"

"很好。这回我又在布雷斯布里奇夫人家里住了几天。既然到了克利夫兰，我还顺便去看了看帕森家。他们都惦着您。"

"明妮好吗？"

"还是那样。依我看，她一点儿都没有变。她还是像从前那样好客呢。"

"她是个聪明的女孩子。"他母亲一回想到布雷斯布里奇夫人在辛辛那提度过的少女时代，就给她下了这个评语，"我一向是喜欢她的。她可真机灵乖觉。"

"老实告诉您，现在她也还是那个样儿。"莱斯特意味深长地回答说。凯恩老太太微微一笑，就扯起家常来了：伊慕琴姑爷到圣路易斯出差去了；罗伯特的媳妇得了感冒；厂里守更的兹温格尔老头已经去世，他跟随凯恩老先生四十多年，父亲正去给他送殡呢。莱斯特在一旁洗耳恭听，虽然有点儿心不在焉。

莱斯特正要下楼去，恰好遇到了路易斯。"好漂亮！"——是他对她的头一句话。这时，她身穿一件镶嵌珠翠的黑绸衣裙，跟她的身段非常相称，还有缀在胸口的一连串红宝石，同她深黛的肌肤和乌亮的鬈发衬映得分外鲜明艳丽。她那乌溜溜的眼睛，尖利得快要把人看透似的。

"啊，原来是莱斯特，"她嚷了起来，"你什么时候回来的？跟我亲嘴可要留神些。我正要出门拜客去，刚刚打扮好，就连我鼻尖上的香粉也才抹上不久。瞧你这个熊相？！"原来，莱斯特早已把她紧紧地抓住，狠狠地亲起她来了。她两手一使劲儿，把他推开了。

"香粉我可没有擦去多少，"他说，"你只要随身带着粉扑，尽管抹就是了。"说完，他就走进自己房间，更换衣服，准备吃晚饭。饭前更衣的这种习惯是凯恩府上近年来才采用的。平日里客人来得多，这种习惯也就必不可少了，特别是路易斯，很讲究那一套繁文缛节。当天晚上还有罗伯特要来，此外，父母的老朋友伯纳特夫妇也要来，不消说，今晚一定是正式的晚宴了。莱斯特虽然知道父亲此刻正在家里，但并不急着马上就去见他。他正琢磨着重访克利夫兰最后这两天的情景，心里不知道何时再能见到珍妮。

第二十章　莱斯特的写信与想念

莱斯特更衣后走下楼来，发现父亲在书房里看报。

"喂，莱斯特，"他抬起两眼，打眼镜框架上头望过来，同时又伸出自己的手，说，"你从哪里回来？"

"克利夫兰。"儿子亲热地跟他握手，笑盈盈地回答说。

"罗伯特说你去纽约了。"

"是的，纽约我也去过了。"

"我的老朋友阿诺德好吗？"

"还是那个样子，"莱斯特回答说，"他一点儿都不见老。"

"我想可也是，"阿奇博尔德·凯恩老先生欣慰地说，仿佛听到儿子在恭维他自己身体依然硬朗似的，"他历来注意节制，是个地地道道的老绅士。"

随后，他和儿子一起来到了客厅，闲扯着有关业务经营和家里的新闻；不一会儿，过道里钟响，通知客人楼上就要开饭了。

莱斯特坐在那个按照路易十五风格布置得金碧辉煌的大餐厅里，感到非常舒适。他喜欢这种亲密无间的家庭气氛——母亲，父亲和姐妹们——还有他们家的老朋友济济一堂。所以，他禁不住笑逐颜开，显得格外兴高采烈。

路易斯通知说星期二莱弗林家里要开舞会，问他是否乐意去。

"我不会跳舞，你是知道的。"他淡然回答说，"那我干吗要去？"

"你不会跳舞？你还不如说不乐意跳舞吧。我看，你简直懒得一动都不想动了。既然罗伯特也偶尔乐意跳跳舞，我想，那你早就该跳跳舞了。"

"论兴致，我能比得上罗伯特吗？"莱斯特漫不经心地回答。

"那么，论礼貌呢？"路易斯又激了他一句。

"你爱怎么讲，就怎么讲吧。"莱斯特说。

"你可不要再拌嘴啦，路易斯。"罗伯特道貌岸然地说。

晚宴后，他们都纷纷来到书房，罗伯特跟他的弟弟稍微谈了一下有关业务经营的情况。这时，手头正有几份合同要审阅修订，他很想听听莱斯特有些什么意见。路易斯正要去赶舞会，来人说马车已给她备好了。"那你就不打算去啦？"她又问了一句，话里似乎略有埋怨的意思。

"太累了，"莱斯特脱口而出，说，"替我在诺尔斯太太面前道个歉。"

"莱蒂·佩斯有天晚上问起过你。"路易斯走到了门口，还扭过头来说。

"承她关心，"莱斯特回答说，"我真感到十分荣幸。"

"莱蒂可是个好姑娘，莱斯特，"伫立在壁炉旁的父亲插话说，"我真希望你跟她结婚，成个家。你一定会觉得她是你的好媳妇。"

"她长得也俊呀。"凯恩老太太一口肯定说。

"瞧你们都说到哪儿去了？"莱斯特开玩笑似的说，"是不是串通一气啦？你们早知道，我对婚姻这种事是看得淡如水的。"

"这个我可知道，"他母亲一半挺正经，一半开玩笑地回答说，"这真太遗憾啦。"

莱斯特把话题岔到别处去了，他觉得这种事儿再扯下去，可叫他受不了。他想着想着，不知怎的，又想到了珍妮，以及她那特别动人的"不、不、不！"求告。那时，有谁能深深地打动他的心呢？只有像她那样的女性，才真的值得一顾呢。她不虚伪，不自私，不会监视男人，更不会给男人设圈套，而是一个可爱的小姑娘——像花儿一样可爱的小姑娘，显然，谁都用不着去监视她的。那天晚上，他在房间里写了一封信给珍妮，但写信日期改成一星期以后，那是因为他不愿意自己显得过分急切的样子，同时，他在辛辛那提至少要逗留两周以后才能离开。

我的亲爱的珍妮：

　　别后已有一周，虽然我还没有给你通过信，可是，你要相信我——我并没有忘记你。也许我给你的印象很不好吧？从今以后，我一定要痛改前非，因为我爱你，小姑娘——说真的，我爱你。此刻在我的桌上有一朵花，使我一下子就想起了你——洁白，鲜灵，美丽。你就像是这样一朵花，时刻浮现在我眼前。我认为你就是天地间所有一切的美的化身。你完全可以把花儿撒落在我的路上，只要你愿意。

　　现在，我要跟你说的，就是我预定十八日到克利夫兰，届时希望能跟你见面。我星期四晚上到，你在星期五中午去多恩顿旅馆的女会客厅等候我。好吗？咱们在那里一起吃午饭。

　　你不乐意让我到你家里去找你，现在你看，我是多么尊重你的意见（既然讲这样的条件，我就不去）。好朋友分别太久，有危险。请你给我写回信，表示你一定会去的，我恳求你慨然应诺。要是回信时写上"不能去"，我就万万接受不了，起码这次别这样写。

无比喜爱你的
莱斯特·凯恩

　　随后，他把信封好，写上了地址。"她真是一个超群出众的好姑娘呢，"他暗自思忖道，"她确实如此。"

Part 3

第三部分

珍妮与莱斯特的生活

第二十一章　格哈特受了重伤

　　一周以来一直音讯全无，珍妮少不得正在东想西想的时候，却来了莱斯特的这封信，不消说，她深深地感动了。现在她想怎么办呢？她到底应该怎么办？她对这个人真的觉得怎么样？她要真心诚意地给他回信吗？如果是真心，她又应该说些什么呢？在这以前，她的一举一动似乎只同她个人有关，从不连累别人，即使当初她在哥伦布为了巴斯不惜做出自我牺牲时，也是如此。现在，看来非得要考虑到别人不可——尤其是她的家，她的孩子。小维思德已有一周岁半，是个挺好玩的孩子；从她的蓝色大眼睛和柔和的鬈发来看，将来的容貌一定跟她妈妈不相上下；再看她的智力，分明也一定是聪明伶俐的。格哈特太太打心眼儿里疼爱她。格哈特心里的疙瘩解开得很慢，至今还看不出对她有多大兴趣，但不管怎么说，分明对她已有了好感。既然父亲的态度有了这样的变化，珍妮打心底里希望自己的一举一动再也不要叫老人家感到难过了。她要是再走错一步，不但对不起自己的父亲，而且要毁了自己孩子的前程。她暗自思忖，她个人的一生，失败已成定局了，但维思德的一生，则完全是另外一回事，她可千万不能连累到她。

　　想到这里，她觉得不妨给莱斯特写回信，干脆把事情的来龙去脉都向他讲清楚。反正她早就跟他说过自己不愿做这样的错事。现在，她索性跟他摊出真情，说自己有了孩子，请他不要再跟她纠缠不休。那么，莱斯特会不会听她的话呢？对此，她不由得表示怀疑，难道她果真要他听自己的话吗？

要珍妮自己这样坦白出来，确是一件很痛苦的事情。因此，她心中不免犹豫起来，信才开了一个头，总觉得说不清楚，只好把它撕碎了。后来也是命中注定似的，赶上父亲突然回家，就把回信的事搁下了。原来，珍妮的父亲在扬斯敦玻璃厂里一次不幸的事故中受了重伤。

格哈特的信，是在八月下旬一个星期三的下午收到的。信里既没有父亲常用德文写的老套话，也没附上每周寄家的五块钱汇票，总共只有别人代笔的一个便条，上面写着头天厂里玻璃溶液槽不幸翻倒，致使格哈特双手受到了严重灼伤，末了，还添上他将在明天上午到家的一句话。

"这该叫咱们怎么办呢？"威廉大张着嘴巴，嚷了起来。

"可怜的爸爸！"维罗尼加说话时，眼泪扑簌簌地落了下来。

格哈特太太猛地坐了下来，两手撂在膝上，两眼凝视着地板。"这可怎么办？"她惊恐不安地嚷了起来。万一格哈特造成终生残废，往后叫她一家人怎么过日子呢？她简直不敢再细想下去了。

巴斯是在六点半回家的，珍妮到八点钟才到家。巴斯一听到这个消息，脸上立刻现出无限惊恐的样子。

"嗐！那可是糟透啦！"他大声嚷道，"信上说到他的伤有多重了没有？"

"没有说。"格哈特太太回答说。

"那么，依我看，不必太着急，"巴斯从容地说，"干着急也不管用，我们怎么也会熬过去的。我要是您，反正不会那样六神无主的。"

事实上，他果然一点儿都不着急，因为他生来就不是那样的脾性，生活的重担并没有压在他的肩头上。他头脑简单，闹不清这一事故的意义，而且根本估计不到它的严重后果。

"虽然我也知道，"格哈特太太竭力保持镇静地说，"可我不知怎的，心里还是很着急。你想一想，咱们刚过上几天总算过得去的日子，哪知道大祸又一次临头了。有时候，咱们好像老是撞上灾星似的，咱们可真是苦命啊！"

珍妮回到家里，格哈特太太本能地感到，仿佛珍妮就是她唯一的支柱了。

"妈，出了什么事啦？"她一打开门，看见母亲面有忧色，就这样问道，"您干吗哭呀？"

格哈特太太看了她一眼，就把脸别到一边去了。

"爸爸的手给烫伤了，"巴斯郑重其事地插进来说，"明天他要回家啦。"

珍妮转过身来直瞅着他。"他手给烫坏了？"她大声嚷道。

"是的。"巴斯说。

"是怎么搞的？"

"因为玻璃溶液槽翻倒了。"

珍妮看了一下母亲，自己也落下了眼泪。她情不自禁地奔过去，两手搂住了母亲。

"妈，您别哭呀。"她说着这话，连自己也几乎按捺不住了，"您别着急。我知道您心里难过，可咱们总能对付过去的。现在，您就别哭了。"

话刚说完，连她自己的嘴唇也开始颤抖起来了。她使出了好大的劲儿，这才鼓起勇气来细细地琢磨眼前这场灾祸。她不由自主地在冥思苦索，突然一个闪念掠过脑际：莱斯特！他说过愿意帮助她的。他分明还向她求爱呢。不知怎的，她回想到他的深情，他的人品，他要帮助她的心愿还有他的同情心，跟巴斯入狱时布兰德给予她的毫无二致。难道说她命中注定要做出第二次自我牺牲吗？其实，这跟头一次又有什么区别呢？她的一生中，失败不是已成定局了吗？她心里一面在这样琢磨着，一面望着她母亲默不作声地坐在那里，不仅面容憔悴，而且心烦意乱。"多可怜哪，"她心里想道，"母亲干吗老是这样受苦受难呢！她一辈子都得不到一点儿真正的乐趣，实在是太不公道了！"

"我看，现在也用不着那么伤心。"过了一会儿，珍妮说，"也许爸爸的伤势并不像我们想象的那么严重。信上说他明天上午回家，是吗？"

"是的。"格哈特太太说着，心情已经平静下来。

从这时起，他们说话的语气也就平静得多了，等到所有一切的细节都谈过了，家里才开始沉寂下来。

"明天早上我们要有个人去车站接爸爸，"珍妮跟巴斯说，"我愿意去。我想，布雷斯布里奇夫人总不至于会说什么话吧。"

“不，”巴斯心情忧郁地说，“你千万别去，到时我会去的。”

他见到命运又一次的突然袭击，心里很不高兴，就不免怒形于色。

他心情沮丧地溜进自己房间，就关门睡觉了。珍妮和她母亲看到他们陆续上床了，就坐在厨房里交谈起来。

“我真不知道现在我们该怎么办才好。”格哈特太太很担心这场新灾难会严重影响家用开支，直到最后才说出这句话来。她显得那么疲惫无力，那么孤苦无告，珍妮心里就像刀割一样难受。

“别难过，亲爱的妈妈。”她温言劝慰母亲说，觉得自己已经下了一种特殊的决心。世界是广阔的，其中就有人慷慨地把惬意和安逸给予别人。灾难虽大，反正天无绝人之路！此刻，她和母亲坐在一起，仿佛听见未来艰苦的日子迈着令人惊骇的脚步越来越近了。

“你看，咱们往后该怎么办？”她母亲又重复说了一遍，她幻想中的克利夫兰家园就要在她眼前消失了。

“没什么，”珍妮早已胸有成竹，回答说，“一切都会好起来的。千万不要着急，会有办法的。反正咱们总不会都饿死吧。”

她兀自坐在那里，心里一清二楚：如今改变局面的重担注定要落在她身上了，她必须牺牲自己，此外毫无办法。

转天早晨，巴斯在火车站接到了父亲。父亲看上去脸色非常苍白，好像病情很重。他的两腮微微凹下去，显得更加瘦骨嶙峋。他的两手已被绷带严严实实地包扎着，显得特别颓唐，从车站回家的路上，许多过往行人都要驻足望他一眼。

“真是倒霉透顶，”他跟巴斯说，“我给烫伤了。那股疼劲儿，我有一阵子以为自己受不了了。唉，疼坏我了！疼死了！真是倒霉透顶！我这一辈子都忘不了啦。”

接着，他详细介绍了这一意外事故是如何发生的，又说到真不知道自己那双手往后还管用不管用。原来他右手的大拇指，左手的第一、第二的两个指头，都已烧伤骨头了。左手的两指已被截去一节，大拇指虽然还可以保留，但两手恐怕都有僵死的危险。

"真是倒霉透顶！"他又接下去说，"偏偏碰上我最要用钱的时候。真糟糕！真糟糕！"

他们到家的时候，格哈特太太出来开门。他这个老工人意识到她那无声的同情，就哭起来了，格哈特太太也同样抽抽噎噎地啜泣着。

甚至巴斯也有点儿控制不住自己的感情，不过很快就恢复镇静了。其他的那些孩子，也都一齐放声大哭，后来还是巴斯出来劝慰，他们的哭声才止住了。

"别哭啦，"他劝慰父亲说，"哭，有什么用呢？这可没有什么了不起。您很快就会好起来的。咱们还得照样过日子呢。"

巴斯的话至少暂时使大家得到了安慰。如今丈夫已经回家来了，不消说，格哈特太太的心情也就恢复了宁静。尽管他双手包着绷带，但是他的两腿还能走路，而且别处都没有受伤，看到这种情形，确实令人宽慰。也许等他的双手功能恢复了，往后还可以做一点儿轻活儿呢，反正他们总是尽量往好处着想。

那天晚上珍妮一回到家，就想立刻奔到父亲跟前，向他表达自己做女儿的一片孝心，可她生怕见面时父亲对她还像从前那样冷若冰霜。

这时，格哈特心里也很难受。想到女儿使他蒙受的那种耻辱，他至今还耿耿于怀。他也想过不妨宽容一下，可是心里依然杂乱无章，真不知道如何说起才好。

"爸爸。"珍妮羞怯地走到他身旁说。

格哈特露出不胜惶悚的神色，很想说几句最简单不过的话，但怎么也说不出来。他想到自己的无能为力和女儿的苦衷，既然她那样疼父亲，他自己同样也不能不疼她呀，这一切都叫他受不了。他心里按捺不住，就又孤凄地哭了。

"饶了我吧，爸爸，"她恳求说，"我对不起您。啊，我实在对不起您。"

本来他打算连一眼都不看她的，但在父女会面时所产生的心情激荡以后，他想，不妨就饶了她吧，而——事实上，他果真饶恕了她。

"我已经祷告过了，"他语不成句地说，"好，就把过去全忘了吧。"

他心情恢复平静以后，觉得自己刚才那种感情冲动不免有些羞愧，可是，一种新的相互谅解的真挚感情已在父女之间建立起来了。

从那时起，尽管他们之间仍有很大的隔阂，但是，格哈特再也不想冷淡女儿了，而珍妮呢，她跟从前一样，尽量向父亲表达女儿的一片孝心。

现在一家人总算和好如故了，可眼前又出现了别的忧虑和负担。

原来，他们家每周预算现已减少五元，又多了格哈特一口人的开支，叫他们怎么过日子呢？本来巴斯可以从他每周收入里多交一些家用的，可他就是不乐意多交。这么一来，每周区区九块钱的进项，只够付房租、粮油和煤钱，而日益繁多的意外开支根本谈不到了。格哈特每天还得去找医生换药包扎。乔治又要添置一双新鞋。要么从什么地方增加一笔收入，要么就向人家告借，像从前那样受尽缺衣少食之苦。事态紧迫，已使珍妮刚才萌生的决心得以具体化了。

莱斯特的信至今还没有回复，他约定的日子越来越近了。她应该给他写回信吗？他是会来帮助他们的。他不是非要把钱送给她吗？她终于毅然决然地认为，利用这种自愿提供的帮助，她是义无反顾的。于是，她坐下来给他写了一封短信，里面说她愿意应约跟他会面，但请他千万不要到她家里来。信寄出以后，她就一直等待着那个决定命运的日子的到来，心中不免掺杂着恐惧和惊喜的感情。

第二十二章　珍妮与莱斯特出门远行

那个招灾惹祸的星期五终于到了，珍妮面临的是她小小的求生计划中这个新的压倒一切的难题。她心里想，真的没有第二条路可走了，她自己的一生，失败早已成了定局。为什么还要继续搏斗下去呢？

要是她能使全家人得到快活，要是她能使维思德受到良好教育，要是她能把以前那段历史掩盖过去，不准维思德露面——也许——也许——要知道，富家子和穷丫头结婚的事从前也是有过的，何况莱斯特待人很和气，不消说，他一定喜欢她的。那天早上七点钟，她就上布雷斯布里奇夫人府上去了；晌午时分，她推说母亲有事找她，告了个假，就向那家旅馆走去。

莱斯特是提前几天离开辛辛那提的，所以她的回信并没有接到。

他到克利夫兰后，心情沮丧，仿佛万事都不如意似的。他心里还存有一线希望，以为珍妮的信也许就在旅馆里等他，但到了旅馆后，还是见不到她的片言只语。莱斯特可不是轻易泄气的那种人，但是，那天晚上他确实感到心灰意懒，只好闷闷不乐地走进自己房间去换衣服。晚饭后，他先是跟几个朋友打台球，打算解解闷，后来又痛饮了一番，才跟他们分手。转天早上，他一起床，迷迷糊糊地想把这事彻底放弃，但是一晃眼约定的时刻快到了，他想，这样来给她最后一次机会也许很不明智，说不定她还会来的。因此，他比约定时刻早一刻钟就下楼来到客厅，却看见珍妮正坐在一张椅子上等他，他简直是喜不自胜了！显然表明她已经默认了。他赶紧走上前去，脸上露出满意和感激的笑容。

"你到底还是来了。"他举目凝视着她，就像看见一件失而复得的宝物似的，"你不给我写信，是什么意思？我原先认为你既然不理睬我，一定不会来的。"

"我给您写过信的。"她回答说。

"寄到哪儿去了？"

"就是照您给我的那个地址，我是在三天前写的信。"

"问题出在这儿：信发得太迟了。你应该早些写，你近来好吗？"

"哦，还好。"她回答说。

"我看你样子不太好呢！"他说，"你看上去好像有心事。到底是怎么回事，珍妮？你家里出了什么事没有？"

这是莱斯特完全偶然提出的一个问题。连他自己都不知道为什么要问这句话，但这个问题替珍妮要说的话打开了闸门。

"我父亲病了。"她回答说。

"什么病？"

"他在玻璃厂里把手烫坏了。我们都吓得要命，看样子，他的那双手往后再也不管用了。"

她突然顿住了，脸上露出痛苦万状的样子，他一眼就看出她正在危难之中。

"那可太糟糕了，"他说，"唉，真糟糕呀。是哪一天出的事故？"

"差不多有三个星期了。"

"真是糟透了。咱们还是进去吃午饭吧，我要跟你谈一谈。我自从上次跟你分手以来，一直都想好好地了解一下你家里的情况。"这时，他带她走进了餐厅，拣了一张隐蔽的桌子。他请她点菜，打算岔开她的心思，可是她那时心事重重，又觉得点菜怪害羞的，所以还得由他自己来定菜。随后，他带着一种乐呵呵的神气跟她说话。"现在，珍妮，"他说，"我要你把家里的事情详详细细地跟我谈谈。上次我虽然了解到一点儿，可是现在我要彻底弄个明白。你说你父亲是个吹制玻璃的工人。如今，显然他再也干不了那种工作了。"

"是的。"她说。

"家里一共有几个孩子？"

"六个。"

"你是老大吗？"

"不，老大是我的哥哥塞巴斯蒂安。他有二十二岁了。"

"他做什么工作的？"

"他在卷烟店里当伙计。"

"他挣多少钱，你知道吗？"

"我想有十二块钱吧。"她想了一想，回答说。

"其他的孩子呢？"

"玛莎和维罗尼加没有工作，他们年纪都还小。我的弟弟乔治在威尔逊店里打工，当送款员，一个星期挣三块半钱。"

"那你自己挣多少呢？"

"我挣四块钱。"

这时，莱斯特顿住了，就在心里把他们家的生活收支估算了一番。

"你们房租要多少钱？"他接下去问。

"十二块钱。"

"你母亲年纪多大？"

"转眼就五十了。"

莱斯特手里来回翻弄着一把叉子，正在认真地思考问题。

"老实跟你说，我原先的猜想大概跟你谈的也差不多，珍妮，"他终于开口说，"关于你的问题，我想过很多，现在我全都知道了。解决你的问题，只有一个办法，而且不是那么差劲儿的办法，只要你肯相信我的话。"他顿住了一会儿，打算让她提问，可她偏偏没有作声。这时，她心里想的全是她自己的难处。

"你不想知道这个办法吗？"他又开口问她。

"是想知道。"她很呆板地回答说。

"那个办法就得看我的了，"他回答说，"你应该答应让我帮助你，我上次就要帮助你了。可现在你必须接受我的帮助，你听见了吗？"

"上次我想，还用不着你帮助呢。"她据实以告。

"你的意思我懂,"他回答说,"过去的事情就不要再提了。对你们家里,我是很关心的。既然我想到了,那我马上就要照办。"说完,他掏出钱包,拿出许多十块、二十块的钞票——总共二百五十块钱。"我要你拿走,"他说,"这才不过是开个头吧。我要你们家里从此以后就不愁吃、不缺穿。喂,快伸出手来呀。"

"不,不,"她说,"不要那么多钱,不要全都给我。"

"得了吧,"他回答说,"别啰唆。喂,快伸出手来。"

她一见到他的眼睛,就乖乖地把手伸了出来。他把钞票放在她手心里,又轻轻地捏住她的手指头。"我要你拿去,小宝贝儿,我爱你,小姑娘。我不愿意看到你在受苦,也不愿意看到你一家子都在受苦。"

她紧咬着嘴唇,眼里流露出一种无言的感激之情。

"我真不知道该怎样谢您呢。"她终于开口说。

"你就不必谢了,"他回答说,"我倒是应该谢谢你呢——你相信吗?"

他又顿住了,两眼直瞅着她,她的美貌叫他看得出神了。她两眼看着桌子,真不知道接下去会发生什么事。

"你乐意辞了职,待在家里吗?"他接着问道,"那你白天也有自由的时间了。"

"这可不行,"她回答说,"爸爸不会答应的。他认为我应该去挣钱。"

"你的话说得很对,"他说,"可你挣的钱真太少了。天知道!一星期才四块钱!我乐意给你比这多上五十倍的钱。只要我认为你有办法把它花完就够了。"他心不在焉地用手指头轻轻地叩着桌布。

"这个我可不行,"她说,"我简直不知道这些钱该怎么花呢,他们会怀疑我的。那我就得什么都告诉我妈妈了。"

从她所说的这些话来看,莱斯特心里明白,她母女俩之间一定是心贴着心的,就像这样的事她也不愿瞒着妈妈。他毕竟不是铁石心肠的人,所以一想到这里,不免深深地感动了。可他的既定目标他是不会放弃的。

"依我看,那就只有一个办法。"他继续说下去,态度显得非常温和。

"你现在做的这种工作跟你太不相称了。你这个人太细嫩了。我反对你这样做下去。你不妨把它辞了，跟我一起去纽约，我会好好地照顾你。我爱你，而且，我需要你。至于你家里嘛，今后你再也不用操心。你可以给他们置一所好房子，按照你喜欢的样子布置陈设起来。难道你不喜欢这样吗？"

莱斯特的话刚说完，珍妮心里立刻想到了她的母亲——她的亲爱的母亲。格哈特太太絮絮叨叨地谈了一辈子的，正是这个东西——一所好房子。要是他们的住房能够稍微大些，还有一些好的家具和一个树木茂密的庭院，她该有多么快活啊！有了这样一所房子，她再也不用担心付房租了，不用那些破家具，不再受贫困的煎熬了；她肯定是很快活的。珍妮见到他的那双锐利的眼睛好像捉摸到了自己的心事，不免犹豫了一会儿；他却看见他的话已经有力地切中要害。这真是一个好主意——给她家里置办一所像样的房子。他又等了好几分钟，才说："哦，那你就算答应让我这样办了，好吗？"

"好，固然很好，"她回答说，"可现在还办不到。问题是，我离不开家，爸爸老是查问我上哪儿去了，真不知道该怎么回答他才好。"

"你干吗不推托说跟布雷斯布里奇夫人一起去纽约呢？"他就这样给她出主意，说，"那就不会有谁反对了，是不是？"

"他们要是不了解真相，那当然也就没有事啦，"她惊讶地睁大眼睛说，"可是一旦被他们突然发现呢？"

"他们准发现不了，"他泰然自若地回答说，"布雷斯布里奇夫人的事他们不会知道的。大户人家的太太们常常带着自己的女仆出远门去旅行。你干吗不索性跟他们说，是布雷斯布里奇夫人邀你去的——不去可不行——所以才去的吗？"

"您认为我能这么说吗？"她反问了一句。

"当然能，"他回答说，"那有什么奇怪呢？"

她心里琢磨了一下，觉得这个点子也许还行得通。随后，她看了莱斯特一眼，心中深知，跟这个男人一旦亲近了，自己就难免又要做妈妈了。她不由得想到生孩子这桩悲剧上来，啊，她再也不能重蹈覆辙，至少不能像头一次那样轻率吧。维思德的事情她虽然还不能告诉他，但是，这个难以克服的障碍，她不得不一吐为快。

"我——"这句话她刚说出头一个字，就马上顿住了。

"嗯，"他说，"我——怎么啦？"

"我——"她又缄口无言。

她那羞羞答答的样子，她那双唇之间欲说还休的动人神情——无不叫他暗暗称羡。

"怎么啦，珍妮？"他好像给她鼓劲似的问，"你真太有意思啦。还不敢跟我说吗？"

这时，她的手放在桌子上。莱斯特把自己黝黑有力的手伸了过来，按在她的手背上。

"我可不能要孩子。"她低着头，终于把这话说了出来。

莱斯特凝视着她，觉得她那坦率的神情确实迷人，她虽然处境异常困难，但仍能保持着自尊心；由于她毫无矫饰地承认生儿育女这一人生头等大事，她的形象在他的心目中已是前所未有的高大了。

"你真是一个世间少有的姑娘，珍妮，"莱斯特说，"你真了不起呀。至于那件事，你可不用担心。不用说，这事好办。除非你想要孩子。你根本就用不着生孩子，何况我也不希望你有孩子。"从她那惊疑、羞涩的面容上，莱斯特看得出珍妮对这个问题感到困惑莫解。

"是这样的，"他说，"你相信我，是不是？你认为我能理解，是不是？"

"是的。"她说话时声音在颤抖着。

"哦，我心中理解就是了。一句话，不管怎样，我不会给你添任何麻烦的。我要把你带走。再说，我根本不要什么孩子不孩子的。我认为，现在即便有了孩子，也还是不能使我感到满足，我看，不如等将来再说。像那样的事反正不会有的，你尽管放心。"

"好吧。"她说话时声音微弱，几乎听不清楚。她怎么也不敢再跟他的目光相遇了。

"你听我说，珍妮，"过了一会儿，莱斯特又说，"我是很疼你的，是不是？我要是不疼你，难道我会坐在这里向你恳求吗？为了你，我简直要发疯了，这是千真万确的话。你就像美酒，一下子就使我陶醉了。我要你跟我一起走，我希望你赶快就走。我知道难就难在你家里这一关，可是你总能对付的。你就跟我一起去纽约吧，往后咱们再想办法。比如说，我去跟你的家里人见见面。要不咱们就假装求婚一番，总之，随你高兴就得了——不过现在，先得跟我一起走，别再磨蹭了。"

"您不见得叫我此刻就走吧？"她不禁感到十分愕然。

"尽可能就在明天。最迟星期一，一定要动身。你可以安排一下。对啦，你就说是布雷斯布里奇夫人要你去的，所以，你不得不赶快就走；这么一说，谁还会怀疑你呢。你看，我说的话对不对？"

"对。"她慢条斯理地承认说。

"既然说对，那干吗还不现在就走？"

"唉，说假话总觉得很难出口呀。"她若有所思地回答说。

"我也知道，反正你是走得了的。不是吗？"

"那您能不能稍等一会儿？"她恳求说，"事情真是太突如其来了，我真害怕呢。"

"我连一天也等不了，我的宝贝儿呀。你看不出我是多么心急吗？瞧瞧我的眼睛吧。你愿意跟我一起走，对吧？"

"好吧。"她回答的时候，心中既充满着忧伤，但又掺杂着一种奇异的、温情脉脉的激动，"我愿意。"

第二十三章　纽约巨变的境况

要珍妮这样突然地离去，乍一看似乎很不容易，实际上并不怎么困难。珍妮打算对她母亲说实话，一点儿都不隐瞒，对父亲只说是布雷斯布里奇夫人邀她一起去的。当然，她父亲少不得也要盘问她，其实，他是毫无疑虑可言的。那天下午回家的路上，珍妮陪着莱斯特到一家百货商店去。他给她买了一只大箱子，一只手提箱，还有一套旅行时穿的衣帽。莱斯特对他虏获的猎物感到非常得意。"等咱们到了纽约以后，我要给你买一些好东西，"他关照她说，'我要叫你看看自己打扮起来该有多好看。"他把买来的东西通通装进大箱子，送到他住的旅馆去。

随后，他和珍妮讲定，要她星期一去那里换行装，准备当天下午动身去纽约。

珍妮回家的时候，格哈特太太正在厨房，如同往常一样怪亲昵地招呼她。"你今儿个干活儿一定很辛苦吧？"母亲问她，"你看上去好像够累的。"

"不，"她说，"我不累，说累倒是不挺累的。只是我觉得心里不好受。"

"那是怎么回事呢？"

"哦，我有话要跟您讲，妈妈。这可叫我太为难啦。"说到这里，她顿住了，先用试探的眼光望了她母亲一眼，然后又移往别处。

"嗯，那是怎么回事？"她母亲焦急地问道。过去她遇到的倒霉事太多了，所以老是提心吊胆的，生怕又是什么灾祸临头了，"想来你没有丢掉工作吧？"

"没有呢，"珍妮尽量保持心情宁静，回答说，"不过，现在我打算辞职了。"

"辞职?！"她母亲不由得嚷了起来，"那为什么?"

"我要去纽约。"

她母亲张大着眼睛。"怎么啦，你是什么时候决定的?"她问。

"就在今天。"

"你是说着玩吧?"

"我说的是真话，妈妈。您听我说。我有一件事情要告诉您。您知道咱们穷得很，简直是走投无路，但我碰上了一个人，他乐意帮助咱们。他说他爱我，还要我星期一跟他一起去纽约，我已决定去了。"

"噢哟，珍妮!"她母亲大声嚷道，"这怎么行呢? 以前的事咱不提了，往后你再也不能干那样的事儿了。要替你的父亲着想啊。"

"这些我通通都想过了，"珍妮坚决地继续说下去，"说实在的，将来会变好的。我知道他是个好人，他的钱很多。他要我跟他一起走，我还是走了好。等我们回来，他要给我们置办一所新房子，还要帮助我们过好日子。而我呢，试问谁乐意娶我? 当然您自己最清楚了。反正都是一个样儿。他爱我，而我也爱他，那我干吗不该走呢?"

"他知道维思德吗?"她母亲审慎地问。

"不知道，"珍妮似乎内疚地说，"我想，还是暂时不告诉他的好，反正我想尽量不要连累到她。"

"我担心日后你免不了自找麻烦，珍妮，"她母亲说，"难道你不想想他早晚总会发觉吗?"

"我想，也许可以把她放在家里吧，"珍妮出了这么一个主意，说，"等她到入学年龄，也许我可以把她送到别处去上学。"

"好吧，那就这么办，"她母亲慨然同意说，"可是你说，干脆现在就告诉他，不是更好吗? 你跟他说了实话，他总不见得对你印象反而不好吧。"

"问题不在这里。我是为她着想，"珍妮激动地说，"我压根儿不愿意连累到她呀。"

她母亲摇摇头。"你是在什么地方认识他的？"她接下去问。

"是在布雷斯布里奇夫人府上。"

"有多少日子了？"

"哦，差不多有两个月了。"

"可你从来都没有一句话提到过他呢。"格哈特太太好像责怪女儿似的说。

"我可不知道他对我是这样照顾的。"珍妮尽量替自己辩护说。

"你干吗不再等一等，让他先上咱们这儿串串门呢？"她母亲问，"这么一来，事情就好办得多了。你这么突然一走，父亲马上就会发觉的。"

"我打算向他说明我是跟着布雷斯布里奇夫人一起走的，我想他就没法儿反对了。"

"也许是吧。"她母亲沉思了一会儿，才表示同意。

说到这里，母女俩不由得面面相觑。格哈特太太天生富有想象力，竭力想要把闯进珍妮生活里这个了不起的新人物描绘出来。他有钱；他要把珍妮带走；他要给他们俩置一所好房子。简直像童话故事一样美妙！

"这就是他给我的。"珍妮插嘴说，她天生机灵乖觉，一下子就猜到了母亲的心思。说着，她解开胸前的衣襟，把那二百五十块钱掏了出来，放在母亲手里。

她母亲一看，简直傻眼了。这一叠叠花花绿绿的钞票仿佛一下子救了她的命——因为吃的、穿的，还有房租和煤钱如今通通都有着落了。要是家里钱很多，格哈特根本不用担心他的那双烧伤的手；乔治、玛莎、维罗尼加身上就都可以穿得舒舒服服的，该有多么快活；珍妮穿着打扮也可以更好些；维思德将来还会受到良好教育。

"你认为他真的会娶你吗？"末了，她母亲反问了她一句。

"我不知道，"珍妮说，"我想他会娶的。我只知道他爱我。"

"好吧，"她母亲沉默了好久才说，"你要是打算告诉你父亲，干脆趁早去。你不跟他说清楚，他难免要疑心的。"

珍妮知道自己已经胜利在望了，她的母亲实在由于家徒四壁而不得不勉强同意了。她心里虽然很难过，但看来这似乎还是最好的出路。

"得了吧，我帮你去说。"临了，她母亲稍微舒了一口气说。

本来格哈特太太觉得要她这样撒谎是很难的，但如今她好像若无其事似的，居然说得格哈特的疑虑顿时烟消云散了。母女俩跟孩子们也都讲明了，所以等到大家商量了一会儿，珍妮自己再去父亲那里胡诌一通的时候，似乎显得非常自然了。

"你要去几天呀？"父亲问。

"大约两三个星期。"她回答说。

"那是一次愉快的旅行，"他说，"我还是在一八四四年路过纽约的，那时节，地面比现在可要小得多哩。"

他为珍妮竟能这样走运而暗自高兴，她的东家想必很喜欢她。

到了星期一，珍妮同父母告别后，很早就出门了，径直向多恩顿旅馆走去，莱斯特正在那里等候她。

"你来了。"她一走进女会客厅，他就乐呵呵地招呼她。

"嗯。"她简单地说。

"你现在就算是我的侄女吧，"他接着说，"我已经给你订好了一个房间，紧挨着我的房间。我叫人去取房门钥匙了，过一会儿你换衣服去。等你都准备好了，我就叫人把大箱子送往火车站。一点钟开车。"

她进房换衣去了，他简直心急火燎，坐立不安，看了一会儿报，抽了一会儿烟，末了干脆就去敲她的房门。

她身上刚穿戴完毕，连忙给他开了门。

"好看极了。"他面露笑容说。

她低着头，心里觉得恍恍惚惚的。近来，她自己一直在苦心孤诣地编造假话，弄得精神上紧张透顶，所以此刻显得疲惫不堪。

"莫不是你心里觉得难过吗？"他一眼看出了她的神情，就这样问道。

"不——不——"她回答说。

"得了吧，我的好宝贝儿。你千万别难过呀。一切都会好起来的。"说着，他把她搂在自己怀里，跟她亲吻，他们就一起下了楼。莱斯特见她身上只穿着一些极为朴素的衣服（哪怕还是她一辈子难得穿上的好衣服）却显得如此美丽，心里不禁感到惊讶。

他们坐上轻便马车，一会儿就到了火车站。座位事先早已定好了，所以凯恩有充裕的时间在开车前赶到。当他们已在普尔门式豪华的列车包厢里就座的时候，他心里才感到无比痛快了。生活好像充满乐观的色彩，此刻珍妮就在他的身旁。他已是马到成功了，但愿往后事事都称心如意吧。

当列车出了站，一望无际的田野接连往后掠去的时候，珍妮却若有所思地凭窗眺望。一路上映入她眼帘的有落叶铺地的树林，有冬雨淋后湿漉漉的褐色旷野，以及在平坦的大草原上疏疏落落的低矮农舍，好像都紧贴着地面似的。列车开过了一座座小村庄，到处是白色的、黄色的和灰色的茅舍，屋顶经过雨淋霜打，已变成黑乎乎的一片。珍妮特别注意到有一座房子似曾相识，原来，她想起了他们在哥伦布的旧居，她一阵心酸，忙把手绢掩住眼睛，默默地哭了。

"我希望你不要哭呀，珍妮！"莱斯特正在看他的函件，突然抬起头来说，"得了，得了吧。"他看见她浑身瑟瑟发抖，就接下去说，"这可不行呀。你够聪明的，怎么会哭呢？！再说，掉眼泪又有什么用呢？"

她仍然没有回答，但她内心深处那种默默无言的悲哀使他充满了异样的同情。

"别哭了，"他继续劝慰她说，"我早就跟你说过，一切都会好起来的，什么事你都用不着操心。"

珍妮费了很大劲儿，心情才平静下来，擦掉了她的泪痕！

"你可不要再这样伤心了，"他继续说，"这对你一点儿好处都没有。我知道你一离开家心里就难过，可是光哭又有什么用呢？你知道，你也不是一去不复返啊，何况不久你就要回去的。你喜欢我，可不是，我的好宝贝儿？现在我总还可以安慰你，是吗？"

"是的。"珍妮回答他时，很勉强地报以一笑。

莱斯特又开始看他的函件，珍妮情不自禁地想到了维思德。现在莱斯特跟她早已相爱了，但她还瞒着他，不让他知道这个秘密，实在于心不安。她认为这个孩子问题应该向莱斯特讲清楚，但她一想到这种伤心事就浑身战栗，也许往后她会有胆量说吧。

"我将来总得告诉他。"她意识到这个问题太重要了，心里突然一阵冲动，差点儿脱口而出，"我要是不趁早告诉他，就去跟他同居，以后万一他发觉了，绝不会饶恕我的，也许他会把我撵走，那叫我上哪儿去呢？现在我已是无家可归了。还有维思德，我又该怎么办呢？"

她回过头去，望了他一眼，一阵预感到的恐怖掠过心头，但她只见到那个神气活现、贪图安逸的男子一声不响地在看他的函件，从他那刮得光光的红脸颊，以及平日里养尊处优的整个身躯来看，咄咄逼人或类似愤怒的内米西斯①的那种神气却一点儿都找不到。当她的眼光刚从他身上移开的时候，他抬起头来望着她。

"好吧，你的一切罪孽，都被你的泪水涤净了吧？"他欣然地问。

听了这个暗喻式的问话，她淡淡地一笑，它击中了要害，使她脸上感到火辣辣的。

"但愿如此吧。"她回答说。

他虽然改换了话题，但她依然眺望窗外，觉得自己本要把心里话告诉他，结果还是不成。"我可得赶快告诉他。"她一面心里这样想，一面又聊以自慰：要不了多久，她当然会鼓起勇气来，向他和盘托出。

转天到了纽约，莱斯特才想起了那个重要问题，就是他不知道该在何处下榻。纽约——是个大地方，在此地遇见熟人可能性也许极小，但他又转念一想，冒这个风险实在也犯不着。因此，他吩咐车夫把他们送到一家限制比较严格的公寓式大饭店，租下了一套房间，他们打算在那里住上两三个星期。

如今珍妮已进入的那个生活环境是那样神奇瑰丽，那样光艳夺目，她简直难以置信这里跟她以前住过的地方竟然都在同一个世界上。莱斯特对庸俗的排

---

① 古希腊神话中司复仇的女神。

场并不很喜欢，在他周围的各种陈设历来都简朴雅致。珍妮心里想要什么东西，他一眼就能看出来；随后经过细心挑选，替她一一买回来。珍妮究竟是女人，对他大手大脚买给她的那些漂亮的衣服，精致的饰物，都不免从心底里感到喜悦。珍妮对着镜子左右顾盼，见到一个姑娘身穿蓝丝绒衫裙，领口、袖口还镶上黄色法国花边，她心中自问，难道她真的就是洗衣婆的女儿珍妮·格哈特吗？难道说穿进十块钱一双样式好看的软皮鞋的，就是她的那双脚丫子吗？还有饰着珠宝熠熠发亮的，就是她的那一双手吗？万万想不到她居然交上好运道！再说莱斯特曾经答应过她，让母亲也来分享一下的。她一想到这里便泪如泉涌。亲爱的母亲啊，珍妮是多么爱你呀！

在这些日子里，莱斯特总要把她打扮得真的跟自己般配才感到满意。他把他最精确的审美力都使出来了，结果连他自己都大为惊讶，无论在过道里，在餐厅里，在大街上，人们都回过头来张望珍妮。

"跟他进出的那个女人，真是一位绝代美人！"这是时有所闻的一句评语。

珍妮的境况虽已发生巨变，但她仍然能领悟人生的真谛，并没有忘乎所以，她仿佛觉得人生只不过是暂时借一点儿东西给她，往后还得要回去的。她一点儿虚荣心都没有，莱斯特经过细心观察后才得出这个结论。"你真是一个了不起的女人，"他说，"你将来一定会出人头地。直到现在，生活对你还并不见爱呢。"

他心里正在纳闷，他跟珍妮这种新关系万一给他家里人听到了，该怎样向他们解释呢？如果他决定到芝加哥或圣路易斯去建立小家庭（过去他有过这样的念头），他能够使它秘密地维持下去吗？难道他真的愿意这样做吗？如今他几乎相信自己真的打心底里爱上她了。

当他们快要启程回家的时候，他才跟她商量有关她今后的行动方案。"你应该尽量想法，把我——就算作为一个熟人介绍给你的父亲，"他说，"这么一来，事情就好办了。我就可以上你们家串门去了。那时，你要是告诉他说你要同我结婚，他就没话可说的了。"珍妮想到维思德，心里直发抖。不过，那时她也许可以规劝父亲仍然缄口不提外孙女的事。

莱斯特曾经给她出过一个好主意，要她把在克利夫兰穿过的衣服还留着，以便日后穿上回家去。"那新衣服就不用操心啦,"他说,"我会保管好的,等到我们另有新的安排再说。"总之,问题谈得很简略又很省事,莱斯特不愧是个出色的战略家。

珍妮到了东部①以后,差不多每天都有书信给她的母亲。她在信里附上小条子,关照只给她母亲独个儿看。有一张条子里讲到莱斯特要上他们家串门去,希望母亲不妨事先通知父亲一声,说她已经遇到了一个知心人,好让他有个思想准备。她在信里又提到维思德这个难题。她母亲接信后马上就开动脑筋,撺掇格哈特守口如瓶,绝对不提这件事。她想,这一回事情总该顺顺当当了,珍妮也应该有机会来改善自己的命运了。果然,珍妮一回来,全家人都非常高兴。当然,她不能回去再做她原来的工作了,幸亏格哈特太太出来替她解释说布雷斯布里奇夫人给珍妮放几个星期的假,好让她去找更好的工作,多挣一些钱。

_____

① 此处指纽约。

第二十四章　莱斯特和罗伯特

格哈特一家的问题，以及跟他本人之间的关系大致安排停当以后，莱斯特就回辛辛那提履行自己的职责去了。原来那个巨大的工厂位于市郊，占有整整两个街区。他对工厂的兴趣极浓，跟他的父兄一样，对工厂的经营成绩和发展前景都感到关注和欣慰，他认为自己就是这个正在蓬勃发展中的巨大工业的一个重要部分。他看见在铁路上运行的货车标着"辛辛那提凯恩公司制造"的铭牌，或者偶尔看见各大城市车辆销售公司橱窗里陈列着本公司的产品，心里就感到有着说不出的高兴。

作为这样一家信誉卓著、值得称道的著名企业里的一员，确实很了不起。在这方面，他觉得样样都称心如意，可是，在莱斯特个人生活方面，现在开始了一个新阶段——简单地说，就是出现了珍妮。在他坐车回老家的路上，他心里在琢磨着，他跟珍妮的这种关系，也许会给自己招来极不愉快的后果。他对父亲的态度感到有点儿害怕，但更害怕的是他的哥哥罗伯特。

罗伯特禀性冷酷而又因循守旧；他是一个顶呱呱的商人，公私两方面都是无懈可击的。他从来不会越出法律范围，为人既不热心，也不厚道——实际上，他什么阴谋诡计都使得出来，而且常常以冠冕堂皇的托词或是以万不得已为理由来给自己辩白一番。至于他是怎样推理的，莱斯特就不懂了，他那种狡猾的逻辑，能够使残酷的"生意经"和严峻的道德观并行不悖，这叫莱斯特无论如何都接受不了，他哥哥罗伯特却能够运用自如。有一次，莱斯特曾经这样向别人介绍他哥哥说，"他既有苏格兰长老会传教士的良心，又有亚洲人善于投机的眼力。"他对哥哥的这一评语真可以说是入木三分。尽管这样，他还是动摇不了他哥哥的地位，也不敢跟他争辩，因为公众舆论都站在他哥哥那一边。原来，罗伯特一向循规蹈矩，也许还有点儿矫揉造作。

他们哥儿俩外表看上去很和睦，心里却是隔阂甚深。罗伯特对莱斯特这个人很友好，可是对他的理财能力总是不太信任，而且由于气质不同，两人的人生观也就大相径庭。莱斯特对他哥哥那么冷酷无情地一味追求万能的金钱的行径暗中表示鄙视，罗伯特却觉得莱斯特那种随随便便的作风应该受到指摘，而且早晚一定会自寻麻烦的。

在经商业务方面，他们并没有发生过严重的争吵——因为凯恩老先生还在亲自掌管，争吵的机会自然不会很多——但也免不了时常发生某些小小的意见分歧。莱斯特认为，做生意首先应该和和气气，善于让步，要讲交情，笼络人心。罗伯特则相反，主张心狠手辣，尽量节省生产成本，并以低廉的售价把竞争对手压垮。

哥儿俩发生龃龉时，那位大老板总是尽量替他们排解，但他预见到一场冲突很难避免，那时，两个儿子之中不知哪一个要不干了，也许两个都赌气不干了。"你们这两个孩子要是能想到一块儿就好了！"父亲常常这样念叨着。

还有一点叫莱斯特惶惶不安的，就是他父亲对婚姻问题——说得准确些，亦即对莱斯特的婚事所持的那种态度。阿奇博尔德·凯恩始终主张莱斯特应该及早结婚，总认为一再蹉跎韶光确实是大错特错。

其他的子女（除了路易斯以外）都已欢欢喜喜地娶的娶，嫁的嫁了，为什么偏偏他所宠爱的这个儿子还不结婚呢？这对他的品德、社交、商务都会带来害处，凯恩老先生就是这样深信不疑。

"大家都指望像你这样有地位的人应该结婚，"他父亲不止一次地发表过这样的议论，"这样可以增强你在上流社会的实力威望。你应该给自己寻找一个好媳妇，以便成家立业。你要是没有子女，也没有个家，到了我的年纪，上哪儿去安身呢？"

"好吧，只要碰到合适的女人，"莱斯特说，"我想我就会跟她结婚的。可惜这个合适的女人——至今我还没有碰到。依你看，我该怎么办呢？不拘是谁都娶，是吗？"

"不是的，当然不能随随便便就娶一个，不过好女人多着呢。你要是乐意试试看，准能寻找到一个的。比如说佩斯家的闺女就是。你看她怎么样？你是一向喜欢她的。你不能再这样浑浑噩噩下去了，莱斯特，这对你是不会有好处的。"

他的儿子听后只好报之一笑，"嘿，您就别操这个心了吧，爸爸。也许到时候我自己会考虑的，那是不用多说的。我一见到水，就会觉得口渴了。"

凯恩老先生只好暂时让步，但他总觉得有块心病似的，他一心指望儿子成家立业，做一个名副其实的企业家。

莱斯特心里明白，在目前这种形势之下，当然不允许他同珍妮结成什么永久性的关系，于是，他对日后的行动方案周密细致地考虑了一番。珍妮——他当然不肯放弃，且不管将来的后果怎么样。可是他必须处处谨慎，犯不着去冒不必要的风险。他能把她带到辛辛那提去吗？万一被人发觉，该是多大的丑闻！要是他能在城外某个地方金屋藏娇呢？不消说，家里人早晚要怀疑的。那么，他出差时能带她一块儿走吗？不久前头一回到纽约，总算是一帆风顺，往后都能保证这样吗？这个问题他一直在心里反复地思考。问题越是棘手，他的兴趣越浓。那么，在圣路易斯、匹兹堡和芝加哥三个城市中间，究竟哪一个最合适呢？这些城市他是常去的，特别是芝加哥。所以，他最后就决定把珍妮安置在芝加哥。今后他要去那里幽会，总是可以找到借口的，何况坐火车只消一宿就到。是的，就数芝加哥最理想。那里地方大，又很热闹，要隐姓埋名，避人耳目，是挺容易的。

到了辛辛那提两周以后，他就写信给珍妮，说他马上要去克利夫兰了。她回信时说，到时候他可以上她家去串串门，她已向父亲介绍过他的情况了。她又写道，她老待在家里总不是办法，所以已在一家商店里找到了事由，每周可挣到四块钱。他念到她去工作了，便微微一笑，但想到她顾全体面和充满活力时，也就喜上眉梢了。"她真是个好样儿的，"他自言自语说，"直至今日，我所见过的年轻女人就算她最好了。"

莱斯特在下一个星期六赶到了克利夫兰，径直来到珍妮工作的那个地方看望她，并且约定当天晚上到她家里去。他恨不得她马上把他作为她的情人介绍给她家里人，希望越快越好。后来，他到了她家，看见房子破破烂烂和家徒四壁的窘况，心里不免感到有些难过；可是珍妮本人，他觉得似乎还是跟往日一样惹人喜爱。他进屋才不过几分钟，格哈特夫妇都到前房来跟他握手，莱斯特对他们却不大注意。在他看来，那个德国老人实在是平常得很——不过是他父亲厂里成百地雇用的那种工人罢了。他们东拉西扯了一阵，莱斯特就要珍妮出去坐车兜兜风。于是，珍妮戴上了帽子，跟他一起走了。其实，他们是到他预先租好给她存放衣服的那所公寓的房子去。她到晚上八点钟才回家，家里人都没有觉得她这一去有什么不妥之处。

第二十五章　格哈特一家的新居

　　一个月以后，珍妮就公开宣布莱斯特打算跟她结婚。他的频频来访当然就是为这事铺平道路的，所以家里人都觉得也很自然。只有格哈特心里有点儿犯疑。他闹不清楚这个事情究竟是怎么样的，或许还是蛮不错的呢。莱斯特这个人看上去确实很好，难道他就不能爱上珍妮吗？在他以前不是就有过布兰德吗？既然一个美国参议员会爱珍妮，为什么一个商人就不能爱她呢？说来说去，就只有一个障碍——那就是孩子问题。"维思德的事，她向他谈起过没有？"格哈特问他的妻子。

　　"没有，"格哈特太太回答说，"还没有。"

　　"还没有，还没有，什么事情都想瞒天过海。你想想，万一他知道了，还会娶她吗？这是首先要出现的后果。现在她就像个小偷似的东藏西躲，那个孩子甚至连一个最起码的名字都没有。"

　　格哈特转过身子，一面看报，一面愁眉苦思。他觉得自己一生穷困潦倒，目前唯一的希望是能找到类似守更那样的差使，就谢天谢地了，至于欺诈、蒙骗那一套伎俩，自己可不想沾边。

　　一两个星期以后，珍妮向她的母亲透露，说莱斯特写信给她，要她去芝加哥跟他会面。他因为觉得身体不大舒服，不能来克利夫兰了。

　　母女俩就跟格哈特说珍妮此番要去跟凯恩先生结婚了。格哈特一听这话，马上勃然大怒，心中又重新犯了疑。不过他除了叽里咕噜发牢骚以外，也拿不出别的办法来。当然，他心里明白，这种事情将来绝不会有好收场。

到了珍妮动身那一天，她竟然没有跟父亲告别就走了。那天父亲正在四处找工作，直到傍晚才回家，她实在不能再等他了，只好不辞而别，径自上车站去了。"我到了那里以后再写信给他吧。"她留话说。珍妮跟自己的女儿一遍又一遍地亲吻。"莱斯特马上要给我们置办一所好房子，"她满怀希望地说下去，"他要我们搬家呢。"那天，夜行列车将她送到了芝加哥，她从前的生活已告结束，新的生活已经开始了。

有一件怪事应该在这里补叙一下，那就是由于莱斯特慷慨解囊，窘迫的家用开支已经得到了接济，但孩子们和格哈特实际上都还蒙在鼓里。凡是家里买来的日用必需品，格哈特太太不用费劲儿就可以瞒着她丈夫；至于那些奢侈品，尽管现在也买得起，可她一件都不敢买。

说实话，她心里就是害怕。但是，珍妮到芝加哥才几天，就写信给她母亲，说莱斯特要给他们购置一所新房子。本来格哈特只想等珍妮回来跟她大闹一场的，现在格哈特太太拿这封信给他看了，他皱了皱眉头，没吭声，心想，反正这封信好像就是合法婚姻的一个证据。他想，莱斯特要是没有跟她结婚，干吗要帮助她家里呢？归根到底，珍妮也许跟他正式结婚了。也许她的地位真的已经提高了，现在确有能力来帮助家里了。想到这里，格哈特老汉差不多就决定要永远饶恕她了。

后来，大家决定找一所新房子，珍妮还特意回克利夫兰来帮助母亲搬家。大家在城里各处转悠，打算找一个环境清静幽雅的地方，最后果然找到了。那是一所有九个房间的住宅，连同一个院子，还有相当多的各种家具设备，要是出租，每月房租要三十元呢。餐室和起坐间的陈设都很舒适，客厅里有一套漂亮的家具，各个卧室里床柜被褥一应俱全。

厨房里各种用品应有尽有，甚至还有一间浴室——这是格哈特一家人从来没有享受过的一种豪华设备。那所房子整个看起来虽然挺简朴，但很惹人喜爱，珍妮看见一家老小住在里面挺舒服的，心里也乐滋滋的。

到了乔迁的时候，格哈特太太真可以说是乐不可支了，因为这不就是她的梦想得到了实现吗？她一辈子朝也盼暮也盼，盼的就是这一天，此刻果然如愿以偿了。新的房子，新的家具，房间又那么多，样样东西美轮美奂，过去甚至连做梦时都想不到的——至于其他方面，也就可想而知了！她看着那些新的床铺、新的桌子、新的镜台衣柜等等陈设，眼里不由得进发出喜悦的光芒。"老天爷呀！这个该有多漂亮！"她大声嚷了出来。"是的，真美呀！"珍妮微微一笑，本来只想心里高兴，感情不要外露，哪知道眼里早已噙满了泪水，她毕竟是为了她的母亲才感到如此喜悦的。她想到莱斯特待她一家人那么好，就是去吻他的脚也甘心情愿。

到了家具搬进来的那一天，格哈特太太、玛莎和维罗尼加都自己动手布置。看到那些房间都很宽敞，还有那么一个院子，虽说现在是冬天，还是一片光秃秃的，但入春后自然会青翠欲滴，令人悦目，又见一排排新家具竖立在那儿，全家人都乐得如痴似醉。这里多美，多宽敞啊！乔治在新地毯上乱踩乱蹦，巴斯则在仔细地品评那些家具的质地，评语就是："真漂亮！"格哈特太太在屋子里踱来踱去，恍如置身梦境之中。她简直不能相信，这些漂亮的卧室，这个美丽的客厅，以及这间优雅的餐室，现在都归她了。

最后来到新居的是格哈特。他尽管竭力抑制住内心的喜悦，但还是禁不住流露出热情的赞许。一看见餐室桌子上空悬着一盏乳白色玻璃圆球形的煤气灯，他就欣喜若狂了。

"还有煤气呢！"他说。他的目光从两道浓眉底下郁郁不乐扫视了一圈，看到了脚下的新地毯，橡木长桌上铺着洁白的桌布，放满了新碗碟，室内四壁挂满了画，还有那个明亮洁净的厨房。他摇摇头。"老天爷，真不赖呀！"他说，"很漂亮。真的，漂亮极了。咱们可得留神，别让东西碰碎了。这些东西要是乱抓一气，很容易留下抓痕，那就完蛋了。"是的，甚至连格哈特都感到满意了。

第二十六章　格哈特太太之死

自此以后三易寒暑，其间所发生的事情似乎不必一一细述。无非是格哈特一家从赤贫如洗的窘境，逐渐变为可谓丰衣足食的局面。当然主要是珍妮的走运和她在远方的丈夫慷慨资助的缘故。莱斯特常常以商界要人身份去克利夫兰，有时住在他们家里，他和珍妮一起占用了二楼两个最好的房间。有时接到莱斯特的电报，珍妮就得急匆匆地赶到芝加哥、圣路易斯、纽约去。他最喜欢到有名的休养胜地——比如说霍特·斯普林、克莱门斯山、萨拉托加等处——租套房间住上一两个星期，带着作为他妻子的珍妮过着奢靡的生活。有时，他为了探望珍妮绕道来克利夫兰，只住一宿就走了。他老是觉得她的地位极不明确，实在使她精神负担很重，但他至今还想不出补救的办法来。至于他是不是真的想补救，恐怕连他自己心里都没有谱，反正他们两个在一起，日子还算过得很好。

对这种事情，格哈特家里的态度倒是很特别。起初，尽管珍妮和莱斯特之间关系是不合法的，但他们觉得非常自然。珍妮说自己结过婚了。谁都没看见过她的结婚证书，可她自己偏偏这么说，而且看她的那副神气，好像真的跟他成了夫妻似的。但是，她从来没有去过辛辛那提的婆家，他的亲属也从来没有去看过她。再说莱斯特的态度实在也很怪，虽然开头他因为慷慨解囊蒙蔽过他们，但看他的样子，都不像一个结过婚的人。他总是那样满不在乎。有时一连几个星期，她好像只收到了他几张敷衍了事的便条。有时她专程赶去跟他会面，也只不过待上一两天而已。只有她长时间地随他外出——也许可以看作他们真有夫妻关系的一种证据，但也可以看作有些不自然吧。

那时，巴斯已有二十五岁，是个年轻小伙子，颇有生意人的眼力，而且急于出人头地，所以他对珍妮的事已经有所怀疑了。他好歹见过一点儿世面，仅凭直觉就看出事情有些不对头了。乔治那时十九岁，在一家糊墙花纸工厂里刚站住了脚，满心想在这个行业里大显身手，所以心里也有些不安，他感到，珍妮再这样下去将来准要出差错的。玛莎十七岁，跟威廉和维罗尼加一样，还在学校念书。现在他们每人虽然都有念书的机会，但总觉得生活很不安定。珍妮那个孩子的事，他们是知道的，现在左邻右舍显然都在给他们做鉴定。他们家几乎很少有朋友来往。最后，连格哈特自己也断定其中必有问题，不过这一回连他自己都卷进去了，所以也觉得不大好意思再出来唱反调了。有时候，他很想问问她——劝她及时回头，但是这事早已铸成了大错。他心里知道，往后一切也只好看那个男人如何而定了。

本来事态逐渐发展，珍妮跟家里人的关系也许就要发生剧变了，哪知道命运之神突然带着一个意外的解决办法闯了进来。原来格哈特太太的健康已经远不如前。她虽然身体一向壮实，生性勤快，但近年来老是蛰居家中，生活习惯改变，体质也就逐渐虚弱了，又因为她常常忧心忡忡，愁肠百结，终于积郁成疾，百病缠身，如今似乎已出现一种虽属慢性却是确凿无疑的全身中毒的症状。她见了什么事情都懒得动，刚干一点儿活儿就马上叫苦不迭，最后竟向珍妮诉苦说自己连爬楼梯都感到很吃力了。"我觉得不大舒服，"她说，"我想是得了病吧。"

珍妮听了以后心里十分惊恐，打算陪她到附近的温泉疗养胜地去，可是格哈特太太不乐意去。"我看，这对我未必会有什么好处。"她说。

她有时在家里闲坐着，有时跟女儿一起坐车出去遛一会儿，但那萧瑟的晚秋景色使她更加惆怅不已。"我不承想一入秋就得了病。"她说，"如今已是叶落枝枯的时节，我想我的病八成儿是不会好了。"

"哦，妈，您这是什么话呀！"珍妮嘴里虽然这么说，心里却怎么也抑制不了惊恐的情绪。

通常每个家庭都得靠母亲来操持，这一点只有在母亲大限即将临近的时候，人们方才有所领会。巴斯一直都在盘算着怎样一结婚就跳出这个家庭的圈子，如今也只好暂时不动这个念头了。格哈特简直惶惶不可终日，好像大祸即将临头似的。珍妮也从来没有碰上过家人去世那样的事，没想到居然可能失去母亲，觉得自己之所以活到今天，端的全靠她母亲。她明明知道凶多吉少，但心里还存着一线希望，日日夜夜地守在母亲身边，自己成了忍耐、等待和忠贞化成的一个苍白的形象。

格哈特太太在病倒已有一个月、接着好几天昏迷不醒之后的一天早上，终于去世了。就在她不省人事的那几天里，全家笼罩着一片沉寂，走路时谁都轻轻地踮着脚。临终前几分钟，格哈特太太神志仿佛又清醒过来，她那即将消逝的目光紧盯在珍妮脸上。珍妮深深地怀着恐惧的心情凝视着她的眼睛。"噢哟哟，妈妈呀！妈妈呀！"她禁不住大声喊了出来，"噢哟哟，您千万不能去呀！千万千万不能去呀！"

格哈特从院子里奔了进来，俯身跪在床前，痛苦万状地来回扭绞着自己那双皮包骨的手。"干吗不让我先去呀！"他哭着说，"干吗不让我先去呀！"

格哈特太太之死，终于促使家庭一下子崩溃了。不久前，巴斯已在城里找到了一个女朋友，正打算马上结婚。玛莎对人情世故比过去懂得多了，所以也恨不得马上就走，她觉得好像总有一个污点粘在全家人身上——事实上，只要她还留在家里，也就粘在她自己的身上。她准备去当一名女教师，她希望到公立学校工作，自食其力。唯有格哈特一个人简直不知道自己该怎么办才好。那时节，他又干上了守更这个差使。有一天，珍妮看见父亲独个儿在厨房里哭泣，不由得自己也扑簌簌地掉下泪来。"别哭了！爸爸！"她恳求说，"情况看来还不至于那样糟吧。想来您也知道——只要我眼前还过得去，您总不会无家可归的。您可以跟我一起去嘛。"

"不，不。"他反对说。说实在的，他根本不愿意跟她一块儿走。

"并不是这个意思，"他接下去说，"我要说的是，我这一辈子也就算完了。"

过了不久，巴斯、乔治、玛莎终于一个个地离家走了，家里只剩下珍妮、父亲、维罗尼加和威廉，此外还有珍妮的那个孩子。当然，维思德的来历，莱斯特是不知道的，而且，说来也怪，这个小女孩，他从来都没有见过。他每次在珍妮家里逗留的时候，至多不过两三天光景，格哈特太太总是小心翼翼地把维思德藏了起来。顶楼上有个孩子游艺室，还有一间卧室，所以把她藏在那里一点儿都不费事。莱斯特平时难得走出自己的房间，甚至一日三餐也都送到他的那个会客室，至于格哈特家里的其他人，他压根儿不喜欢打听，也不急于跟他们会面。万一碰到他们，他也还是很乐意跟他们握握手或者扯上几句敷衍的话，但充其量不过如此而已。他们心里都明白，那个孩子可千万不能露面，所以总是万无一失地把她藏了起来。

老年人和孩童之间常有一种莫名其妙的同情心，也可以说是一种美妙动人的吸引力。在洛里埃街定居的头一年，格哈特趁没有人看见的时候，往往让维思德爬在肩膀上，自己则抚摸她那柔软的、绯红的小脸蛋儿。后来，她开始学走路的时候，他在她胳肢窝下拴一条长毛巾，好不容易耐住性子，牵着她在屋子里走来走去，直到她能独自迈出两三步时方才撒手。等到她稍大一些，自己真的能走路了，他又少不了要用好话哄着她使劲儿地往前走，这时，他表面上显得腼腆、严峻，心底里却很疼爱她。在命运的奇妙安排下，这个辱没家门的污点儿，这个破坏传统道德的小脓疮——维思德，仿佛用她纤嫩无力的小指头在乱扣他的心弦。

如今，他把自己的一腔心血和希望都倾注在这个小小的弃儿身上。她就是他狭隘幽暗的生活中的一线光明，何况格哈特早就把她笃信上帝的重任让自己肩负起来。当初坚持认为孩子应该受洗礼的，不就是他这个老外公吗？

"你说呀，'我们的上帝'。"每当只有他和小外孙女两人的时候，格哈特常常叫那个口齿不清的孩子这么说。

"'欧——门——地——尚——的'。"是她跟着外祖父咿呀学语时发出的声音。

"'他在天上'。"

"'脱——再——的——尚'。"那个孩子又跟着念了一遍。

"瞧她年纪还小，你干吗这么早就教她呢？"格哈特太太听到孩子发音挺吃力，连辅音和元音都分不清，曾经这样问过他。

"因为我要培养她笃信基督教义，"格哈特意志坚决地回答说，"她应该学会怎样做祷告。她如果现在还不学，就一辈子也学不好了。"

格哈特太太只好报之一笑。她丈夫信教的怪癖可多呢，她心里倒是觉得挺好玩的。不过她见他这样热心培养孩子，自然也很高兴。可惜有时候他态度严峻，气量狭窄，要不然他该有多好！他简直在折磨自己，也在折磨大家！

一晃眼春天又到了，赶上晴朗的日子，一大清早，他就领她出去认识认识这个世界。"好吧，"他会跟她这么说，"咱们一块儿出去溜达溜达。"

"溜达溜达。"维思德就像鹦鹉学舌似的说着。

"说得不错，溜达溜达。"格哈特也重复了一遍。

格哈特太太马上给她围上一块小头巾，因为那时珍妮关照过，维思德的衣着样样都要齐备。随后，格哈特兴冲冲地挽着她的小手走出了大门。为了配合她那蹒跚的步伐，他只好慢慢腾腾地，几乎就像踩着自己的一个个脚印似的走去。

维思德满四岁那年的五月里，有一天风和日丽，他们又出去溜达了。那时节，大自然到处都是欣欣向荣的景象：刚从南方飞来的鸟儿叽叽喳喳地叫个不停；虫子仿佛正在痛痛快快地度过它们短暂的一生。

麻雀在路旁叽叽喳喳；知更鸟在草丛里欢蹦乱跳着；还有成双成对的燕子在屋檐下衔泥筑巢。格哈特把大自然里这些奇景一一指给维思德看，心中感到无比喜悦，没想到很快就引起了维思德的共鸣。凡是看到的和听到的一切新鲜玩意儿，她都觉得兴味无穷。

维思德突然看见一只知更鸟落在附近的枝头上，好像有一个红点儿低低地在她眼前掠过，因此就大声嚷道，"哦，哦！"这时，她早已举起一只手，两只眼睛也睁得大大的。

"是的。"格哈特说，瞧他那高兴劲儿，好像也是生平头一遭发现这种奇妙的飞禽似的，"这是——知更鸟。是一种鸟儿，叫知更鸟。你说一遍：知更鸟。"

"思——根——鸟。"维思德跟着念了一遍。

"是的，知更鸟，"他接说，"这会儿它要找虫子去了。让咱们试试能不能找到鸟窝儿。我记得在哪一棵树上看见过呢。"

他不紧不慢地往前走去，打算把前次散步时看见过的那个旧鸟窝儿再找到。"在这儿呢。"他走到一株光秃秃的小树跟前，见一个经过严冬摧残以后的破鸟窝儿至今还挂在那里，终于喊了出来。"这儿呢，快来看。"说着，他一手把孩子高高地举过了头顶。

"看，"他用另一只手指着一堆枯草说，"破窝儿。那就是一个鸟窝儿。你看啊！

"哦！"维思德也模仿他用自己的手指比画着说，"窝——哦！"

"是的，"格哈特把她放了下来，"那是……一个鹪鹩的窝儿。它们一离窝儿，就再也不回来啦。"

他们就这样越走越远了。他把生命中最简单的现象指给她看，而她毕竟还是个小孩子，禁不住对一切都感到惊奇。走过了一两个街区，像已经走到了天涯海角似的，这时，他才慢悠悠地往回走。

"咱们该往回走了！"他说。

一眨眼，维思德已经五周岁了，长得越发可爱，聪明，活泼。每当格哈特听到她提问也好还是疑点也好，总是感到惊羡不已。"瞧这小丫头真怪呀！"他常常跟妻子这么唠叨着说，"你知道她问我什么来着？她问的是：'上帝在哪儿呢？他是干什么的？他有摞脚的地方吗？'她就是这样一连串地盘问我。有时候我都忍不住笑了。"老头儿打大清早起床，开始替她穿上衣服，一直忙活到夜里，听她自己做完祷告，放她上床睡觉为止，祖孙儿俩真是相依为命，所以不由得感到她就是自己晚年唯一的慰藉。没有维思德，格哈特就觉得活着也没有多大意思了。

第二十七章　珍妮的芝加哥生活

　　整整三年，莱斯特跟珍妮待在一起觉得很幸福。他们的关系从教会和上流社会的观点来看，很可能是不正当的，但它毕竟给他带来了安闲舒适，所以他对这一试验的结果感到非常满意。如今他对辛辛那提上流社会的交际活动实际上早已感到索然无味，谁要是好心地给他做媒，他照例不予考虑。他认为父亲所经办的企业要是能让他控制起来，往后自己确有大显身手的机会，但他心里明白，这是根本办不到的事，罗伯特的利益历来就是一大障碍，何况目前哥儿俩在想法和目标上意见分歧比过去有增无减。莱斯特曾经有一两次想另换一个行业或跟别人新组一家车辆的制造公司，但他总觉得自己不能昧着良心这么做。他在父亲公司里是拿薪水的——他以秘书兼司库的身份（他哥哥任公司副经理）领取年薪一万五千元，此外还有大约五千元的股息收入。在投机买卖方面，他一向不像罗伯特那么走运，那么精明；所以说，他每年除了这五千块钱进项以外，简直什么都得不到。与此相反，罗伯特的资产，毫无疑问已在三十到四十万元之间，此外还有将来他从父亲那里分到的股金。

　　讲到分父亲的遗产，哥儿俩心里都在打算盘，总想自己尽量多占一点儿。罗伯特和莱斯特认为他们哥儿俩总可以各得四分之一，其他三姐妹则每人分得六分之一。看来，凯恩老先生既然知道他的企业实际上是哥儿俩一手操办，所以很可能觉得这样的处置自然而然。尽管如此，他们俩还是觉得有点儿靠不住，说不定将来老头子心血来潮，还会另搞一套呢。不过相信他大概总会秉公处理，不偏不倚吧。同时，罗伯特从生活中所猎取到的东西显然压倒了莱斯特，莱斯特又做作何打算呢？

每个善于思考的人，在他的一生中，有时候总不免要回顾自己的过去，同时反躬自问，个人在精神上，道德上，生理上，以及物质上情况究竟如何。这种时候，往往是在不顾一切的青年人的奔放热情已经消逝，起初比较旺盛的精力也都耗尽，并且开始对一切事情的结果和最后的估价感到半信半疑之后。所以，这时许多人心里渐渐产生一种万事全休的消极思想，这种思想就数《传道书》①中那位传道者表述得最淋漓尽致了。

可是，莱斯特偏偏要用哲理观点来进行解释。"我住在白宫，和住在自己家里，或者住在太平洋大旅馆，究竟有多大区别呢？"他常常这样自言自语。但这个问题所包含的意思是说人生确有一些丰功伟绩，在他的奋斗中至今还未能实现。白宫就是一个伟大的政治人物崛起和成功的象征。株守家园和太平洋大旅馆，就是本人尚欠努力所造成的结果。

大约在珍妮母亲去世以后那些日子里，他曾经下过决心，要努力使自己精神振作起来。他要结束那种闲散生活，不再陪着珍妮到处旅行观光，虚掷光阴了。他也向别处进行投资。既然他的哥哥能生财有道，想来他也不至于比哥哥逊色。他应竭力维护自己的权利——他要提高自己在父亲的企业里的威望，免得日后罗伯特大权独揽。他要不要抛弃珍妮呢？这个念头他也曾经想过。当然，她对他并没有提出什么要求，何况她也提不出什么抗议来。不过，他怎么也想不出来自己究竟该怎么办。他觉得这样做太残酷而又无聊透顶，更主要的是（虽然连他自己都不愿承认），怕他自己要失去那种安适惬意的生活。

他是喜欢她的——他是爱她的，也许是出于一种自私的目的吧。怎样才能把她遗弃呢——他总是想不出一个妥善之计来。

正在这个时刻，他跟罗伯特发生了一次真正严重的意见分歧。原来纽约有一家历史悠久、信誉卓著的油漆公司专门为凯恩公司制造各种油漆，现在罗伯

---

① 见《旧约·传道书》一章二节："传道者说，虚空的虚空，虚空的虚空。凡事都是虚空。"一章三节："人一切的劳碌，就是他在日光之下的劳碌，有什么益处呢？"

特却要跟它断绝关系，向芝加哥一家蒸蒸日上、很有前途的新公司投资。莱斯特跟纽约这家油漆公司里一些人认识，知道他们很守信用，而且跟本公司有多年交情，所以就表示反对。开头，他的父亲看来赞成莱斯特的说法；可是，罗伯特用他那套冷静的推理方式进行了辩护，他那咄咄逼人的蓝眼睛毫不妥协地盯住他弟弟的面孔。

"我们绝不能一辈子跟老客户打交道，"他说，"仅仅是因为父亲跟他们有过生意往来或是因为你喜欢他们，我们就站在老朋友一边，是不行的。我们必须时常变换变换，我们的企业必须加强实力，才能经得住更多的、更激烈的竞争。"

"那么，这事让父亲来决定好了，"临了，莱斯特说，"我对这个问题的看法很泛泛。无论采取哪种做法，对我反正都无所谓。你说最后结果我们是有利可图的，我只不过从另一个角度提出论证罢了。"

"我觉得罗伯特的意见说得对。"阿奇博尔德·凯恩态度安详地说，"历来他提出的建议绝大多数都是行得通的。"

莱斯特满脸涨得通红。"好吧，那我们就不必再讨论下去了。"说完，他站起身来，迈着大步走出了事务所。

这次失败正好发生在他一心要想奋发图强的时刻，对他无疑是个沉重的打击，因而使他心情格外消沉。虽然像这样鸡毛蒜皮的事情大可不必放在心上，但见父亲如此夸奖哥哥在经营上精明能干，不消说，他大为恼火。因此，他心里开始纳闷，真不知道将来老头子分产业时会不会有偏心。也许，他跟珍妮的关系，父亲已经有所耳闻吧？难道说父亲对他长时间旷职生气了吗？他暗自思忖，要是有人说他办事无能或者对公司漠不关心，未免有失公允。他的工作一向很出色，直到现在，家里有什么重大设想，仍要跟他商榷；有什么契约合同，也都请他斟酌研究，他依然是父母亲信得过的顾问，此刻却被他们撇了出来。那么，将来的结局又会怎样呢？他虽然想过，但是百思不得其解。

就在同年稍晚一些时候，罗伯特又提出了一个有关改组企业管理部的方案。他主张在芝加哥密歇根大街上建造一座巨大的陈列产品的展览大厅和仓储大楼，并把他们的一部分成品运到那里去。芝加哥毕竟是比辛辛那提大得多的工商业中心，来自美国西部各地的客户和乡间商人前来进行业务联系也都比较方便。再说，这座高楼大厦仿佛给公司大做广告，雄辩有力地证明公司实力雄厚和繁荣昌盛。这个方案立即得到凯恩老先生和莱斯特的赞同，因为它的好处他们两人都看到了。罗伯特提议由莱斯特负责监造这座新大楼，他认为让莱斯特去芝加哥待一段日子是合适的。

　　莱斯特对这个提议心里还是满意的，虽然他明白他有大部分时间要离开辛辛那提了。他觉得这项职务不但很光彩，还可以提高他在公司里的地位。他到了芝加哥就可以把珍妮接来同住，不久前那个租房同居的计划也就不难实现了。想到这里，他就一口应允下来。

　　罗伯特当即报以一笑。"我敢说，这事肯定对咱们都是有利的。"他说。眼看修建工作马上开始，莱斯特决定立刻迁往芝加哥。他捎信给珍妮，叫她到芝加哥去跟他会面。后来，他们就一起去北城选定了一所房子，那是坐落在一条离湖不远的僻静的大街上的，他觉得很合意。

　　他暗自忖度这回住在芝加哥，自己不妨佯装还是单身汉的样子。本来他也用不着邀请三朋四友到自己的寓所去。他可以随时在事务所、俱乐部，还有各大旅馆会见他们。他心里想，这样的安排可以说是十分理想的。

　　当然，珍妮离开了克利夫兰，格哈特一家人的生活立刻发生了剧变。看来一家人多半要四处分散了，格哈特本人却对此表示了一种达观的态度。他想，自己已到垂暮之年，无论住在哪里反正都一样。巴斯、玛莎和乔治早已自食其力了。维罗尼加和威廉此刻还在学校里念书，但也可以设法寄住在街坊那里。说实话，最叫珍妮和格哈特牵肠挂肚的，还是——维思德。依格哈特的意思，自然希望珍妮务必把孩子一起带走。余此以外，试问做妈妈的还能有别的好办法吗？

　　"维思德的事你到底跟他说过没有？"在珍妮定下了动身的日子以后，父亲这样问她。

　　"还没有呢，可我不久就会告诉他的。"她向父亲保证说。

"老是说不久不久的。"他咕哝着说。

他摇摇头，觉得嗓子眼儿堵得慌。

"太不像话了，"他继续说下去，"是一大罪孽呢，我怕的是上帝要惩罚你。孩子是需要有人照顾的。我是老了——要不然我是乐意照料她的。你想一想，现在有谁整天价待在家里看管她呢？"说到这里，他又摇摇头。

"我知道的，"珍妮有气无力地说，"我此刻就去安排了。不久我就会把她接去，同我住在一起。您总会知道，我绝不会撇下她不管的。"

"可是孩子的名字？"他一个劲儿坚持说，"她好歹也得有个名字。过年她就要上学了，人们总要叫她的名字。可不能永远像这样没名没姓的吧！"

其实，珍妮心里又何尝不知道呢。她爱她的孩子，爱得简直快要疯了。她心里最难受的事，就是她要经常撇下孩子，甚至连维思德的存在也得加以保密。这对孩子来说，似乎未免太不公道了，可是，她怎么也想不出别的办法来。现在维思德身上穿的是好衣服，而且什么东西都不短缺，日子过得也相当舒适。此外，珍妮希望她还能受到良好教育。哦，要是当初她跟莱斯特讲了实话，该有多好！现在为时已晚，可她仍然觉得当时除此以外也别无他法。最后，她决定在芝加哥物色一个合适的女人或一户人家来负责收托维思德。后来，在拉·萨勒大街西首瑞典人居住区碰到一位老太太，看来珍妮所提出的一切条件——清洁、纯朴、老实——样样她都具备。她是一个寡妇，本来白天有固定的工作，但她乐意放弃那工作，用她全部的时间来抚育维思德。珍妮心里还想，要是找得到适当的幼儿园，就索性让维思德进去吧。孩子将会得到的是许多玩具和细心照顾；至于健康方面，要是发现孩子有一点儿病痛，那位名叫奥尔森太太的寡妇就得马上去通知珍妮。珍妮打算每天去看望孩子一趟，心想，有时要是莱斯特不在芝加哥，也可以把维思德接到寓所来住住。想当初在克利夫兰时，原是把孩子带在自己身边，可也从来都没有被他发现过。

珍妮跟奥尔森太太安排停当以后，就找个机会回克利夫兰去把维思德接来。格哈特早就料到马上要跟维思德离别，看来现在他对孩子的前途深为关注。"她将来长大准是个好姑娘。"他说，"你应该让她受到良好的教育——她可聪明哩。"

他还说要把她送进路德宗教会学校和教堂，可是珍妮偏偏不信这一套。她跟莱斯特相处在一起已有一些日子，似乎觉得公立学校也许比任何私立学校还要好些。本来她对教会并没有什么特别反感，可是现在她再也不把教会的训诫当作生活指南了。为什么她还会有另外的看法呢？

翌日，珍妮就得动身回芝加哥。维思德简直兴奋得不知怎么才好，早就准备好要出远门了。珍妮正在给她穿衣打扮的时候，格哈特丧魂落魄似的在屋子里踱来踱去。到了临别的时刻，他只好竭力克制自己的感情，他知道那个五周岁的孩子并不理解离别时外公的心情。孩子很快活，只顾喋喋不休地说什么坐马车、搭火车，等等。

"你要做个乖孩子，"外公把她举了起来，亲吻着她说，"要学好教义问答须知，背熟祷词，千万不要忘记。我想，你不会忘记你的外公，是吗？"他还想说下去，可是这时早已泣不成声了。

珍妮见父亲这样伤心，不由得一阵心酸，不过还是没让自己感情外露。"唉，"她说，"要是我早知道您会伤心得这个样儿——"说到这里，她哑然无语了。

"走吧，"格哈特果断地说，"走吧。还是走的好。"说完，他肃然伫立在一旁，目送着她们走出了家门，去远了，然后才回到他平日喜爱流连的一隅——厨房，两眼盯着地板，痴呆地站在那里。他们一个个都离开了他——格哈特太太、巴斯、玛莎、珍妮、维思德。他还照着他的老样子，攥紧两只手，连连摇头。"原来如此！原来如此！"他翻来覆去地嘀咕着，"唉，他们撇下我，一个个都走了。我的一辈子，就像做了一场梦！"

第二十八章　莱斯特发现了维思德

自从珍妮跟莱斯特同居以来已有三个年头，他们俩之间已经产生了一种强烈的相互同情与谅解的感情。莱斯特是真的爱她的，只是通过他自己独特的方式表达出来：它是一种强烈的、自满自足的、坚定不移的爱，虽然以无法抑制的情欲为基础，但已逐渐进入精神上真正相爱的阶段了。她那温柔驯顺的性格早已吸引了他，拢住了他。从本质上说，她是那么真诚，善良，富有女性美；久而久之，他也就逐渐信任她，依赖她，而且这种感情在逐年加深中。

而珍妮呢，她也是衷心地、深挚地和真诚地逐渐爱上了这个男人。他先是深深地震动了她，继而使她在精神上受到威慑，最后利用她的窘困，仿佛用锁链把她拴住了，那时候，她虽然也喜欢他，但心里还不免有点儿疑惧。可是现在呢，珍妮跟他同居多年以后，对他了解更深，连他的脾性都摸熟了，可以说是真的爱上他了。他的气量是那么宽宏，说话那么爽直，长得又是那么漂亮。他看问题的观点和意见都是实事求是的。他有一句心爱的格言："循规蹈矩，不出差错。"这句格言深深地铭刻在她的心上，不由得叫她惊叹不止。看来他是什么东西都不怕的——无论是上帝，是人，还是鬼。他常常用他那只黑黝黝的大手托住她的下巴，两眼直瞅着她，说："你是挺迷人的，这就不用说了，不过，你应该再多一点儿勇气和高傲，因为你美中不足的就是独缺这两样东西。"当珍妮两眼默默地若有所思的时候，他又说了一句，"不要紧，你还有别的优点呢。"于是，他亲昵地吻上她一下。

　　珍妮常常天真地竭力掩饰自己不懂交际应酬和未受过正规教育的缺陷，这一点竟使莱斯特深为感动。她的文字表达能力本来不高，有一次他发现在一张纸上，珍妮把他常用的一些难词都记在上面，旁边注明意义。他见了不觉笑了一笑，反而更加喜欢她了。又有一回在圣路易斯的南方大旅馆，他发现她佯装胃口不好的样子，原来是生怕自己不懂得进餐时那些规矩被邻桌客人发觉。至今她还说不准吃什么样的东西该用什么样的刀叉，那一道道奇形怪状的菜送上来，叫她确实很窘；比方说芦笋和洋蓟，她就不知道该怎么个吃法。

　　"你为什么不吃点儿东西呀？"他好心地问她，"你肚子饿了，可不是？"

　　"不太饿。"

　　"你一定很饿了。你听我说，珍妮。我明白你心里的意思啦，你千万不要有那种想法。你的举止风度都很好，要不我也不会带你上这里来了。你天生就是敏感的。千万不要拘谨。万一你有什么不对的地方，我马上就会给你指出来。"莱斯特说话时，他那褐色眼睛里迸射出一种善意的光芒。

　　她十分感激地微笑着，"有时候，我真的觉得有点儿不自在呢。"她自己承认说。

　　"用不着那样嘛，"他又重复说了一遍，"你样样都够大方的。别着急，我会教你的。"

　　他确实样样都教她。后来，上流社会交际场合的种种礼仪和习俗，珍妮都逐渐学会了。

　　格哈特家中倾其所有，也只不过都是一些生活必需品罢了。现在呢，她身边什么东西都有了——箱笼，衣服，化妆品，以至全套高级豪华的生活设备——所有这些东西她都很喜欢，但她颇有自知之明，能够掌握分寸，事事做到适可而止。她身上一点儿虚荣心都没有，最多不过是因为自己有缘走运而感到喜悦罢了。莱斯特过去和现在为她所做的一切事情，珍妮没有一件不感激的。现在她只是希望能够拢住他，永远地拢住他！

　　维思德的事安排停当以后，珍妮就忙日常家务事。莱斯特因为事务繁忙，来来去去，在家里简直待不住。他在太平洋大旅馆包了一套房间，要知道那是当时芝加哥首屈一指的大旅馆，干脆把那里当作自己的寓所了，他吃午饭和晚上的请客，都在联合俱乐部。那时候，电话还很稀罕，他却在自己公寓里安装了一个，所以顷刻间就可以跟珍妮直接说话，而且随便哪个时候都行。他每周在家里不过住上两三夜，偶尔稍微多些。起先，他坚持要珍妮雇用一个女仆干家务活，后来珍妮认为像打扫房间等重活儿，只要临时雇个人帮帮忙就可以了，他听了觉得很有道理，也就同意了。珍妮很喜欢自己操持家务，她天生勤劳，做起事来有条不紊，不愿意一天到晚闲着。

莱斯特喜欢早晨八点钟准时吃早饭。晚饭通常是在七点整开。银质器皿，雕花玻璃杯盘，进口瓷器，这些小巧玲珑的奢侈品都叫他爱不释手。至于他的箱笼和衣饰，都存放在公寓里。

头几个月，事情都很顺当。他偶尔要带着珍妮上剧院看看戏，万一碰上熟人，介绍时总是称她为格哈特小姐。他上旅馆将她登记为自己的妻子时，通常给自己填一个假名字；但在不怕被人发觉的地方，他就满不在乎地写上自己的真名。所以直至今日，他都没有遇到过什么麻烦或什么不愉快的事情。

这时，珍妮梦牵魂萦的唯一的心事，就是生怕维思德的事情一旦被莱斯特发觉，不免要引起麻烦，此外又想到了自己的父亲和那个乱糟糟的家，心中自然焦灼不安。记得维罗尼加写信给珍妮，暗中透露玛莎已经住在克利夫兰的一所兼供膳食的宿舍里，她跟威廉打算住到玛莎那里去，所以家里就只剩下格哈特孤零零一个人了。珍妮获悉后更加忧心忡忡。她想起父亲，就觉得他实在太可怜了，他两手已受重伤，至多只能干守更这样的活儿——如今撇下他，让他独个儿待在家里，实在叫她难过。他乐意上这儿来，跟她在一起吗？根据他目前的情形，她知道他是不会同意的，至于莱斯特要不要他来——她也没有什么把握。要是父亲来了，维思德的事就不得不向莱斯特交代清楚。想到这里，珍妮心烦意乱。

至于维思德，问题确实错综复杂。珍妮觉得自己对不起女儿，所以一提到她就特别感到不安，恨不能给她多方尽力，借以弥补自己确实没有尽职这一过失。现在，她每天到奥尔森太太家里去一趟，每趟都把玩具糖果，以及她能想到的、孩子也一定会喜爱的东西带去。她喜欢跟维思德坐在一起，给她讲讲有关神仙和巨人的故事，瞧那小伢儿两个眼睛睁得圆圆的，听得多出神啊。后来，珍妮胆子大了，有一次赶上莱斯特回老家探亲去，她索性把女儿接到自己的寓所来了。就这样接了好几回，她马上发现今后可以照样常常接回来。又过了一些日子，她开始摸熟他的生活习惯，胆量也就更大了，虽然"胆大"这个词很难跟珍妮这个人联在一起。她居然敢冒那么大的风险，就像一只奋不顾身的耗子一般；有时莱斯特出门只不过短短的两三天工夫，可她也敢把维思德接到自己的寓所去。她甚至常常把维思德的一两件玩具藏在寓所里，准备女儿来的时候就取出来玩。

从孩子在珍妮寓所盘桓的那些日子里，珍妮强烈地体会到，当真她能成为一个合法的妻子和快活的妈妈，生活——确是美好的东西。像维思德这样善于细致观察的女孩子实属罕见，她会不断地提出一些天真幼稚的问题来，常常叫自我谴责的珍妮心中久未愈合的伤口越发加深。

"我可以跟您常住在一起吗？"这是她动不动提出来的一个最简单的问题。珍妮只好回答她，说暂时还不行，但是过不了多久就可以了。她要尽快想办法，让维思德来永远跟自己待在一起。

"您说，那到底什么时候才行呢？"维思德又追问下去。

"不，我的乖孩子，这会儿还说不准，反正快了。你再等上几天，我想，总不碍事的。难道你不喜欢奥尔森太太吗？"

"喜欢的，"维思德回答说，"可她那儿什么好玩的东西都没有。她给我的还是那些破玩意儿。"珍妮听了心里挺难受的，就领她上玩具商店去，买了许许多多的新玩具，让她满载而归。

当然，那时莱斯特一点儿疑心都没有。他对家里的事历来漫不经心，只管自己的工作和自己的快乐，相信珍妮对他一定是忠心耿耿，所以绝不会怀疑她还有任何隐瞒的行为。有一次，他感到身体不适，下午就回家了，发觉她不在家里——从下午两点到五点，长达三个钟头之久。他心里不免感到有点儿恼火，等她回家后，只是向她发了几句牢骚话；但是，他的烦恼如果同她的惊惧相比，也就算不了什么。她怕只怕他要疑神疑鬼起来，一下子吓得脸色煞白，只好尽量向他解释。珍妮说她是到洗衣婆那里去的，接着又买东西去了，所以回来迟了，她没想到他早已到家了，还说她很抱歉，不该出门，所以他回来以后自己没能好好侍候他。通过这一事例，她才恍然大悟：她要是再像这样冒冒失失下去，准要出大纰漏的。

这件事情过后大约三个星期左右，莱斯特正巧有事回辛辛那提，打算待上一个星期，于是，珍妮趁此机会又把维思德接到寓所来了。这一回，孩子一连住了四天，母女俩真是同享天伦之乐。

本来这次短暂的母女团聚是不会出什么事的，谁料珍妮一时疏忽，竟然造成影响深远的后果，使她后悔不及。原来，维思德有一只小羊羔玩具掉落在客厅一张长皮沙发底下，说来也巧，莱斯特经常躺在那上面吸烟。那只小羊羔的脖子上，有一条蓝色缎带，上面还拴着一个小铃铛，只要皮沙发一抖动，小铃铛就会发出微弱的响声。维思德到底脱不了孩子气，竟然异想天开似的，故意把那只小羊羔扔在皮沙发后面，当时珍妮一点儿都不知道。维思德走了以后，珍妮把各种玩具都收拾起来，偏偏没有见到这只小羊羔。等到莱斯特回来，小羊羔还是撂在那里，眼睁睁地望着那个阳光灿烂的玩具世界。

就在当天晚上，莱斯特躺在那张皮沙发上，悠闲地吸着雪茄看报，不小心把雪茄落在地上，烟头上还有很多火星子，他担心别烧坏了什么东西，所以弯着身子往沙发底下张望。那支雪茄还是看不见，他索性站起来，把皮沙发挪动了一下，这一挪，他发现了那只小羊羔依然纹丝不动地站在维思德当时扔下来的那个地方。他一手把它捡了起来，翻来覆去地琢磨了好久，心里真纳闷怎么家里会有这种玩意儿。

一只小羊羔！那一定是邻居孩子的东西，也许是珍妮逗引他来这里玩儿的——他暗自思忖。他干吗不拿这玩意儿也去逗弄她一番呢？

于是，他兴冲冲地把那只玩具小羊羔拿在手里，走进了餐室，看见珍妮正在食品柜那里忙活，他一半假装正经，一半逗着玩似的嚷道："喂，这是打哪儿来的？"

　　珍妮压根儿没想到，她有事瞒他的证据已被他拿在手里了。她回过头来一看，马上意识到他一定会怀疑一切，就要向她大发雷霆了。刹那间，她满脸涨得通红，随后又渐渐变得惨白起来。

　　"哦！哦！……"她结结巴巴地说，"这个——是我买来的小玩意儿呀。"

　　"我想也是的。"他和蔼地回答说，她那惊惶而内疚的神色他虽然看出来了，但还没有识破个中奥秘，"可怜的小羊羔，守着羊圈儿，该有多寂寞呀。"

　　他一个劲儿地晃动小羊羔脖子颈下的小铃铛，珍妮痴呆地伫立在那儿，几乎一句话都说不出来。那个小铃铛轻轻地响了几声，莱斯特又望了珍妮一眼。看他那个样子好像是在开玩笑，她知道他一点儿疑心都不会有的。尽管这样，她自己的心情却几乎久久不能平静下来。

　　"你怎么啦，是不舒服吗？"他问。

　　"没有什么。"她回答说。

　　"看你好像被这只小羊羔吓得面无人色似的。"

　　"怪我忘了把它收拾好啦。"她禁不住脱口而出。

　　"看来这只小羊羔好像已经玩得够旧的了。"他似乎一本正经地又说了一句，但是，看到珍妮对这个话题显然感到很窘，也就不再追问下去了，本来他还想借这只小羊羔让自己乐一乐呢。

　　莱斯特回到客厅，又躺在皮沙发上，对这件事细细地琢磨起来。她为什么这样惊慌失措呢？为什么她见了一件玩具，脸色顿时变白呢？她独个儿在家寂寞，哄着邻舍的孩子来家里玩——这也算不了什么。她为什么吓得这样六神无主呢？他反复思忖了好久，结果还是不得其解。

　　后来，关于小羊羔的这个插曲，谁都只字不提了。随着岁月流逝，只要没有别的事情再次引起他怀疑，莱斯特记忆之中这种印象本来完全可以忘却了，可谁料到竟会是祸不单行呢。

　　有一天晚上，莱斯特在寓所多耽搁了一些时间，出门比往常晚些，这时忽听得门铃响了，赶上珍妮正在厨房里忙活，他就自己出去开门了。抬头一看，是一个中年妇女，神色慌张地冲他看了一眼，满嘴瑞典口音说是要找珍妮。

"等一会儿。"莱斯特说完，就转身进去叫她。

珍妮走出来，一见这位来客，就慌慌张张地穿过走廊，顺手把门关上。她这种举动一下子使莱斯特心里产生了怀疑，他眉头一皱，决心要查个水落石出。过了一会儿，珍妮回来了，脸色煞白，两手颤抖，好像很想找到一些能抓得住的东西似的。

"出了什么事呀？"他开口问，他刚才感到很恼火，所以说话时不免有一点儿声色俱厉。

"这会儿我得出去一下。"她过了半晌才答上话来。

"好吧，"他不情愿地答应了，"可是，你总可以跟我说说，到底出了什么事，好吗？现在你要上哪儿去？"

"我——我，"珍妮结结巴巴说不出来，"我——我非得要——"

"怎么啦？"他厉声地问。

"这会儿我有事，非去不可，"她支支吾吾地说，"我——我一刻都耽误不得，莱斯特，等我回来再告诉你吧。现在请你别再问我啦。"

她两眼怅然若失地望着他，脸上仍然露出心急火燎、非走不可的样子。莱斯特从来没见过她这样紧张而又认真的神色，所以心里既感动而又有些恼火了。

"好吧，你要去，就去吧，"他说话了，"可是你为什么要这么鬼鬼祟祟的呢？为什么不痛痛快快地说出来呢？你又为什么要在门背后跟人叽叽喳喳呢？请问你到底上哪儿去？"

说到这里，连自己也觉得话太刺耳，他就顿住不说了。珍妮一接到那个通知早已心急如焚，没想到此刻又挨着一顿呵斥，一下子情绪紧张到了极点。

"我会告诉你的，莱斯特，我会告诉你的！"她大声嚷道，"可现在不行，因为我没有工夫。等我回来，什么都告诉你。请你别挡住我。"

说完，她急匆匆地到隔壁房间去穿外套，直到此刻莱斯特依然莫名其妙，所以还是紧盯着她来到了房门口。

"你听我说，"他粗暴地大声嚷道，"你这是在胡闹！你到底是怎么回事？我可要问个明白。"

他站在门口挡住去路——浑身上下显露出一种强硬、好斗的架势，好像谁都得乖乖地听从他似的，珍妮被他逼得走投无路，到最后也按捺不住了。

"我的孩子快要死了，莱斯特！"她大声喊了出来，"现在我没有工夫说话。哦，请你别挡住我。等我回来，什么都告诉你。"

"你的孩子？"他也嚷了起来，"你到底在说什么话？"

"我可实在没有办法呀，"她回答说，"是我怕——本来我早就想跟你说了。我是愿意说的——只不过因为——哦，快放我走吧，等我回来，一五一十告诉你就得了！

莱斯特惊诧地直瞅着她。随后，他闪开让路了，他不好意思再向她追逼下去了。"嗯，你去吧，"他轻声说，"要不要派人送你去？"

"不用了，"她回答说，"奥尔森太太就在这儿不远。我会跟她一块儿去的。"

她脸色惨白，急匆匆地走了，他兀自伫立在那里沉思默想着。难道这就是他过去自以为非常了解的女人吗？你猜怎么着，她一直骗了他好几年呢。原来这个她——就是珍妮！好一个面色惨白的女人！好一个老实的女人！

他正在这样喃喃自语，不觉嗓子眼儿有点儿噎住了。

"啊，我真该死！"

第二十九章　珍妮的生平自述

　　要问珍妮为什么接到了通知就惊惶万状——无非是因为有这样一种小儿病，它的突然发作及其后果没有人能在两小时以前预料得到。那天，维思德才不过一两个钟头以前得了黏膜性喉炎，但病情发展得非常快，那个可怜的瑞典老大娘几乎吓得半死，连忙打发街坊去报信，说维思德病重，要凯恩太太火速赶去。报信的人一心想叫她快快赶去，神色不免慌慌张张，珍妮以为孩子马上就要咽气，简直心如刀绞，因此不得不把几年来的秘密向莱斯特和盘托出。珍妮出了门，急忙往前奔去，一心只想跟女儿能再见上一面。要是她来不及赶上，那怎么办呢?！要是维思德早已不在人间，又该怎么办呢!？她情不自禁地加快了步伐，只见一盏盏街灯迎面飞来，随后又迅速隐没在茫茫夜色之中。这时候，她已完全忘了莱斯特刚说的那些不堪入耳的话，也不怕他会把她撵走，叫她挈着小女孩孤苦伶仃地流落在大城市——此刻，珍妮心里只记得维思德病重，也许正在垂危之中。本来母女不得团聚全是自己的过错，要是一直由自己悉心照料，今夜维思德就不会得病了。

　　"我要是及时赶到多好！"她一路上喃喃自语着，过了一会儿，她又像疯了似的谴责自己说:"本来我就应该知道我这种不近人情的行为是要受到上帝惩罚的。当初我干吗这么糊涂呀! ……干吗这么糊涂呀！"

　　她一到大门口，就一溜烟似的穿过那条甬道，冲进屋子，只见维思德脸色惨白，一声不响，虚弱无力地躺在床上，病情已经有所好转。左邻右舍的几个瑞典人和一个中年医生正守候在她身旁。一见珍妮跪在孩子床沿跟她说话，大家就都不免好奇地看着她。

这时，珍妮终于下了决心。过去她对自己的女儿犯了罪，简直罪孽深重，今后她就要竭尽全力给予弥补了。莱斯特一直非常爱她，今后她什么事都不再瞒他了，即使他把她抛弃了——想到这儿，她心里就像千刀万剐一样——她也仍然应该这样做的。今后维思德再也不能做一个受人凌辱的弃儿了，做妈妈的就应该给她一个家。一句话，哪儿有珍妮，哪儿就有维思德。

在这间寒碜的瑞典人屋子里，珍妮坐在床沿，心里才恍然大悟：原来她隐瞒是毫无效果的，只是给她家里增添许多麻烦和痛苦，使她跟莱斯特同居以来时刻都在担惊受怕，而且受到了今天晚上劈头盖脸而来的呵责——那还有什么好的结果呢？反正现在已经真相大白了。她兀自坐在那里冥思苦索着，真不知道自己将来又该怎样；这时，维思德也渐渐安静下来，不一会儿就酣然入睡了。

莱斯特乍一发觉，不消说，大为震惊，但后来心情也逐渐平静下来，就向自己提出了几个非常自然的问题："这个孩子的父亲是谁？她有多大了？她怎么会到芝加哥来的，谁在照料她？"他虽然提出了问题，但是找不到答案，他对这些事情一无所知。

说来也怪，他想着想着，不知怎的，回想到他在布雷斯布里奇夫人府上跟珍妮的初次邂逅。当时她怎么会使他一见倾心的？为什么只经过一两个钟头观察，他就自以为一定能够诱使她坠入情网呢？他已看出来她——是道德败坏？是意志薄弱？还是别的什么呢？想必这一令人痛心的事件里既有诡计，也有骗术。现在她连一向相信她的莱斯特都要欺骗，说明她简直太精通骗术了——她未免太忘恩负义了。

忘恩负义这种行径正是莱斯特所深恶痛绝的，他认为这是卑鄙小人固有的劣根性，最最令人不快；今日发现珍妮身上也有这种痕迹，这就叫他感到大为震惊。是的，过去她从来没有暴露出自己有忘恩负义的行为——而且恰恰相反，她好像总是感恩戴德的——但是，如今他亲眼看到了她忘恩负义的种种有力证据，对她不由得怀恨在心了。

她怎么好意思对他如此恩将仇报呢？难道把她从困境中拯救出来并且给予悉心照顾的，不就是他莱斯特吗？

他挪开椅子，站了起来，在那个寂静无声的房间里慢条斯理地踱来踱去，因为刚才发生的事情确实非常严重，现在他必须采取果断有力的办法。既然她行为不检，现在他完全有理由惩罚她了。她一开头就隐瞒已属罪过，如今继续欺骗更是难容。最后，他又转念想到她的爱情终究对半分了，一部分给他，一部分给那个孩子；这一发现，是使所有处在他这种地位的人都不能处之泰然的。他想到这里，不禁感到非常恼火，两手插在口袋里，继续在房间里踱来踱去。

莱斯特认为珍妮亏待自己，无非就是因为她隐瞒孩子这一区区小事罢了。其实，珍妮的这个孩子来到人世间，和后来珍妮屈服于他莱斯特的诱惑，都是由于同样不正当的行为造成的；从这个例子说明莱斯特做出的判断是一种莫名其妙的谬误，看来人们在苛求女人的贞操时这种谬误也是在所难免的。当时他撇开他本人的品行不谈（原来男人们很少会考虑到自己的品行的），却一味深信：女人应该让自己的心灵向她唯一钟爱的男人完全敞开，如今珍妮竟敢向他隐瞒，他当然感到十分痛心了。记得有一次，他试探性地问过她过去的事，她却央求他不要追逼她。那时，她早就应该把这个孩子问题讲出来，不就得了，可现在呢——只见他在摇头叹息。

以上种种情况他通通考虑过以后，首先想到的就是不如一走了之，从此再也不跟她见面，同时，他心里很想知道这事最后会怎样收场。不过，他还是戴上礼帽，穿好大衣出门去了，先在附近的一家酒吧间喝了一杯。随后，他坐车来到了俱乐部，就到各个房间转了一圈，遇上几个熟人，闲扯了一阵。他觉得心里烦恼极了，最后，考虑了整整三个小时，他才雇车回寓所去。

珍妮坐在酣睡中的孩子身旁，简直心乱如麻；后来听见孩子安谧的呼吸声音，才知道危险已经过去了。这时，她觉得已经没有什么事好为维思德尽心了，猛然想起了她匆匆离去的家，她自己向莱斯特做出的诺言，以及必须对自己的职责尽忠到底。也许，莱斯特这会儿还在等着她，他即使要和她一刀两断，也许总愿意听完她的生平自述吧。不过，最后他一定会把自己遗弃的，她想到这里，心里不免感到惊恐和剧痛，但继而一想，这也是对她所有不端行为的一种公正惩罚——毕竟是自作自受罢了。

　　珍妮回到家中，已是午夜十一点以后，走廊里早已熄灯了。她先是推推大门，然后才把钥匙插了进去。一听屋里没有动静，她就开门进去了，预料到莱斯特见了她一定会怒目而视。可是真巧，他不在家。只见屋子里灯还亮着，想是他忘记关了。她急忙往四下里一看，见屋子里空荡荡的，心里又立刻想到他已经扔下她走了——于是，她怅然若失地伫立在那儿，无可奈何。"他走了！"她暗自思忖道。

　　正在这个时刻，楼梯上传来了他的脚步声。只见他那宽宽的额角上戴着一顶圆顶礼帽，拉得低低的，几乎盖住了他那褐色的眉毛，身上穿着大衣，领口纽子都紧扣着。他一眼都不看珍妮，先把大衣脱下来，挂在衣架上，这才不紧不慢地摘下帽子，也把它挂了起来。然后，他转身走到眼睁睁望着他的珍妮跟前。

　　"现在我要了解一下这件事的来龙去脉，"他开始说，"这个孩子究竟是谁的？"

　　珍妮不免犹豫了一下，好像一个人正要纵身往黑黝黝的深渊跳下去似的，这才十分尴尬地启开嘴巴坦白地说："是参议员布兰德的。"

　　"参议员布兰德？"莱斯特也应声说道。他没想到又听见了布兰德这个响亮的名字——虽然他已作古，但至今仍然是闻名的政治家，"你怎么会认识他的？"

　　"过去我们——母亲和我，"她简单地回答说，"常给他洗衣服。"

　　莱斯特顿住了，她那么坦率的陈述竟然使他满腹的愤懑顿时烟消云散了。"好一个参议员布兰德的孩子。"他心里这么想。那么说，这个平民利益的杰出的代表，原来就是诱使她，一个自动坦白的洗衣婆的女儿堕落的罪魁祸首，好一个反映下层生活的悲剧。

　　"这是哪一年的事情？"他追问时脸上露出十分阴郁的神色。

　　"距今将近六年啦。"她回答说。

　　他算一算自己跟她认识以来该有多久了，继续说："那孩子有多大了？"

　　"五岁多一点儿。"

　　莱斯特稍微点点头。他觉得这个问题有必要认真地思考一下，所以说话时带着命令式的口吻，只是不像刚才那么严峻罢了。

"那你一直把她藏在哪里？"

"她一向住在我家里，直到去年春天你去辛辛那提时为止。后来，我就把她接到这儿来了。"

"有几次我去克利夫兰的时候，她都跟你一起住在家里吗？"

"是的，"珍妮说，"可我不让她乱跑，要不就被人看到了。"

"我记得你告诉过我，说跟家里人讲明你已经和我结了婚的。"他大声嚷了起来，表明他实在不知道她一家人跟这个孩子之间是怎样相处的。

"是讲过的，"她回答说，"可我不愿意把孩子的事告诉你。他们总是认为我会告诉你的。"

"那么，你为什么不告诉我呢？"

"因为我害怕。"

"害怕什么呢？"

"莱斯特，我不知道我跟了你以后将来会怎么样。我可要想办法保护她的，总不至于存心害她吧。但后来我觉得有些害臊了。那时，你还说过你不喜欢孩子，我听了挺害怕的。"

"害怕我把你甩掉吗？"

"是的。"

这时，他不吭声了，因为她回答时那种坦率的神情，竟使他原先断定她故意欺骗的那种疑虑已有部分冰释了。说到底，当时还得归咎于家境艰难和珍妮胆怯。想一想吧，她是生在怎样的一个家庭里啊！她家里的人一定都是不懂道德观念的，要不然怎能容忍这种乌七八糟的事呢！

"难道你不知道你这事最后总要被人发觉吗？"他最后又这样追问她，"当然，你一定会想到，像你现在这样是没法儿把她拉扯大的。你为什么不早点儿告诉我呢？那时，我也不见得会对你怎么样的。"

"这个我知道，"她说，"可我还得要保护她。"

"现在她在哪儿？"他问。

珍妮向他一一说了。

说完，她伫立在那里，觉得莱斯特的提问跟他的态度有些矛盾，简直使她茫然不知所措了。后来，她又向他做了详细解释，莱斯特总算谅解她不是故意要弄诡计，只不过是当时一念之差罢了——这个问题已经昭然若揭，如果莱斯特不是处于今日这种地位，本来完全可以对她表示怜悯的。可是，现在他心中仍然萦绕着的就是意想不到的布兰德的那件事，所以最后他又回到这个话题上来。

"你说你母亲过去常替他洗衣服的，那你怎么会跟他认识的？"

直到此刻，任凭他提出什么问题，珍妮都能忍住心中剧痛，但是一听到这个问题，她立刻打了一个冷战。莱斯特恰好闯进了她一生记忆中最为伤心的那一段日子。他刚才提问的目的，看来就是要求她把全部经过和盘托出。

"那时节，我年纪还很轻，莱斯特，"她给自己辩白说，"才不过十八岁哩。什么事我都不懂。我常常到他住的那个旅馆去取衣服，每个星期六还得把洗好的衣服给他送回去。"

她又顿住，说不下去了。这时，莱斯特端来一把椅子坐下来，好像要听珍妮细细讲下去的样子，她才继续说道："那时，我们家里穷得很。他常常把钱给我，叫我转交给母亲。其实，我是什么都不懂的。"

她又顿住不说了，说实话，她心里简直难过得说不下去了。莱斯特一看如果不给她提一些词儿，恐怕她就讲不成了，所以他不断地把他的问话插进去——这样总算一字字、一句句地让她把这段伤心事全都抖搂了出来。原来，布兰德打算要娶她的，他曾经给她写信，说他会来接她的，但等不到那一天，他就死了。

她的自白到此为止。在随后的五分钟里，莱斯特一言不发，他的一只胳膊肘靠着壁炉架，两眼呆呆地望着墙壁，珍妮只是默默地等待着，不知道事情下一步该是怎样？她根本不愿意再说一句替自己申辩的话了。这时只有嘀嗒嘀嗒的钟声，清晰可闻。莱斯特脸上简直可以说不动声色。现在，他心情十分平静，头脑十分清醒，只是不知道自己该怎么办才好。珍妮站在他面前，如同一名女囚站在被告席上。他——好像就是正义、道德，以及心灵纯洁的化身，正坐在裁判席上。现在宣判就要开始——他心里知道自己究竟应当采取什么样的行动了。

这种事，老实说，确是一种令人不快的纠葛，按说像他那样有钱有势的人是真不应该卷进去的。这个孩子确是实有其事，所以对他跟珍妮的关系来说几乎是难以容忍的——不过此刻他还不大愿意发表什么意见。只听见壁炉架上法国座钟敲了三下，他才转过身来，看到珍妮脸色惨白，一副茫然的样子，一直纹丝不动地伫立在那里。

"你不妨去睡吧。"临了，他说了这句话，心里又在琢磨这个棘手的问题了。

可是珍妮仍然眼睁睁地站在那儿，心里巴不得马上就听到他对她的命运的宣判，哪知道她的期望完全落了空。他沉思默想了好久，就一转身，朝着靠近门口的一个衣架那里走去。

"你不妨还是睡去吧，"他简直冷冰冰地说，"我要出去了。"

她不由自主地转过身来，心里觉得，即便在目前这样骇人的时刻，她也仍然愿意为他略尽心意——可是他好像并没有看见她，一言不发地往外走了。

她目送着他的背影倏然离去，一听见他下楼的脚步声，仿佛觉得自己已被判处死刑，远远地传来了为她报丧的钟声。难道是她惹出了什么事情来吗？现在他究竟打算怎么办呀？她完全绝望地站在那里。楼下大门嘎吱一声响，她突然一阵心酸，越发感到无可奈何了。

"走了！"她暗自思忖道，"走了！"

在晨曦中，她依然端坐在那里冥思苦想着，从当时她的处境来看，她即使泪如泉涌，也是没有用的。

第三十章　结婚希望化为乌有

这个郁郁不乐和爱好探讨哲理的莱斯特，从表面上来看，他将来采取的行动似乎早已断然决定了，其实并非如此。那时他心里虽然无比懊丧，但并没有闹清楚他不满的原因究竟在哪里。当然，那个孩子既已存在，确实使事情更加复杂化了。他不愿意看见维思德——这个象征珍妮从前品行不端正的人证，但是事实上，他自己也这样承认：当初他如果真的想要了解她的身世，本来早就可以逼使珍妮讲出来的，他知道她是一定不会说谎的。一开头，他就应该把她过去的事了解清楚，但他并没有这样做，现在未免太晚了。不过，现在他心里有一点很明确，就是他跟珍妮结婚这个问题用不着再考虑了。就他这种社会地位来说，那是万万办不到的事。那么，要解决这个问题，最好的办法就是把一笔相当公道的赡养金付给珍妮，然后跟她断绝来往。主意既定，他就来到了自己的旅馆里，其实，他优柔寡断，并不准备立即付诸实现。处于这样境地，高谈阔论倒很容易，但是真的要实行起来，那就完全是另外一回事了。

我们生活中的慰藉、癖好和情欲，都是随着习惯而增长的。如今珍妮——在他看来，不仅是一种慰藉、而且是一种癖好呢。他们俩常在一起差不多将近四年了，他对她和他自己都已经很了解，所以，他是不会马上轻易跟她分开的。这样的做法未免令人太悲伤了。他白天在事务所里工作繁忙之余，有时也许会想起这件事来，但一到夜里，情形就完全不同了。他同样会感到寂寞，连他自己发现后，也不免大为惊讶，甚至心乱如麻了。

这时，莱斯特最感兴趣的，就是珍妮最初的那种想法，因为她担心在他们俩的这种新关系里，维思德一旦卷了进去，也许会伤害孩子的感情。她怎么会产生这种想法呢？他总是闹不明白。尽管他在社会上的身份地位要比她优越得多，但过了一些日子，他才忽然觉得珍妮的观点也许并不是毫无意义的。那时，她不了解他究竟是何许人，也不知道日后对她的态度又是怎样的，说不定他一下子就把她遗弃了。这些既然都在未定之天，她当然想到要保全自己的孩子了。这种想法，不用说，是无可厚非的。至于那个孩子到底是什么样子，莱斯特也很想亲眼见一见。像参议员布兰德这样一流人物的女儿，想必是挺好玩的，要知道参议员是一个美男子，珍妮——也是个迷人的姑娘。他想到这里，心中既感到烦躁又非常好奇。他觉得应该回去，看看那个孩子，说实话，他值得一看的——但是因为开头自己态度不好，他不免又迟疑起来。他似乎觉得自己确实应该离开她。想到这里，他内心深处不由得产生矛盾了。

其实，莱斯特是没法儿跟珍妮一刀两断的，这么多年来，他一直跟珍妮住在一起，说来也怪，已经少不了她了。试问从前有哪一个人跟他这么亲热过呢？他的母亲是爱他的，可是真正的骨肉之情远不如望子成龙的东西来得多。他的父亲呢——唉，他父亲这个人，活脱儿跟他自己一模一样。他的姐姐妹妹，都是各顾各的，跟他毫不相干；罗伯特和他更是脾气不合。只有跟珍妮在一起，他才真的感到快乐，总算过上了真正的生活。她——在他看来已是须臾不可离了；离开她的日子越久，他也就越发感到需要她。最后，他决定要跟她彻底谈一谈，希望能达成某种谅解。他要她把孩子接来自己抚养，他要叫她明白他到最后也许会离开她。他要她意识到他们的关系虽然暂时还没有破裂，但肯定已经发生了一种变化。就在那天傍晚，他又回到了寓所。珍妮听见他进屋，心里开始怦怦乱跳起来，不一会儿，她才鼓足勇气，走过去迎接他。

"依我看，现在事情只好就这么办，"莱斯特索性开门见山地说，"把那个孩子接到这里来，你自己就可以照管她。寄给别人去抚养，真没有意思。"

"那敢情好，莱斯特，"珍妮百依百顺地说，"我早就巴不得这么办。"

"那就很好，你最好马上就去办。"他从口袋里掏出一份晚报，径直走到窗前，猛地又转过身来看她。"珍妮，咱们俩毕竟是可以相互谅解的。"他继续说，"这事的来龙去脉，我已经知道了。先是我没有问你，后来再逼你告诉我——那就怪我当初太蠢了。你想要这样隐瞒我，甚至还怕孩子的生活会连累到我——这就算是你太糊涂啦。你应该知道，这样的事情你是怎么也瞒不住的。现在，咱们也不必再谈它了。只有一点，我要提醒你，就是：像你我这样的关系，如果彼此缺乏信任，恐怕今后日子怎么也是过不下去的。以前我还以为你我真的能够相互信任，现在我真不知道我们什么时候才可以有一种牢固的关系呢？唉，事情闹得太复杂了。外面的流言蜚语也太多了。"

"我知道。"珍妮说。

"现在，我也不主张操之过急。就我这方面来说，看来还是不妨维持原状为好——至少目前一定可以做得到的。但是，我要你正视事实。"

珍妮叹了一口气。"我知道，莱斯特，"她说，"我知道。"

他径自走到了窗前，凝视庭院里暮色苍茫之下的一些树木。他暗自纳闷，真不知道这事将来会怎样收场。因为一种乐融融的家庭气氛，他毕竟还是喜欢的，难道他舍得丢开了家，到俱乐部去吗？

"你还是去做饭吧。"过了半晌，他怪烦躁地回过头来这样关照她；尽管他看上去好像十分冷淡，但其实心里并不如此。他觉得生活上安排得不尽理想，实在丢脸。他踱步回到了客厅，珍妮就去忙做饭了。她在忙活时想到了维思德，想到了自己对不起莱斯特，也想到了他决定永远不跟她结婚。由于她傻，一场美梦就这样化成了泡影。

她准备开饭，把银烛台上精美的蜡烛点亮了。她给他做了他最喜爱的软饼。她在平锅里烤炙一条小羔羊腿，又洗了几张莴苣叶子，拌了一碟子色拉。原来她一度钻研过有关烹调的书，还从母亲那里学到了不少东西。可她心里一直在猜这事结果究竟会怎样的。最后，他要撇下她，一走了之——那是毫无疑问的，他会遗弃她，去跟别人结婚。

"好吧，"到最后她这样想，"暂时他还不会马上就把我丢下——那也不错。反正我可以把维思德接到这里来了。"她舒了一口气，把饭菜一一端上餐桌。要是上天有意，把莱斯特和维思德一起给了她该有多好——不过，这个希望是永远化为乌有了。

第四部分

金钱与爱情的较量

第三十一章　莱斯特接受维思德

这场风暴过后，有了一段平静的时间。第二天，珍妮就把维思德接回来了，母女俩重新团圆时的喜悦好像把许多其他心事都挤走了。

"现在我可以做她名副其实的妈妈了。"她暗自寻思道。那天，她有三四次听见自己在哼一支小曲子。

开头，莱斯特只不过偶尔才回来看看她。他竭力要说服自己他应该逐步改变自己的生活——最终跟珍妮实行决裂。他一想起自己家里来了一个孩子（偏偏又是那样的孩子），当然很扫兴。有一段时间，他就是故意不去自己的寓所，可是过不了多久，他回家的次数不知怎的更多了。这个家尽管有许多缺陷，却仍不失为一个恬静、安谧的理想地方，只有在这里，莱斯特才感到非常逍遥自在。

莱斯特回来的头几天，珍妮曾经想方设法不让那个爱玩闹、易激动、几乎不肯听话的女孩子去招惹那个举止稳重、办事果断、满脑袋"生意经"的男人。头一天晚上，莱斯特打来电话，说他要来了，珍妮就叮嘱维思德，说他的脾气坏得很，不喜欢小孩，叫她千万不要走到他跟前去。

"你要乖乖的，千万不要乱说乱问，"她吩咐女儿说，"你要什么东西妈会给你的。要注意，自己别伸手去拿东西。"

当时维思德一本正经地都答应了，可她毕竟还是个小孩子，头脑简单，当然领会不了妈妈这种警告的全部意义。

　　莱斯特是在七点钟到家的。珍妮费了很大的劲儿把维思德装扮得尽量好看些，随后自己也到卧室去化妆换装。莱斯特进门时，以为维思德一定在厨房里。事实上，她却悄悄地跟在她妈妈后面，伫立在小客厅门口，一眼就看得见她。莱斯特挂好了衣帽，转过身来，就见到了她。那个小孩样子挺可爱——莱斯特头一眼看见，心里就折服了。这时，她穿着一套白底天蓝色细花点儿的法兰绒连衣裙，镶着柔软的大翻领和卷袖，下面穿的是白色鞋袜。她那淡黄色的鬈发堆在她的小脸蛋周围。碧蓝的眼睛，鲜艳的嘴唇，红润的脸颊，宛如一幅名画。莱斯特定神一看，不由得大惊失色，几乎想要说一些什么话，不过还是自我克制住了。维思德怯生生地走开了。

　　珍妮走出来时，他说起维思德已经接来的事。"这孩子长得倒是挺可爱的，"他说，"你要管她很费劲吧？"

　　"不太费劲。"她回答说。

　　珍妮走到餐室那里，莱斯特隐隐约约地听到她们母女俩的一段谈话。

　　"他是谁？"维思德问。

　　"哦！那是你的莱斯特叔叔。我不是关照过你别乱说话吗？"

　　"他是您的叔叔吗？"

　　"不是的，乖孩子。别乱说话，快上厨房去吧。"

　　"那他只好算是我的叔叔了？"

　　"是的。快去吧。"

　　"好的。"

　　莱斯特情不自禁地笑了起来。

　　维思德这个孩子要是土里土气，长相挺丑，脾性又乖戾，或者说三者样样都具备，那么，莱斯特的最初观感如何也就很难揣度了。再说，要是珍妮安排得没有这样巧妙，这样得体，那么，即使头次见面，他也可能会得到一种不愉快的印象。如今，这个孩子的天生丽质，加上她母亲善于把她隐藏起来的圆熟本领，偏让他一眼瞥见，从而看到了一种永远愉快的天真和青春活力。他想到珍妮已经做了这么多年的孩子妈妈，有时候她一连几个月不能跟孩子见面，即使她从来没有暗示过她有这个孩子，但对维思德的眷爱显然有增无减——心里不由得深为感动。"真怪！"他自言自语，"她是一个不寻常的女人呢。"

有一天早上，莱斯特坐在客厅里看报，忽然听见什么东西在窸窸窣窣地发响。他回头一看，真怪，一只碧蓝碧蓝的大眼睛，正透过隔壁房间的门缝紧盯着他——那给人的感触确实很窘。这不像是人们常见的那样一只眼睛，要不然，它一遇到这样尴尬的场面，早就马上缩回去了；恰好相反，那只眼睛大胆从容，始终一动都不动。他一本正经地把报纸翻了过来，接着再看下去，那只眼睛还在那里直瞅着他。他把报纸又翻了过来，那只眼睛仍然出现在那里。他换了个坐姿，交叉起两腿来再看，那只眼睛这才不见了。

这个小插曲本身虽然毫无意义，却带着一点儿喜剧情趣，这是特别容易使莱斯特在感情上引起共鸣的一种东西。虽然他根本无意收敛他的那种冷若冰霜的态度，却觉得自己从她那神秘的窥测中得到了一点儿喜悦；他那老是撇着的嘴边已在翕动，差一点儿要笑了出来。他并不轻易向他此时此刻的感情屈服；他仍然目不转睛地在看那份报纸，可是，这一个小小的插曲显然已经镌刻在他的心上了。那个探头探脑的小女孩给他留下的最初印象，实在叫他难以忘怀。

这事过后不久，有一天早上，莱斯特正在进早餐，一面从容不迫地吃，一面在浏览报纸，突然间又被那个孩子惊扰——这一回可不像上回那么简单了。原来维思德吃过早饭以后，珍妮就让她自己去玩，要等到莱斯特出了门再说。随后，珍妮才坐到桌上就餐，正在倒咖啡的这会儿，忽然看见维思德煞有介事似的迈着大步闯进餐室来了。莱斯特抬起头来，珍妮红着脸，连忙站起身来。

"干什么呀，维思德？"她紧紧地迎上一步，问道。

可是，维思德这时早已走进了厨房，扛了一柄小笤帚又回来了，瞧她脸上那么坚毅的神气，真逗人。

"我要我的小笤帚呢。"她一面大声嚷道，一面踏着稳重的步伐走了过去。莱斯特看见维思德竟有这样的精神气概，心里又有所触动了——于是，一丝笑意掠过了他的嘴边。

从此以后，莱斯特对那个孩子已经不再感到厌恶，而是表示宽容，承认她具有一个人所应享受的一切权利。

随后的六个月里，由于事态的发展，莱斯特那种对立情绪进一步有所缓和。那时，虽然他对他所处的那个多少有了污点的生活氛围并没有完全妥协，却觉得那里非常安闲舒适，几乎舍不得把它放弃了。这个地方太像一个安乐窝了。珍妮又非常崇拜他。他既可以随心所欲地跟所有的老朋友自由来往，眼下又有幸享受到一种安静、纯朴和温情脉脉的家庭乐趣——他觉得这实在诱人，他总是迟迟舍不得离开，甚至渐渐觉得维持现状或许更好。

在此期间，他跟小维思德的友情在不知不觉地日益加强。他发现维思德的一举一动都有一种真正的幽默感，因此，他好奇地注意着它的新发展。她常常做出一些挺好玩的事情来；莱斯特发现，尽管珍妮一直在旁严加监视，维思德照样会想出不少花招来，不时用插话来逗人发笑。比方说，有一次在吃饭的时候，莱斯特看到她用一把大刀子挺费劲儿地在大盘子里切一小片肉，就跟珍妮说，最好还是给孩子买一套儿童用的小刀叉。

"这些刀叉她使不动。"

"是啊，"维思德马上就接口说，"我要一把小刀子。瞧我的手还小呢。"

说着，她把她的小手举了起来。珍妮担心她又会惹出什么事来，连忙站了起来，把那只小手摁了下去，这时，莱斯特强忍着才总算没有笑出来。

随后不久，又有一天早上，她看见珍妮把方糖放进莱斯特的杯子里，马上脱口而出，说："妈，我的杯里也要两块。"

"不行，乖孩子，"珍妮回答说，"你的杯子里用不着加糖，你有牛奶喝呢。"

"莱斯特叔叔都有两块。"她很不服气地说。

"是的，"珍妮回答说，"可你还是小孩呀。吃饭时，你可不能随便乱说话，要乖些。"

"莱斯特叔叔的糖太多了。"她马上又回了一句话，莱斯特听了不觉开怀大笑。

　　"可我还不觉得呢。"他插进来跟她说话，这可以说是他头一次屈尊下问，"你这句话叫人听起来，就像狐狸说葡萄一定是酸的一模一样。"

　　维思德也向他报以一笑，而且，见他笑逐颜开，她就啰里啰唆地跟他说起话来了。久而久之，莱斯特终于觉得那个小女孩仿佛就是自己的亲骨肉一般，他甚至愿意以自己的财势来培养她，保证她将来有美好的前途，这当然也是有条件的，一个就是要他仍旧跟珍妮同居下去，另一个就是他们要做出妥善安排，让他仍旧可以跟他心中那个念念不忘的后台——上流社会经常保持密切联系。

第三十二章　路易斯悲剧性的来访

转眼到了第二年春天，陈列大厅和仓储大楼业已竣工，莱斯特就把他的事务所迁入新大楼。在此以前，他所经管的业务通通是在太平洋大旅馆和俱乐部里承办的。从此以后，他觉得自己已在芝加哥开业了——好像他即将以此为家了。那时，他真可以说重任在身——既要领导事务所的全体人员，又要经办各种重要交易。因此，他今后用不着去外地出差了，那一任务就由按着罗伯特旨意行事的艾米的丈夫来接替。那时，罗伯特正在竭力培植个人势力，不但施加影响，要把姐妹们拉拢过来，还要把工厂也来一番改组。有几个人曾经得到过莱斯特的青睐，如今都有被精简的危险。但这事莱斯特毫不知情，凯恩老先生却主张放手让罗伯特去干。岁月不饶人，他觉得自己似乎已经不顶用了，正巴不得有谁能够拿得出有力的措施来挑重担呢。莱斯特似乎也毫不介意，看来他跟罗伯特反而好像比前时和睦了。

莱斯特和珍妮之间的私生活，只要永远不败露，本来完全可以一帆风顺地过下去。有时候，他跟珍妮同坐一辆轻便马车过闹市，碰巧被他在上流社会和工商界的一些熟人看见了。他毫不在意地替自己辩护：反正他还是个单身汉，只要自己喜欢，跟谁交际都可以。也许珍妮还是大户人家的名媛闺秀，所以他才向她大献殷勤呢。除非万不得已，他绝不随随便便地把她介绍给别人。每次跟她同车外出，一定吩咐马车夫要赶得特别快，免得半路上被人拦住跟他说话。如前所述，在剧院里遇见熟人时，莱斯特仅仅称她为"格哈特小姐"。

可惜他的许多朋友眼光也特别尖锐，他们根本不想向莱斯特的这种行为挑衅。只是他们见到莱斯特从前在别的城市里也曾经跟这个女人厮混在一起，就知道那个女人必定是跟他姘居的。好吧，那又有什么了不起呢？又有钱，又年轻，当然要及时行乐嘛。后来，风言风语传到了罗伯特耳朵里，没想到他自有主张。谢天谢地，让莱斯特去干这类事吧。反正纸包不住火，他的事情早晚总要败露的。

果然不出所料，莱斯特和珍妮在北城寓所同居了约莫一年半以后，就出了事。那一年入秋以来，连日狂风暴雨，莱斯特忽然得了轻度流行性感冒。根据初期症状，他想这么一点儿病，洗上一个热水澡，加上适量奎宁片，马上就会好的。哪知道病情出乎他意料地越发严重起来；转天早晨，他就下不了床，浑身发高烧，头痛得几乎快要裂开了。

最近他经常跟珍妮住在一起，日子久了，难免粗心大意起来。他要是考虑得远一些，早就应该回到自己旅馆里去，独自卧病在床。事实上，他却乐意病倒在家里，让珍妮守在他身旁。因此，他给事务所打了电话，说他身体不舒服，一两天内去不了；随后，他也就心安理得地叫珍妮好好护理了。

无论有病还是没有病，珍妮当然乐意莱斯特跟自己在一起。她劝他请医生来看看病，开点儿药给他吃。她给他喝热柠檬茶，用凉水一遍又一遍地敷他额角和双手来退烧。后来，他病情逐渐好转，珍妮又拿牛肉汁或稀粥来给他开胃。

就在莱斯特这次患病期间，真是不巧，头一次碰上了实属不幸的意外事故。原来，莱斯特的妹妹路易斯去圣保罗访友，事先写信通知说她回家路过芝加哥时去看哥哥，后来她却比预定的日程早几天就动身了。她到芝加哥的那天，正好莱斯特卧病在寓所。她先给事务所打了电话，说他不在，还要过几天才上班，路易斯就问该上哪儿去找他。

"我想，他长期住在太平洋大旅馆，"一个说话不太谨慎的秘书回答她说，"这会儿他身体不太舒服呢。"路易斯觉得有点儿扫兴，就打电话到太平洋大旅馆，回答说凯恩先生已有多天没有来过，又说他确实是在那里开了房间，其实，一个星期只不过住一两天罢了。她听了，觉得其中有些蹊跷，所以又打电话到他常去的那个俱乐部。

俱乐部里碰巧有个专门接电话的仆役，莱斯特曾经叫他给自己的寓所打过多次电话。莱斯特没有关照过他不准把电话号码告诉别人，而事实上，从来也没有人打听过这个电话号码。那个仆役一听见路易斯是莱斯特的妹妹，急着要找他，就回答她说，"我想，他是住在希勒别墅十九号吧。"

"你说的是谁的住址呀？"一个走过那里的账房先生问。

"凯恩先生的。"

"嗨，你可不要把这个地址往外传。难道你还不明白吗？"

那个仆役还在竭力辩解，可路易斯早已把电话挂上，就走了。

大约一个钟头以后，路易斯觉得她哥哥会有第三个住处，心中有些诧异，于是径直找到了希勒别墅。那座大楼共有两套公寓房间，她一上了台阶，就见二楼房门上凯恩的名字。她揿了一下门铃，珍妮应声出来开门，看见一个穿戴这么时髦的年轻小姐，不觉大吃一惊。

"我想，凯恩先生就住在这里吧。"路易斯两眼望着珍妮身后敞着的大门口，很客气地问。路易斯看见这么年轻的一个女人，心中只是模模糊糊地感到怀疑。

"是的。"珍妮回答说。

"我想，他有病吧。我是他的妹妹，我可以进去吗？"

珍妮要是来得及思考一下，本来也许还可以借故加以婉谢，哪知道珍妮还没有说出一句话来，路易斯就仗着自己的家势，大摇大摆地走进去了。进门后，她先往四下里扫视了一遍。接着，她走进了小客厅，那里与莱斯特卧病不起的寝室只有一壁之隔。碰巧维思德正在小客厅里玩，看见这个新来的客人就站了起来。寝室的门正敞着，分明看得见莱斯特躺在床上，左边有一个窗子，他在闭目养神。

"噢哟，原来你在这里呀！"路易斯大声嚷道，"你得了什么病？"她急匆匆地走到哥哥床边。

莱斯特一听见她的声音，就马上睁开眼睛，知道事情坏了。他勉强支着胳膊肘，竖起身子，可是一句话都说不出来。

"你好，路易斯，"到最后，他好不容易才说出这句话来，"你从哪儿来？"

"从圣保罗来的，我是提前回来的。"她索然回答说，因为她觉得事情不对头，心中不免烦腻起来，"你叫我找得好苦呀。请问，刚才那一位莫非就是你的……"她正要说出"好管家"这几个字来，一回头，却看到珍妮怅然若失地正在隔壁房间拾掇东西，脸上显出惊惶万状的神色。

莱斯特无可奈何地咳了一声。

这时，他的妹妹举目四顾，觉得那个房间里仿佛像个家，气氛是又愉快又诱人的。椅子背上撂着珍妮的一件衣服，看样子简直是太放肆了。凯恩小姐不由得小心地挺起身子。她两眼直瞅着她的哥哥，只见他眼睛里含着一种挺奇怪的神情——他模样好像有点儿窘困，但仍然是冷冰冰的，准备应战的神气。

"你本来不应该上这儿来的。"路易斯还没有提出她心中的那个问题，莱斯特就先开了腔。

"我为什么不应该来呢？"她一听见这样大胆的供词，就怒冲冲反问他，"你是我的哥哥，是吧？为什么你这个地方我就来不得？嘿，我偏偏就喜欢来——你倒跟我说说嘛。"

"你听我说，路易斯，"莱斯特用胳膊肘把身子支得再高一点儿，继续说道，"你又不是小孩，你跟我一样都是见过世面的，现在咱们用不着抬杠啦。我并不知道你要来，要不然我早就另有安排了。"

"什么另有安排，真不赖，"她挖苦说，"我早就料到的。好主意！"

她一想到自己竟会上了这个圈套，心里简直火冒三丈，莱斯特太丢人了。

"我对你是够客气的啦，"他一下子气得满脸通红地说，"我绝不会为了这件事在你面前替自己辩白的。我说的另有安排，并不是向你讨饶。你说话要是不客气，那就随你的便吧。"

"怎么啦，莱斯特·凯恩！"她两腮涨得通红，大声嚷道，"我怎么也想不到你会这样。我想，你也应该感到挺害臊，居然在光天化日之下跟——"后面这个可怕的词，简直叫她就说不出口——"何况芝加哥城里咱们到处都能碰上熟人。真可怕呀！我想，你很懂得自尊自重，你自己也是很要面子的。"

"什么面子不面子，见鬼去吧！"他气冲冲地吼着，"我早就跟你讲明，我不会在你面前替自己辩白的。你要是不喜欢这个地方，你自己当然知道该怎么办。"

"我的老天哪！"她大声嚷了起来，"这像是我的亲哥哥说的话吗？！一切都是为了那个贱货呀！那个孩子——是谁的？"她粗暴而好奇地追问着。

"请放心，反正不是我的。就算是我的，那跟你又有什么相干呢？请你不要管闲事，好吗？"

珍妮正在小客厅隔壁的餐室里忙活，听见他们说了她很多刺耳的话，心中辛酸难言。

"你别自以为得意，今后我再也不过问你的事啦！"路易斯几乎大声吼道，"老实告诉你，我真想不到像你这样有身份的人会做出这样的事——跟这么一个下贱女人厮混在一起。我一看，就知道她是——"接下去她又要把"你的管家"这几个字说出来，只是一下子被早已怒不可遏的莱斯特打断了。

"不管你说她是哪一号人，"他也大声咆哮着，"她比某些以上等人自居的家伙还要好些！你的意思我都知道。老实告诉你，那全是胡说八道。现在我爱怎么做就怎么做，根本不管你有没有意见。一人做事一人当，请你别为我操心吧。"

"好，我不会的。你尽管放心，"她回嘴说，"我算是看清了，你早已不把咱们的大家庭放在自己心上了。莱斯特·凯恩，你如果还有一点儿良心，就怎么也不会让自己亲妹子摸到这个地方来。真叫我感到恶心，我想，别人听见这种事也都要恶心的。"

说完，路易斯猛地一转身，带着蔑视一切的神气走了出去。珍妮刚巧走到餐室门口，路易斯又恶狠狠地瞪了她一眼。幸好维思德早已走开了。不一会儿，珍妮走进莱斯特的房间，随手把门关上，她真不知道该说些什么才好。莱斯特把一缕缕浓发捋到脑后，面有忧色地仰靠在枕头上。"命运真会作弄人啊！"他暗自寻思道。现在路易斯一回家，就会把事情告诉大家。父亲就会知道，母亲也会知道，罗伯特、伊慕琴、艾米——都会听到的。如今，他已无话可说了——要知道那是她亲眼看见的。他两眼凝视墙壁，沉思默想着。

这时，正在忙活的珍妮也在冥思苦想着。难道在别的女人的眼里，她——真的就是这样的吗？现在，她才真的把众人的偏见都看透了。莱斯特的家对她简直是高不可攀，仿佛他们住在另一个行星上似的。在他的姐妹、兄弟和父母的心目中，她就是一个坏女人，无论在社会地位上、智力上和道德上，都要比他差远了，简直是个烟花女嘛。她本来也曾经希望好歹叫众人看得起她，如今却像水中捞月，只落得一场空了。想到这里，她心里仿佛马上裂开了一个大伤口，真是剧痛难忍。她这个人确实是下贱的，卑鄙的——在路易斯的眼里如此，在众人的眼里也如此，在莱斯特眼里基本上也是如此。人们怎能还有别的看法呢？她只好默默无言，再也不怨天尤人了；但是，她不明不白地受辱，心里禁不住感到阵阵刺痛。

啊，她怎么才能在众人面前恢复名誉，好让她诚实地活着，体面地做人呢？这个心愿怎样才能得到实现呢？虽然她知道一定会有如愿以偿的一天，可是办法在哪儿呢？

第三十三章　罗伯特的劝说

路易斯想到自己家门的名声，心中气鼓鼓的，就马上赶回辛辛那提，把她这次发现的始末告诉家里人，自己又添枝加叶地编造了许多细节。据她的说法，当时给她开门的，是一个"傻里傻气、面色苍白的女人"，一听见自己的名字，甚至还不让她进大门，一个劲儿地站在那里，"露出一副做贼心虚的窘相来"。路易斯说莱斯特也是没羞没臊的，竟敢当着她的面直言不讳。她追问那个孩子是谁的，他硬是不告诉她。"反正不是我的就得了"，他才说了这么一句话。

"啊，我的老天爷！我的老天爷！"头一个听到这一新闻的凯恩老太太大声嚷道，"我的儿呀，我的莱斯特！他怎么会闹出这种事来！"

"而且是这么一个贱货！"路易斯特别使劲儿地加大嗓门喊了出来，仿佛这几个字必须不断地重复喊着，才显得更加真实似的。

"我上他那里去，无非是想去照顾照顾他。"路易斯继续说下去，"他们跟我说他身体不舒服，我想他一定病得很重，谁料到竟会有这种事呢？"

"可怜的莱斯特！"她的母亲大声喊道，"谁能料到他会干出这种事来！"

凯恩老太太对这个难题暗自思考了一下，觉得自己缺乏经验，不晓得该怎么处理才好，于是她打电话，把阿奇博尔德老头儿从厂里请了回来。不过，商量的时候，老头儿始终没有吭一声，只是板着脸听着：莱斯特公然跟他们从来没有听说过的一个女人同居了。他生性倔强，大概一向目中无人，满不在乎，光靠老长辈来硬压恐怕还不行。莱斯特历来固执己见，自以为是，如果劝他改邪归正，就非得采用非常巧妙的策略不可。

阿奇博尔德·凯恩气呼呼地回工厂去了。不过这时候，他已经下了决心，觉得这事情不得不管一管了。他找罗伯特商量了一下，罗伯特也向父亲坦白地说，像这样的风言风语他已经听见过多次，只是不愿意说出来罢了。随后，凯恩老太太出了一个主意，请罗伯特到芝加哥去跟莱斯特当面谈一谈。

"他应该知道：这种事情如果继续下去，将会给他带来无法挽回的损失，"凯恩老先生说，"他的这种做法休想成功，这是谁都办不到的事。他要么娶了她，要么干脆跟她一刀两断，总不外乎是两条路。罗伯特，以上这些话，我要你代我转达给他。"

"就是，就是，"罗伯特说，"可是哪一位能说服得了他呢？这个差使——我怕是干不了。"

"我看，最终还是能办到的。"老阿奇博尔德说，"不过，你好歹还得走一趟，试试看，怎么样？这总不会有什么坏处吧？也许他脑子会清醒过来也难说。"

"我可不信，"罗伯特回答说，"他这个人很倔强。过去我在家里跟他说了许多好话也不管用。不过话又说回来，您如果觉得这样一来您心里可以舒坦一些，那我就去。再说，母亲也要我去一趟。"

"对，对，"他父亲心烦意乱地说，"还是去一趟好。"

于是，罗伯特答应去芝加哥了。此行是否能成功，他原是不存多大希望的，但他相信道德和正义完全都在他这边，所以就高高兴兴地动身去芝加哥了。

罗伯特到达芝加哥，就是在路易斯找过莱斯特的第三天早晨。罗伯特先找到仓储大楼，但是莱斯特不在那里，这才打电话到他家里，温言婉语地跟他约定了见面地点。这时，莱斯特虽然还在病中，但他宁愿到事务所跟哥哥晤面。而且到时候他果然来赴约了，他像往常那样乐呵呵、若无其事地会见了罗伯特。他们两人先谈了一下有关经营业务的情况，接下去就是一阵意味深长的沉默。

"我这回到芝加哥来的意图，我想你大概总知道吧。"罗伯特开始试探着说。

"我想，我能猜得着。"莱斯特回答说。

"家里一听说你得了病，个个都很担心——特别是母亲。我想，你这病已经痊愈，总不会复发吧？"

"我想，大概不会吧。"

"路易斯说她来的时候撞见这里有种家务料理①特别够意思呢。当然，你没有结婚吧？"

"没有。"

"那么，路易斯看到的那个年轻的女人，只不过是……"罗伯特说话时还摆手示意。

莱斯特点点头。

"我现在并不想要盘问你，莱斯特，我可不是为了盘问你才来的。只不过因为家里人都觉得我应该来一趟。母亲心里非常发愁，为了她，我也不能不来看看你……"他顿住了。莱斯特被他那种公允和尊重的态度感动了，觉得仅仅就礼貌来说，至少也应该向他交代几句。

"真不知道我该说些什么，才能让你得到一些宽慰。"他若有所思地回答说，"我觉得实在没有什么可说的。因为我跟这个女人同居，所以家里人就反对了。看来这事主要糟就糟在，够倒霉的，被你们发觉了。"

莱斯特顿住了，罗伯特就把他所说的那些善于处世的道理考虑了一下，觉得莱斯特还是非常心平气和的，看来他如同往常一样，头脑清楚得令人折服。

"现在你还没有打算跟她结婚，是不是？"罗伯特迟疑地问道。

"我还没有呢。"莱斯特冷淡地回答说。

他们面面相觑，不一会儿，罗伯特目光才转过去，眺望芝加哥城的远景。

"我现在问你对她是不是真的有爱情，我想，恐怕没有多大意义吧？"罗伯特壮着胆子问。

"说实话，我不知道自己能不能跟你一起讨论这种神圣的灵感问题，"莱斯

---

① 原文系法文。

特带着一种严峻的幽默感回答说，"这种感情连我自己都从来没有体验过。我所知道的，只不过是这个女人使我非常喜欢罢了。"

"诚然，刚才所谈的一切，全是有关你个人幸福和家庭幸福的问题。莱斯特，"罗伯特略停片刻，又继续说下去，"这里面似乎涉及不到道德问题……因为这个问题，至少你和我不会来讨论的。你对那件事的感情，自然只跟你一人有关。但是，你个人幸福的问题，我觉得确实非常重要，值得好好地谈一谈。而且家里人的感情和声誉问题，你也应该慎重地给予考虑。说到家庭声誉的问题，咱们父亲比谁都看得重。这一点，不用说，你跟我一样都是明白的。"

"父亲怎么个看法，我也知道，"莱斯特回答说，"所有这些情况，我跟你们任何人一样都是很明白的，只不过此刻我想不出好办法罢了。这件事情既然不是在一天内发生的，看来也不能在一天之间全部解决了。这个女人已在我这里了，我是要负部分责任的。我虽然不愿意在这里详谈具体细节，但是这些事情总比法院审案日程表上记载的还要多些。"

"当然，我不了解你跟她的关系已经到了什么程度，"罗伯特回答说，"我也不准备向你打听。可是，你也得想一想——除非你存心要跟她结婚，否则你不觉得自己的这种做法有点儿不太体面吗？"罗伯特最后这句话，原是想试探一下他的反应的。

"只要这样做有好处，说不定我也会表示赞成的，"莱斯特不免感到困惑地回答说，"现在问题是这样的：这个女人已经在我这里了，家里人也都知道了。只要有法子可想，那我也就照办得了，这样的事情谁都不能替我越俎代庖。"

莱斯特开始沉默不语，罗伯特站起身来，在屋子里踱来踱去，不一会儿，又突然回过头来，说："你说你没有想到跟她结婚——或者说得准确些，那就是，你觉得还没有达到那个程度吧。我可不是给你出主意，莱斯特。从各种观点来看，我觉得你正在铸成大错，将来难免抱憾终生。你别怪我啰唆，但你自己也得想一想，像你这种身份地位的人，未免牺牲太大了；你犯不着冒这个风险。就算家庭问题撇开不谈，你的赌注也下得太大了。你简直要把自己的一生都毁了——"

罗伯特说到这里，把他的右手向前伸了出来——这是表示他心情特别诚挚的一种习惯姿势，莱斯特也感到他这段话里的一片殷殷之情。现在罗伯特并不是在批评他，而是在恳求他，不消说，两者之间是有所不同的。

但是，莱斯特对这种恳求并没有做出反应；于是，罗伯特开始采用新的办法，继续恳求他。这次罗伯特绘声绘色地说到父亲如何疼爱莱斯特，如何巴望他跟辛辛那提的殷实富户攀上亲事，只要他合意，总会找到一位笃信天主教的小姐，少说也是门当户对的。又说母亲也对他寄予同样殷切的期望——不用说，莱斯特自己也应该明白的。

"是的，他们的想法，我全都明白，"最后，莱斯特打断了他的话，说，"不过，老实说，我看不出现在会有什么好的办法。"

"你是说，你认为马上离开她不是好办法吗？"

"我是说她一直待我非常好，所以说，我在道义上就有义务应该尽可能地替她效力。至于怎么样效力呢——我可也不知道。"

"跟她同居吗？"罗伯特冷冰冰地问。

"她既然这么多年跟我在一起住惯了，我当然不好叫她卷铺盖滚蛋吧。"莱斯特回答说。

罗伯特又坐了下来，仿佛觉得自己刚才这番恳求是白费唇舌了。"难道你不能以家庭不同意为理由，对她好言相劝，把她打发走吗？"

"不行，这还得经过相当的考虑。"

"那么，你能向我保证，说你希望把这件事情尽快了结——好让我回家去也有个交代，安慰安慰家里人？"

"要是真的能使家里人不再为这事着急，我当然也是非常乐意的，不过，事实总是事实，你我之间说话，我认为用不着兜圈子。我早已说过，这个事情牵涉到许多问题，根本没法儿讨论——因为无论对我也好，还是对她也好，都是不公道的。像这样的事情，究竟应该怎样处理，甚至有时连当事人自己也不知道，更不用说局外人了。现在我要是真的给你下保证，那才成了该死的卑鄙小人了。"

莱斯特话到这里，就打住不说了。罗伯特又站了起来，在屋子里踱来踱去。不一会儿，他再次回过头来，跟莱斯特说："那你认为，现在简直一点儿办法都没有了吗？"

"至少说暂时没有办法。"

"那么，好吧，我想，我恐怕也只好走了。我不知道咱们还有什么别的事可以谈谈。"

"你先别走，跟我一块儿吃饭不好吗？我想，你要是不走，劳驾到我住的旅馆去，时间我还是有的。"

"谢谢你，不必了，"罗伯特回答说，"我想，此刻还能赶上一点钟去辛辛那提的那趟列车。我看不妨赶去再说。"

这时，兄弟俩面对面地站着，莱斯特面色苍白，略有一点儿颓然的样子，罗伯特显得神清气爽，思路严密，精明强干——谁都看得出岁月在他们两人身上所造成的差别。罗伯特办事历来果断有力，而莱斯特总是疑虑重重。罗伯特是精力饱满的企业家的化身，而莱斯特虽然具有商人的自信精神，但对人生问题持怀疑的态度。两个人形成了一种鲜明的对照，此时此刻，他们心中却各有各的思想活动。

"好吧，"过了半晌，哥哥才说，"我想，我再也没有什么话好说的了。我本来希望你的看法能够跟我们大家一致起来，不过，当然，还是你自己对这件事看得最准。既然你现在还看不出来，那我也就没法儿再开导你了。可是我还得说一句——依我看，你这个办法是很不对头的。"

莱斯特听了，一言不发。但是，从他脸上的表情来看，依然不改初衷。这时，罗伯特已转身去拿他的礼帽，他们向事务所入口处一起走去。

"我回头一定尽力给你说好话。"说完这句话，罗伯特就往外走了。

第三十四章　莱斯特与家庭的疏远

　　在我们这个世界上，看来万物的活动都被局限在一定范围内或一定环境里，好像一超出范围就注定没法儿在这个绕日运行的星球上生存似的。比如说，一条鱼，越出水面就不能不涸死；一只鸟，掉进江河湖海就不能不丧生。从寄生在花朵上的蚜虫到莽林深处的巨兽，我们都能清清楚楚地看到：它们的行动无不受到类似上述原因的种种限制。我们还应该在这里指出，谁要是想竭力脱离他们原来的环境，结果必然是不幸的，可笑的。

　　但就人的活动来说，这种局限论的作用似乎还不太明显。主宰我们社会生活的那些规律，我们至今还没有彻底认识清楚，所以也就总结不出一个十分明确的概念来。然而，社会上的舆论、抗辩和责难充当着种种界限——不能因为它们是触摸不到的，就认为是不存在的。无论男的还是女的，犯了过错——换句话说，就是越出了他们经常活动的这一界限，似乎不大可能发生类似飞鸟落在水里或野兽误入樊笼的后果，看来他们也不会马上就束手待毙；人们至多不过惊讶地皱起眉头来，有的挖苦地冷笑一阵，也有的举起双手表示抗议而已。可是话又说回来，社会活动的范围毕竟划得泾渭分明，谁要是越出一步，就注定要灭亡。一个人原是生长在某一种环境里的，实际上也就不能适应其他别的环境。他好像一只鸟儿，习惯于某种空气密度，一到了较高或较低的地方，也就无法儿展翅飞翔了。

　　莱斯特送走了哥哥以后，就坐在临窗的一张安乐椅里，一面在反复地思考，一面在凝望这座欣欣向荣的城市。在那里，映入他眼帘的是生活，以及随它而来的活力、希望、繁荣和快乐的景象，而在这里，他好像突然遇上一阵时乖命蹇的风，暂时被刮倒在一旁——他的远大前途和宏图大志都被吹得烟消云散了。他还能如同往日那样无忧无虑地照着原路走下去吗？他跟珍妮的关系遇上这股突如其来的反对势力，难道就一定不受影响吗？仅就从前他和家里那种轻松舒适的关系来说，现在不是已成了昔日的遗物吗？当年那种纯洁无瑕、情意绵绵的气氛，如今早已荡然无存。他父亲眼眸里常常对他流露出的那种衷心赞许的神情，现在还会一如既往吗？他跟罗伯特的关系他本人和工厂的关系，以至他过去生活中的一切，由于路易斯的这次突然破门而入全都受到影响了。

"真是倒霉！"这句话是他暗自忖度以后的结论。于是，他从无谓的遐想转向现实，心里琢磨着有没有什么办法可行。

"我想，明天要到克莱门斯山去，如果自己觉得有力气，至迟星期四动身，"他一回到家就跟珍妮这样说，"我心里觉得挺别扭似的，也许到那儿去几天就好了。"实际上，他是打算独个儿出门去思考问题的。到时候珍妮给他准备好行装，他就动身了，不过他看上去依然面色阴郁，忧心忡忡。

随后的一个星期里，他虽有充裕的时间来仔细地考虑问题，但考虑的结果仍然是：他觉得目前似乎不必采取断然行动。他认为再过几个星期实际上也没有什么了不起。罗伯特和家里其他人也未必再来找他会谈。他跟各客户的业务联系，也势必维持原状，因为这同工厂的利益休戚相关；不消说，目前他们还不会对他采取强制手段。然而，他已无可挽救地跟家里发生龃龉这一想法，始终沉重地压在他的心头。

"事情坏了，"他暗自思忖道，"事情坏了。"但他依然不改初衷。后来，这种令人不快的事态又继续了整整一年光景。莱斯特已有半年没有回辛辛那提老家；后来，要召开一次重要的业务会议，叫他务必到会。他到了家里，态度自然，几乎装出若无其事的样子来。母亲怪亲昵地吻了他，只是有一点儿伤心。

他父亲也如同往常一样招呼他，跟他紧紧地握手。罗伯特、路易斯、艾米、伊慕琴，仿佛已经跟他言归于好，只字不提那件事。他却觉得好像大家都疏远了，而且，他的这种感觉始终萦绕不去。从此以后，辛辛那提的老家他就去得越来越少，即使偶尔回家去一趟，时间也相隔得非常之久。

第三十五章　格哈特家的变故

就在同一个时期，珍妮本人正经历着一场精神上的危机。除去她自己家里人的态度使她深感痛心以外，现在珍妮生平头一回了解到众人对她的看法。她是个坏女人——这个她早已知道了。她曾经有两次不得不屈服于环境的压力之下，其实她都可以采取别的方式把它顶回去的，那时她要是有更大的勇气多好！为什么那种恐惧感当时老是在她心里萦绕不去呢！当初她只要表现得坚决些，理智些，又有多好！如今，莱斯特说什么也不会娶她了。为什么他非要娶她不可？她爱他，但她也可以离开他；而且，她觉得离开他反而对他有好处。她要是回克利夫兰，也许她的父亲乐意跟她住在一起。父亲看到她终于做起体面人，也许反而看得起她呢。但她一想到要离开莱斯特，就感到有些可怕——他一向待她这么好，至于她的父亲到底乐意不乐意收留她，珍妮至今也还没有把握。

路易斯那次悲剧性的来访以后，珍妮这才想起手头要有一些存款，就开始从莱斯特给她的津贴中积攒下来。莱斯特花钱向来大方，现在她每星期可以寄去家用十五块钱——这就等于过去她家的全部开销，所以也不需要另外资助了。这里的寓所单是膳食一项就得开支二十元，因为，莱斯特食不厌精，脍不厌细，无论水果、肉类、甜食、酒类，以及其他食品——样样都得选用上等品。房租是五十五元，衣服和零用开支就没有一定数目了。莱斯特每周给她五十元，不知怎的总是分文不剩。从前她也想过要节省一点儿，但现在觉得大可不必了。她想，万一她要走，最好还是两手空空地走，这才算是光明磊落。

　　路易斯来过这里以后，她对这件事接连想过几个星期，总想鼓足勇气，把自己的决心用言语或者行动表达出来。莱斯特一如既往，对她始终宽厚、和蔼，但她有时觉得他也许好像对她有所期待。有时候，他喜欢沉思默想，以至心不在焉。自从路易斯大闹一场以来，她觉得他跟过去有点儿不一样了，她恨不得向他说明一下自己不满意这样生活下去，然后就一走了之。但是，当初发现维思德的时候，莱斯特已经跟她说得明明白白：既然他觉得这个女孩子无疑是他们婚事的一大障碍，她的意见在他看来已是无关紧要了。现在他还需要她，只是不作为结发夫妻罢了。因为他是那样富有说服力，她就很难跟他争辩。最后，她决定最好还是写封信，向他说明自己出走的原因。那时，他明白了自己的心意，也许就会饶恕她，不再跟她计较了。

　　格哈特家里的境况依然没有好转。珍妮走了以后，玛莎就结婚了。她在克利夫兰各公立学校教了几年书，遇到了一个年轻的建筑师，订婚不久就结婚了。玛莎历来觉得自己家里很寒碜，如今新的生活刚刚开始，她就巴不得跟家里尽可能少来往。临近结婚的时候，她才顺便知会一下家里——珍妮处竟然连个信儿都不给；后来举行婚礼时，她也只邀请巴斯和乔治两个人到场。格哈特、维罗尼加和威廉对她这种怠慢无礼的态度都很生气。格哈特只好默不作声，他这一辈子里受到过的冷遇岂止这一回。维罗尼加却真的发火了，但愿将来有机会向姐姐出这口气。当然，威廉倒也并不特别介意。他一心向往做个电气工程师，因为他学校里有一个教师告诉他，这是一种有意思又有前途的职业。事后，珍妮才听说玛莎已经结婚，那还是维罗尼加写信告诉她的。她心里自然也为玛莎高兴，不过从这个事例中她才知道，兄弟姐妹跟她是越来越疏远了。

　　玛莎婚后不久，维罗尼加和威廉都住到乔治那里去了，这要怪格哈特脾气不好造成。自从妻子病故以后，眼看着孩子们陆续离家，格哈特心里不由得郁郁不乐，从此也就一蹶不振了。那时节，他虽然还不过六十五岁，但觉得自己也许离大限不太远了。他从前梦想过的那些人间乐趣如今永远成了泡影。他眼睁睁地看着塞巴斯蒂安、玛莎、乔治一个个远走高飞了，实际上，他们眼里早已没有他这个父亲，根本不给家里捎钱，至今家用还得靠珍妮，可实际上连一块钱都不应该拿她的。维罗尼加和威廉好像也都起来造反了，他们不乐意马上辍学去找工作。显而易见，他们还是想靠格哈特早就认为来得很不体面的那点儿钱来过活。眼下，格哈特对于珍妮和莱斯特的真正关系觉得十分满意。开头，他相信他们是正式结了婚的，但后来看到，莱斯特往往长达好几个月不管她，她又是那么低声下气唯唯诺诺，他要她上哪儿她就上哪儿，而且珍妮始终不敢向他提维思德的事——这些都不像是已经正式结过婚的样子；格哈特既没有参加过她的婚礼，也从来没有见过她的结婚证书，当然，她也许是在离开克利夫兰以后才结婚的，但他仍然不太相信。

说实话，现在的问题就在于格哈特的脾气变得越发乖僻古怪，叫年轻人简直没法儿跟他生活在一起，维罗尼加和威廉对此都深有体会。玛莎离家以后，父亲就把家里收支抓在自己的手里，他们自然很生气。他还责怪他们花在衣服上和娱乐上的钱太多了，硬是说要换小一点儿的房子住，每回珍妮寄钱来，他总要偷偷藏起来一点儿，他们都猜不透他究竟居心何在。其实说穿了，格哈特心里打算，有朝一日尽可能把省下来的钱都还给珍妮。他觉得靠她的钱来过活是有罪的，当然，光靠他自己挣来的那么一点儿钱，他是一辈子都没法儿替自己赎罪的。现在他看到其他的孩子就痛心，因为他觉得只要他们对父亲略尽孝道，那他晚年也就不必靠大女儿来周济了——尽管大女儿还有不少其他优点，但她过着不正当生活总是事实。因此，他们家中就经常争吵不休。

他们就这样吵吵闹闹，一直到了严冬腊月里，乔治听了弟妹哭诉以后，才同意他们住到他那里去，但附带提出的条件是他们应当自己去找工作。起初，格哈特有些措手不及，后来呢，他不但放他们走，还叫他们连家具也搬走。他们一见他如此慷慨大方，反而觉得有些脸红，甚至还含糊其辞地邀他和他们一块儿去住，但是老头儿一口回绝了。他们俩走了以后，他就想去他守过更的那个工厂，问领班借一间闲着不用的顶楼睡觉。工厂里谁都喜欢他，当然也信过他，而且这么一来，好歹也可以替他省一点儿钱。

那时，格哈特在一怒之下果然这么办了。每当芝加哥城里华灯初上，人们寻欢作乐的时候，在一个满目荒凉的地方就可以看见一个老头儿冒着严寒在那里彻夜守更。他在离厂部不远的一个库房顶楼里占了一个小小的旮旯儿。白天，他就在这里睡觉。午后，他要出去溜达溜达，不是到热闹的市中心走走，就是沿着基亚霍加河滨或密歇根湖边散散步。他两手照例背在后面，眉宇深锁，在默默地沉思。有时，他甚至还会喃喃自语——偶尔还会喊出一声"得了吧"或是"呸，糟透了"，说明他心中如何郁郁不乐。傍晚，他就急忙地赶回去，到那冷冷清清的门口去值班守夜。他的一日三餐是包给附近一个工人寄宿舍里的，他觉得这也跟自己的身份相称。

这个德国老头儿沉思的问题，常常带着一种异常微妙而又特别阴郁的性质。人生——究竟是个什么东西？经过了努力奋斗，饱尝忧患痛苦以后，到头来落得个什么下场？要不然，又该上哪儿去呢？人是要死的；死了，你就再也听不到他的消息了。就拿他的妻子来说，现在她已经死了，可她的灵魂又飞到哪儿去了？

但是，格哈特至今仍旧笃信那一套浓厚的宗教教规。他相信毕竟有一个地狱，凡是有罪的人都要到那里去的。那么，格哈特太太会怎样？珍妮又该怎样呢？他相信她们母女俩都是罪孽深重的。他相信正直的人将来会升到天堂去。不过请问谁是正直的人呢？格哈特太太的心眼儿不见得坏吧，珍妮这个人也是好心肠啊。他的大小子塞巴斯蒂安呢？塞巴斯蒂安本是个好后生，但他心眼儿不好，不消说，对他父亲是太冷酷无情了。玛莎呢——她抱负不凡，但显然只为自己考虑。撇开珍妮不谈，看来所有的孩子都是自私自利的。巴斯一结婚就离开了家，从此再也没有给家里帮过什么忙，玛莎硬说她挣来的钱刚够自己用。乔治开头交过一点儿钱养家，但后来也不肯帮忙了。只要老头儿肯答应，维罗尼加和威廉情愿靠珍妮寄来的钱过活，不过话又说回来，他们也知道这是不合适的。现在看来，格哈特的这条老命今天虽然还活着，难道不就是阐明孩子们的自私心理的一条注释吗？何况，眼下他已是垂暮之年。

想到这里，他不由得频频摇头叹息。真是个猜不透的谜啊！人生——确实是光怪陆离，高深莫测，瞬息万变。但是不管怎么说，他仍然不乐意跟他的任何一个孩子住在一起。除了珍妮以外——他觉得他们实在都没有出息；而珍妮呢，也不见得样样都好。想到这里，他确有难言之痛了。

父亲的这些伤心事，珍妮一时还不大清楚。以前她的信都写给玛莎，但后来玛莎出嫁了，就只好直接写信给父亲。随后维罗尼加也走了，格哈特就写信给珍妮，关照她用不着再寄钱了。他说，维罗尼加和威廉都投靠乔治去了。他自己在厂里好歹也有个差使干，打算暂时还住在那里。现在他把点点滴滴省下来的一点儿钱寄还给她——总共是一百一十五块钱——说他现在用不着了。

珍妮接信后并不知道个中奥秘，但她知道父亲脾气够偏的，也不想再跟他争论了，反正弟妹们也都没有写信来。后来，她才慢慢地悟出其中的道理——莫非家里出了什么事？想到这里，她心里就急了，想要马上离开莱斯特，或者先不管是否离开他，不妨去看看她父亲再说——反正在这两个主意之间，珍妮一时颇费斟酌。父亲乐意跟她住在一起吗？

依照目前情形来看——他当然是不会来的。如果她是正式结了婚的，唉，说不定他也许会来的。如果只有她一个人——他多半也会来的。不过，她要是找不到可靠的工作，往后他们的日子就难过了。那又要碰到当年一贫如洗这个老问题了，她该怎么办才好呢？但是不管怎样，她决心已经下定了，哪怕她一星期只挣五六块钱，他们好歹也活得下去。格哈特积攒下来的这一百一十五块钱——也许还会叫他们渡过最大的难关呢。

第三十六章　珍妮出走未成功

　　珍妮的这个计划有一点儿毛病，就是她对莱斯特的态度未免估计不足了。说实话，他是舍不得她的，但他毕竟受到他出身的那个阶层传统思想的束缚，如果莱斯特爱她已经爱到不管好坏都要她的程度——即把她的那种异常的地位合法化，并且公开宣称他已经选定了一个合适的配偶，那也许未免太过分了；但莱斯特实在是舍不得她，特别在眼前这个关键时刻，他是怎么也不会想到要跟她永远分手的。

　　莱斯特活到了这样的年龄，对女人的看法早已固定，再也不会改变了。到目前为止，他在自己出身的那个圈子里，从来没有见到过有谁能像珍妮那样使他一见倾心的。她温柔、聪颖、文雅，处处都能体贴他；他又教会了她在上流社会交际应酬的种种规矩，所以说，如今她已成为他的一个称心如意的伴侣了。眼前他已够舒适满意的了——那他究竟还需要些什么呢？

　　可是此刻珍妮的忐忑不安的心情在与日俱增。她竭力设法把她的看法通通写下来，一连五六次都写坏了，后来总算写好了一封信，看来至少已经把她的思想感情部分地表达出来了。她觉得这是一封长信了，全文如下：

　　亲爱的莱斯特：

　　　　你接到这封信的时候，我恐怕已经不在这里了。请你先不要责怪我，等你看完了这封信再说。我这次带着维思德一起走了，说实话，我想还是走了的好。莱斯特，我是应该这么做的。你知道，当初你遇到我的时候，我们家里很穷，像我那样的境况，我想哪一个好人都不会要我的。后来你来了，你对我说你爱我，我简直不知道该怎么办才好了。到最后，连我自己也不知怎的竟会爱上了你，莱斯特。

你记得我曾经告诉过你，说我不应该再做错事，还说我自己也不见得是挺好的。可是，当你接近我的时候，不知怎的我可慌了神，也不知道怎样才能躲开你。那时，爸爸正好在家闹病，家里差不多就要断炊了。我们一家人挣来的就是这么一点儿钱，我的弟弟乔治连鞋子都穿不上了，妈妈简直着急得要命。现在我常常这样想，莱斯特，当时妈妈要是不那么忧心忡忡的，说不定还会活到今天哩。当时我不知道你是不是喜欢我，但我实在是喜欢你的——我是爱你的，莱斯特——也许这对我来说也不会有多大关系吧。你还记得当时你马上就告诉我，说你乐意帮助我家里，我觉得也许这正是雪中送炭哩。那时，我们早已穷得家徒四壁了。

莱斯特，亲爱的，我今天这样匆匆地离开你，不由得感到内疚。我这种举动好像太卑鄙了，但是，只要你了解到这些天来我心中的情绪，我想你就会原谅我的。啊，我爱你，莱斯特，我实在是爱你呀。但这几个月以来——即从令妹来过这里以后——我觉得我是错了，觉得我不应该再这样下去了，因为我自己知道这是一个多么可怕的错误。过去我跟布兰德的事就已经错了，不过，我那时还是个女孩子——我几乎什么都不懂的。我最初跟你见面时，没有把维思德的事告诉你，虽然当时自以为是合适的，但现在我知道是错了。后来，我又把她长期藏在这里，那就更是大错特错，莱斯特，不过，说实话，当时我就是怕你——怕你说话，惹出什么事来。直到令妹路易斯来过以后，我这才恍然大悟，觉得我无论如何都不能再这样下去了。看来事情无论如何是难以挽回的，莱斯特，可是，我一点儿都不怪你，我只怪我自己。

我现在并不要求你跟我结婚，莱斯特。我知道你是怎样对待我的，又是怎样关心我家里的，但是，我想现在也都无济于事了。他们绝不会玉成其事的，所以我也不应该向你提出结婚的要求。与此同时，我又觉得自己不应该再这样生活下去了，维思德正在一天天长大，很快什么事情她都懂了。

现在她总算还认为你真的是她的亲叔叔。这些事情我都通盘考虑过了。我有好几次很想跟你当面谈谈，可是，我看到你脸上一本正经的，心里就慌了，竟然说不出口来。所以，我才想起不如给你留下一封信，等我走了，一切你都会明白了。是的，一切你都会明白的，莱斯特，可不是吗？你不会对我生气吧？我知道这样做无论对你、对我，都是有好处的，我就是应该这样做。请原谅我，莱斯特，从此以后再也不要想念我。

至于我今后怎样，你就别操心啦。可是话又说回来，我爱你——啊，是的，我说实话很爱你——你过去给我的好处，我是一辈子都感激不尽的。但愿你交好运。请原谅我，莱斯特。

我爱你。是的，说实话，我很爱你。

珍妮

我打算到克利夫兰的爸爸那里去，他需要我，目前他一人独居。可是，你千万不要去看我，莱斯特。你还是不要去为好。又及

她把信装进信封里，加封以后，暂时藏在自己怀里，等待自己出走的时刻。

她为实现自己的这个计划一连等了几天，都没有机会。但是有一天下午，莱斯特打来电话，说他一两天内暂时不回家，她就赶紧把自己和维思德的一些必要行装收拾起来，装进了几只箱子，马上去找马车夫运走。她原来想先打个电报通知父亲，说她即刻动身回家了，但转念一想，他已住到工厂去了，还是自己直接上那里找他去吧。乔治和维罗尼加后来并没有把家具通通带走，大部分都还堆在那里——父亲写信时就这么说的。她可以利用这点儿东西，好歹也可以布置成一个小家庭。

这时，她万事齐备，正在等候马车夫，突然见到莱斯特推门走了进来。

莱斯特简直莫名其妙地临时改变了自己的计划，他并不是什么心血来潮，只不过是机会凑巧，使他感情上突然有了个转变。本来他想约好几位朋友一

起到芝加哥以南坎卡基沼泽地去打一天野鸭子，但临时改变了主意，还决定要提前回家，至于他为什么会突然变卦，连他自己都说不上来。

当他渐渐走近家门口的时候，想到自己回家这么早，也不免感到有点儿奇怪，后来看见屋子里好惹眼的两只大箱子，他猛地呆若木鸡，伫立在那里。这是什么意思——珍妮已经穿上了旅行服正在出门，维思德也是这样的穿着打扮？他吃惊地睁大褐色的眼睛，好像急巴巴地在质问珍妮。

"你上哪儿去呀？"他问。

"哦——哦——"她一面往后退去，一面回答说，"我这就要走了。"

"——上哪儿去呢？"

"我想上克利夫兰。"她回答说。

"干什么去的？"

"哦——哦——我过去早就跟你说过的，莱斯特，我想我也不应该这样继续待下去了。我一直想跟你谈一谈，可我总是没有勇气。刚才我写了一封信，就是留下来给你的。"

"一封信？！"他大声嚷道，"你究竟是什么意思？信在哪儿？"

"在那儿。"她目光呆滞地指着一张小圆桌上说，一眼就可以看见她那封信放在一本大部头书上。

"珍妮，你只留下一封信，真的就走了吗？"莱斯特说话时，声音变得有一点儿严峻了，"我指着老天爷起誓，我真的一点儿都不了解你。到底是为了什么呀？"他一下子撕开了信封，看着开头的这几行。"最好还是叫维思德出去。"他暗示说。

他的话她没有不依的。送走孩子，她又回来了，伫立在那里，脸色惨白，两眼睁得圆圆的，直瞅着墙壁、箱子、莱斯特。莱斯特把信仔细地看了一遍，不时地变着自己的姿势，最后才把它扔在地板上。

"听着，珍妮，我老实告诉你……"他好奇地朝她看了一眼，正在纳闷，真不知道该如何说下去才好，反正先扯上了这么一句。这时，他要是愿意，自然又是一个两人断绝关系的机会。但他看到事态还很平静，觉得自己心里压根儿不愿意一刀两断，他们俩朝夕相处了这么久，如今突然要分开，看来是很可笑的。他真的爱上她了——那是毫无疑问的。但是，不管怎么说，他仍然不想跟她结婚——他实在找不到两全其美的办法。这一点珍妮也知道，她在信里所说的也就足以证明了。"你可想错了，"他慢条斯理地继续说，"我不知道你心里在想些什么，可是你把问题完全看错了。我早就跟你讲过，我不能跟你结婚——起码现在还办不到。因为要牵涉到的重大问题太多了，这些都是你不知道的。我是爱你的，你自己也知道。可是我的家庭还有我的经营业务，我也都得考虑到呀。你不了解这里面情况该有多么复杂，而我当然是一清二楚的。现在我不愿意你离开我，我说心里话，实在太舍不得你走了。当然，我也拦不住你。你如果一定要走，当然也可以走，可我觉得你走恐怕是不合适的。难道你真的要走吗？你不妨先坐一会儿再说。"

珍妮本来打算不辞而别，但现在简直茫然不知所措了。他为什么要一本正经地说这些话，就像向她苦苦哀求似的？这真叫她心里难受极了。他，莱斯特，正在央求她留下来，而她呢，还是那么爱他！这时，她走到了他身边，他就握住了她的手。

"你听我说，"莱斯特说，"现在你要离开我走了，实在没有意思。刚才你说的是要上哪儿去？"

"上克利夫兰。"她回答说。

"那往后你指望怎样过日子呢？"

"我想去找爸爸，看他乐意不乐意跟我住在一起，现在他只是一个人独居——也许我还能找点儿事情做做。"

"得了吧，珍妮，现在你又能够做些什么，还不是从前做的那种行当吗？你不打算再去做太太小姐们的侍女吧，你说，对不对？或者说，去商店做个女售货员吧？"

"我想，我也许能找到一个女管家的职位吧。"她怯生生地说。她曾经把谋职的事情仔细地考虑过一番，觉得当女店员是她最有希望的一条出路。

"不，不，"他一面频频摇头，一面咕哝着说，"这可是不合适的。你的全盘计划都是不管用的，简直异想天开。就拿精神上来说，你也绝不会比现在更自在些，过去的事情你是改变不了的。反正这还不是关键所在。现在我不能跟你结婚，我想将来也许是可以的。不过现在我说不准，我可不能随便给人许愿。就算我答应你走，你也不会走的，你即使走了，我也不让你重新去过从前的那种生活，你往后的生活——我好歹会设法供养的。难道你真的要离开我吗，珍妮？"

在莱斯特坚定的决心和有力的反驳之下，珍妮自己毅然决然做出的最后结论立时被碾成了齑粉。只消他一把捏住她的手，就足以使她心里直扑腾，于是，她开始哭了。

"你别哭，珍妮，"他说，"事情也许比你所想象的还好吧。你就等一下。快去换装吧。从今天以后，你不会再打算离开我了吧，是不是？"

"不……会……走了！"她呜咽着说。

莱斯特搂住了她，让她坐在自己膝上。"咱们还是暂时保持原状吧，"他继续说，"这是一个奇怪的世界，事情不是一蹴而就的，不过总可以想办法。有些事情我本来受不了，可现在我自己也得忍耐啊。"

到最后，他才看见她心情逐渐平静下来，从泪眼里露出一丝苦笑来。

"现在把那些东西放回原处去，"他指着那些大箱子和蔼地说，"此外，我还要求你答应我一件事情。"

"什么事情？"珍妮问。

"往后什么事情再也不要瞒我，你听见了吗？往后再也不要自作主张，而且不让我知道就自己行动起来。你有什么心事，尽管跟我说嘛，我可不会把你一口吃掉的！你不论有什么烦恼的事，尽管告诉我好了，我一定会帮你解决，即使帮不了忙，至少咱们俩之间也没有什么秘密要隐瞒的。"

"我知道了，莱斯特，"她恳切地直瞅着他的眼睛说，"我保证今后再也不瞒你了——真的不瞒你了。从前，我是怕，现在我不会怕了。真的，你可以信得过我。"

"这样就好啦，"他回答说，"我信得过你。"说着，莱斯特就把她放了下来。

这次协议的头一个结果，就是在几天以后，把格哈特的将来这个问题提出来讨论了。珍妮好几天以来一直为父亲的事牵肠挂肚；现在她觉得不妨跟莱斯特商量一下。于是，有一天吃晚饭的时候，她跟他谈到了克利夫兰家里的一些情况。"我知道他孤零零的一个人在那里，就难免闷闷不乐，"她说，"我一想起来，心里也挺难过。我要是回到克利夫兰，本想把他接过来的，可现在呢，我真不知道该怎么办才好。"

"你为什么不寄点儿钱给他呢？"他问。

"他再也不拿我的钱了，莱斯特。"她向他做了解释，说，"他认为我不好——行为不检点，他不相信我是正式结了婚的。"

"亏他找到了那么一个好听的理由，可不是？"莱斯特心平气和地说。

"我一想到他睡在厂里，心里就难受，瞧他这么大的年纪，该有多么孤独。"

"那么，你在克利夫兰家里的弟妹们呢？他们为什么不照料父亲？你哥哥巴斯上哪儿去了？"

"我想也许他们不乐意要他，因为父亲脾气太拗。"她照实回答说。

"要是果真那样，我简直没法子可想了，"莱斯特微笑着说，"老人家的脾气应该尽量随和些，那就好了。"

"我知道，"她说，"可现在他年纪大了，一辈子把心都操碎了。"

莱斯特手里来回摆弄着一把叉子，沉思默想了一会儿。"刚才我想出一个点子来了，我就告诉你，珍妮，"他到最后才说了出来，"我们要是决定不再分离，我想，我们的生活不能再像这样过下去了。刚才我心里正在琢磨，不妨到海德公园附近街坊去租一所房子。我从那里去事务所的路程固然要远些，可是这里的公寓房子我已经住腻了。有了一个院子，你和维思德都会觉得舒畅些。要是那样，你就不妨把父亲接过来，跟咱们住在一起。他对咱们一点儿都不碍事的。真的，说不定，他还可以替咱们把家整理得井井有条呢。"

"哦，那敢情好，只要爸爸他乐意来。"她回答说，"他喜欢做一些零碎活儿，他会割草，看炉子。可是他说什么也不会来的，除非他相信你我已经正式结了婚。"

"我想，除非你把结婚证书拿出来给他老人家看，简直毫无办法可想了。我们拿不出来的东西，看来他是非要不可。如果叫他给一所花园房子看炉子，是够吃力的。"他若有所思地又加了这一句话。

珍妮并没有发觉这句话里包含的挖苦意思，她全神贯注地想着自己的命运是多么坎坷、多么不幸。即使他们有个可爱的家庭，把父亲接过来住在一起，现在格哈特也不会乐意来的。要是他再跟维思德住在一起多好啊。要知道，小外孙女会给他带来快乐的。

她痛苦万状地在沉思，一直默不作声。这时，莱斯特好像摸到了她的思路，说："我真的想不出好办法来。空白的结婚证书是很难弄到的，而且这个东西可玩不得——要知道，伪造证书有罪。老实说，这样的事我可不愿意干。"

"哦，我也不愿意你干这样的事，莱斯特。我只怪爸爸脾气太拗了。他只要主意打定了，你就休想说得动他。"

"那就等到咱们搬家以后再说吧，"他又出了一个主意说，"那时你去克利夫兰亲自跟他谈一谈，也许你可以把他劝过来呢。"他喜欢珍妮对父亲的一片孝心。所以，他也觉得，说不定他会诚心诚意地帮她去实现她的计划。至于格哈特呢，莱斯特虽然不太感兴趣，但也不觉得讨厌，所以，这个老头儿要是乐意上那个深宅大院来干一点零碎活儿，又何乐而不为呢？

第三十七章　珍妮的新居

　　举家迁往海德公园附近街坊的计划没多久就着手进行了。过了两三个星期以后，家里一切又恢复了正常，莱斯特就邀请珍妮陪他一起到南海德公园一带去找房子。头一次去，他们就找到了一所好像非常中意的房子。那是一所总共有十一个大房间的旧式住宅，周围草地足足有二百平方英尺，远在芝加哥建城时栽植的许多树木，如今已是浓阴蔽日，景色宜人。总之，这里环境优美，屋宇宽舒，使人感到异常安逸。

　　珍妮见到这里的天地竟是那么宽广，颇有乡村风味，一下子就被吸引住了，但又转念一想她自己毕竟不是明媒正娶，如今乔迁新居，心中不免有些忧悒。当初她策划出走的时候，心里曾经模模糊糊地希望她这一走或许会迫使莱斯特紧紧地追上去，跟她结婚也很难说。如今，这种希望已经化为泡影。她既然答应他留下不走，所以现在就不得不随遇而安了。这时，她向莱斯特示意他们似乎用不着这么多的房间，可是莱斯特偏偏不考虑她的意见。"也许我们不时要有客人来，"他回答说，"反正我们可以先把它陈设起来，且看结果怎么样。"说完，他就同这所住宅的经纪人订了为期五年的租约，并且讲明享有续租的优先权。随后，他就立刻派人前去布置。

　　整个屋子都油漆装饰一新，草地也整修过了，一切都是齐齐整整，令人满意的了。楼下是一大间舒适的书房兼起居室，一间大餐室，一间漂亮的大客厅，一间小客厅，一间大厨房，一间食品贮存室，事实上，一个舒适的家庭楼下应有的各种设施都已齐备了。楼上就是一些卧室、浴室和一个女仆的房间。这里的一切都很舒适，色彩也很调和，这时珍妮虽然正忙着拾掇东西，心中却不由得暗自得意。迁入新居以后，珍妮征得莱斯特的同意，立刻给父亲写信，请他到她这里来住。她只字不提自己的婚事，干脆就让她父亲自己推想去吧。

她在信里不厌其烦地谈到这里新居周围风景有多美，院子又有多大，以及屋子里还有种种舒适方便的设备。"这里真的非常好，"她继续写道，"您一定会喜欢的，爸爸。维思德在这里，每天都上学去的。难道您还不快来跟我们住在一起吗？这比住在厂里不知要好多少呢。您要是来了，我该有多高兴啊。"

格哈特板着面孔看完了珍妮的这封信。事情真的是这样吗？他们要不是正式结过婚，会住这样的深宅大院吗？这么多年自己一直被蒙在鼓里，真是不堪回首。难道说一开头自己就错了吗？唉，这一回真是机不可失，时不再来呀——但过后又转念一想，他值得不值得去呢？他已经茕茕孑立，独居了这么久——难道现在就应该上芝加哥去，跟珍妮住在一起吗？格哈特对女儿的请求虽然不能说是无动于衷，但仍然决定婉谢了。他暗自寻思，他要是真的去了，那就是公开承认自己跟珍妮一样也犯了过错嘛。

珍妮对格哈特的拒绝感到十分失望。她同莱斯特再次商量以后，决定亲自到克利夫兰去找他。于是，她赶到了克利夫兰，找到了那家工厂（原是坐落在城里某贫民区的一家机器轰隆作响的大型家具厂），她向办事处说明要找她的父亲。那里有一位职员就把她带到一个离得很远的库房，通知格哈特外面有个太太要见他。格哈特从他的破床上爬起来，一步一步下楼来，心里觉得很奇怪，真不知道谁来找他。珍妮眼看着他身上穿着沾满灰尘的、活像麻袋片的衣服，斑白的头发，褐色的浓眉，从一个黑洞洞的门里走了出来，不由得又是一阵心酸。"可怜的爸爸呀！"她心里这么想道。

他走到了她身旁，暗自思忖她是出于一片孝心才来看他的，所以，他那审讯官似的眼光稍微变得温和一些。"你来干什么？"他小心翼翼地问。

"我来接您到我家里去，爸爸，"她恳切地央求说，"您不要再住在这里了。您再这样孤零零地住在这里，真叫我不放心。"

“那么说，”他听了不免感到很窘，说，“你就是为了这事才来的？”

“是呀，”她回答说，“您跟我一起走吧。别再住在这里啦。”

“我睡在这儿挺好的。”他尽量给自己的处境辩护。

“我知道，”她回答说，‘可现在我们的家舒适极了，维思德也在那里。难道您还不去吗？莱斯特也要您去哩。”

“你要回答我一个问题，”于是他提出条件说，“你到底正式结婚了没有？”

“那还用问吗，”她无可奈何地只好扯了个谎，“我早就正式结过婚了。你去了可以当面问莱斯特的。”这时，她几乎不敢抬眼正视他，不过还是竭力装出很自然的样子来，因此格哈特也就信以为真了。

“是啊，”他说，“早就该这样了。”

“您跟我一起去吧，爸爸？”她又一次央求说。

他还是无可奈何地把两手一摆。在珍妮的苦苦央求之下，他真的打心眼儿里感动了。“好，我就去吧。”说着，他就把头扭了过去；但珍妮从他颤抖着的肩膀已经看出，他在哭了。

“爸爸，您？……”她又恳求地问道。

他默默无言，只管回到那漆黑一团的库房里拾掇自己的东西去了。

第三十八章　新生活棘手的事情

格哈特到海德公园附近的宅院定居后，马上就把他自以为分内的事情承揽起来。看管火炉和院子这两件事都由他操劳了，他，想自己总不应该两手闲着，把钱让别人赚了去。他告诉珍妮说院子里树木简直乱七八糟，只要莱斯特给他一副修树用的刀锯，来年春天他准能把树木整修得齐齐整整。对于这些事情，德国人是很经心在意的，美国人却是得过且过的。随后，他又要了一些工具和钉子，到时候把家里所有的柜橱棚架都修好了。他在离家约莫两英里远的地方找到了一个路德宗教会礼拜堂，说它比克利夫兰那个教堂还要好。那里的牧师不消说，是从天国派来的一位圣徒。他坚持认为，维思德每星期都得跟他一起上礼拜堂去。

珍妮和莱斯特一开始过这种新生活，心里就有些嘀咕，因为他们知道肯定要碰上一些棘手的事情。从前住在北城的时候，邻舍往来珍妮是很容易避免的。如今他们住上了这么阔气的别墅，左邻右舍就觉得理应前来登门拜访，珍妮也不得不充当一个素有经验的女主人了。关于这种情况，她已经跟莱斯特商量过了，结果是根据莱斯特的意思，他们对外就算夫妻关系。至于维思德，就说是珍妮前夫斯托弗先生（原是她母亲娘家的姓）所生，孩子生下来不久，生父不幸过世了，莱斯特当然是她的继父了。多亏这里离芝加哥市中心很远，莱斯特不用担心会遇到很多熟人。莱斯特还把日常交际的一些礼节讲给珍妮听，准备头一个客人来登门拜会，珍妮就可以应付自如。果然不出半月，就有来客上门了。这位来客叫雅可布·斯坦达尔太太，是附近街坊一位颇受人们尊敬的太太。她的住宅跟珍妮家相隔五家住户——原来，那一片地方的每座房子周围都有宽广的草地隔开。那天下午，她坐马车出去买东西，在回家途中顺便拜访了莱斯特府上。

"凯恩太太在家吗？"她问新近雇来的女仆珍妮特说。

"我想大概在家，太太，"那个女仆回答说，"您有名片吗？"

她把名片接过来，立刻送给了珍妮。珍妮瞅着这张名片，觉得好奇得很。

珍妮走进小客厅，斯坦达尔太太，一位个儿高大、肤色黝黑、看来爱管闲事的女人非常客气地先向珍妮寒暄致意。

"今天来府上拜访，实在冒昧得很，"她用最迷人的语调说，"我是您的邻居，就住在街的那一头，只隔着几户住家。那个白石大门就是舍下——我想您也是看见过的。"

"哦，是的，不错，"珍妮回答说，"我知道，我知道。凯恩先生和我头一天来这里就看见了，我们都非常赞赏哩。"

"您先生的大名，我当然久仰了，我的丈夫是在威尔克斯铁路辙叉与转辙器公司。"

珍妮点点头。从斯坦达尔太太说话的神气来看，珍妮知道她刚才提到的那家公司一定是赚大钱的大企业。

"我们家住在这里已有好多年了，你们是新来乍到，免不了要感到冷清的。我希望您哪天下午得便，就上我家去坐坐，那我将不胜荣幸。我会客的日子定在星期四。"

"我一定去拜访。"珍妮嘴里这样回答说，心里却有点儿紧张不安，觉得出门拜访那种客套简直就像受罪，"今天承蒙您先来舍间看我，实在感激得很。凯恩先生照例是很忙的，不过我想他要是有空，一定会很高兴去看望您二位的。"

"哪天晚上有便，你们二位都请过来，"斯坦达尔太太回答说，"我们家里挺清静。我的丈夫虽然不大喜欢出去交际，可是我们乐意跟左邻右舍交朋友。"

珍妮对这位客人的美意只好报之一笑。她陪送斯坦达尔太太一直到大门口，然后跟她握手告别。"您长得这样迷人，真使我高兴呢。"斯坦达尔太太坦白地说。

"哦，谢谢您，"珍妮不觉脸上一红说，"我实在是太不敢当了。"

"我盼着您哪天下午过来。好吧，再见。"说着，她就挺文雅地挥手告别了。

"这倒也不错呀，"珍妮目送着斯坦达尔太太上车走了，心里这样寻思着，"她这个人很好，我想，应该告诉莱斯特。"

来这里拜访过的客人，还有卡迈克尔·伯克夫妇，汉森·菲尔德太太，蒂莫西·巴林杰夫人——他们都不过留下一份名片，或者闲扯了一两分钟就走了。如今珍妮觉得自己俨然是一位了不起的女人，因而她总是竭力周旋，免得有失自己的身份。其实，她的确应酬得很出色。她非常殷勤好客而又和蔼大方。她接待客人时，总是笑容可掬，举止仪态也十分自然，给每个客人都留下一种极好的印象。她向客人们说她的家不久前刚从北城搬到此地，说她的丈夫凯恩先生早就有迁居海德公园附近的意思，说她的父亲和女儿也都住在这里，又说莱斯特是那个女孩子的继父。她还跟客人们说多谢他们热情关注，她希望日后一定去回访，做个好邻居。

莱斯特总是到晚上才听到珍妮说起有哪些人来家拜访过——说实话，他本人是不大愿意去跟那些人打交道的。日子久了，珍妮也慢慢地对这种应酬交际有一点儿兴趣了。她喜欢结识新朋友，并且希望能创造出一种新的气氛来，好让莱斯特也把她看作一个贤淑的妻子，一个理想的伴侣，那么，有朝一日也许他真的会跟她结婚了。

可是，珍妮很快就发现，她给人们留下的最初印象并不是历久不替的。当时左邻右舍主动去跟她结交，也许太急了一点儿，哪知没有多久，就流言四起了。有一天，有个名叫萨默维尔的太太去珍妮的近邻克雷格太太那里串门，说她了解莱斯特的底细——"是的，不错呀。亲爱的太太，您知道吗？"她继续说道，"他的名气是有一点儿的……"说着，她的眉毛和手一齐飞舞起来。

"真有这样的事！"她的朋友深感惊诧地说，"瞧，他那副样子多正派、稳重。"

"您说对了一半，看他倒也像是很正派、稳重，"萨默维尔太太继续说，"他是大户人家出身，但是我的丈夫告诉我，他勾搭上了一个年轻的女人。我可不知道这个年轻女人是不是就是她，反正他们形同夫妻似的住在北城，给人介绍时，只管她叫戈伍德小姐或类似这样的一个姓。"

"怎——怎——怎——"克雷格太太一听到这个惊人消息竟然舌头都不听使唤了，讷讷地说，"怎么会有这样的事！那么说，想必她就是那个女人啦。她父亲的姓名——叫做格哈特。"

"格哈特！"萨默维尔太太大声嚷道，"错不了，就是这个姓。依我看，从前她总是也不太规矩吧——至少眼前还有这么一个孩子呢。后来他到底跟她结婚没有，我可不知道，反正我晓得他家里怎么也不会承认她的。"

"这真是有趣的事呢！"克雷格太太大声喊道，"要是他果真跟她结了婚，那就更玄乎了。我说，现下有些人，你虽跟他们有接触，可就是识不透他们究竟是什么玩意儿，可不是？"

"你这话算是说准啦！有时候真是好坏难分呀。你说，那女人的长相倒并不坏。"

"挺惹人喜爱！"克雷格太太大声嚷了起来，"还那么天真呢！说真的，我都被她迷住了。"

"不过，依我看，"她的来客继续说，"这个女人也许并不是她，说不定是我弄错了。"

"得了吧，我想，不会弄错的。格哈特！她自己也告诉过我，说是他们从前在北城住过的。"

"那么，依您的说法，一定是她了。真怪，您怎么会一下子想起她来的！"

"是啊，真怪。"克雷格太太说，心里正在琢磨往后对珍妮应持怎样的态度。

此外，还有来自其他方面的种种流言。比如说，有人看见过珍妮和莱斯特在北城一起坐车外出的，有人亲眼见过他介绍时管她叫格哈特小姐的，又有人还了解到凯恩家里人意见如何不一致，如此等等，不一而足。当然，她眼下的地位，她那漂亮的府邸，加上莱斯特的财富，以及维思德的美貌——所有这些，都足以缓和这种舆论。那时，她一举一动都非常审慎，显然是个贤妻良母，加上她待人接物确实又很好，自然人们也不会跟她过不去。然而话又说回来，仅仅因为她有过这么一段轶事，人们照例是念念不忘的。

珍妮终于发觉一场大风暴即将来临：原来有一天，维思德刚放学回家，就突然问："妈，我的爸爸是谁呀？"

"他姓斯托弗，乖孩子。"母亲这样回答孩子，那时，珍妮立刻联想到外面大概已有风言风语——说不定有人在议论了。"你问这个干什么？"

"我是在哪儿生的？"维思德接下去又这样追问，并没有回答母亲的问话。她恨不得马上闹明白自己的出身问题。

"在俄亥俄州的哥伦布，乖孩子。你问这个干吗？"

"安尼塔·巴林杰说我是没有爸爸，说您生下我的时候还没有结过婚呢。她说我算不上是一个真正的女孩子——简直不配做人。她把我气死了，我就打了她一下。"

珍妮脸上顿时严峻起来，两眼直瞅着维思德。记得巴林杰太太不久前来拜访过她，珍妮还认为她这个人特别好，套交情比谁都热心，如今巴林杰太太的小女孩却对维思德说出了这样的话，那个孩子究竟是从哪里听来的呢？

"那你就别睬她啦，乖孩子。"珍妮隔了半晌，最后才说，"她是什么都不知道的。你的爸爸是斯托弗先生，你是生在哥伦布的。你不要去跟别的小丫头打架。一打架，当然她们就说脏话——不过有时候，她们说话的本意并不是那样坏的。你别睬她，往后尽量躲着她，她就不会说你什么了。"

珍妮的回答虽然很难自圆其说，毕竟也叫维思德暂时感到满意了。

"她要是打我，我就得打她。"她一个劲儿这样说。

"你千万别挨着她，乖孩子，听见没有？要不然，她就要打你的，"母亲回答说，"你只管自己念书，别睬她就得了。你不惹她，她就跟你闹不起来了。"

维思德走开了，撇下珍妮独自沉思，心里反复推敲女儿那几句话的意思。眼前左邻右舍都在纷纷议论了，她的逸事已经成了人们的话柄。真不知道他们是怎样发现的。

医治一处刀伤是一回事，不时地受到新的创伤，致使旧伤裂口流血，则是另一回事了。有一天，珍妮去拜会近邻汉森·菲尔德太太，在那里遇见一位名叫威利斯顿·贝克太太的正好也在她家里喝茶。贝克太太是跟凯恩一家人相识，知道珍妮在北城的那段轶事，当然也知道凯恩家里人的态度。她是一个身材瘦削、精力饱满、见多识广的女人，几乎类似布雷斯布里奇夫人这一流人物，对交际酬酢历来非常审慎。她一向认为菲尔德太太跟她差不多，也是态度谨严的。如今，她看见珍妮来拜访，外表上似乎仍然镇静自若，内心里早已恼火了。"这是——凯恩太太，贝克太太。"菲尔德太太满面笑容地介绍她的客人时这么说。贝克太太不祥地看了珍妮一眼。

"是——莱斯特·凯恩太太吗？"她反问一句。

"是的。"菲尔德太太回答说。

"说实话，"贝克太太冷冰冰地接下去说，"莱斯特·凯恩太太——我是早就听说过了——"她说到"莱斯特·凯恩太太"这几个字特别使劲儿地加重了语调。

随后，她就完全不顾珍妮也在席上，就扭过头去怪亲热地跟菲尔德太太闲扯起来，使珍妮连一句话都插不进去。珍妮只好无可奈何地伫立在一旁，遇到这么难堪的局面，简直茫然不知所措。贝克太太本来还想再坐一会儿，可是没说上几句话，就站起来告别了。"我怎么也不能多坐了，"她说，"我答应尼尔太太今天要去看她的，我想，我大概已经够打扰您的啦。"

她径直朝着门口走去，连看都不看珍妮一眼，直到快要迈出门外，这才回过头来，冷冰冰地向她点了一下头。

"这种怪东西——现在我们不时要碰上的。"她一走到门外的时候，最后却向她的女主人说了这么一句话。

当时，菲尔德太太根本没法儿替珍妮辩护，因为她自己的社会地位也不太显赫，就像每一个不久前暴富发迹了的中产阶级女人一样，正在一个劲儿地向上爬呢。她不敢得罪威利斯顿·贝克太太，因为后者的社会地位远比珍妮重要得多。她转身回到珍妮仍然坐着的那个地方，赔着笑脸向她道歉一番，可是心里总觉得有一点儿不是滋味。珍妮呢，不消说，脸色早已变了。不一会儿，她就借故告辞回家了。她在那里受到了侮辱，真是心如刀绞，知道菲尔德太太一定后悔跟她交往了，往后再也不会有相互拜访的事了——这一点她心里明白。当初那种完全绝望的情绪又涌上心头，觉得她这一生失败早已成了定局。如今，事情早已无法挽回了，或者说，即使有一点儿可能性，事实上恐怕也很难办到，莱斯特并没有要跟她结婚的意思，当然也不愿意挽回她的声誉。

时光飞逝，事态依然丝毫没有变化。看看这偌大的宅邸，平整的草地，青翠的树木，还有攀附在游廊柱子上的藤萝，交织成了一道透明的绿色纱幕；再看格哈特时常在院子里闲逛，维思德每天放学回家，莱斯特每天早上坐着漂亮的马车出门——谁都会说，这个美妙的家庭里到处是恬静和惬意，再也不会投下忧患的阴影。事实上，莱斯特和珍妮的生活的确是很平平稳稳的。邻居固然不再跟他们往来了，即使有人来，也是寥寥无几，所以他们已经说不上有什么交际活动了；不过，这种损失几乎是觉察不出来的，因为他们在家庭生活里得到的乐趣还多着呢。维思德正在学弹钢琴，而且弹得相当出色。她听觉很好，富于音乐感。珍妮平日里穿的是天蓝色的、淡紫色的或橄榄绿的家常衣服，使她显得格外妩媚动人。她每天要操持家务，或是缝纫，或是除尘，或是伴送维思德上学去，或者还要吩咐女仆们拾掇东西。格哈特手头工作繁杂，一天到晚忙个不停，因为凡是家里的事情，他样样都要插一手才满意。他自己承揽的任务之一，就是每天晚上在莱斯特或是仆人们把煤气灯或电灯熄了以后，他定要到各处查看一遍，也许偶尔还有忘了熄灯的地方。在他的心目中，像这样的浪费是有罪的。

再说，莱斯特的贵重衣服往往只穿了一两个月就随便扔掉了，那个自奉俭约的德国老人看后确实很痛心。还有，莱斯特的一些漂亮的皮鞋，只不过皮面上有一两条皱褶或是鞋后跟稍微磨去了一点儿，就干脆扔掉了，格哈特看了也觉得非常可惜。他认为应该把它们拿去修理一下，但是，每当他满腹牢骚地责问鞋子的毛病到底在哪儿，莱斯特总是对他回答说穿起来觉得不太舒服。

"唉，真是太奢侈！"格哈特时常跟珍妮发牢骚说，"那么大的浪费！那样下去是不会有好结果的。你瞧，往后总有一天要穷的。"

"要他不这样可难啊，爸爸，"珍妮仿佛替他申辩似的说，"他家里就是那样培养他的。"

"嗨！果真培养有方。这些美国人，他们一点儿都不懂得精打细算。他们应该到德国去住几天，那他们才会知道一块钱能派多大的用场。"

像这样的话，莱斯特有时也从珍妮嘴里听见过，但他只不过一笑置之罢了。他觉得格哈特这个老头儿挺好玩的。

此外，莱斯特还有糟蹋火柴的习惯，也使格哈特感到很痛心。他喜欢一面说话一面划火柴，拿在手里，却忘了去点烟，就只好把火柴棍儿扔了。有时候，他点一支雪茄烟，往往划了火柴又扔，扔了再划，竟要花上两三分钟工夫才真的点着了。游廊上有一个角落，一到春天或者夏天的夜晚，他就喜欢闲坐在那里一面抽烟，一面划火柴，随划随扔。

珍妮陪他坐在一起，每回都有大量的火柴棍儿乱扔在草地上。有一次，格哈特正在那里割草，发现许多没有点完的火柴棍儿，不仅是整把的，还有几乎整盒的，都在枯掉的草叶底下霉烂了。他一看，不由得大吃一惊，少说也感到灰心丧气了。他就把这些足以证明浪费的实物捡起来，包在一张报纸里，送到珍妮正在那里缝纫的起居室。

"你瞧，看我捡到了什么玩意儿！"他气呼呼地问，"你就瞧一下吧！这个人，他压根儿就没有节约观念，简直比一个——一个——"往下该怎么说，他说不上来了，"他一个劲儿地坐在那儿抽烟，就这么大手大脚，糟蹋了那么多的火柴。要知道，买一盒火柴就要五分钱——五分钱哩，唉，像他这样的人，大手大脚的，将来还想不想过日子呢——我简直没法儿说了。你就瞧一瞧，也好嘛！"

珍妮看了以后，摇摇头。"莱斯特的确太浪费了。"她说。

格哈特把一大包火柴棍儿送到地下室。至少把它们扔进炉子烧掉，也不算浪费吧，格哈特却把它们留着给自己点烟斗，本来用旧报纸捻儿点火很方便，现在就把火柴棍儿移到炉子里去引火了。说到旧报纸，平时他也一捆一捆地扎好堆放在那里——也是说明他那位东家和主人挥霍浪费的坏习惯的一种证据。格哈特觉得痛心极了。几乎什么事情都跟他过不去，可是他对铺张浪费和可耻的奢侈习惯仍然嫉恶如仇，从不妥协。他对自己精打细算，依然极其严格。每逢礼拜日，他就穿上那一套多年前由莱斯特贵重的旧大衣改成的黑色衣服，一连穿了好几年。莱斯特扔掉的鞋子，他只要稍微改了一下好像挺合脚的，所以也就拿来穿了。还有莱斯特的旧领带——那些黑领带——本来都还很好哩。莱斯特的衬衫，要是他自己能改制一下，本来他也可以充分利用的；至于内衣之类，麻烦女厨师的针线缝一缝，改一改，他就穿在身上了。此外，莱斯特的袜子，不用说是一点儿都没有破损的。所以，格哈特在穿着方面，几乎连一个子儿都用不着破费了。

至于莱斯特扔掉的其他衣物——鞋子，衬衫，衣领，成套的衣服，领带，以及诸如此类的东西——格哈特都一一收藏起来，到了几个星期、几个月以后，只好忍痛割爱，送到一个裁缝或一个经营旧鞋、破布的商人那里，尽量开高价全部脱手了。他深知，所有的估衣商都要坑人的，不管哪一个破布商或旧鞋商，他们叹苦经，你一句话都听不得，他们个个都会撒谎的。他们哪一个不说自己如何如何穷，其实都是腰缠万贯呢？根据他们的自述，格哈特曾经仔细地研究过，还跟在他们后面，亲眼看见他们怎样处理从他那里收购进来的东西。

"全是大坏蛋！"他愤愤不平地说，"我的一双旧鞋，他们只给一毛钱就买去了，后来我看到他们把那双鞋挂在店铺门前，标价却是——两块钱。简直是强盗呀！我的老天哪！这一块钱就不该给我吗？"珍妮听后只是笑了一笑。他也只好向珍妮发牢骚去，因为他知道从莱斯特那里是绝不会得到同情的。他自己积攒下来的那一点儿钱，十之八九都花在他心爱的礼拜堂里，在那里，人们都把他看成一个谦恭、耿直和虔诚的典型——事实上，他就是所有一切美德的化身。

就是这样，尽管外面流言蜚语广为传播，但这些年来珍妮一直过着有如梦幻一般的生活。虽然莱斯特对自己过这样的生活是否明智这个问题有时难免发生怀疑，但他对珍妮始终和蔼可亲，关怀备至，而且，看来他在尽情地享受他的家庭乐趣。

"一切都很顺利吧？"每天晚上他回到家里，珍妮总不免要这样问他。

"那还用说嘛！"他照例是这样回答她的，顺手拧了一下她的下巴或者脸颊。

这时，她才跟着他进入室内；同时，机灵的珍妮就把他的衣帽挂了起来。冬天，他们喜欢在书房里围坐在熊熊的炉火旁边。到了春天、夏天或者是秋天，莱斯特喜欢款步走到游廊，站在那里举目眺望，整个草地和远处街景一览无余。他常常在那里点着他那饭前的雪茄烟，珍妮照例偎坐在他的安乐椅旁边，抚摸着他的脑袋。她会跟他这么说，"你的头发几乎一点儿都不稀；莱斯特，你不高兴吗？"要不然，她就说，"噢哟哟，你额角上有皱纹了，这是怎么搞的？今天早上你没有换领带。为什么不换？我特地给你准备好了一条新的。"

"哦，我可忘了。"他总是这样回答说，或者伸手把自己额角上的皱纹捋捋平，或者笑着说，恐怕用不了多久自己就要秃顶。

在客厅里或在书房里，即便有维思德和格哈特在跟前，珍妮那种妩媚动人的神态也是丝毫不减，只不过稍微庄重一些罢了。她喜欢猜那些古怪的谜语，比如说，像小猪钻进了三叶草，蜘蛛洞，小孩弹子球等等，这些简单的娱乐活动，莱斯特有时也来参加，必要时还得花上个把钟头才猜得出来呢。珍妮破这些呆板难题真可以说一猜必中。有时候，她还得指点莱斯特怎么个猜法，所以心里总觉得有着说不出的高兴。有时候莱斯特自己来猜谜，她就要站在他背后看着，下巴颏贴在他肩膀上，两手还搂着他的脖子。看来他毫不在乎——此时此刻，他已沉醉于她所赐予的深深情爱之中，的确感到无比快乐。她的聪明伶俐，她的温柔婉约，她的机智圆熟，创造了一种令人非常愉快的气氛，尤其是她的青春和美更使他销魂，仿佛顷刻之间他自己也觉得年轻了；如果莱斯特心中还有什么隐衷，那就是生怕自己就要成为风中之烛了。"我要么使自己青春永驻，要么索性早年夭折。"这是他的一句口头禅，后来珍妮也懂得了。她觉得自己毕竟比他年轻得多，所以心里也很高兴。

莱斯特对维思德的感情日益加深，也给家庭生活平添了另一种愉快的情趣。每天晚上，维思德照例坐在书房的大桌子旁边背诵课文，珍妮正在忙着缝纫，格哈特在看他那永远看不完的路德宗教会德文报纸。老头儿总说他们不让维思德进德国路德宗教会教区附属学校念书，自己挺伤心，但是莱斯特怎么也不听他的这种意见。有时，珍妮特地提到格哈特的不满意见，莱斯特却这样说："我们可不要那些德国笨瓜来教那小孩子，现在公立学校好得很，哪一个孩子都乐意去！转告他，别为孩子操心吧。"

在这个四口之家，有些时候确实非常快乐。莱斯特喜欢把那个七岁的小学女生抱在自己膝上，逗着她玩儿。他还喜欢把生活中一些所谓的事实故意颠倒过来，提出一些似是而非的问题，来试探一下女孩子的智力，看看她怎么个理解的。"水——是什么东西？"他会这样考问她。等她回答说水是"我们可以拿来喝的"，他却诧异地瞪着眼说，"是的，不过，水到底是什么东西？难道老师还没有给你详细讲过吗？"

"是的，那是我们可以拿来喝的，可不是吗？"维思德还是不服气地说。

"你光知道我们喝水的这个事实，并没有完全说明水究竟是什么性质的东西，"他反驳地说，"你去问问老师水到底是什么东西吧。"这样，他就让她的小灵魂为了这个烦人的问题老是苦恼着。

无论食物、瓷器，还是她的衣服，本来任何东西都可以还原到组成它的化学元素的；所以，他常常要她从一些事物的表面现象还原到它们的实质，不免弄得她莫名其妙，以致后来真的对他有些敬而远之了。每天早晨她上学前，总要先叫他看看自己好看不好看，就是因为他对她的外表时常要挑剔的缘故。他常常要她打扮得漂亮，硬要拿一条蓝色缎带给她头上扎一个大的蝴蝶结，又要她随着季节的变换，有时穿矮腰鞋子，有时则穿长筒靴子，此外还要求她在做衣服时应该选择跟自己肤色和性格相协调的色彩。

"这个女孩子的性情是轻快活泼的，千万不能把色彩暗淡的衣服给她穿。"有一次，他曾经发过这样的议论。

后来，珍妮终于懂得有关穿着打扮的事要先得请教他，所以不时地对维思德说，"快去给你爸爸瞧瞧好看不好看。"

维思德就走到他跟前，活泼地绕着他转圈儿说："请您瞧一瞧，好吗？"

"好，好。真不错。走吧。"一转眼，她就走了。

现在他对维思德觉得十分得意，赶上星期日（有时也不一定是星期日），他们俩坐车外出，老是要叫她坐在珍妮和自己中间。他执意要珍妮把她送到舞蹈学校去，这让格哈特又气恼又伤心。"可要违背教规啊！"他向珍妮大发牢骚说，

"这是魔鬼的玩意儿。现在她去学跳舞了，到底是干什么？把孩子变成废物——不是叫咱们都丢脸吗？"

"哦，不是的，爸爸，"珍妮回答说，"我看也不见得就坏到这个样儿，这是一所呱呱叫的好学校。莱斯特说她应该去的。"

"莱斯特！莱斯特！还是那个莱斯特！孩子该怎样才好——好像他知道的多着呢！呸！他只会——打牌！喝酒！""别说了，爸爸。这样的话千万说不得，"珍妮连忙温言相劝，"他是个好人，您也知道的。"

"是，是，是好人。就某些事情来说也许是好人，在这个问题上就是不对头。他可不是事事都对的。"

他嘴里咕哝着走开了。当然，在莱斯特跟前，他是一言不发的，而维思德更能随意摆布他。

"哦，外公啊。"她拉住他的胳膊，或者抚摸着他那白花花的胡子，这样叫唤着。这时候，格哈特心里也就软下来了。说实话，他早已不能自主了——仿佛有一些东西涌上他的喉咙，几乎快要哽塞了。"是的，我知道你要干什么，你这个小淘气。"他大声嚷道，原来维思德常常要拧着他的耳朵玩。

"住手！住手！"他咕哝着说，"够顽皮的了。"

可是，谁都看得出来，维思德只有到了自己玩腻了的时候才肯住手。格哈特宠爱这个女孩子，无论她有什么要求，他都一概应允，他永远是她忠诚的奴仆。

第三十九章　阿奇博尔德对莱斯特的规劝

　　凯恩一家人对莱斯特这种不正当的生活早就表示了不满，在这期间，不用说变得越发强烈了。显然，他们心里都很明白，莱斯特早晚要闹得身败名裂。现在各种谣言广为流传。人们虽然没有直接指名道姓地说，但看来早已讳莫如深。凯恩老先生简直难以想象，他的儿子为什么竟敢如此放肆，干出伤风败俗的事来。那个女人要是真的有一手绝招，比如说，像剧坛上的艳后或是文艺界的名流，那么，他的这种行径虽然不足为训，也还可以说是情有可原。如今，正如路易斯所描述的，她只不过是一个才貌极其平常的黄脸婆，竟能弄得儿子如此神魂颠倒——那就叫他费解了。

　　莱斯特是他的儿子，又是他最宠爱的儿子，如今还没能合卺成家，真是一大憾事！难道辛辛那提就没有认识他而又喜欢他的女人吗？就拿莱蒂·佩斯来说，他究竟为什么不跟她结婚呢？佩斯才貌双全，心地又善良。开头凯恩老先生只是满腹忧愁，后来，他的心肠也就逐渐变硬了。莱斯特竟敢对他如此不恭，看来太不像话，这是违背天理的，不可饶恕的，不成体统的。阿奇博尔德·凯恩反复思考了好久，觉得这种局面不能再继续下去，非得改变不可，但究竟该怎么办，连自己也都说不上来。他知道莱斯特是自己的心肝儿儿子，他恨有人对他的行为说长道短。如今，老头儿显然束手无策了。

　　这时，凯恩老先生家里一系列事故促使这事加速收场。原来，路易斯从芝加哥扫兴归来以后，不到几个月就出嫁了，因此，要是孙儿孙女不回来看望老爷爷，家中不免显得空荡荡的。路易斯举行婚礼时，虽然邀请过莱斯特，但他并没有赶来参加。还有一件事，就是凯恩老太太不久前过世了，这么一来，老头儿就非得要修改自己的遗嘱不可。莱斯特回家奔丧，暗想近年来省视母亲这么少——又老是叫她满怀忧伤，自然感到一阵心酸，但他还是只字不提自己的事情。当时，父亲倒是很想和他谈谈那个问题，但一看他心情郁郁不乐，也就作罢了。莱斯特独自返回芝加哥，随后好几个月里，谁都没有提起这件事。

路易斯出嫁了，凯恩老太太过世了，老头儿就跟罗伯特住在一起，因为那里有三个孙儿孙女，能使他在晚年得到莫大的乐趣。他的企业——除了他的资产留待百年后做最后的分配以外——那时全由罗伯特一人掌管了。罗伯特为了谋求最后大权独揽，无论对妹妹、妹夫们，乃至于父亲本人，总是讨好巴结。他虽然说不上是一个溜须拍马的人，却是一个刁滑冷酷的商人，这比莱斯特想象的还要坏。在兄弟姐妹中间，他的个人财产虽然比任何两个弟妹加在一起还多得多，但他仍然秘而不宣，还要常常装穷。他知道亲属的嫉妒必然会给他招灾惹祸，所以他宁愿过着一种斯巴达式的生活 ①，特别看重虽然不太显眼但是可信赖的现款。眼下莱斯特玩世不恭，随俗浮沉，而罗伯特则兢兢业业，夜以继日地工作。

罗伯特排斥莱斯特、不让他掌管企业的大权，这一意图实际上毫无必要，因为父亲对莱斯特在芝加哥的种种情况经过长时间考虑以后，早已做出了明确的结论，认为自己财产中那一大份不应当给莱斯特了。显而易见，莱斯特已不是他心目中所想象的那么坚强有力的一个人。如果拿他兄弟俩加以比较，莱斯特在智力上或热忱上也许比哥哥略胜一筹，至于审美观念和交际风度方面，罗伯特更是望尘莫及，但是，罗伯特善于经营，并能不声不响、行之有效地取得成果。现在莱斯特自己要是还不发愤图强，那更待何时呢？凯恩老先生心想，自己的资产还不如交给那些善于理财的人哪。因此，阿奇博尔德·凯恩早已决定请律师来修改他的遗嘱，郑重地声明莱斯特如不愿改邪归正，就要剥夺他的

---

① 意谓简朴刻苦的生活。

遗产继承权，只给他一笔微不足道的年金。但后来他还是决定再给莱斯特一个机会——事实上，是再次敦促莱斯特，要他放弃目前那种荒唐的生活，好让自己在上流社会站稳脚跟。或许目前还为时不晚，他的确有着远大的前程。但关键是，他真的愿意弃旧图新吗？因此，阿奇博尔德老先生就写信给莱斯特，叫他有空来家里跟他谈一谈。于是，还不到三十六个小时，莱斯特已经到了辛辛那提。

"我想，我有一个问题应该跟你再谈一谈，莱斯特，虽然这个问题我觉得很难说出口。"凯恩老头儿开始说话了，"你知道我说这句话的意思吗？"

"是的，我知道。"莱斯特心平气和地回答说。

"从前当我还年轻的时候，常常认为儿子的婚姻大事总是与我无关，现在年纪越来越大了，我的这种看法也改变了。从我熟识的许多厂商身上，我开始发现，正当的婚姻对一个人来说实在是大有裨益，因此，说心里话，我巴望我的孩子都能得到美满的婚姻。我过去一直为你操心，莱斯特，至今还在为你操心。你眼前的这种关系实在给了我无穷的烦恼。你母亲临死前一刻还在为你揪心呢。这是她一生中最大的憾事啊。唉，你没想到这事已经闹得满城风雨了吧？你的丑事早已传到咱们城里来了。芝加哥的情况究竟怎样，我可说不上来，但是我想，这种秘密是保不住的。这样的事情，对咱们家在芝加哥的业务经营也不会有好处的，当然，对你自己，更不会有好处啦。事情已经拖得这么久了，你的前途已经受到了影响，但是你还要一误再误，到底是为了什么呢？"

"我想，大概是因为我爱她吧。"莱斯特回答说。

"我不信，你这不是真心话，"他的父亲说，"你如果真的爱她，本来早就应该跟她结婚了。如今，你跟这样一个女人同居了这么多年，无论她也好，你自己也好，都已弄得声名狼藉，亏你还口口声声地说是爱她呢。也许你只不过对她有强烈的情欲，要知道，这个算不上什么爱情的。"

"你怎么知道我跟她没有结婚呢？"莱斯特冷冰冰地反问了一句。他很想试探一下父亲对这事的态度。

"你这不是真话吧！"凯恩老先生用两胳臂支起身子，看了他一眼。

"是的，现在还不是真话，"莱斯特回答说，"但以后说不定是真的。也许我要跟她结婚。"

"那可办不到！"他父亲使劲儿地嚷着，"我可不信。我不信像你这样聪明的人会做出这样的事来，莱斯特。你的鉴别力上哪儿去了？你既然跟她公然姘居了这么多年，现在还要奢谈什么跟她结婚？老天爷呀，你如果早就胸有成竹，为什么当初不跟她结婚呢？都是她这个祸根子，玷辱了你父母的声名，活活地气死了你母亲，败坏了企业的信誉，而且引起了公愤，到现在你还说要跟她结婚吗？我就是不信。"说到这里，阿奇博尔德老头儿站了起来。

"您别激动，爸爸，"莱斯特连忙说，"我们现在还没有谈到这一步呢，我只不过说也许要跟她结婚。要知道，她并不是一个坏女人，我求求您不要把她说得这么坏。您从来没有见过她，所以对她毕竟是什么都不了解的。"

"我可了解得很，"阿奇博尔德老先生断言说，"我知道，一个正派女人绝不会干出像她这样的事来的。你要明白，乖儿子，她只不过看上了你的钱啦。别的她还贪图你什么？这是最清楚不过的事。"

"爸爸，"莱斯特说到这里，声音似乎喑哑了，"您为什么要说这样的话？您从来都没有见过她一面，您根本不了解她。没想到路易斯回家以后，说了一通过火的话，你们大家都信以为真了。其实，她并不像您想象的那么坏，要是换上我，我绝不会用您使用过的那种话来议论她的。您是在冤枉一个好女人，您为什么一点儿都不讲公道呀？"

"嘿！公道！公道！"阿奇博尔德老头儿一下子打断了他的话，"你讲什么公道来着？难道说你跟一个婊子同居，也算是对我公道？对全家人公道？对死去了的母亲公道？难道说这是……？！"

"别说了，爸爸！"莱斯特举起一只手来，大声嚷道，"我得警告您。我不愿意听这样的话。你现在说的就是跟我同居的那个女人——也就是这个女人，我将来说不定还要跟她结婚。我是爱您的，可是我不愿您说出这种与事实不符的话来。她并不是一个婊子。您也该知道，我是绝不会跟那一号女人同居的。咱们应该心平气和地来谈论这个问题，要不然我马上就走。我实在抱歉。我非常抱歉。可您要是再说这样的话，就休怪我无礼了。"

阿奇博尔德老先生的肝火终于消了。他尽管从心底里反对，但对儿子的意见还是十分尊重。他又重新坐到他的安乐椅上，两眼凝视着地板。"现在他究竟该怎样处理这件事呢？"他不由得反躬自问。

"现在你还是住在那个地方吗？"父亲最后又问。

"不，我们已经迁到海德公园那里去了，我在那里租了一所房子。"

"我听说还有一个孩子，那是你生的吗？"

"不是的。"

"你自己生过孩子没有？"

"没有。"

"那就谢天谢地啦。"

莱斯特只是默默地搔着自己的下巴颏。

"那你是拿定了主意，一定要跟她结婚啦？"阿奇博尔德老先生继续说。

"我可不是这么说的，"他的儿子回答说，"我说将来我也许要跟她结婚。"

"也许！也许！"父亲顿时又生气地大声嚷道，"真是个悲剧呀！你和你的前程，都毁了！你不妨想一想，我会考虑把自己的产业分给一个对社会舆论置若罔闻的人吗？莱斯特，依我看，咱们的车辆企业乃至于你的家族，你的个人名誉——这一切在你心目中都是有名无实的了。我真不明白你的自尊心究竟上哪儿去了，看来你是在胡思乱想呀。"

"事情要说清楚确实很难，爸爸，连我自己都不知道该怎么办才好。我只知道这个事情是我自己惹出来的，所以自始至终应该由我自己来承担责任。将来的结果也许是好的，那也难说。我也许不跟她结婚——那也说不定。将来究竟该怎么办，现在我心里还没有谱。那您不妨等着看吧。一句话，我尽力而为就是了。"

阿奇博尔德老先生只是一个劲儿地摇头，表示颇不赞成。

"你这下子把事情弄糊涂了，莱斯特，"他到最后才这样说，"你真是糊涂透顶了。但是我想，你是一意孤行。我说的一片真心话，看来都打动不了你。"

"现在我确实接受不了，爸爸。我很抱歉。"

"好吧，那么，我现在警告你：如果你不肯替咱们家庭的尊严和你自己的地位名誉着想，那就得重新修改我的遗嘱了。对这样道德败坏的事情，我可不能继续姑息纵容，要不然，仿佛我跟你在一起合谋似的，这样的事我可不干。你可离弃她，要不索性跟她结婚。何去何从，当然由你自己决定。你如果离开了她，那真是皆大欢喜。至于你乐意给她多少赡养金，反正随你高兴了，我绝不会反对的。不管你要多少钱，我都乐意给你，你还可以按照我原来的计划，跟兄弟姐妹们一起分享遗产。你如果跟她结了婚——那就另当别论了。现在由你自己随便选择吧。可是，千万别怪我。我是爱你的，我是你的父亲。我算是尽到了我所应该尽的责任。现在，你不妨再仔细地想一想，然后给我个回话好了。"

莱斯特叹了一口气，他心里明白，再辩白下去也是毫无指望的。他觉得父亲的话大概不是哄他的，但问题是他怎么能离得开珍妮，又该怎样为自己进行辩护呢？难道他父亲真的会剥夺他的遗产继承权吗？这当然是不会的。老头儿即使到现在也还是爱他的——这一点他看得很清楚。但是，莱斯特心里还是觉得烦恼极了，因为来自父亲的这种压力实在使他窝火。他们全家人硬逼着他，莱斯特·凯恩，去做这样缺德的事情——把珍妮遗弃，这是多么恼人的妙计啊！他耷拉下眼皮，一句话也不说了。

阿奇博尔德老先生心里明白，他自己的那番话果然击中要害了。

"好吧，"莱斯特临了就这样说，"现在我们用不着再谈下去了——事情早已有了定论，可不是吗？将来到底该怎么办，我现在也很难说。我得花一些时间想一想，要我马上决定——可办不到。"

这时，父子俩面面相觑。莱斯特想到公众舆论的态度，以及父亲对此估计得未免太严重，心里不觉感到非常难受。凯恩老先生虽然替他的儿子深感惋惜，但还是决心要把自己的主张坚持到底。他究竟能不能把莱斯特感化过来，虽然没有多大把握，但觉得很有希望，他暗自寻思，也许他的儿子还会回心转意。

"再见吧，爸爸，"莱斯特伸出他的手来，说，"我想赶两点十分的那趟火车回去，您还有别的话要跟我谈吗？"

"没有了。"

莱斯特走了以后，老头儿仍然独坐在那里冥思苦想。这可要把他的事业白白地断送掉啦！怎么才可以使他摆脱这一窘境呢！为什么犯了罪恶和错误以后还要执迷不悟呢！他只好摇头叹息了。看来罗伯特要聪明得多，他才是掌管巨大产业的理想人选。他头脑冷静，办事稳健。要是莱斯特也能像他那样该有多好！他想了一遍又一遍，就这样纹丝不动地坐了好久。可是，在内心深处，凯恩老头儿仍然念念不忘他那个误入歧途的儿子。

第四十章　　老相识的嘲笑

　　莱斯特回到了芝加哥。他知道这一回自己严重地顶撞了他的父亲，至于有多么严重，他还说不准，反正他个人从来没有见过父亲动过这么大的肝火。但是即使到现在，莱斯特也并不觉得父子之间的裂痕已是无法弥补了。他认为，即使他希望仍能保住父亲的眷爱和信任，也用不着采取断然的行动吧。至于公众舆论——随他们去议论，这有什么了不起呢，他是有足够的力量可以顶住的。但话又说回来，他果真是这样的吗？凡是有弱点或仅仅有一点儿弱点影子的人，人们一见到就要马上退避三舍。如果见到谁失败了（或者仅仅怀疑谁可能要失败），他们也都要拔脚就跑——看来这已成为男男女女下意识的一种看法了。总之，见了倒霉的人，我们都要避而远之，好像生怕得上传染病似的。想到这里，莱斯特马上感到了人们的这种偏见该有多大的力量。

　　有一天，莱斯特巧遇贝里·道奇，他是道奇-霍尔布鲁克-金斯伯里公司的首脑，拥有百万资产。这家公司在棉纺织业上的实力和地位，就像凯恩公司在车辆业一样雄厚稳固。道奇本来就是莱斯特的一个知心朋友。莱斯特和他的关系，就像莱斯特和克利夫兰的亨利·布雷斯布里奇，辛辛那提的乔治·诺尔斯一样，都是十分密切的。莱斯特曾经到他在湖滨北路的巨邸拜访过，以后两人在上流社会和业务上也常常见面。但从莱斯特乔迁海德公园那里以后，往来就渐渐稀少了。那天，他们偶然在凯恩公司新建筑附近的密歇根大街上撞见了。

　　"哎哟哟，莱斯特，没想到在这儿又见到了您。"道奇开口说着，他毕恭毕敬地伸出一只手来，瞧他的神气仿佛有一点儿冷淡似的，"听说我们分手以后，您已结婚啦。"

"哪儿的话？没有这回事。"莱斯特满不在乎地回答说，从他的神态来看，好像希望别人都能通情达理地谅解他。

"既然结了婚，干什么还要这样保密？"道奇一面问，一面很想笑出来，可是只撇了一下嘴。他竭力想装出友好的姿态来，借以摆脱窘态。

"咱们是老朋友，这种事情有什么好隐瞒的？您为什么还不让咱们知道呢？"

"咳，"莱斯特感到社会舆论就像一把尖刀猛地扎进了他的心窝，"我想，不妨来点儿标新立异吧。反正这种事情，我觉得还是不要惊动别人为好。"

"这也是各人所好，不是吗？"道奇有些心不在焉地说，"不用说，现在您是住在城里？"

"在海德公园附近。"

"那是个好地方。事事都称心如意吧？"他很巧妙地转换了话题，还没有扯上几句，就挥挥手告别而去了。

莱斯特忽然一个闪念，觉得像道奇这样的朋友如果真的相信他结过婚，必然会有许多的话要问，通常他的这位朋友少不了要问长问短，打听有关他新娶的这位凯恩太太的事情。他们同是上流社会里的人，通常也都是谈笑风生，显得异常亲切。道奇会邀请莱斯特偕同新太太到他家里去做客，也会约定时间去登门拜访。如今，这些客套话道奇都一概不提了，因而莱斯特一下子就觉察出来了。

后来，莱斯特遇到伯纳姆·穆尔夫妇，遇到亨利·奥尔德里奇夫妇，以及其他许多知心朋友，他们也都用这样的态度来对待他。显然，他们都认为他已经结婚成家了，他们都关心地问到他的住地，嘲笑他不应该保守秘密，但就是避而不谈这位假定的凯恩太太，他才开始觉得他的这一着棋显然对自己极为不利。

他有一个名叫威尔·惠特尼的老相识，在联合俱乐部使他蒙受了最沉重的诽谤——正因为说话的人醉后失言，本是最无心的，所以也就成了最残酷的诽谤。那天晚上，莱斯特在俱乐部吃饭，惠特尼正从衣帽间出来，向卖卷烟的柜台走去，却在大阅览室跟莱斯特见面了。此人是俱乐部里的常客，瘦高个儿，面孔刮得光光的，身上衣服一尘不染，平日就喜欢冷嘲热讽，今晚喝过几杯酒后越发不可收拾。"嘿！莱斯特！"他大声喊道，"听说你在海德公园附近有了一个安乐窝？嘿，你真不得了呀。看你将来结婚了，向尊夫人怎么个交代？"

"我可用不着什么交代呀，"莱斯特有点儿恼火地回答说，"你为什么对我的事情这么感兴趣？我想，你自己也不见得就是大圣人吧，嗯？"

"哈！哈！哈！那就太妙了，可不是？你在北城时常带去兜风的那个小美人，大约还没有跟她结婚吧？哈！哈！哈！我敢打赌。你结过婚了！恐怕还没有吧，是不是？"

"你快住嘴，惠特尼，"莱斯特粗声粗气地说，"你这是在胡说八道！"

"对不起，莱斯特，"惠特尼漫无目的地说，这时神志已开始清醒过来，"请你原谅我。你要知道，我有点儿醉了。刚才我在隔壁房间里喝了八杯威士忌呢。对不起，等我酒醒了再跟你聊天吧。怎么样，莱斯特，好吗？哈！哈！哈！我说话确实说漏了嘴。得了吧，再见！哈！哈！哈！"

莱斯特觉得，那一连串刺耳的"哈、哈、哈"的嘲笑声始终回荡在他耳际。这是从一个醉汉的嘴里说出来的，照样使他心如刀绞。"你在北城时常带去兜风的那个小美人，大约还没有跟她结婚吧？"他想起惠特尼那些无礼的话，心里就冒火。天哪，这真够受的了！他，莱斯特·凯恩，一辈子都没有受过这样的凌辱。于是，他开始沉思默想了。他想到，自己为了珍妮，不用说，正在付出高昂的代价。

第四十一章　晴天霹雳似的报道

可是，更难堪的事还在后头。原来美国公众最喜欢议论名人，而凯恩这一富贵人家向来遐迩闻名。当时外面都在传说，凯恩家的主要继承人之一跟某女仆结婚了。他是一个百万富翁的嗣子呢！难道真的会有这样的怪事？这不啻报上一条耸人听闻的消息！果然不久，有关此事的报道开始在报上披露了。有一家专门报道社会新闻的小报名叫《城南新闻》，没有直接提到莱斯特的名字，只是说，"辛辛那提著名车辆制造业富商之子"。这篇报道除了扼要记述该报所获悉的事实经过以外，还煞有介事地写道："至于××太太，身世不详，仅知彼曾在克利夫兰某公馆为侍女，最早则为俄亥俄州哥伦布女工。试观今日上流社会尚且出现如此动人之恋爱事件，谁敢断言风流艳史于今已不复存在？"

这段新闻报道莱斯特也看到了。他自己并没有订这份报，有个好心人阅后在这段消息周围画上了红圈圈才邮寄给他。他看过以后，不用说火冒三丈，马上怀疑有人存心向他威胁恫吓，但他一时真想不出对策来。像这样指桑骂槐的消息，他当然巴不得不要再出现，但转念一想，要是自己出面加以阻止，恐怕会把事情弄得更糟。因此，他只好置之不理。不过，《城南新闻》上的这段消息自然会引起其他各报的注意，毕竟这是个好的题材。果然，有一个善于投机的星期版编辑就把这段风流艳史大事铺张，敷衍成篇，并且整版发表了，加上耸人听闻的大字标题："仅仅为了眷恋侍女，甘愿牺牲百万家财"，另外再把莱斯特、珍妮、海德公园附近的寓所、辛辛那提的凯恩车辆制造厂，以及密歇根大街上的仓储大楼等照片全都印在报上，如此图文并茂，不消说，足以轰动一时了。凯恩公司一向不在各报或星期日报纸刊登广告的，因此各报也就更加无所顾忌了。莱斯特要是事先得到消息，及时在那家报纸登一点儿广告，或者跟报纸发行人打个招呼，也许可以把事情平息下去的，可惜他事前并不知道，因而就更谈不上如何设法阻止了。

何况，那位编辑对这篇新闻报道特别卖力。他关照驻辛辛那提、克利夫兰和哥伦布各地记者将各自采访到有关珍妮的身世情况专电报告。同时还派专人访问布雷斯布里奇公馆，了解珍妮是否确实在那里打过工。来自哥伦布的报道把格哈特一家的历史大大窜改过了，后来又发现珍妮在此次所谓结婚以前，曾在北城住过好几年，就这样东拼西凑，总算编成了一个完整的故事。那位编辑的本意并不是要抨击或批评莱斯特，相反倒是有点儿恭维他。有许多让他难堪的细节，比如说，维思德的来历不明，莱斯特和珍妮两人非法姘居，以及众所周知莱斯特老家对此反对的真正原因，全都隐去不提。这位编辑只想写成一篇仿照《罗密欧与朱丽叶》题材的故事，描写莱斯特是个一见倾心、甘愿做出自我牺牲的痴情郎，珍妮原是一个贫苦的但姿色迷人的工人女儿，因为百万富翁的嗣子爱上了她，早已跻身上流社会，过着荣华富贵的生活。此外，该报画家又给这部风流艳史中各个阶段配上插图，总之，弄得颇有黄色新闻的味道。莱斯特的相片是买通辛辛那提一家照相馆弄来的，珍妮的相片则是她外出时被一位摄影记者偷拍下来的。

所以，这篇新闻报道就像晴天霹雳似的问世了——通观全篇，虽然全是甜言蜜语，极尽阿谀奉承之能事，但所有阴暗而又可悲的事实都在字里行间隐约可见。开头，珍妮并没有看到。莱斯特是偶然看到这一整版报道，就把它撕了下来。他自己看了以后，简直气得昏头昏脑，半晌说不出话来。"瞧，对一位向来不管人家闲事，平平稳稳过日子的公民，这家该死的报纸也要找他麻烦！"他暗自思忖道。他为了掩饰自己心中的烦恼，觉得还是不妨出门溜达去。他不去城里人群杂沓的地方，特别是闹市区。他坐电车经过科泰奇·格罗弗大街，一直来到了一片空旷的大草原。他在电车上忽然想到，他的朋友们——道奇、伯纳姆·穆尔、亨利·奥尔德里奇等人——读过报纸不知做何感想。是的，这对他来说确是一大打击。如今他简直束手无策，只好咬紧牙关，默不作声，要不然就索性毫不在乎，置之不理。但有一点很明确，那就是——他要设法加以制止，不让他们继续进行报道。回家的时候，他的心情已经平静得多了，但他恨不得马上就到星期一，以便去找他的律师沃森先生磋商一番。后来，他跟沃森先生商量的结果，都认为向法院起诉未免太蠢，还不如置之不理为好。"不过，万一他们再来一下子，我可受不了啦。"莱斯特结束时这么说。

"那就由我来对付吧。"那位律师竭力安慰他说。

莱斯特站了起来。"在我们这个该死的国家——真是骇人听闻呀！"他大声嚷道，"一个人稍微有一点儿钱就无处藏身，好像是广场上一座纪念碑。"

"一个人稍微有一点儿钱，"沃森先生说，"活像猫咪脖子上挂小铃铛，哪一只耗子都知道这会儿它在哪儿，又在干什么呢。"

"是呀，你这个譬喻妙极了。"莱斯特伤心地表示赞同。

好几天以来，珍妮都不知道报上有这段新闻，莱斯特觉得还是不跟她说为好。格哈特反正是不看这种万恶不赦的星期日报纸的。但后来，珍妮的一个近邻女友竟然稀里糊涂地跟她说开了，说不久前自己看见过有关报道珍妮的文章。珍妮起初还觉得莫名其妙，"有关报道我的文章吗？"她大声喊了出来。

"是的，有关你和凯恩先生，"她的女客人回答说，"写的是你们的恋爱史呢。"

珍妮脸上顿时变色了。"怎么我没有看到啊，"她说，"你说真的是写我们的事吗？"

"那还用说嘛，"斯坦达尔太太咯咯大笑，"我怎么会看错呢？那份报纸我还在家里留着，回头我叫玛丽送给你看看，你的相片可好看了。"

珍妮浑身哆嗦了。

"劳驾送给我看看。"她有气无力地说。

她心里纳闷，真不知道她的相片是怎么被他们弄到的，报上的文章又是如何说她的。她心中最难过的事，就是生怕这篇文章对莱斯特会产生不利影响。他看到过这篇文章没有呢？为什么他不跟她提起这件事呢？不一会儿，邻居的女儿把那份报纸送来了。珍妮只向头版瞥了一眼，就吓得心几乎停止跳动了。印在上面的是白纸黑字——毫不留情、直截了当地都揭露出来了。左边是莱斯特的相片，右边是珍妮的相片，特大标题居中：《百万富翁热恋侍女始末记》——多么吓人啊！另附内容提要，说明辛辛那提著名车辆制造厂商之子莱斯特不惜牺牲自己的声誉和前途，甘愿跟他的心上人结成眷属。下面还刊出许多其他的插图，莱斯特在布雷斯布里奇夫人府邸跟珍妮晤谈的插图，莱斯特和她伫立在相貌堂堂、神情严峻的牧师跟前的插图，莱斯特和她一起赶着四轮敞篷马车兜风的插图，以及珍妮在巨厦（仅从窗前帷幔垂地，就足以看出它的气势宏伟了）窗前远眺村中一陋舍的插图。珍妮看完以后，简直羞得无地自容。她心中难过的倒不全是为了她自己，要是莱斯特看见了，会有怎样的看法呢？他家里人看见了，又会有怎样的看法呢？显然，他们又有了新的把柄来打击他和她了。她竭力保持镇静，抑制住自己的感情，可是依然泪如泉涌。只不过这一回她真的流下了眼泪，这是不甘失败的反抗的眼泪。她不愿意人们老是盯住她，中伤她，她只希望能让她安安静静地过日子。她正要弃旧图新的时候，为什么人们偏偏不帮助她，反而逼着她往火坑里跳呢？

第四十二章　父亲的遗嘱

　　莱斯特把那份报纸带回家里，经过深思熟虑后，决定也应该让珍妮知道，所以就在那天晚上，珍妮才闹明白这报他早已见过了。不久前，他曾经向珍妮说过他们之间什么事情都不该隐瞒的，如今尽管突然碰上了严重干扰他们安宁的事情，他也认为不能食言。他决定劝她心里要想开些——因为这是区区小事，没有什么了不起的，虽然他觉得对自己的影响当然极大。不消说，这篇令人寒心的文章所造成的后果是永远没法儿弥补的。稍微聪明一点儿的读者（其中包括他所有的熟人，以及许多陌生的人）现在都能了解到近年来他的生活剪影。因为那篇附有图片的文章，已经详细地叙述了他怎样紧追珍妮从克利夫兰到了芝加哥，以及珍妮一开头怎样忸怩作态，故意冷淡，后来他又怎样向她献殷勤，过了好长时间才得到了她的欢心。表面上看，这里只不过叙述他们在北城同居的情况罢了。莱斯特却一眼看出文章企图透过华丽辞藻将其底细全部抖搂出来，这种手法极其拙劣，因而他感到很恼火。但他还是觉得，那样的闪烁其词毕竟比无理谩骂要好些。他一到家，就把那份报纸从口袋里掏出来，摊开在书房的桌子上。珍妮正在旁边瞅着他，因为她早已猜着他要干什么事了。

　　"你看这个东西，珍妮，你一定觉得够有意思的。"他指着那篇附有插图的文章，冷冰冰地说。

　　"我早已看过了，莱斯特，"她显得疲惫不堪地说，"今天下午斯坦达尔太太给我看过了。我心里还在纳闷，真不知道你看见过没有。"

"这篇文章添枝加叶的，把我写得太过头了，可不是吗？我想不到自己居然如此多情，就像是一个罗密欧呢。"

"我心里太难受了，莱斯特。"珍妮透过他这种无可奈何的幽默表情，猜得出他此刻心情是非常沉重的。她早就知道莱斯特历来不喜欢也不善于倾吐衷情，即使遇到不可避免或难以挽回的事，他也往往觉得无所谓，至多不过说说俏皮话罢了。因此，刚才他这句话的意思，无非是说："反正事情已是无法挽回，咱们也就不要难过啦。"

"哦，我可并不认为这是个悲剧，"他继续说下去，"只是现在我们还想不出对策来。也许他们本意还是挺好的，只不过我们的事也太惹人注目罢了。"

"这个我懂得，"珍妮走到他身旁说，"反正我总觉得有点儿难过。"不一会儿，开晚饭了，这件事就此暂时撂下不谈了。

可是莱斯特总觉得这事凶多吉少，心里难免忐忑不安。记得不久前父亲当面提醒过他，如今丑闻已上了报纸，事情也就发展到高潮了。此后，他大概没法儿佯装跟他从前的那些朋友照旧保持密切的关系了，恐怕他们谁都不乐意见他了，至少其中有一些思想比较保守的人不会再睬他了。此外，有少数单身汉和已婚的浪荡子弟，以及一些老于世故的女人（其中有结过婚的，也有未结过婚的），他们虽然全都知道他的丑事，但照样喜欢他，只不过莱斯特认为跟这些人是断乎交不得朋友的。实际上，他已经成了一个被唾弃的人，若要拯救他，除非他自己改邪归正；换句话说，他必须把珍妮永远抛弃。

但他不愿意跟珍妮一刀两断。一想到这里，他心中就感到非常痛苦——他觉得这是要不得的事。珍妮的见识正在逐渐增广，如今她看问题很有眼力，几乎跟他差不多了。她并不是一个可鄙的善于投机的女人，她是一个宽宏大量的女人，一个天性善良的女人，将她遗弃了简直缺德透顶，何况她的容貌长得又很好看。眼下他已四十六岁了，而她才二十九岁，看起来好像只不过二十四五岁。要是在别的女人身上，发现了这种美貌、青春、和谐、聪明，以及你自己的见解（只不过比你的更加柔和与温情动人），那可是一个难能可贵的良侣了。正如他父亲所说的，是他自己作的孽，他还是自食其果的好。

　　这一令人不快的事件见报后不久，莱斯特就得到了父亲病危的消息。当时莱斯特本该马上赶回辛辛那提去的，但因事务烦冗，没法儿离开芝加哥，哪会想到，不久就传来了噩耗。莱斯特获悉后，当然心中万分哀恸，带着无限缅怀之情匆匆赶回辛辛那提。撇开父子关系不谈，他认为，他的父亲也是一个了不起的人物——一个优雅的、有趣的老先生。记得小时候，父亲把他放在膝上，跟他讲在爱尔兰度过的青年时代，自己年纪稍大一些，父亲又跟他讲后来在商界惨淡经营的情况，直至自己长大成人。父亲那种创业维艰和善于经商的才智给他留下了很深的印象。阿奇博尔德老先生为人极诚实纯朴。莱斯特生来说话坦率、直截了当，就是他父亲的遗风。"永远不要撒谎"是阿奇博尔德老先生时时告诫儿女的一句箴言。"看一件事情，千万不要走了样，它是怎么样的，你就说是怎么样的。说实话——这是做人的根本，是一切美德的基础，又是经商成功的秘诀——谁要是恪守不渝，就能成名。"父亲的这些金玉良言，莱斯特是深信不疑。父亲生前一贯严谨诚笃，本来他就深为敬佩，如今对父亲的不幸去世不免感到格外哀痛。无奈父亲没能活到跟他和解的那一天，他不能不抱憾终身。他仿佛觉得阿奇博尔德老先生要是见到珍妮，说不定也会喜爱她的。如今他已不敢想象老人家还会有改变看法的机会了，虽然他至今依然认为，阿奇博尔德见了珍妮，一定会感到满意的。

　　莱斯特抵达辛辛那提时，正好风雪交加，鹅毛似的雪片越下越大，往日大街上的喧闹声仿佛都听不到了。他一下火车，就见到了艾米。虽然过去兄妹俩有意见闹不和，但现在艾米还是高高兴兴地来火车站接他了。在所有的姐妹当中，待人接物就数艾米最宽容了。莱斯特一见面就搂着她，跟她亲吻。

　　"谢谢你冒着风雪赶来接我，艾米，"他说，"仿佛又跟从前一样了。咱们家里怎么样？我想大概都到家了吧？可怜的父亲，他要是多活几年该有多好！不过话又说回来，他总算尽享天年了。我想，他对自己奋斗一生的结果总很满意吧。"

　　"是的，"艾米回答说，"只不过母亲过世后，他觉得非常孤独罢了。"

　　兄妹俩一起驱车回家，一路上叙起旧来，气氛很是融洽。到家后，见到所有的直系亲属和远近亲戚都已齐集在老大楼那里，莱斯特照例跟大家互致深切慰问，又想到父亲确实也算得上长寿的了。他生前已是功成名就，如今寿终正寝——就像苹果熟了从树上落下来一样。他走到大厅去瞻仰父亲装殓在黑色灵柩里的遗容，难免回想起从前父子之间骨肉深情，但见父亲棱角鲜明、意志坚决的面容，仿佛表示自己问心无愧似的，莱斯特微笑了。

"咱们的父亲真是了不起，"他跟站在他身旁的罗伯特说，"像他那样的人，恐怕一下子还找不到吧。"

"是啊。"罗伯特庄严地说。

葬礼结束后，决定立即宣读父亲遗嘱。因为路易斯的丈夫急于返回布法罗，而莱斯特也不得不马上赶回芝加哥去。转天，所有遗族就在凯恩老先生的法律顾问奈特－基特利－奥布赖恩联合法律事务所里开会商议。

莱斯特在坐车赴会的路上，心想，父亲在遗嘱里总不会对他有什么偏见的。因为上次他跟父亲晤面还算不上是很久以前的事；何况现在他还在考虑之中，而且父亲答应过给他时间考虑。他总觉得，抛开他跟珍妮的关系不谈，自己对父亲历来唯命是从，他办事又很精明，对本公司颇有建树，为什么父亲一定要歧视他呢？他想，这是绝对不可能的事。

他们到达法律事务所时，奥布赖恩先生出来接待凯恩家所有的遗族，以及许多继承人和接受转让的人，亲切地同他们一一握手。奥布赖恩先生个子又矮又胖，虽然整日价忙忙碌碌，但仍然显得轻松自在。他担任阿奇博尔德·凯恩的法律顾问已经长达二十年，深知凯恩老先生的奇怪心理和特殊癖性，总觉得自己就像是听取忏悔的神父一样。

他对凯恩家的子女都很喜欢，而且特别喜欢莱斯特。

"我想，现在人都到齐了吧，"他最后开了腔，随手从口袋里取出一副牛角边框的大号眼镜，煞有介事地往四下里扫视了一遍，"好吧，那我们就言归正传了。我也用不着说什么开场白，现在就宣读遗嘱。"

说完，他走到他的办公桌旁，把放在桌上的一份文件拿了起来，清了清嗓子，就开始宣读了。

从某几个地方看来，这个遗嘱写得很特别，因为它开头提到的全是一些微不足道的遗赠。首先就是分给老雇员、家仆和其他友人的小笔款项。其次是捐给机关团体的少量遗产，最后才提到直系亲属的遗产——又是从女儿开始。伊慕琴是他最喜欢的、也最有孝心的女儿，应得到车辆制造公司股份的六分之一，以及死者的其他财产（粗略计算，约有八十万元，但不动产除外）的四分之一，艾米和路易斯各人所得的份额跟伊慕琴完全相同，孙儿外孙成年后如品行优良，也可得到少量奖金。最后才提到罗伯特和莱斯特。那份遗嘱上写道：

　　鉴于我的儿子莱斯特因不正当之恋爱事件所引起的某些纠纷，我认为，有责任做出以下各项规定，并应成为分配本人财产的准则，即：凯恩车辆制造公司股份的四分之一，以及我的其他产业（动产、不动产、现金、股票、有价证券）的四分之一，交给爱子罗伯特，作为他平日侍奉的报酬；又以凯恩车辆制造公司股份的四分之一以及我的其他产业（动产、不动产、现金、股票、有价证券）的四分之一，则委托罗伯特替他的弟弟莱斯特妥为保管，直至莱斯特能符合本遗嘱所附述的诸条件时为止。有关凯恩车辆制造公司的经营管理，以及委托罗伯特经管的其他所有资财方面，我衷心希望我的子女都要通力合作，听从罗伯特的领导，直至罗伯特自愿放弃上述管理权力，或者认为最好另行改组时为止。

莱斯特听了以后，只好暗地里诅咒。他虽然顿时赧颜，但仍然端坐不动。他不愿意当场出来争吵，他甚至装得好像遗嘱里并没有单独提到他一样。

但是所谓"附述的诸条件"，完全是为他另订的，当时并没有向全体亲属宣读，据奥布赖恩说，那是遵照他们父亲的遗愿。后来，莱斯特才知道具体内容：在三年以内，每年他将得到一万元，在这三年期间，他必须做出如下抉择：首先，他要是还没有跟珍妮结婚，那就要和她断绝关系，并使他的生活方式务必完全符合他父亲的心愿。在这种情况下，他的那一份财产就应该立刻归还他。其次，他只要跟珍妮结了婚（即使目前还没有结婚），那么，上述规定的每年年金一万元，他可以终身享受——但仅仅以供养他本人为限。他死了以后，珍妮绝对不得染指。至于上述的每年一万元，则用二百股 L.S. 和 M.S. 的股票的年利息来支付，而这些股票也得委托罗伯特执管，直至莱斯特接受最后决定时为止。要是莱斯特既不遗弃珍妮，也不跟她结婚，那么，三年期满之后，就分文不给他了。至于上述二百股股票，待莱斯特死后，平均分配给当时还健在的兄弟姐妹。不论哪一个继承人或接受转让的人，如果对本遗嘱提出异议，那就立即把他或她的那份遗产全部没收。

莱斯特看到父亲对于他的问题考虑得这么细致周到，不免感到惊讶。他一读到这些条件，不消说就疑心罗伯特在里面一定出过点子，但是他当然没法儿加以肯定，因为从来没有罗伯特敌视过他的任何直接证据。

"请问这份遗嘱是谁起草的？"不一会儿，莱斯特就问奥布赖思。

"这个，我们大家都出过主意的，"奥布赖恩又觉赧然地回答说，"这个文稿很难拟呀。您知道，凯恩先生，尽管我们劝过府上老太爷，可他还是一点儿都不肯让步。他的意志坚如磐石，毫不动摇。看来其中有些句子甚至还有违他自己的心愿呢。当然，这份遗嘱的精神，你知道，我们是不负任何责任的，那全是您和令尊两个人的事情。一句话，这个事情由我经办真是万不得已！"

"哦，这些我全都明白！"莱斯特说，"请您尽管放心好了。"

奥布赖恩对此深表感激。

宣读遗嘱的时候，莱斯特呆若木鸡，坐着不动。

随后，他跟大家一齐站了起来，竭力装出泰然自若的样子。罗伯特、艾米、路易斯和伊慕琴——他们都对这件事情觉得惊诧，但也不值得特别为他感到惋惜。不消说，那要怪莱斯特自己不好，分明是他激怒了父亲，该是咎由自取。

"我认为，这件事情老头子未免做得太过火啦。"紧挨着他坐的罗伯特说，"我怎么也没料到他居然会走到这样的极端。依我的看法，也许不是这样的安排反而更好呢。"

莱斯特犷笑着说："那倒没有关系。"

伊慕琴、艾米和路易斯都想要安慰他一番，可是偏偏找不出话来。归根到底是莱斯特自作自受。后来，还是艾米先开了腔："我觉得，爸爸这样的做法是不大对头的，莱斯特。"可是，莱斯特马上打断了她的话，说："反正我顶得住就是了。"

他兀自站在那里，心里默默地盘算起来，要是他不肯听从父亲的规劝的话，那时他的收入该有多少。二百股 L.S. 和 M.S. 的股票，按市价计算，每股才不过卖一千多一点儿，每年利息五到六厘，稍有上下，出入都不大。那么，他每年收入一万，怎么也不会再多的了。

散会后，大家都各自走了，莱斯特就回到了他妹妹家里。他恨不得马上离开辛辛那提，免得人家请他吃晚饭，所以就推托说事务繁杂，搭上最早一班火车回芝加哥去了。上车后，他一直在冥思苦想。

他心里没想到，他父亲居然真的会这样照顾他！难道这是真的吗？他，莱斯特·凯恩，每年一万元进项，仅仅以三年为限，只有跟珍妮结了婚，领取期限才能得到延长！"每年一万元进项，"他心里琢磨着，"只能拿三年！我的老天哪！就是一个普普通通的账房都挣得到！没想到他真的这样对待我！"

Part 5

第五部分

命运的棋子

第四十三章　家族的背弃

父亲原想只是在遗嘱上施加一下压力，殊不知，反而强烈地激起了莱斯特对家庭的对立情绪，至少目前他的反感很大。他最近才闹明白当初是他自己铸成了大错。首先，他后悔没有早点儿跟珍妮结婚，后来也就不至于会闹得满城风雨；其次，当时珍妮坚决要求走，他却偏偏不同意她走。毫无疑问，他早就把这个事情搞糟了。把自己全部的财产都丢掉，他是舍不得的。个人积蓄呢——他几乎也没有。近来珍妮闷闷不乐——他一眼就看出来了。那她为什么闷闷不乐呢？不消说，就是因为他自己闷闷不乐。即使他愿意跟珍妮结婚，他每年收下这区区一万元就罢休了吗？难道说他真的愿意离弃珍妮，跟她永远诀别了吗？一句话，问题实在太复杂了，他至今还是犹豫不决。莱斯特奔丧回来，珍妮马上发觉他一定碰上了什么不顺心的事，因为他那种垂头丧气的样子绝不是仅仅由于痛悼亡父引起的。可是到底是什么缘故呢？珍妮心里不由得纳闷。她竭力向他表示同情，可他那心灵上的创伤是很不容易治愈的。每当有损他的自尊心时，他常常脸色一沉，含怒不语——谁要是惹怒了他，他居然会动起武来。她细心地体察到他的心情，很想替他分一点儿忧，可他还是不乐意对她说实话。眼下他简直难受极了，而她也只好跟着他一起难受了。

日子一天天地过去，如今莱斯特不得不审慎地考虑由于父亲去世所产生的筹措资金的局面了。工厂的管理机构必须改组。罗伯特根据父亲的遗愿要担任公司的总经理，莱斯特本人同公司的关系也要进行适当的调整。要是他跟珍妮的关系仍然不变，那他甚至连一名股东也不是了。事实上，那时他已跟公司毫无关系了。他要继续担任公司的秘书兼司库，那他至少必须在本公司的股份中拥有一股。请问罗伯特肯给他吗？艾米、路易斯或伊慕琴肯给他吗？他们有哪一位乐意把自己的股份转让给他呢？他们会卖几股给他吗？此外，家里还有谁敢于无视遗嘱中所规定的罗伯特的权力而擅自给他帮忙呢？现在他们宁可对莱斯特表示不友好的态度，所以莱斯特深感自己面临着一种难于应付的局面。要摆脱这种困境，唯一的办法——他就得把珍妮甩掉。他要是真的把珍妮遗弃了，当然就不用向人家乞讨什么股份了。要不然，他就要有违父亲的遗嘱，后果殊堪忧虑。他曾经对这个问题审慎地反复推敲。他看到事态发展的结果是明显的：不是遗弃珍妮，就是葬送了自己的前程。这真叫他进退两难啊！

罗伯特虽然一再说过，他认为也许不是像遗嘱上这样安排反而效果更好，实际上，他对目前的局面感到说不出的高兴，因为他的梦想眼看就要实现了。罗伯特早已运筹帷幄，不但要彻底改组本公司总部，而且要通过跟其他车辆公司联营的方式，使企业进一步得到扩展。他要是能得到美国东部和西部两三个较大的企业组织同他联营，那么，就可以降低产品售价，不再生产过剩了，还可以大大地紧缩平时的各种开支费用。不久以前，他通过一个纽约的代理商，已在收买其他车辆公司的股票，现在他差不多准备采取行动了。首先，他要设法让大家推选自己担任凯恩公司总经理；既然莱斯特已与公司毫无关系，他就叫以推选艾米的丈夫做副经理，另聘他人取代莱斯特的秘书兼司库职务。根据遗嘱上规定的条件，为了希望莱斯特早日幡然醒悟，给他暂时拨出的股份和其他财产，是委托罗伯特经管，并代他行使股东权利的。

看来父亲显然考虑到罗伯特应当帮他一起向莱斯特施加压力。这种差使他虽然也觉得挺不光彩，但毕竟不是什么难事，反正他是名正言顺地去履行先父的遗命的。一句话，莱斯特要么幡然悔悟，要么偌大的企业就让罗伯特大权独揽了。

莱斯特虽然还在分管芝加哥分公司，但他早已预见到事态发展的趋势。他知道，这个公司里永远没有自己的份儿了——他只不过是在他哥哥的宽容之下当一个分公司经理罢了。想到这里,他就火冒三丈。尽管这样的变化罗伯特事前只字不提——看来一切还是照旧进行——但是现在,罗伯特发出的每一个指示分明就是法令了。实际上,莱斯特早已成了罗伯特手下的一名雇员,每年可挣若干薪金而已。莱斯特想到这里,就像万箭钻心一般难受。过了几个星期,莱斯特觉得自己再也忍受不了了。在这以前,他是完全可以独立行事的。一年一度的股东会历来一人包办,只不过是个形式,所有的选举都由父亲说了算数,如今才真的由选举人组成,在他哥哥的主持之下,姐妹们大约都要派她们丈夫做代表,唯独莱斯特连会议都参加不了,看来他的地位马上要一落千丈了。不过罗伯特还是只字不提转让或卖些股票给他的事情,他显然知道自己再也当不上公司董事,自然没法儿继续在公司任职,因此,他就决定主动写信辞职了。他想,这么一来,就会使事态一步紧逼一步。他也可以借此向罗伯特表明自己既不愿接受哥哥的恩惠,也不愿继续保留他不应该享有的待遇。将来他要是遗弃了珍妮,想要重新加入公司,那他再也用不着以分公司经理的身份参加了。于是,莱斯特给罗伯特写了一封简单、坦率的业务函件,全文如下:

亲爱的罗伯特:

我知道,不久本公司必定会在你的指导下进行改组。鉴于我已无公司股份,当然不能再以董事的身份莅会,也无资格继续担任秘书兼司库的职务。因此,我希望你能接受我的正式辞呈,恳请董事会考虑对这一职务与本人的劳绩应该如何处置。我并不很想保留我的分公司经理一职,我也绝不会做有碍你的未来计划的事情。由上所述,你可以知道,我并不准备接受父亲在遗嘱中所提出的条件——至少现在是如此。我很想确切地了解一下你对此事究竟有何感想。请你来信告诉我,好吗?

你的
莱斯特

罗伯特坐在辛辛那提的办事处里,一本正经地对这封信加以仔细考虑。他觉得好像他的弟弟要讨论"实质性问题"了。莱斯特这种坦率直爽的作风，只要再加上一点儿审慎——那他该是一个多么了不起的人物！可惜他这个人不会要诡计，一点儿都不狡猾。阴险毒辣的事他从来不沾边；而罗伯特呢，他深深知道不这样就成不了大事。"有时你就得狠心一点儿——耍一点儿滑头才行，"罗伯特时常这样自言自语，"每当你下很大的赌注时，为什么自己反而不承认这一点呢？"事实上，他果真说到做到了。

罗伯特觉得，莱斯特这个人虽然非常好，又是同胞兄弟，但他不够圆通灵活，所以不符合自己的需要。他说话太直爽了，又喜欢跟人家抬杠。莱斯特要是顺从了父亲的遗志，获得了他应得的那份产业，就势必积极干预本公司的各种事务。那时，莱斯特就要成为罗伯特发展道路上的障碍。难道罗伯特愿意这样吗？不用说，他肯定是不愿意的。他宁愿莱斯特——至少在目前——还是跟珍妮紧拴在一起，这样也就为自己的事忙得脱不开身了。

罗伯特反复考虑了好久，这才口授了回信内容，里面都是客套话，说他对莱斯特提出的问题一时还决定不了。他不知道妹夫他们对此有何意见，所以还得同他们商议一番。从他个人来说，只要可以安排，他是非常乐意让莱斯特继续担任秘书兼司库职务的，也许这个问题还是暂时搁起来不谈为好。

莱斯特接信后，不由得暗自诅咒罗伯特老是旁敲侧击，言不由衷，到底居心何在？其实，这种事情是很好解决的，在罗伯特心里最清楚也没有了：只消给莱斯特一股，莱斯特就有资格参加本公司董事会。罗伯特最怕莱斯特参加董事会——问题的症结就在这里。如今，分公司经理一职，他已无意恋战，请放心好了，他马上就要辞职了。于是，莱斯特又写了一封回信，说他各方面通通都考虑过了，决定——至少暂时来说——要想独自经营，去碰碰运气。因此，请罗伯特务必派人到芝加哥来接管分公司办事机构，他想，时间限期一个月大概总够了。哪知道，没几天就来了一封回信，罗伯特假惺惺地说感到非常遗憾，但莱斯特既然辞意坚决，自然也不好意思来阻挠他的宏图大略。伊慕琴的丈夫杰斐逊·米奇利早就很想移居芝加哥，因此就叫他暂时担任芝加哥分公司经理好了。

　　莱斯特看完信，不觉笑了起来。罗伯特显然要尽量从极其微妙的局势中捞取好处。罗伯特知道，他莱斯特对此也许会提出异议，从中作梗，其实，莱斯特心里却是万不得已！各家报纸免不了又要趁机鼓噪一番。

　　反正他和珍妮的丑闻早已沸沸扬扬了。他要是想解决这个问题，最好是把珍妮离弃。所以，一切都又回到这个老问题上来了。

第四十四章　莱斯特出国旅游散心

　　莱斯特已经四十六岁，像他这般年龄的人，即便目前的收入（包括父亲遗嘱上规定的一万元在内）每年可达一万五千元，但是，若要他在没有固定职务的情况下营生，那确是一件令人沮丧、叫苦不迭的事。如今，他已深深地领悟到，要是他近期内还是不走运，找不到好的事由，他这一辈子就真的算完蛋了。当然，他可以跟珍妮结婚了。这么一来，他虽然可以终身领取这一万元年金，但是，他原有的凯恩家族产业的合法继承权也就被剥夺殆尽。如果他把自己名下价值七万五千元的股票——现在他每年可得年息五千元——卖掉，这笔钱也可以再投到——比方说，另一个势均力敌的车辆制造公司里去。可是，他真的愿意跳槽，反过来跟父亲那个历史悠久的企业开始竞争吗？何况，事实上也是困难重重，眼下车辆业的竞争尽管愈演愈烈，但凯恩公司依然独占鳌头。莱斯特手里掌握的资本充其量只不过七万五千元，凭他这么一点儿资本，岂不是以卵投石吗？如今要想在车辆业站稳脚跟，就得拿出巨额资金来。

　　莱斯特的缺点在于：他虽有丰富的想象力，看问题眼光也很远，但是对自己的优势偏偏缺乏自信，而这种自信几乎是每个大企业家获得成功所必备的一个因素。要想在企业界居于有力的地位，通常你就必须始终坚信自己的主张，而且你的那种主张就像是上帝赐予的，即在你选定的某个领域里，你注定是前程似锦。意思就是说：无论哪一件东西，比如说，它是一块肥皂，一把新式开罐头刀，一片安全刮脸刀片，或者是一个变速开关——必须充分利用你那丰富的想象力，才能像烈焰似的燃烧起来，转化为你生活的全部内容。通常，一个人如要激起这种热情来，就需要经受贫困的磨炼，还需要年富力强。他所发现的并且决心为之献身的那个目标，必定给他开启通向数不尽的机缘和说不完的幸福的大门。必须看到幸福这个远大目标，要不然，你心中就不能激起那么炽烈的热情——换句话说，也就不会有那么大的动力，足以取得巨大的成就。

如今，莱斯特唯独缺少这种必不可少的热情。这种所谓幸福的生活，他多半已经体验过了。许多幻想——亦即人们常常大声喧嚷的所谓乐趣，他也早已看透了。钱，当然是必不可少的，而他早就有了——反正足够他过上舒适的生活。他真的愿意拿它来孤注一掷吗？他审视了一下周围的环境，又考虑了一会儿。或许他愿意也很难说。当然，莱斯特总不甘心眼看着别人兢兢业业工作，自己却袖手旁观，了此余生。

临了，他终于下了决心，要使自己振作起来，仔细地研究这些事情。他自己觉得千万不要仓促行事；他不想再出什么差错了。首先，他一定要让那些车辆制造业同仁知道莱斯特已经暂时和凯恩公司毫无关系，准备同别的企业进行合作。随后，他公开宣布自己已经离开了凯恩公司，马上要到欧洲去，美其名曰疗养旅行。他从来没有出过国，而珍妮恐怕也乐意结伴同行。维思德可以留在家里，交给格哈特和一个女仆照拂；他自己和珍妮就不妨出去转转，观赏一下欧洲各国风光。他打算去威尼斯和巴登—巴登 ①，以及他慕名已久的几处矿泉疗养地，开罗、卢克苏尔 ② 和帕特侬 ③ 历来是他心驰神往的游览胜地。他准备遍游各国，增广见闻，回国后就要踏踏实实地干出一番事业来。

父亲去世后的第二年春天，他就按照上述计划实行了。有关芝加哥仓储大楼的事移交完毕，他就从容自如地拟定了出国旅行日程。他事事都跟珍妮仔细地商榷。一俟行李物品准备就绪，他们就从纽约搭乘轮船到达利物浦。在英伦三岛逗留几个星期以后，他们就动身到埃及去了。接着又从埃及启程，经过希

---

① 德国西南部一游览地区。

② 埃及尼罗河右岸上埃及一城镇，有大量历史遗址。

③ 帕特侬神庙，祭雅典娜女神的所在地，在希腊雅典。

腊、意大利，进入奥地利和瑞士，后来途经法国巴黎，来到了德国柏林。一路上，莱斯特看到种种新奇事物，确实赏心悦目，但他总是感到不自在，觉得自己是在浪掷时光。看来观光客成不了大事业，何况他莱斯特身体很好，根本没有这种需要。

　　另一方面，珍妮对一路上的所见所闻觉得异常新鲜，以至喜不自胜，因此尽情地享受这种新生活的乐趣。卢克苏尔和卡纳克 ① 都是她梦想不到世界上竟然还有这样古色古香的地方——她亲眼看到了一种强大、繁复而又完美的古代文明。数千万人在这里生生不息，他们所信仰的神灵、政体，以及生活方式，都和美国人迥然不同。珍妮生平头一遭意识到这个世界有多么辽阔广大！她想到了——现已成为历史遗迹的古希腊，早已覆灭的罗马帝国，以及被人们遗忘的埃及——她才明白我们现在的困难和信念该有多么微不足道，她觉得父亲的路德宗教义——现在似乎也是无足轻重了，而俄亥俄州哥伦布的社会经济——也许是更无意义了。她的母亲对人们（她的左邻右舍）的议论常常忧心忡忡，如今珍妮在这里看到了无数死者安息的墓地，想来他们生前也都是良莠不齐。莱斯特给她解释世界各国道德标准之所以不同，有时由于气候，有时由于宗教信仰，有时由于有如穆罕默德这样特殊人物之崛起。莱斯特喜欢给她指出，他们的传统习俗如跟广大的世界相比该有多么渺小，而珍妮也朦朦胧胧地略有了解。

　　就拿她的过去为例，她承认自己行为不检，即使从一小撮人来看，也许事关重大，但在人类文明的历史长河里，在所有促使世界前进的巨大动力面前——又算得了什么呢？世上万物仿佛都是过眼云烟，她和莱斯特，以及所有一切的人免不了也要死的，除了善良——心地善良——以外，还有什么东西比它更珍贵呢？此外，还有什么东西才是真实的呢？

---

① 上埃及一村子，位于卢克苏尔附近的尼罗河畔，有古代底比斯遗址上气势宏伟的阿蒙神庙的废墟。

第四十五章　昔日恋人重逢

　　莱斯特就在出国旅游途中——先是在伦敦的卡尔登大旅馆，后来又在开罗的谢泼德兹大旅馆——再一次跟莱蒂·佩斯邂逅了。在莱斯特没有遇见珍妮以前，莱蒂·佩斯可以说是他真心爱慕的一个女人。他已有好长时间没有见过她了，如今，她嫁给马尔科姆·杰拉尔德已经将近四年，之后年纪轻轻地当上寡妇也差不多有两年光景了。马尔科姆·杰拉尔德是个有钱人，曾在辛辛那提经营银行和证券交易发家致富，去世后给妻子留下了大批遗产，所以她很殷实。原来她有一个孩子——一个小女孩，那个小女孩现由一个可靠的保姆代领，而她自己呢，每到一处，总要被一大群为之倾倒的爱慕者团团包围，几乎成为文明世界各大首都惹人注目的绝代佳人。莱蒂·杰拉尔德是一个有才华的女人，美丽优雅，风韵秀逸，她写过诗，博学好问，同时喜爱艺术；她还是莱斯特·凯恩由衷和热烈的爱慕者。

　　她在待字闺中的时候，的确是真心爱过他的，因为她善于观察男人们和人情世故，所以一向认为莱斯特是一个真正的男子汉。她觉得莱斯特是一个富有理智、遇事冷静的男人。她知道他历来讨厌虚伪，而她之所以喜爱他，也就在这里。他厌恶那些轻浮、无聊的客套话，宁愿谈一些简单的家常事。忆当年，他们曾有过多少回悄悄地从舞厅溜走，躲到阳台上去，莱斯特一面抽烟，一面跟她谈心。那时，他和她辩论过哲学问题，交流过读书心得，也谈论过其他城市的政治社会状况——一句话，莱斯特常常把她当作一个明白事理的女人看待，而她也一直希望他会向她求婚。她不止一次地瞅着他那有着浓密的褐色短发的坚实的大脑袋，恨不得把手伸过去抚摸一下。后来，莱斯特移居芝加哥，对她确实是一个沉重的打击；那时，她还不知道珍妮其人其事，可是，她本能地觉得徒失佳偶，空负良缘了。

于是，有一个名叫马尔科姆·杰拉尔德的，此人一向狂热地爱慕她，大约在第六十五次向她求婚的时候，莱蒂·佩斯总算勉强接受了。其实她并不爱他，只怨自己年龄渐长，好歹总得嫁人。他跟她结婚那年已是四十四岁，婚后他只活了四年光景——尽管相处日子很短，他还是能够认识到，他的妻子莱蒂·佩斯确是一个迷人的、温柔的、见识又很广博的女人。当时他是患了肺炎死去的，杰拉尔德太太就成了一个富有同情心、妩媚动人而又懂得人情世故的富孀，现在正为今后的生涯和花钱这两件心事发愁呢。

但她对这两件心事并不都是淡然处之的。要知道，她早已确认莱斯特就是她心目中的理想男性。近年来，她的交际范围越来越广，她遇到的那些妄自尊大的公爵、伯爵，都不能使她发生丝毫兴趣。她在国外也见到一些人，表面上在求婚，其实旨在猎取钱财，她对这些人早就觉得腻味透顶了。她善于品评各色人物，了解男人和社会习俗，自然是从社会学和心理学的角度来思考问题的，所以说，她早就把这些人，以及他们所代表的那种文化通通看透了。"要是我能跟我从前在辛辛那提认识的那个男人在一起，即使住在茅屋里，也是快活的。"有一回，她曾经向一个有身份地位的、原籍美国的女友说过这样的话，"他这个人心胸最宽大、头脑最清醒、灵魂最纯洁。他要是向我求婚，即使叫我打工挣钱过活，我也乐意嫁给他。"

"难道说他就这么穷吗？"她的女友问。

"完全不是。他相当有钱，但是对我来说，反正都一样。我要的，就是——他这个人。"

"不过从长远考虑，还是大不一样的。"她的女友说。

"你可把我看扁了吧，"杰拉尔德太太回答说，"我已经等了他这么多年了，我自己心里明白。"

　　就莱斯特来说，他对莱蒂·佩斯（也就是今日的杰拉尔德太太）始终保留着美好的印象和亲切的回忆。想当初他就是非常喜欢她的，那他为什么没有跟她结婚呢？这是他常常给自己提出的一个问题。本来嘛，她可以成为他理想的妻子，他的父亲也会乐意的，真可以说是皆大欢喜。无奈莱斯特总是一拖再拖，后来就遇到了珍妮；从这以后，他不知怎的，也不再想到她了。谁知阔别了六年，今日莱斯特又跟她重逢了。他知道她早已嫁了人，她也仿佛听人念叨过莱斯特的那一段奇缘——据说后来他同那个女人结了婚，如今寓居在芝加哥南城。至于他没拿到遗产的事，她至今还不知道。记得头一次是在六月里一个夜晚，她跟他在卡尔登大旅馆不期而遇。那时窗子都敞着，窗外鲜花盛开，芳香馥郁，仿佛随着春回大地，到处都弥漫着一种盎然生机。

　　突然晤面，她难免感到惘然，嗓子眼儿不知怎的好像哽住了；可是，不一会儿，她心里就宁静下来，落落大方地向他伸出一只手来。

　　"我的天哪，莱斯特·凯恩，"她嚷了起来，"您好！见到您，我可真高兴。这位——想必就是凯恩太太吧？见了您，我可太荣幸了。我再次跟您见面，真的就像春风拂面，感到格外亲切。请您多多原谅，凯恩太太，可是，说心里话，我同您的丈夫又见面了，实在太高兴啦。我和您分手以来，莱斯特，一晃眼就有这么多年了。一想起来，我就觉得自己不知老了多少。您想一想，莱斯特，总共要有六七个年头呢！您知道我已结过婚，生下一个孩子，可怜的杰拉尔德先生也死了。唉，我的老天哪，谁知道我竟经历了这么多的变化！"

　　"您的样子好像并没有变。"莱斯特笑容满面地回答说。他跟她久别重逢，不消说，心里是挺高兴的，因为他们俩毕竟是好朋友嘛。她至今仍然喜欢他——那是一眼就看得出来的，而他也真的喜欢她。

　　珍妮含笑不语，她很高兴跟莱斯特的这位老朋友见面。莱蒂·佩斯穿着一袭淡色珠光缎子长袍，四周镶着一道黄灿灿的花边，她那光溜溜的浑圆的胳臂一直袒露到肩头，而且，她的胸衣领口开得很低，腰间绣着一朵红艳艳的玫瑰花，这在珍妮看来，简直就是一位标准的美人。珍妮平日里跟莱斯特一样，也喜欢看漂亮女人；她自己还常常指给莱斯特看，夸她们多么迷人，顺便跟他逗笑一番。比如，她偶然看见一个特别惹眼的美人儿，就会跟莱斯特开玩笑说，"你怎么不跑过去跟她攀谈攀谈，莱斯特，何必老是守着我呢？"莱斯特就会对她的选择对象评头论足一番，这才知道，她判断女性美的眼力也是挺高明的。"不，我在你身边已经够美滋滋的，"他瞅着她的眼色回敬了她一句，要不然，也跟她开个玩笑，说，"我已经不是小伙子了，否则我准要盯住她，尾追不放。"

"快去吧，"她一个劲儿地撺掇他说，"我等着你。"

"我要是真的追上去了，你该说什么呢？"

"莱斯特，我可什么都不会说的。我想，也许你还是会回到我身边来的。"

"你不介意吗？"

"你知道我是介意的。可是，你如果觉得一定要去，我也不会拦阻你。我可不会认为自己就是你唯一的女人，除非你自己喜欢这样。"

"你的这些想法是从哪儿来的，珍妮？"有一次，他曾经这样问她，很想试探一下她思考哲理问题的深度。

"哦，连我自己都不知道，你问这个干什么？"

"你这些想法是宽厚的、善良的，我敢说真不简单。"

"依我看，莱斯特，我们不应该自私自利。至于什么道理，我可说不上来。我知道，有些女人的想法就跟我不同了，可是话又说回来，一个男人和一个女人既然不愿意在一起生活，何必非要强迫他们不可——不知你认为我说得对不对？一个男人暂时离开一会儿，只要他愿意回来——那也不用大惊小怪。"

莱斯特立即报以一笑，觉得她的这种观点甜丝丝的——他不由得更加看重她了。

那天晚上，珍妮眼看着莱蒂·佩斯一下子跟莱斯特谈得如此投机，就明白他们两人心里一定都有许许多多的话要说；因此，她果然表现出一种惊人的风格来了。"我失陪了，请你们原谅，好吗？"她笑吟吟地问，"我想起来房间里还有一些东西没有拾掇好，不一会儿我就回来。"

她离座以后，回到了房间里，尽量多待一些时间。那时，莱斯特和莱蒂就兴高采烈地畅叙旧谊。他向她叙述了自己的经历，只是某些细节略去不谈；而她也把个人直至今日的生活遭遇一一向他介绍。"现在您已结过婚，看来高攀不上了。"她大胆地说，"我可以坦白对您说，从前我老是指望您来向我求婚的——可惜您总是不开金口呢。"

"也许是我不敢吧。"他回答的时候，一面凝视着她那乌溜溜的眼眸，一面暗自思忖她可能知道他至今还没有结婚吧。他觉得她处处都比从前更美了，现在依他看，她似乎是一个理想的上流社会人物——可以说完美无缺——又文雅，又自然，又机灵；像她这样的女人在他或她最熟悉的上流社会，无论见到什么人，肯定都能应付裕如。

"是的，别这么说！我知道那时您心里是怎么想的。您真正的想法还不肯谈出来。"

"嘘，嘘，我亲爱的。不要匆忙下结论。我那时的想法您可不知道。"

"不管怎么说，我对您还是相当信任的。她很美，是不是？"

"珍妮确实有她的优点。"他回答时索性说了老实话。

"那你们很幸福吧？"

"噢，相当幸福。是的，我认为自己是幸福的——跟那些自得其乐的人一样感到幸福。您知道，我是没有幻想的，因而也没有烦恼了。"

"一点儿都没有的，可爱的先生，要是我要了解您。"

"是的，一点儿幻想都没有，莱蒂；不过话又说回来，有时候我希望有一点儿幻想才好。我想，有了一点儿幻想，恐怕生活得还要痛快些。"

"我也是这么想的，莱斯特。您知道，我真的认为我这一辈子算是倒霉透顶了，尽管我有钱，几乎跟克利塞斯①一样富——不，也许比他略少些。"

"我的老天哪！您说的什么话呀——您是这样的才貌双全，又有钱！"

"可是这对我有什么用处呢？观光旅行呀，闲聊天呀，还要嘘声赶跑那些蠢货，他们无非要猎取我的钱财罢了。噢哟哟，有时候真把我累得要死呢！"

莱蒂望了莱斯特一眼。莱斯特虽然有了珍妮朝夕相伴，这时旧情还不免重

① 克利塞斯，公元前6世纪小亚细亚吕底亚国极富的国王，被后世喻为富翁、大财主。

新涌上心头。为什么莱斯特不应该归她所有呢？他们待在一起挺亲昵的，如同多年的夫妻或年轻的恋人。珍妮有什么权利把他占为己有呢？莱蒂两眼直瞅着他，仿佛把这番意思更透彻地说了出来。

这时，他好像有一点儿伤心，笑了一笑。

"我的妻子回来了，"他说，"我们还是打起精神来，换个别的话题谈谈吧。说真的，您会觉得她挺有意思吧。"

"是的，我知道。"她回答说，便嫣然一笑去招呼珍妮了。

珍妮心里不由得猜疑起来，她恍惚觉得眼前这个女人也许就是莱斯特旧日的情人。本来嘛，莱斯特应该选择的就是那种女人——而不是她，珍妮。莱蒂·佩斯跟他才是门当户对的，他要是跟她成了亲，照样会感到幸福，说不定比现在还幸福。这一点，他自己是不是也开始明白了呢？不一会儿，她就不再去想这种不愉快的事情了，要不然她很快就会拈酸吃醋了，那可是太卑鄙喽。

杰拉尔德太太对待凯恩夫妇态度仍然非常亲切。她邀请他们翌日陪她一起坐车去罗坦·罗①观光，随后又在克拉里奇大饭店设宴款待他们。宴毕，她就得动身到巴黎赴约去了。她跟他们告别时显得异常亲热，并且希望后会有期。她看到珍妮如此走运，不禁感到既嫉妒，又心酸。莱斯特并没有因为她而失去他从前的魅力。在她看来，他反而比过去更俊美，更体贴，更冷静了。她恨不得他是个来去无牵挂的单身汉，而此刻莱斯特——或许是下意识吧——竟然情愫暗通，也有同感。

莱蒂既然有这样的感想，莱斯特当然也不免想象当初他们要是真的结了婚的种种情景来。现在无论谈哲学，谈艺术，还是谈实际问题，他们的观点都是惊人地相似，而且他们自始至终谈得如此自然、畅快，简直就像两个久别重逢的老朋友。在他的——换句话说，也是她的——交际圈中，他的每一个熟人莱蒂都相识，珍妮却个个都陌生。莱斯特和她可以畅谈有关人生的种种奥秘问题，但和珍妮就谈不拢，原来，珍妮没有那么多的词汇，自然没法儿深谈了，她的

———————————

① 此处一般指自伦敦西敏寺某宫至皇家森林这一古老御道的一部分。

思路也不像杰拉尔德太太那么敏捷。其实，论珍妮的性格，确实襟度恢宏，情深义重，只是在上流社会交际场合不善于谈笑风生罢了。说实话，她是非常真挚动人的，也许就是这一特点把莱斯特吸引住了。可是此刻，以及在别的类似场合，她似乎是相形见绌了。这时，莱斯特仿佛觉得，当初要是选择了莱蒂也许更好——当然她不会比珍妮差，而且现在他不必为自己的前途揪心呢。

后来他们到达开罗时，又跟杰拉尔德太太会面了。那是在旅馆的花园里，他们——或者不如说莱斯特——突然又跟她见面了，因为那时他正抽着烟，独自在那里散步。

"啊，真是太巧了，"他大声嚷道，"您是从哪儿来的？"

"从马德里来。上星期四以前，我还不知道今天会到这里来的。埃利科特夫妇在这里，我是同他们一起来的。唉，我真不知道你们上哪儿去了。后来，我这才想起您曾说过要到埃及去。请问您妻子在哪儿？"

"我想，这会儿在浴室里吧。这里天气太热，珍妮一天到晚都离不开凉水浴，我自己也很想洗个澡。"

他同杰拉尔德太太溜达了一会儿。莱蒂身穿一件浅色蓝绸衫，手里撑着一顶蓝白两色的小阳伞，越发显得妩媚动人。"哦，我的老天哪！"她突然喊了出来，"有时候我简直不知道自己该怎么办才好呢。我总不能老是这么东游西逛的，我想干脆回美国老家去。"

"那为什么不回去呢？"

"我回去了，又有什么用？再去嫁人我可不愿意啦。现在我看得中的人——一个也没有了。"她意味深长地瞥了莱斯特一眼，这才把脸转了过去。

"得了吧，您终归会找得到的，"他感到有一点儿尴尬似的说，"像您这样又漂亮，又有钱的人——谁都不会放过您的。"

"得了吧，莱斯特！"

"好吧！您要是这么打算，就随您的便吧，我跟您讲的是实话。"

"您现在还跳舞吗？"她想到今天晚上旅馆里开舞会，就用一种轻松的口吻问他。记得几年前，莱斯特跳起舞来真够漂亮的。

"您看我跳舞还行吗？"

"得了吧，莱斯特，您又没有说过从此就放弃这种最迷人的艺术了。至于我呢，还是很爱跳舞的。凯恩太太呢？"

"不，她不喜欢跳舞，至少她还没有开始学呢。恐怕多半还得怪我不好。近来我几乎把跳舞都忘了。"

他又转念一想，他好久没有去过娱乐场所了。要知道，他一直心烦意乱，哪来的闲情逸致呢。

"今天晚上和我一起跳舞去吧，谅您太太总不至于反对的。那舞厅太好了，今天早上我看见过了。"

"我还得考虑一下，"莱斯特回答说，"我恐怕早就荒疏了。像我这种年纪的人跳舞，大概是很吃力的。"

"得了吧，莱斯特，"杰拉尔德太太回答说，"您你这么一说，我也觉得自己老了。您可不要那么老气横秋呀。哦，我的天哪，连您这点儿年纪的人也自以为是个老头儿呢！"

"唉，我可饱尝过人间的辛酸喽。"

"哎哟哟，我们俩真可以说是同病相怜呢。"他昔日的恋人回答说。

第四十六章　珍妮沉思自己的过去

那天晚饭后，从邻近棕榈园的那家大旅馆舞厅里开始传来悦耳的乐曲声时，杰拉尔德太太就看见莱斯特在一个游廊上抽着烟，珍妮紧偎在他身旁。珍妮身上穿着白缎子连衫裙，脚下是白色凉鞋，一绺绺浓艳迷人的秀发蓬松地堆簇在额前和耳畔。莱斯特正在沉思默想埃及的悠久历史，想起了这个兴衰交替但仍连绵不绝的孱弱民族；想起了哺育着万代生灵的尼罗河两岸狭窄瘠薄的土地；想起了这里惊人的热带生活风光，以及在这个竭精殚虑、几乎令人绝望的古国里兴起的、包括有现代化设备和许多时髦游客的大旅馆。那天早上，他和珍妮去观赏过金字塔的雄姿。他们还坐了电车去看狮身人面兽的雕像。他们看到一群群衣衫褴褛甚至半裸着身子的稀奇古怪的男人和孩子，在那些狭窄的、臭气冲天的，但又色彩斑斓的小胡同里走来走去。

"我真闹不明白，"珍妮到了一个地方曾经这么说过，"他们怎么会那么邋里邋遢！尽管瞧着他们挺新鲜的，可他们都蜷缩在一起，就像一堆蛆虫似的。"

莱斯特吃吃地笑道："你的话多半是说对了。不过气候就是个原因吧。这里太热了，位于热带。在这种环境里，生活总是黏黏糊糊的，富有肉感的。这可不能怪他们的。"

"当然，这个我也知道，我可没有责怪他们。只是觉得他们古怪得很。"

那天晚上，他就这个问题冥思苦想了好久。这时，明朗的、诱人的月光正倾泻在地上。

　　"我终于找到了您啦！"杰拉尔德太太突然高声喊道，"我连晚饭都来不及吃呢，我们今天回来得太晚了。您的丈夫早就同意跟我一块儿跳舞去的，凯恩太太。"她笑盈盈地继续说。在这月色溶溶、春光融融的夜晚，她如同莱斯特和珍妮一样，心中柔情顿时荡漾不已。在树丛里和花园里暗中浮动的浓郁香气正好一阵阵袭来。远处，隐隐约约传来驼铃的声响，掺杂着"阿亚赫！"和"喔什！喔什！"的异国情调的呼喊声，仿佛有人正赶着一群怪兽从万头攒动的大街上穿过去似的。

　　"那可太好了，"珍妮欣然回答说，"让他尽管去跳吧，有时候我真巴不得自己也会跳呢。"

　　"那你应该马上就学，"莱斯特兴冲冲地说，"我就做你的舞伴好了。我的步子虽然不像从前轻巧了，可我想总还可以迈出几步来吧。"

　　"得了吧，我并不是非跳不可，"珍妮微微一笑说，"现在你们二位请吧，反正一会儿我就要上楼去了。"

　　"你为什么不到舞厅里去坐坐呢？我至多只不过跳几个吧，我们不妨就看别人跳舞。"莱斯特一面说着，一面就站了起来。

　　"不，我想还是待在这里，这里倒也非常有意思。你快去。杰拉尔德太太，你把他带走吧。"

　　莱斯特偕同莱蒂步态轻盈地走了。他们简直成了特别惹人注目的一对情侣——杰拉尔德太太身上穿的绛紫色绸衫缀满亮晶晶的黑珠子，使她袒露在外的胳臂和脖子显得格外妩媚动人。而在她额上乌发中间，有一大块钻石正在熠熠发光。只要她嫣然一笑，她两片迷人的、丰满的朱唇之间就露出一排整齐匀称的皓齿来。身材魁伟的莱斯特穿上了晚礼服，风度显得越发卓尔不群。

　　"原来他应该娶的，就是那个女人呀。"当莱斯特的背影倏然消失的时候，珍妮不由得自言自语。于是，她开始沉思默想起来，自己过去的生活仿佛一幕幕浮现在眼前。有时候，她觉得自己过去的一切就像是做了一场梦。有时候，她又觉得自己至今仍在梦中。生活——仿佛在她耳朵里嗡嗡作响，跟她今天晚上所听到的几乎一模一样。她听见了它的呼喊声，她目睹了它的光怪陆离，但在它的背后，好像有一些不可捉摸的阴影，有如梦幻似的忽隐忽现，变化无穷。她为什么会如此吸引男人呢！莱斯特为什么会对她如此紧追不舍呢？那时她能顶住他吗？她忽然想起自己在哥伦布时捡煤块的生活情景；而今天晚上，她远在埃及，下榻在这家豪华的大旅馆里，已是一套穷奢极侈的房间的女主人。

何况，莱斯特至今依然很爱她。为了她，他曾经忍受过多少苦楚！那究竟是为了什么呢！难道她——真是那么了不起的一个女人吗？从前布兰德曾经跟她说过这样的话，莱斯特同样这么夸过她。但她仍然觉得很自卑，这里似乎不是自己安身的地方，她身边虽有这么多的珠宝饰物，好像也是不该属于她的。记得她头一次跟莱斯特到纽约时，就认为这种神仙一般的生活是不能持久的——难怪现在她又要发出同样的感叹了。总之，她的一生全凭命运安排。有朝一日，她注定还得要回到陋巷破屋，衣衫褴褛地重新过着俭朴的生活。

接着，她又想起了她在芝加哥的家，想起了他的朋友们的态度，她知道自己将来必然如此。即使他和她结了婚，他的诸亲好友也绝不会接纳她的。个中道理如今她也明白了。从刚才跟莱斯特一起走的那个女人迷人的笑脸上，珍妮就能揣摩出她的意思来，就是说："你也许很美，但你终究不是跟莱斯特一样出身的人。"此刻她跟莱斯特翩翩起舞，心里大概在想，他确实需要像她自己那样的一个女人。他梦寐以求的女人一定是要在他最熟悉的那种生活环境里长大的。至于她——珍妮呢，他就没法儿指望她对他自己所熟悉的种种繁文缛礼都能熟谙或都能欣赏。当然，现在她已懂得很多了。不论家具陈设、衣物装饰、风俗习惯，以及社交礼仪等等，虽然她很快都熟悉了——但她毕竟不是自幼起就习以为常的，怎么说也比不上莱蒂·佩斯。

她要是走了，莱斯特肯定回到他过去的那个小天地，换句话说，也就是此刻正挽着他胳臂婆娑起舞的、那个姿色迷人、娇生惯养、聪明伶俐的女人的小天地。她一想到这里，热泪不由得夺眶而出；她恨不得自己此刻就命归西天。说实话，也许死了反而更痛快些。此时此刻，莱斯特正在跟杰拉尔德太太跳舞，或者利用两支圆舞曲之间停歇的片刻正在叙旧。眼看着莱蒂，他对她的青春和美艳不由得感到惊讶。她虽比从前丰腴了，但仍然像狄安娜①那样苗条秀美。她那光润柔细的肌体里也蕴含着一股力量，她乌溜溜的眼睛，却是水灵灵、亮晶晶的。

"我老实告诉您，莱蒂，"他感情冲动地说，"您确实比过去更美了，您真可以说有惊人之美呀。您现在反而显得更年轻了。"

"您真的觉得这样吗？"她凝视着他的脸，粲然一笑。

"这个您当然最清楚，要不我为什么要说这些话呢？我可不会向女人献殷勤的。"

"哦，莱斯特，你这个傻瓜，难道就不让女人向您撒娇吗？您不知道我们女人听了人家夸赞以后，都愿意细嚼慢咽，尽情回味，而不是一大口，咕噜一声就吞了下去呢。"

"您说这话是什么意思？"他反问道，"我究竟说了些什么话？"

"哦，没有什么。您呀真是个大傻瓜。都说你心直口快，可你现在还是那么死心眼儿。不过，没有关系——反正我是喜欢您的。难道这还不够吗？"

"当然，够了够了。"他说。

乐曲声一停下来，他们俩款步来到了花园里。他轻轻地挽着她的胳膊。虽然他这是不得已而为之，但她使他确实感到仿佛她已经归他所有了。而她呢，真恨不得让他即刻心领神会到这一点。当他们坐在花园里，举目凝望园中的华灯时，她暗自寻思，如果他已经自由了，去找她，她是愿意接纳他的。就是现在，她也差不多愿意接纳他了——怕只怕他不肯。她知道莱斯特一贯极端严谨，审慎周到，如同她熟识的许多男人一样，他也断乎不会做出为人们所不齿的事情来，谅他断乎不会做的。到最后，还是莱斯特先站了起来，向她告别。他说转天早晨要同珍妮一起去尼罗河上游——游览卡纳克、底比斯，以及参观菲利岛②水上神庙。天蒙蒙亮他们就得动身，所以他只好休息去了。

① 狄安娜，是罗马神话中月亮和狩猎的女神。
② 位于埃及尼罗河上的一小岛，邻近今日阿斯旺水坝，那里有公元前4世纪—前3世纪的著名神庙的遗迹，是游览胜地。

"您打算什么时候回美国？"杰拉尔德太太显得没精打采地问。

"九月间。"

"船票已经定好了吗？"

"是的，我们九号搭乘'福尔达'号轮从汉堡起航。"

"我说不定也在秋天回去的，"莱蒂咯咯笑了起来，"要是我也跟您同船走，请您不要见怪。说实话，我至今还没有拿定主意呢。"

"真的能同船走，那太好了，"莱斯特回答说，"我希望您不要改变主意……明天我们在动身前再去看您。"

他话说完了，但她望着他，不免感到怅然。

"您不要难过，"他握住她的手说，"唉，人生祸福，谁能预料？有时候坏事反而变成了好事。"

他暗自思忖，料是她舍不得他离开，而他呢，因为她没有如愿以偿而不免感到内疚。他自言自语这种解决的办法恐怕他无论如何都接受不了，然而，它毕竟是一种解决的办法。为什么头几年他偏偏没有看到呢？

"可是话又说回来，几年以前，她还是像现在那么美，也没有像现在那么聪明，更没有像现在那么有钱吧。"但愿如此！但愿如此！可是，他不愿意背弃珍妮，也不愿看到珍妮遭受不幸。撇开他的这种心迹不谈，她已经受尽折磨，何况她好歹已经勇敢地熬过来了。

第四十七章　　莱斯特谋求出路

　　莱斯特和珍妮在归国途中，整整一周跟杰拉尔德太太朝夕相见，因为她经过深思熟虑之后，决定不妨暂时回美国去，芝加哥和辛辛那提——是她的目的地，不外乎是希望在那里能跟莱斯特常常见面。珍妮见到她也在船上，不由得大吃一惊，因此又勾起了她往日的愁思。她心里一直在纳闷，问题的症结究竟在哪儿。到现在她才闹明白，当时她要是没有插进来，杰拉尔德太太本来是要嫁给莱斯特的。时至今日，当然，问题就很复杂了。单以门第、教养、社会声望来说，莱蒂无疑是莱斯特的天然佳偶。但是，珍妮本能地感到心胸豁达的莱斯特倒是喜欢自己的。这个棘手问题也许还得留待时间来解决吧。眼下，他们三个人仍然是最要好的朋友。到了芝加哥以后，杰拉尔德太太就转车去辛辛那提了，而珍妮和莱斯特又要重新回到在海德公园附近的寓所去。

　　莱斯特从欧洲回来以后，就很认真地工作，为了他的企业谋求出路。可是，哪一家大公司都没有主动向他做出过表示，主要是大家认为他这个人太精明强干了，生怕他一进入企业，往后就要被他控制。不过，他丧失产权一事倒是还没有人知道。至于其他小公司呢，据他了解，眼下仅仅勉强能维持生产，或者所出的产品他根本看不上。后来，他在北印第安纳州一个小镇上找到了一个厂家，看来也许很有前途。这个厂商本人会修造各种车辆，很有经验——如同莱斯特的父亲当初一模一样——可是，办企业似乎并不很内行。当时他拿现金一万五千元和大约价值二万五千元的成套设备作为投资，但眼下赚取的利润很少。莱斯特觉得这家企业只要采取一些有效措施，改进一下经营作风，确实是大有可为的。可他又认为，这番工作未必能立时奏效，恐怕也不一定能在他的有生之年发大财吧。哪知道他正想跟那家小厂商进行谈判，就听到了最糟的消息，传说有一个车辆业托拉斯马上要成立了。

原来，罗伯特正在迅速地推行他的改组车辆业的计划。事先，他曾向同业详细地阐明联合起来有百利无一弊，而互相竞争最后就是同归于尽。

他讲得头头是道，令人不得不信服，所以没有多久，一些大型车辆制造厂商就纷纷协作起来。不到几个月的工夫，筹组工作全部完成，罗伯特本人居然还担任了车辆制造业联合公司的总经理，股本总额为一千万元，另外还有价值大约六七百万元的资产。他的目的既然达到了，那种高兴劲儿也就不用说了。

说来也怪，罗伯特正在大展宏图的时候，莱斯特却一点儿都不知道。那时他正在欧洲各地旅行，尽管报上刊登过三四次征求车辆业联营的通告，他都没有看到。他回到芝加哥后，知道伊慕琴的丈夫杰斐逊·米奇利仍然担任分公司经理，并且住在伊万斯顿，但他因为跟家里人发生过龃龉，不便直接向他的妹夫探听消息。不过后来他很快就获悉详情，不用说，真叫他恼羞成怒了。

没想到给他传递这一消息的，竟然还是克利夫兰的亨利·布雷斯布里奇先生。他来到芝加哥已有一个月光景；有一天晚上，莱斯特在联合俱乐部跟他不期而遇了。

"听说您跟父亲的公司脱离关系了。"布雷斯布里奇淡然一笑说。

"是啊，"莱斯特说，"现在我已离开了。"

"那您现在有什么打算呢？"

"嗯，我有我自己的计划，正在考虑呢。我想，不妨自己单独办个厂。"

"可您总不会跟令兄唱对台戏吧？他那个联营公司搞得很出色。"

"什么联营公司！我从来都没有听说过呢，"莱斯特说，"我才从欧洲回来不久。"

"得了吧，您也应该清醒一下，"布雷斯布里奇回答说，"令兄已在你们这个行业里组织了一个最大的托拉斯。刚才我还认为您是一清二楚的。现在，莱曼－

温特罗普公司、迈尔－布鲁克斯公司、伍兹公司——事实上，五六家大公司通通加入了。您的哥哥已被当选为这个新的康采恩的总经理，我敢说，他一下子就捞进了二百万。"

莱斯特不由得为之愕然，两眼发愣。"好嘛，罗伯特真走运，我觉得很高兴。"

布雷斯布里奇知道自己已经触到了他的痛伤疤，好像怪不好意思似的。

"再见吧，老朋友，"他大声嚷道，"您要是到克利夫兰，请到舍间一叙。您知道我和内子都是喜欢您的。"

"我知道，"莱斯特回答说，"再见。"

这时，他信步来到了吸烟室，但是，他一得知这个消息，原先自己办厂的热忱就早已消失殆尽。他的哥哥当上了车辆业托拉斯的总经理，他就仅仅这么一个又破又小的车厂，到底还能有多大的能量呢？只有天知道！不到一年工夫，罗伯特就可以使他在同业中站不住脚。老实说，像这样的联合公司，莱斯特自己也曾经梦想过，只不过如今已在他的哥哥手里得到实现罢了。

一个有才华的人有时要受到命运的沉重打击，如果他是个年轻小伙子，血气方刚，也许还不觉得算是一回事。可是，人到中年，眼看着自己的一生大势已去，展望未来，前途茫茫，到处都要碰壁——那就又是一回事了。珍妮显然已为上流社会所不容，报上又竭力毁坏她的名誉，再加上他父亲的反对和亡故，他的遗产的丧失，他跟公司脱离关系，还有他哥哥的那种态度，以及刚才提到的那个托拉斯——所有这些事情，都使他心灰意懒，萎靡不振。不久前他还竭力装出不动声色的样子——进行得相当顺手，还自以为很得意，但最后这次打击对他来说似乎非同小可了。就在获悉这个消息的那天晚上，他回到家里，越发显得愁眉苦脸，珍妮一眼便看出来了。事实上，那天整个晚上，他虽然离家外出，但她心里早就预感到了，她自己也不免心情沮丧。等到他一回到家里，她马上知道——他一定碰到了什么不愉快的事。她的头一个冲动就是想问，"出了什么事，莱斯特？"但转念一想，觉得最好还是佯装自己不知情，等什么时候他自己想说了再谈。

　　她竭力装出自己一无所知的样子来，跟他尽量温存、亲热，但愿他心里不要感到烦恼。

　　"维思德今天高兴极了，"她主动说话了，很想用这种方式来解闷，"她在学校里成绩很好。"

　　"那就很好嘛。"他一本正经地回答说。

　　"近来她跳舞也很出色。今天晚上，她把她刚学会的几个舞蹈表演给我看，真美呀——你简直想象不出来呢。"

　　"我听了很高兴，"他嘟嘟囔囔，"我老是希望她要把舞蹈学得好上加好。我想，现在应该把她送到好一点儿的女子学校去念书了。"

　　"这一下爸爸发火了，真是好笑。维思德故意拿跳舞的事儿捉弄他——这个小淘气鬼。今天晚上，她一个劲儿地要教他跳舞呢。他要是不疼她，早就掴她耳光了。"

　　"我真想不到，"莱斯特微笑着说，"会教他跳舞哩！那简直太有意思啦！"

　　"他呼哧呼哧地直生气，可她一点儿都不在乎。"

　　"真是个好闺女。"莱斯特说。他是打心眼儿里喜欢维思德，瞧她现在早已是一个亭亭玉立的少女了。

　　珍妮就这样絮絮叨叨个没完，终于使他的心情稍有好转。后来，在临睡的时候，他才把今晚听到的消息透露出来了。"就在我们出国旅行的时候，罗伯特却搞了一个大企业。"他自己主动地说了出来。

　　"什么大企业？"珍妮全神贯注地问。

　　"唉，他搞了一个车辆业托拉斯。这种组织成立以后，当然要把国内所有重要的厂商都吸收进去。布雷斯布里奇告诉我，说罗伯特已被当选为总经理，又说他们的资本已经将近八百万元了。"

　　"你这话是真的吗？"珍妮回答说，"那你的新公司也就用不着创办了？"

　　"现在当然办不了，"他说，"可是，将来我想也许还是可以办的。那我就只好等着瞧吧。像这样的托拉斯将来究竟会怎么样，谅谁都无法预料。"

　　珍妮听了以后，心里非常难过。她从来没听莱斯特说过一句牢骚话。这是一种新的讯号。尽管她想方设法去安慰他，可也知道终究是徒劳的。"得了吧，"她说，"世界上有意思的事还多着呢。我要是处在你的地位，就不会仓促行事，莱斯特。对你来说，来日方长呢。"

　　想到这里，她真不知道往下该说些什么了。他却突然觉得，着急也无济于事。他何必要着急呢？反正两年以内，他毕竟还有一大笔可靠的收入。如果他心里要想再多些，说不定也能办到。只不过眼看着他哥哥如此令人炫目地平步青云，他莱斯特自己却依然站着纹丝不动——或者说得更准确些，就是"随俗浮沉"吧，看来这就是一大憾事了；最糟糕的是，他已开始觉得，自己快要站不住脚了。

第四十八章　莱斯特投资地产生意

　　莱斯特虽然煞费苦心地有过一番考虑，可是到现在为止，他还没有给自己重新积极地投入企业界的活动拟定出任何切实可行的计划。他获悉罗伯特的车辆业托拉斯业已组成之后，就马上把他原拟加入印第安纳那家小型车辆厂的全部设想都推翻了。他不能不顾念自己的身份和地位，绝不会去跟一个显然具有绝对优势的金融巨头较量。他曾经对那个托拉斯组织仔细地进行了研究，发现布雷斯布里奇所提供的远不是全貌。实际上，它已经拥有巨资，实力非常雄厚，几乎可以把所有的小厂商一下子都扼杀了。难道他愿意这样可怜巴巴地跟在他的那个车辆业大亨的哥哥屁股后面"乱转"吗？不，这可办不到，叫他太丢脸了！他要是到处奔走，企图跟一个新托拉斯去对抗，同时认为亲哥哥对他会手下留情，仅仅拿出理应属于他自己的资金来对付罗伯特，这样行吗？不，这也是行不通的。看来目前最好还是安下心来，等待时机吧，说不定还会有别的机会。不管怎样——反正他还有一份足够维持赋闲生活的收入，而且，只要他愿意，他仍然有权回到凯恩公司去。不过他真的愿意回去吗？这个问题——看来他好像永远回答不了。

　　正当莱斯特心里还在犹豫不决的时候，地产经纪商塞缪尔·E·罗斯忽然登门拜访，此人为招揽生意特制的大型广告牌在芝加哥城外大草原上到处可见。莱斯特曾在联合俱乐部里跟他见过几面，听说他是一个敢冒风险而发了大财的地产业投机商人，还记得在拉·萨勒大街和华盛顿大街的交叉口看见过他相当惹人注目的事务所。罗斯现年五十上下，他的外貌特别吸引人——高个头，黑胡子，黑眼珠，大鼻孔，鹰钩鼻，天然卷曲的头发几乎就像电烫过一般。特别是他那种柔软灵活如猫的体态和他那双指尖长长的、瘦骨嶙峋的、仿佛会说话的白手，给莱斯特留下了深刻印象。

原来，罗斯先生要向凯恩先生建议做一笔地产生意。凯恩先生当然是认识他的。罗斯先生说，有关凯恩先生的事情他完全清楚。最近他和耶尔－辛普森－赖斯食品杂货批发商行的诺曼·耶尔先生合资开办"耶尔伍德"。这事凯恩先生知道吗？

是的，凯恩先生已有所耳闻了。

仅仅在六个星期以内，"耶尔伍德"中的里奇伍德段内最后一批地皮已经全部圈卖出去了，转手之间，总共获利百分之四十二。罗斯又列举了本人经办的其他许多房地产，都已成为当地著名的产业。他坦率地承认他的生意也有过失败；他自己曾碰上过一两回，但是，人人都知道，搞投机买卖总是成功的多，失败的少。如今，莱斯特跟凯恩公司早已脱离了关系，也许正在研究如何更好地进行投资，所以，罗斯就特地上门给他出主意来了。莱斯特乐于洗耳恭听，于是，罗斯像猫儿似的眨巴几下眼，开始言归正传了。

原来罗斯的建议是，在第五十五街、第七十一街、霍尔斯特德街和西南角的阿什兰德路之间，正有四十英亩地要标售，他打算同莱斯特合资买下来，进行开发。他说，这里地价日后必然看涨——处处都表明要出现真正的因而也会很持久的繁荣迹象。芝加哥市政当局已决定在第五十五街进行铺路工程，同时计划延长现有以霍尔斯特德街为终点的电车行车线。芝加哥—伯林顿—昆西铁路因为在附近通过，毫无疑问，为了便利旅客起见，将来也要在这里增设一个车站。这块地一开头就得付款四万元，他说准备两个人平摊。整地，铺路，照明，绿化，测量，粗略估计还需款二万五千元。此外还要支出广告费——算它占投资总额的十分之一，暂以两年或三年计算——总共需款一万九千五百元或二万元整。以上通通合在一起，他们两个合资的总额是九万五千元，换句话说，就是整整十万元，其中莱斯特应提供五万元。随后，罗斯就开始估计今后的盈利状况。

至于这块地皮的销路及其价格的上涨前景，只要看它的近邻，即第五十五街以北和霍尔斯特德街以东的地产就可知道了。就以莫蒂默的那块地皮为例，它位于霍尔斯特德街和第五十五街的东南角上。1882 年，此处地皮每英亩只卖四十五元。到了 1886 年卖给约翰·L. 斯洛森的时候，就已上涨到五百元一英亩。又过了三年——即在 1889 年，卖给莫蒂默时竟然高达千元一英亩，也就是现在的地价。目前这块地皮可以划成小块零卖，每个小块块长一百英尺、宽五十英尺，售价则为五百元。您看这里面是否有利可图？莱斯特承认是有利可图的。

罗斯接着说下去，就多少有些夸口了。他在介绍自己做地产生意怎么赚钱的窍门时说，他经营地产至今已有二十五年之久，这种投机买卖，外行人准干不了的，也不能想象专门训练——少则几周，多则几年——就可以顶事。总括起来，他说最最重要的有三条，一要信誉好，二要眼力强，三要嗅觉灵。目下在做地产生意的人中间，就数他——罗斯——坐第一把交椅了。他手下有一个班子，精通业务的掮客有的是，许多大承包商也都听他的话。他在税务局、自来水公司，以及市政府其他办事机构里都有熟人，办起事来自然方便得很。莱斯特如愿意跟他合伙经营，他罗斯可以向他——莱斯特——保证一定赚钱，到底能赚多少，当然现在他说不准——但最少五万是稳拿的，多至十五万、二十万也难说。莱斯特愿意跟他详细地谈一谈，让他把这个计划如何实施的方案说明一下吗？经过好几天深思熟虑，莱斯特决定同意罗斯的请求，准备对这个问题好好地研究一下。

第四十九章　意想不到的破产

罗斯这项建议有一个特点，就是它本身具备许多成功的基本因素。

罗斯先生经验丰富，眼光又好，凡他经办的事差不多保证都会成功的。如今像他提出的这种建议，不消说，就数他最内行了。他的计划方案，不拘是谁，只要肯听一下，总要被他说服，因而也就非信不可了。

起初莱斯特还不大相信，虽然一般说来，他对这种地产生意是有兴趣的。他原来就喜欢地产。他认为，这是一项稳妥可靠的投资，只要不打算从中获取太多的利润。从前他几乎很少向地产投资，仅仅是因为他实在不了解地产行业的底细。他历来没有地产，此时此刻还可以说连个职业都没有哩。

他倒是颇为赏识罗斯先生及其经营作风。罗斯所述的各点都是不难得到证实的，而且，有几条已由莱斯特核实了。比如说，在大草原上到处都有罗斯的招牌；各种日报上又都有他的广告。反正莱斯特目前正在赋闲，好歹能赚回一些钱来，似乎也算是聊胜于无吧。

可惜，莱斯特现在考虑问题已经不像从前那么细致周到了。近年来他经办的工作——事实上从一开始起——全都是大批生意，比如说，要购置大批供应品，大批订货任务也要安排下去，讨论的问题也都是有关批发趸卖的生意，跟小买卖关系不大，其实，小买卖却是代表世界上许多小商人的特殊利益。再看他哥哥罗伯特在工厂里计算人工成本时连一分一厘都不放过，即使是针尖大的漏洞，也都挂在心上，定要设法把它堵住。莱斯特做惯了大生意，一向是大刀阔斧。如今，他听到罗斯如此恳切的陈词，但他感兴趣的是成千上万的大工程，而不是斤斤两两的小生意。他深知芝加哥是一个正在发展中的城市，往后地价肯定要飞涨。今日郊外的大草场，过了一两年就要建设成为市郊住宅区。不论哪一块地皮，现在只要买进来，今后地价是绝不会下跌的，至多只不过滞销一阵继而又回升，根本不会跌价。罗斯有这样的看法，莱斯特听了以后，也认为他言之有理。

然而，有几个问题他并没有充分估计到。他没有想到，罗斯这一位先生并不是长命百岁的；万一邻近的街区也开发起来，今日选定的理想的住宅区的环境势必就要受到影响；如果银根紧，地价难免要下跌——事实上，甚至变得一文不值，造成的结果不用说，连塞缪尔·E. 罗斯这样的老行家都要摔筋斗的。

莱斯特对罗斯提出的这个新的建议方案研究考虑了好几个月，认为是十拿九稳的，所以就决定把他仅仅利息六厘的股票的一部分卖掉，所得的资金都投入这项新的企业。第一笔现金两万元用作购地的费用，系根据他与罗斯所签订的合同支付；这个合同是无定期的，一直要到所有地产全部售出时才失效。随后要筹措一万两千五百元作为开办的经费，也由莱斯特支付，此外另需两千五百元作为纳税，以及临时应急的费用，因为在具体执行建议计划的过程中，有些项目原是没法儿预计到的。看来售价的高低要看土质的好坏而定，栽植的树木总也不能一次就枝繁叶茂，为了某些建设工程得以顺利进行，还得要向本市自来水、煤气公司的某些职员"买通""行贿"，所有这类事都由罗斯一手操办，但以上各项开支究竟如何掌握，罗斯就得找莱斯特一起磋商决定了，所有这些莱斯特全都听到了。

就在莱斯特与罗斯头次谈话以后，约莫过了一年光景，地面建设工程已初具规模，只待明年春天登广告，招徕买主就得了。不过要登广告，第三笔款项又得马上付出。所以，莱斯特又把证券卖掉，得款一万五千元，他认为这是最末一笔费用，以后可望赚取盈利了。

截至此时为止，莱斯特对他这笔投机买卖还是觉得非常满意。罗斯所经办的种种事务，尽管繁杂琐碎，但是不消说，他都办得十分妥当，十分地道。

不久，这一片新建的住宅区，已是别开生面了。周围虽然——正如莱斯特所说——栽树还不太多，但是，仅仅"绿荫别墅"这个名字也已经够吸引人了。莱斯特原先认为这个名字很不相称，但罗斯终于说服了他，说什么凡是到市郊寻摸住宅的人总都喜欢树木的，一听见"绿荫别墅"这个名字准就被迷住了，因为他们看到咱们这里大力提倡绿化，相信不久一定会绿树成林，浓荫蔽日，岂不是使他们往日的梦想一下子变成了现实吗？听了罗斯这么一说，莱斯特也不由得笑了。

最先给他们这个新建计划刮来一阵砭人肌骨的冷风的是下面这个谣言：要知道，那时霍尔斯特德街和第三十九街上，设有肉类加工联合企业组织，其中有一家规模庞大的国际罐头食品公司决定要脱离联合企业组织，另辟新址。据报载，那家公司计划往南迁移，新的厂址大约是在第五十五街以南，阿什兰德路以西的范围内，正好坐落在莱斯特的地产的正西方向，往后肯定影响到他们这个住宅区的安静环境。仅仅这一疑点，就足以把这个前途无限光明的地产买卖葬送掉了。

罗斯闻讯后不由得暴跳如雷。他考虑了一下，马上决定最好就在报上刊登广告，为那些新建的地产大吹大擂一番，希望能不能在国际罐头食品公司这一祸害还没有出现以前全部脱手。他向莱斯特说明了自己这个打算，莱斯特也表示赞同，认为不妨一试。现在，他们已经花了六千元的广告费，并且准备十天以内再花上三千元继续刊登广告，要使人人知道"绿荫别墅"是个理想的住宅区，而且各种现代化设备应有尽有，将来一定要成为芝加哥城最幽静、最优美的近郊居住区之一。可是，这些广告"并没有产生效果"。找到买主的地皮虽然也有一两段，但是国际罐头食品公司要迁来此地的谣言从未间断，简直叫人受不了。

现在，这个"绿荫别墅"撇开附近有外侨居住这一特色以外，不论从哪一个观点来看，都是彻底垮掉了。

莱斯特经受了这个打击，显然已陷于绝望的境地，那还是温和的说法。实际上，他浪掷在这里的已经高达五万元——即占他的财产的三分之二，他按照遗嘱应得的年收入不计在内；今后还要按时纳税，还要维修保养的费用，还要受到跌价的亏损等等。他向罗斯建议，那块地皮也许还可以按成本卖掉，或者干脆把它抵押出去，今后也就不再继续开发了。然而，那位素有经验的地产经纪商并不像他莱斯特那样乐观。像这样中途夭折的事，他从前也碰到过一两次，因此，他不免有些迷信，以为凡是开头就不顺利的事总是凶多吉少的。如果说一开头就倒霉了，那你就好像被恶鬼盯住一样，任凭你怎么个挣扎，也都甩脱不了的——这样他当然不愿再干下去了。他根据自己惨痛的经验，知道其他的地产经纪商也持同样看法。

约莫三年以后，他们这份地产就公开拍卖了。莱斯特原来投入的资金总共五万元，如今只收回一万八千元多一点儿，他那些深谙处世之道的朋友却都宽慰他，说他还算是不幸中之大幸了。

第五十章　莱蒂劝说改邪归正

　　莱斯特地产生意正搞得热火的时候，杰拉尔德太太已决定要迁居芝加哥。她在辛辛那提住了好几个月，常常听到人们的飞短流长，议论莱斯特荒唐的生活方式。至于他到底跟珍妮结婚没有，迄今还是个悬而未决的问题。但是，有关珍妮早年的逸闻，芝加哥报上把它写成一个阔少富豪因为热恋珍妮而不惜牺牲巨大遗产的始末经过，以及罗伯特实际上把他从凯恩公司撵走的详细事实，早已传到了她耳朵里。莱斯特竟然这样做出自我牺牲，她实在为他深感惋惜。最近他又赋闲了差不多有一年光景，再过两年，他的机遇恐怕就要丧失殆尽。他在伦敦的时候曾经跟她说过他几乎不存任何幻想了。难道说珍妮是他的幻想吗？他是真的爱她，还是仅仅怜悯她呢？这个问题，莱蒂·佩斯很想把它弄清楚。

　　杰拉尔德太太在芝加哥租了一所房子，那是坐落在德雷克塞尔林荫大道上一座富丽堂皇的巨邸。"今年冬天我要搬到芝加哥去，希望今后常常跟您见面，"她给莱斯特写信时这样说，"我对辛辛那提的生活感到非常腻味了。从欧洲旅行归来以后觉得更是这样——想来您心里总会明白的。星期六我见到了诺尔斯太太。她特地问起了您。要知道，她一向对您亲如手足。她的女儿明年春天要跟吉米·塞弗伦斯结婚了。"

　　莱斯特这时心中怀着一则以喜一则以忧的感情，翘首企盼着她的到来。她一到芝加哥，当然要大宴宾客，她会突然冒昧地把他和珍妮一起请去吗？不，她肯定不会的。这时候，她一定知道真相了。这从她的信里就看得出来了。她说她今后要跟他常常见面，这句话就有要把珍妮摈之于门外的意思。莱斯特将不得不向莱蒂坦白交代事情的全部经过。至于他们将来应该保持何种亲密关系，那就随她自己高兴了。

莱蒂抵达芝加哥以后，有一天下午，莱斯特坐在她那个舒适的小客厅里，面对着一个身穿浅黄色绫罗的迷人的幻影，决心把自己的事向她全部抖搂出来，他想她是会了解他的。偏巧这时候，他正在开始怀疑地产生意是否有前途，心里不免有点儿灰溜溜的，所以他就觉得更加需要有一个推心置腹的知己朋友。至于珍妮，他还是觉得不能向她畅诉自己的衷情。

"你知道的，莱斯特，"莱蒂劝他不妨先做一番自白，这时侍女已经给她上了茶，并给他送上白兰地和苏打水，随即走开了，"自从回国以后，我不断地听到许多有关您的事情。您乐意不乐意把您的事情通通告诉我？您知道，我实在是对您关心呀。"

"您听到过我什么事情，莱蒂？"他心平气和地问。

"哦，首先我听到您父亲的遗嘱问题，随后您又跟公司脱离了关系，此外还有不少关于凯恩太太的流言蜚语——对此我压根儿不大感兴趣。您懂得我的意思吗？难道您不想改邪归正，重新获得你的合法产业吗？依我看，这是一种巨大的牺牲，莱斯特，除非您真心实意爱她，那当然就另当别论了。请问，您到底爱她吗？"她狡黠地问。

莱斯特沉思了半晌。"莱蒂，您最后这个问题，我实在不知道怎样回答才好，"他说，"有时候，我想是爱她的；有时候，我连自个儿也都不知道是不是爱她。现在我就完全坦白地跟您说，说实话，我从来都没有遇到过像这样奇怪的窘境。您是很喜欢我的，而我呢——得了吧，我说不上来对您有什么感想，"他苦笑了一下，"可是不管怎样，反正我可以对您坦白地说，我至今还没有结婚呢。"

"我也是这么想的。"他刚说完，莱蒂立刻接上去说。

"我之所以没有结婚，是因为我始终犹豫不决，对这事总是拿不定主意。我头一次看见珍妮的时候，仿佛觉得她就是我有生以来见过的最迷人的女人。"

"这就充分说明您那时候对我是怎么个看法了。"杰拉尔德太太马上打断了他的话。

"如果您愿意听下去，请先不要插话，好吗？"他微笑着说。

"有一件事请您先告诉我，"她接着问，"以后我就不再多问了。那就是——发生在克利夫兰的事吗？"

"是的。"

"可我也听人们这么念叨过的。"她随声附和着。

"那时候她就是这样——"

"叫人一见倾心，可不是吗？"莱蒂又按捺不住插嘴说。因为她这时总觉得有点儿伤心似的，"我知道。"

"您到底让不让我把话说下去嘛？"

"对不起，莱斯特。一提到过去，我不由得要心酸呢。"

"得了吧，反正那时我已是神魂颠倒了。我认为她是天底下最最理想的美女，哪怕她的出身跟我有点儿不一样。我们是个民主国家嘛，因此，我想，就是把她娶了也无妨，于是我——不用说，反正您也都知道了。一句话，我错就错在这里。当时我没想到这事竟然会带来如此严重的后果。在这以前，除了您以外，哪一个女人——我都看不上眼的，而且，即便是对于您——恕我在这里坦白地说，我那时也不知道自己愿不愿意跟您结婚。我想，我还是干脆不结婚为好。当时我暗自琢磨，无非就是先把珍妮占为己有，以后，等到腻味了，大家可以分手呗。我只要给足她赡养费，不就完了嘛。以后，我和她各走各的道，就像陌路人一样。这个意思您总明白吧？"

"是的，我明白。"莱蒂听了他的自供状后回答说。

"可是，莱蒂，你猜，结果出乎我的意料之外。她是一个气质与众迥异的女人，她的感情世界太丰富了。尽管并没有受过我们所要求的那种教育，她却具有一种天生的文雅和机智。她既是一个好管家，又是一个理想的母亲。她是天底下最有情意的人。她爱她的母亲和父亲，那就不是言语所能形容的了。她爱她的女儿——是她的，不是我的——也是无与伦比的。虽然她并没有像上流社会仕女们那样的温文尔雅，她跟人家谈话时也并不是那样妙语连篇，应对如流。

我觉得她的思路相当慢。她有一些重大的想法，从来都不溢于言表，可是，不难看出她是始终有所思考，有所感受的。"

"您是在给她唱赞歌呢，莱斯特。"莱蒂说。

"我哪能不唱呢，"他回答说，"她的确是个好女人，莱蒂。不过，尽管我说了那么多的好话，有时候我觉得自己仅仅是同情她罢了。"

"不要说得太肯定吧。"她警告他说。

"确实如此，不过，为了她，我后来招来了许多麻烦。如今我才懂得，我一开头就该跟她结婚的。就是因为当初没有结婚，才产生了那么多的纠缠，那么多的争吵和那么多的流言蜚语，竟使我茫然不知所措。又因为我父亲修改了自己的遗嘱，事态也就愈演愈烈。现在，我要是跟她结了婚，那么，我丧失的财产就要达到八十万元——其实比这个数字还要多得多，因为如今公司已经成为一个托拉斯了。所以，说得准确些，应该是二百万元。如果我不跟她结婚，那么，再过两年以后，我是一点儿都没有了。当然，我可以假装说已经跟她分手了，可我又偏偏不愿意撒谎。我可不能用这样的办法叫她伤心，要知道，她对我历来是忠贞不贰的。现在我扪心自问，说实话，我还不知道是否一定要把她遗弃。老实说，我压根儿不知道该怎么办才好。"

莱斯特突然顿住，仿佛沉浸在遥远的回忆里。他点上了一支雪茄烟，然后抬眼眺望窗外。

"难道这个问题真的解决不了吗？"莱蒂两眼俯视着地板，反问了他一句。她沉默了一会儿，站了起来，两手按在他那坚实浑圆的脑袋上。她那件常穿着的黄绸衫，带着一点儿香气，轻轻地碰着他的肩膀。

"可怜的莱斯特啊，"她说，"您确实是把自己拴住了。但这是一个很难解开的结，我亲爱的，您得快刀斩乱麻才行。您为什么不去找她一起谈谈，就像此刻你跟我谈的那样，向她详细地交代清楚，看看她自己会有怎么个想法呢？"

"这似乎太残忍了吧。"他回答说。

"听我说，你非得这样办不可，亲爱的莱斯特。"她坚持自己的看法说，"您可再也不能老是这样浑浑噩噩下去了，你实在犯不着委屈自己嘛。坦白地说，我是不会劝您跟她结婚的；但我说这话可不是为自己着想，哪怕您甩掉过我，现在我依然乐意嫁给你。这会儿，我就老实对您说——不管您是否主动来找我，反正我总是爱您的，而且永远是爱您的。"

"我知道。"莱斯特说着，站了起来。他握住了她的双手，好奇地端详着她的面孔。过了一会儿，他才转过脸去。莱蒂激动得几乎喘不过气来，他这一行动竟然使她心驰神往了。

"可是，莱斯特，像您这样一个阔佬，区区万元的年金是没法儿过日子的，"她继续说下去，"您在社会上已是一个知名人物了——您哪能老是袖手旁观，随俗浮沉呢？您应该回到您原先所属的那个金融界去广泛交际应酬才好。只要您能恢复您在父亲公司里的权益，谁都不会来找您的麻烦、揭您的老底的。这时，您就可以提出自己的条件来了。您如果把事实真相告诉她，我敢说，她总不至于会反对吧。如果她真的疼您，就像你刚才所说的那样，那么，她就一定会乐于做出这样的牺牲。对于这一点，我是深信不疑的。当然，给她的赡养费，您就得要大方些。"

"珍妮要的，并不是钱啊。"莱斯特脸一沉地说。

"得了吧，反正她没有您也照样能过日子的；不过，有了更多的进项，她就可以生活得更舒服了。"

"只要我有办法，她生活上绝不会紧巴巴的。"他一本正经地说。

"可是您非得离开她不可，"她又以断然的口气坚持说，"您非得离开她不可。每一天的时间，对您来说都是珍贵的，莱斯特！您为什么不马上就下决心——比方说，今天就下决心？那您究竟为什么不呢？"

"可不能这么快呀！"他提出异议说，"这事情是很棘手的。老实跟您说，我不乐意这么干。要是这样对待她，似乎太残忍——也太不公道了。我可不愿意把自己的事情声张出去。直到现在，我跟任何人都没有谈过这件事——连我的父亲、母亲，也都没有谈起过。可是您呢，我觉得似乎比谁都亲；今天既然遇到了您，我就认为应该向你解释清楚——当然，这就是我的真心诚意吧。我也很关心您。我不知道您也许会认为既然如此，怎么还会有这样的事情。但是，我说事情确实就是如此。您和我真可以说情投意合，此刻我觉得比过去更亲近了。您千万不要皱眉头。您要我说实话，是不是？那么，刚才我都照实跟您说了。现在请您谈谈您对我的看法，如果您觉得方便。"

"现在我不想跟您争辩，莱斯特，"她把手搁在他的胳臂上，细声柔气地说，"我只不过是想爱您罢了。这些事情的来龙去脉我全都十分了解。我为自己难过，我也为您难过。我还要——"她迟疑了一下，"为凯恩太太难过。她是一个可爱的女人。我喜欢她，我可真的喜欢她哩。但她跟您是怎么也配不上的，莱斯特，她实在是配不上的。您需要的是——另一种女人。我们现在背后议论她，好像不太光明正大，但说实在的，都是公道话。我们要看到每个人都有自己的长处。我相信，您要是像刚才对我所说的那样，把事实的真相全都摆在她面前，她也许会理解您的苦衷而表示同意的。她绝不会存心伤害您的。要是我处在她的地位，莱斯特，我就会让您走。我说的是实话，想来您也会相信我的。我想，凡是心眼儿好的女人总都应该这样。这种办法哪怕叫我伤心透顶，可我还是心甘情愿。当然，她也要伤心透顶的，可她就是应该让您走嘛。现在，您留心听着，她是会让您走的。我想，我跟您一样是非常了解她的——说不定比您了解得更透彻——因为我毕竟是个女人。啊，"她沉吟了半晌，又接下去说，"我恨不得亲自找她谈一谈，所有问题我都能够向她解释清楚。"

莱斯特两眼直瞅着莱蒂，对她这样热切的关注不由得深感诧异。她是美丽的，富有诱惑力的，而且简直是太可贵了。

"总不能这么快吧，"他又重复了一遍，"让我再想一想，还得要有一些时间考虑嘛。"

她沉默了片刻，仿佛有一点儿灰心，但态度还是很坚决。

"应该马上就行动起来。"她也重复了一遍，这时，从她的目光里就能窥见她整个心灵。她要的是这个人，因而让他看出自己的这种心愿，她也并不觉得害羞。

"那就让我考虑考虑吧。"他实在很窘，说完这句话，就匆匆地跟她告别，独自离去了。

第五十一章　格哈特结束悲惨的一生

莱斯特郑重其事地对自己的困境考虑了很久，本来打算马上就要采取行动了。哪知道，他在海德公园附近的寓所里发生了特殊变故，致使事态更加复杂化。原来，格哈特的健康开始迅速恶化了。

格哈特已经不得不逐渐放弃了自己掌管的种种家务，到最后，他干脆卧床不起了。他独自躺在房间里，就由珍妮悉心侍候他。维思德经常去他那里，莱斯特偶尔也过来看看他。格哈特从离床不远的窗口，可以看到户外草地和附近大街上的景色，所以他常常长时间地凝望窗外，暗自纳闷，万一他不在人间了，真不知道这个家该怎样过日子呢。他一直在疑心马车夫伍兹并没有看管好马匹和马具，送报的人也没有按时把报纸送到，烧锅炉的人太浪费煤了，即便这样，家里烧得还不够暖和。此外，还有许许多多鸡毛蒜皮的事情都叫他牵挂在心。他深知治家之道，他自己争着做的种种事情历来都是一丝不苟，因此，他常常担心万一他咽了气，事情就会乱了套。珍妮给他做了一件镶着深蓝色绸面料、极其豪华的羊绒晨衣，又给他买了一双又软又厚的粗羊毛拖鞋，但是他偏偏都舍不得穿。他宁愿躺在床上，念念《圣经》和路德宗教会主办的报纸，有时还要问问珍妮家里的事怎么样了。

"我看你最好到地下室去，看看那个小伙子在干啥呢。我们屋子里连一点儿暖气都没有了，"他常常这样发牢骚，"我敢打赌说他准坐在那里看书，忘了添煤块，你看炉火都快要灭了。那儿柜里有的是啤酒，就随他去喝吧。你最好还是把它锁起来。你到底还不了解他这个人是好是孬，说不定他就是个坏蛋呢。"

这时，珍妮就要提出相反的看法，说家里的暖气并不是不热，那个人也是个呱呱叫的美国人——即使他喝了一点儿啤酒，也算不了什么。哪知道格哈特听了以后，立刻火冒三丈了。

"嘿，你们老是这个样子，"他使劲儿地喊道，"你们简直不会精打细算过日子。要是我不管，你们对什么事情都是睁一眼闭一眼的。他是个好人?！那你怎么知道他还是个呱呱叫的好人呢?！他烧好了锅炉没有? 没有。院子扫干净了没有? 没有。你要是不盯住他，他就跟别人一样，都不是好东西。家里的事，你就得亲自下去看看才行。"

"好的，爸爸，"她竭力安慰他，"我会照看的，您就不用操心啦。我会把啤酒柜锁起来的。现在您要喝一杯咖啡，吃两片面包吗?"

"不，"格哈特马上叹了一口气说，"我胃里很不舒服，我真恨不得快点儿好起来呢。"

梅金大夫是宅邸附近首屈一指的内科医生，学识经验都好，珍妮就特地把他请过来给父亲治病。医生的嘱咐很简单，就是要——喝热牛奶，服用药酒补剂，再加上休息，但他又关照珍妮说可不要抱太大的希望了。"您知道他已经那么大的年纪了。目前他体质又非常虚弱。要是他年轻二十岁，我们治疗的方法就很多了。说实话，现在他早已病入膏肓。他也许可能再拖一些日子。说不定他还能起床，走动走动，以后我就不敢担保了。您说，我们谁能长命百岁呢? 只不过是时间早晚罢了，所以现在我也都不用担心了。论年纪，我自己也已经够老了。"

珍妮一想到父亲病危弥留的事，心里不免感到悲痛，但她又转念一想，父亲他最后这几年确实舒舒服服过上了好日子——想到这里，心里倒也宽慰不少，因为在这里，至少一切都不用他格哈特操心了。

没过多久就明显地看出，这是格哈特的最后一场大病了。因此，珍妮认为自己有责任赶快通知兄弟姐妹。她给巴斯写信时只说父亲身体不太好，巴斯回信说他很忙，除非父病危在旦夕，他是难以脱身的。巴斯接着又说乔治住在罗彻斯特，在成批出售花纸的工厂——大概是在谢夫·杰弗逊花纸公司工作。玛莎和她的丈夫已到波士顿去了，她的住址是在波士顿城外一个名叫贝尔蒙特的小镇。威廉住在奥马哈，给当地一家电气公司工作。维罗尼加已嫁给一个名叫艾伯特·谢里登的人，她的丈夫是在克利夫兰的一家药品批发公司做事。"尽管她没有来看过我，"巴斯很生气地说，"但我还是会通知她的。"珍妮给他们每个人都写了一封信。维罗尼加和玛莎的回信写得都很简单。她们说知道父亲有病很难过，万一有个三长两短，希望珍妮要通知她们。乔治回信说，除非父亲确实病重，他暂时还不能来芝加哥，但他希望不时地听到父亲身体复原的消息。而威廉，据他后来跟珍妮说，当时并没有接到她的去信。

格哈特的病情急转直下，不由得使珍妮心情非常沉重；因为，尽管他们父女俩从前相互疏远过，但近年来两人之间感情早已水乳交融了。格哈特终于认识清楚，他那个一度被撵走的女儿，实在是善良的化身——至少她对于父亲的态度来说，确是无懈可击的。她从来没有跟他吵过嘴，也从来没有违拗过他。在他卧病期间，她在他房间里进进出出，一个晚上或是一个下午，少说也有十几次，一会儿看他是不是"很舒服'，一会儿问他想不想吃早点，还是吃午餐、晚餐。后来，他病得几乎虚脱了，她就整天守在他身旁看书，或者在他病床前做针线活儿。有一天，她在给他扶正枕头的时候，冷不防他抓住了她的手，一个劲儿地亲吻它。那时，他已经感到非常虚弱和沮丧了。珍妮惊讶地抬起头来，喉咙里好像被一团东西哽住了。这时，他眼里噙满了泪水。

"你是个——好孩子，珍妮，"他语不成声地说，"你待我好。过去我亏待过你，委屈过你，可现在——我已是个老头儿了。你饶恕了我，好不好？"

"爸爸，请别那么说呀，"她泪如泉涌地恳求父亲说，"您知道，谈不上要我饶恕您，我才需要您饶恕我呢。"

"不，不。"格哈特说。她一下子就跪在他床前号啕大哭起来。他用他那又黄又瘦的手抚摸着她的头发。"你听，你听，"他断断续续地说，"有许多事情，从前我不懂，到现在才懂了。唉，人真是越活越聪明呢。"

她推托说自己要去洗洗脸，就从父亲的房里走出来，其实，她又偷偷地痛哭了一场。难道他最后真的饶恕她了吗？可她过去就是这样欺骗过他呀！她想要更多地关心照顾他，但事实上几乎不可能了。不过，经过这次和解以后，他仿佛显得更快乐、更安详了。于是，他们父女两人又在一起愉快地度过了几个钟头，他们的话絮絮叨叨，谈个没完。有一回，他对珍妮说："你知道，我此刻觉得自己简直就像小孩子啦。我要是骨头不酸痛，真想爬起来，到草地上去跳一圈舞呢。"

珍妮虽然脸上露出微笑，暗地里却在饮泣。"您很快就会硬朗起来的，爸爸，"她回答说，"您慢慢地会好起来的。那时，我们俩一块儿坐车兜风去。"她想到这最后几年能使他过上舒心的日子，心里也很快活。至于莱斯特呢，他对格哈特也可以说是深切关注的。

"喂，他今天晚上怎么样？"莱斯特每天回到家里，都要这样询问，并且在晚饭以前，总要花上几分钟时间，到老头儿房间探视一番。"看来他气色还好，"他会跟珍妮这样说，"依我看，他总还可以活一些日子。请你不要发愁，好吗？"

维思德也用很多时间去陪伴外祖父，因为现在她已经很爱他了。

她有时随身带着书本——只要老人不觉得很讨厌——到他房里去朗诵课文，有时把他的房门敞开，索性弹钢琴给他听听。莱斯特又给了她一个美妙动听的百音盒，有时她就拿到他房间去给他摆弄一番。有时候，他实在感到百无聊赖了，就只要珍妮独个儿来陪伴他。珍妮默默地坐在他床边做着针线活儿。她心里明白，他已是离大限不远了。

格哈特始终是那副老脾气，临终前，对他身后诸事也都考虑得十分周到。他希望安葬在离南城还有数英里之遥的那个路德宗教堂的小墓园，请教堂里那个和蔼可亲的路德宗牧师来主持他的葬礼。

"一切从简，"他嘱咐说，"只要给我穿上那身黑色衣服和我礼拜天穿的那双鞋子，系上那条黑领带就够了，别的我什么都不要。我能这样，也就心满意足了。"

珍妮恳求他别说这些伤心的话，可是他偏偏要说下去。有一天是在下午四点钟的时候，他的病突然一发作，五点钟就死了。当他弥留之际，珍妮紧紧地抓住父亲的手，看着他特别费劲儿地喘着气。有一两回，他睁开自己的眼睛，朝着珍妮微笑。"我，死也瞑目了，"他临终前说，"我已算是尽力而为啦。"

"您可不要说死呀，爸爸。"她恳求说。

"反正大限已到，"他说，"你待我是好的，你是一个好闺女。"

随后，她就再也听不到他的话了。

格哈特悲惨的一生就这样结束了，却使珍妮感到深切的悲痛。原来，他们父女俩相依为命，情深似海。在她看来，格哈特不仅是她的父亲，还是她的良师诤友。现在她已看到了他的本色——他是一个刻苦耐劳、忠实淳厚的德国老人，竭尽全力支撑着一个惹人烦恼的家庭，老老实实地度过了他的一生。事实上，她曾经成为他心上的一大累赘，而且在他临殁以前，她也从来没有把实话告诉他。她心里纳闷，真不知道他死后是否会发觉她从前对他说过假话。那时他会饶恕她吗？要知道，他曾经说过她是——一个好闺女的。

格哈特所有的子女，珍妮都打电报去通知了。巴斯回电说马上动身，转天果然到了。其他弟妹回电说他们都不能来，但要珍妮向他们详细地报告情况，于是，珍妮又分别给他们写了信。路德宗教堂的牧师已请过来给死者做祈祷，并且择定了殡葬的日期。从殡仪馆请来了一个胖墩墩的而又自命不凡的掌柜，来料理一切丧葬事宜。有几个邻居——就是说，对他们家仍然最信得过的那几个朋友——也来这里吊唁；在他死后的翌日上午，就举行了葬礼。莱斯特陪同珍妮、维思德和巴斯来到了一座用红砖头砌成的路德宗教会的小教堂，他呆头呆脑地坐在那里，参加那些相当干巴巴的葬礼仪式。那时，关于来世的美好生活的冗长的讲道，简直叫他听得厌倦了，而一提到地狱的时候，他更是火冒三丈。巴斯也听得厌烦透顶，但表面上还很克制。如今，在他看来，父亲已经是跟陌路人差不多了。只有珍妮在由衷地伤心哭泣。她仿佛在回忆父亲的一生，想起了他那含辛茹苦的漫长岁月——那时他不得不靠锯木谋食；他独自住在工厂一个顶楼上；他们被迫住在第十三街的陋屋里；他们在克利夫兰洛里埃大街过的苦日子；父亲起先是因为她，后来因为格哈特太太之死而感到悲痛；他对小外孙女维思德的爱和关心，以及最后逝世前那些值得怀念的日子。

"哦，他真是一个好人，"珍妮心里想道，"他的心眼儿是那么好。"这时，大家正在高唱赞美诗《我主是强大的堡垒》①，珍妮却在抽抽噎噎地哭泣。莱斯特拉了一下她的胳膊肘。他见她这样哀恸逾恒，连自己也都忍不住差点儿哭出来。"你可不要伤心得这个样子。"他低声耳语说。

"我的天哪，我几乎受不了了。我马上就得站起来，非出去不可了。"珍妮稍微镇静了一些，可是，她跟父亲之间最后的诀别确实使她心里无比难过。莱斯特马上在救世主墓园里给他买了一小块地。他们目睹那个普通棺木放入墓穴，然后铲起泥土把它盖上。莱斯特好奇地看着那光秃秃的树木，那灰黄色的枯草，以及这个平淡无奇的墓旁刚被加高培厚的一堆褐色的泥土。他觉得，这块墓地一点儿都不显眼。这是普通的、简陋的、一个劳工的最后归宿之地，但是，死者既然生前选定要葬在这里，那也一定是得其所在了。他仔细端详巴斯机灵而又瘦削的脸孔，心想，这个人不知道是干什么行当的。不知怎的，他觉得巴斯好像在开烟铺子，生意挺不错。他看着珍妮正在擦已经红肿了的眼睛，禁不住又自言自语，"唉，她的心眼儿真好。"那时，珍妮的感情确实是那么深挚动人。"不消说，她是个——好女人呢。"莱斯特又在暗自思忖。

他们顺着尘土飞扬的街道一起回家。这时，莱斯特在谈论人生问题，巴斯和维思德都在一旁听着。"珍妮总是把事情看得太认真了，"他说，"她仿佛有一点儿病态的倾向。原来人生并不是那么坏的，只因为她自己太过于敏感罢了。其实，我们谁都有烦恼的，只不过有的人多一些，有的人少一些，反正大家都得设法对付过去。所以，我们就不能断定说谁比谁好，或者谁比谁不好。要知道，我们各人都有各人的烦恼呢。"

"可我就是抑制不住自己，"珍妮说，"因为我觉得，有些人实在是太可怜了。"

"珍妮总是带着一点儿感伤情绪。"巴斯也插进来说。他觉得莱斯特这个人了不起，生活过得美滋滋的，珍妮真可以说是交上好运了。珍妮竟然会有今天，

① 系德国宗教改革运动的领袖马丁·路德所写的一首流行极广的赞美诗。

看来是他始料不及的，人生——确实是不可捉摸的。不久前，他还以为珍妮已
是一筹莫展，绝不会有好结果呢。

"你自己应该坚强些，反正事情总不会老是像这样突如其来的。"莱斯特最
后说。巴斯的想法也是如此。

珍妮若有所思地凝视着车窗外面的景色。不一会儿，她回到了自己那座古
色古香、寂静无声的巨邸，但在这里再也见不到格哈特的踪影了。从今以后，
她再也见不到他了。他们终于下了马车，径直走进了书房。本来易于激动而又
富有同情心的女仆珍妮特立刻端上茶来。

过了一会儿，珍妮就照料家事去了。这时，她好奇地琢磨着，真不知道自
己死后将被埋葬在哪里呢。

第五十二章　律师的宣讲

对于格哈特之死，莱斯特原是无动于衷的，只不过见到珍妮十分哀恸，略表同情罢了。他之所以喜欢格哈特，只是因为他有许多优秀的品质；除此以外，他就谈不上对他还有什么感情了。他为珍妮心情舒畅起见，就带她到矿泉疗养胜地去住了十天光景，打算回来以后再把事实真相对她说明。那时，他索性开门见山，把这个问题摆到她面前来。现在，看来事情也比过去好办得多，因为地产生意损失惨重的前景，莱斯特已经跟珍妮说过了。他对杰拉尔德太太至今仍感兴趣，她也是知道的。他和杰拉尔德太太确实和好如初的事，莱斯特本人也直截了当地跟珍妮说过。起先，杰拉尔德太太曾经正式邀请他带着珍妮一起到她府上去，她本人却从来不回访，当然，珍妮心里也十分明白，她是不会来的。如今父亲已过世了，她就开始纳闷，真不知道自己将来命运如何；她担心莱斯特是不可能跟她结婚了，事实上，他根本没有流露过要跟她结婚的意思。

说来也真凑巧，那时罗伯特也下了决心，要采取断然行动了。他认为，自己直接出面已经感动不了莱斯特——因为过去找过他，所以也不想再试一下了——但他心里在想，还不如向珍妮身上施加一些压力。依他看，珍妮大概还是讲道理的。如果莱斯特至今还没有跟她结婚，那就一定让她明白，他根本没有要跟她结婚的意思。要是委托某一个可靠的第三者跟她晤面，把情况向她一一说明，当然，给她丰厚的赡养费也包括在内，那么，她要是自愿离开莱斯特，从而结束这一场风波，岂不是更好吗？他想，莱斯特毕竟是他的兄弟，总不该让自己的财产白白地扔掉了。既然现在罗伯特把许多重要事情都抓在自己手里，所以他尽管可以做出这种宽宏大量的姿态。最后，他就决定请奈特－基特利－奥布赖恩联合法律事务所里的奥布赖恩先生居间斡旋，因为奥布赖恩虽然身为律师，但是很会说话，而且脾气好，心眼儿也挺不错。这么一来，莱斯特的亲属对她有何看法，以及莱斯特如果继续跟她保持关系，必将受到多大的损失等等情况，奥布赖恩都可以详详细细地向她说明。莱斯特如果已经跟珍妮结过婚，奥布赖恩当然一定会知道的。至于给珍妮的赡养费，不妨优厚些——比方说，五万、十万甚至高达十五万都可以。于是，罗伯特把奥布赖恩请过来，当即面授机宜。奥布赖恩既然是阿奇博尔德·凯恩产业的法律顾问，了解一下莱斯特的最后决定当然也是他分内的事。

奥布赖恩先生到了芝加哥，先是去找莱斯特，偏偏这一天莱斯特出城去了。他觉得绝不能虚此一行，就径直来到海德公园附近的宅邸，出示自己的名片，让仆人转交给珍妮。珍妮一点儿都不知道他负有重大的使命，几分钟后就下楼来了。奥布赖恩先生非常殷勤地向她寒暄了一番。

"这位就是凯恩太太吗？"他歪着脑袋问道。

"是的。"珍妮回答说。

"想来您已看过名片了，我就是奈特－基特利－奥布赖恩联合法律事务所的奥布赖恩，"他开始说，"我们就是已故的凯恩老先生——就是您的，哦，凯恩先生的父亲的法律顾问。我今天十分冒昧来访，您也许会感到奇怪，可是，问题在于，您丈夫的父亲在遗嘱上所规定的几个条件，跟您和凯恩先生都有非常重大的利害关系。这几个条件非常重要，我觉得，您应该知道——如果凯恩先生还没有跟您说起过。依我看——恕我直言——可是，从这些条件的特殊性来看，我敢说，也许他是不会告诉您的。"说到这里，他沉吟不语，仿佛满身都露出盘问的神气——瞧他脸上的每一个部位，几乎都打着一个疑问号。

"我几乎什么都不知道，"珍妮说，"那遗嘱上的事，我一点儿都不知道。如果里面有我应该知道的事项，我想，凯恩先生总会告诉我的。不过，到现在他还没有跟我说过一个字哩。"

"啊！"奥布赖恩先生感到非常满意，喘了一口气说，"我果然是料到了。现在，不妨让我先把这件事情扼要讲一下，然后请您自己定夺愿不愿意再听详情。请您坐下，好吗？"直到此刻，他们还都是站着讲话呢。于是珍妮坐下来，奥布赖恩先生也随手拉来一把椅子，在她旁边坐下。

"我这就开始讲，"他说，"当然，不用我说您也知道，那就是凯恩先生的父亲对——于——噢——您和他儿子之间的这种结合历来是很反对的。"

"我知道——"珍妮刚要说下去，可又马上顿住了。她一下子感到头昏目眩，心乱如麻，而且觉得有一点儿害怕。

"凯恩老先生在临终前不久，"奥布赖恩继续说，"就向您的——嗯——莱斯特·凯恩先生当面表示过反对的意见。后来，他在遗嘱中就遗产分配方面规定了几个条件，这么一来，他的儿子，也就是您的——嗯——您的丈夫要想得到他的那份合法产权，看来就很难了。按常理说，他完全可以继承凯恩车辆制造公司产业的四分之一，照目前行情计算，约值一百万元，甚至要多些；此外还可以分到其他财产的四分之一，目前大概也值五十万元左右。据我判断，凯恩老先生实在是巴不得他的儿子来继承这份财产的。但是，根据您的——嗯——凯恩先生的父亲所规定的条件，莱斯特·凯恩先生如果不依照他父亲生前的——遗言，那就没法儿得到他的那份遗产。"

说到这里，奥布赖恩先生就顿住了，眼珠子却滴溜乱转着。尽管刚才他是带着满脑子的成见来的，这时却被珍妮那种楚楚动人的容貌深深地感动了。莱斯特之所以不顾众人的反对，硬是不愿跟她分手的原因，到今天他才闹明白了。他一面坐在那里等她回话，一面继续悄悄地仔细端详着她。

"那他的遗嘱是怎么说的？"她终于开口问道。在一阵难堪的沉默以后，她反而觉得有点儿紧张起来了。

"您问到这个问题，我感到非常高兴，"奥布赖恩先生继续说，"可是这个问题，我觉得很不好谈……说真的，很难启齿呢。现在我是以凯恩家族产业的特派代表的身份来的，可以说，我就是凯恩老先生的遗嘱执行人。我知道您的——嗯——凯恩先生对于此事是挺焦急的，我知道您听了也一定要焦急。

不过，这是非常棘手，又是没法儿回避的事情，不管怎样，反正都得设法加以解决。现在，我虽然很不想说出来，但是我还得要向您交代清楚：凯恩老先生在遗嘱里说，除非——除非是——"奥布赖恩先生的眼珠子又在滴溜乱转起来——"他自愿跟……啊……跟您分手，"——他顿住了，又喘了一口气，说，"否则，任何一宗遗产他都不得继承，换句话说，仅仅给他区区一万元的年金，而且得以他跟您结婚作为条件。"他又顿住了，"这里我还要说一点，"他继续说，"那遗嘱上说宽限他三年时间，让他做出最后决定。现在，这个期限眼看快要满了。"

这时，他沉默不语，心想，也许珍妮会感到无比激动，哪知道她只是目不转睛地望着他。显然，由于惊愕、忧伤和不幸，她两眼早已模糊不清了。现在，她才明白了，原来莱斯特是为了她而牺牲自己的财产的。近来他做的地产生意，就是他为了恢复名誉，谋求独立而做出的一种努力。最近以来，她常常纳闷，觉得他好像总是心事重重，烦躁不安，直到此刻才真相大白。原来他郁郁不乐，就是担心即将失去自己的遗产，可是，他对她始终只字不提。这么说，他的父亲真的把他应得的遗产取消了！

奥布赖恩先生坐在她面前，心里也觉得困窘不安，眼看着她一下子变了脸色，不由得也替她难过。但是话又说回来，他还得向她说明真相，应该让她自己心里明白。

"我实在感到很抱歉，"他看到她不准备马上回答，就说，"因为是我把这个不幸消息通知您的。老实说，连我自己心里也都觉得非常苦恼。我个人对您根本没有恶意——这一点您当然会谅解的。他们一家人现在对您也没有什么恶意——这一点我希望您能相信。记得宣读遗嘱的时候，我就跟您的——嗯——凯恩先生说过，我个人认为这是很不公道的，可是，我只不过是凯恩老先生的法律顾问和遗嘱执行人，不用说，我是爱莫能助的。我想，您最好了解这事的真相，这样才好帮助您的——您的丈夫，"他意味深长地停了一下，"尽可能找到一种解决办法。眼看着他的所有钱财将要丧失殆尽，我和他家里人一样都觉得非常惋惜。"

珍妮本来早已背朝他凝视着地板，这时才又转过脸来，直瞅着他。

"他不应该失去自己的遗产，"她说，"那样，就太不公平了。"

"听到您说这句话，我可非常高兴，凯恩太太，"他头一次不假思索地对她使用莱斯特的妻子这个称谓，"我也不妨很坦白地跟您说，我来的时候还怕您一听到这个消息，也许会表示另一种态度呢。当然，您知道凯恩家里对婚姻大事是看得很重的。比如说，那位凯恩老太太，就是您的——嗯——您的丈夫的母亲，她是个非常傲气甚至有点儿矜持的妇道人家；至于他的兄弟姐妹呢，他们对于进门的兄嫂弟媳，也都有一定的明媒正娶之类的观念。他们都认为，他跟您的这种关系是不正当的，而且是——恕我说得有点儿冷酷无情——普遍感到不够满意。您知道，最近几年里他们一块儿商议过多次，凯恩老先生已经不指望通过家庭协商来扭转这种局面了。他觉得，他的儿子一开头就走错了道。所以，他在遗嘱上特别规定一条，大意是说，如果您的丈夫——对不起——如果他的儿子不愿意跟您断绝关系，但又想继承他的那份合法财产，那么，他就只能得到我刚才对您说的区区一万元的年金——他还必须——嗯——他还必须——原谅我，我的话说得未免太残酷了，可我心里并不是这样想的——他还必须跟您结婚，才算符合条件。"

珍妮听了以后，简直就像万箭钻心似的，当着她的面说出这种话来，实在是太残酷无情了。是的，这种非法的同居关系已经没法儿指望得到圆满的结局了。她已经看得很清楚，要解决这种不幸的纠葛，只有一个办法：不是她离开他，就是他离开她，此外毫无选择余地了。莱斯特能靠这一万元年金过活吗！看来真是太可笑了！

奥布赖恩先生简直出神地望着她。他暗自琢磨，莱斯特可以说是错了，但也可以说是没有错。只怪他当初为什么不跟她结婚呢？她的确是迷人的。

"关于这件事情，我还有一点要向您说明一下，凯恩太太，"他随和地继续说，"现在，我觉得，说不说反正对您并没有多大关系了，可我这次是受人之托而来的，实在是万不得已，不说不行哪。我希望您对我所说的话千万不要产生反感。我不知道您对您丈夫的钱财出入是否了解？"

"不了解。"珍妮干脆利落地回答说。

"那么，好吧，现在我们索性长话短说，力求简单，让您一听就明白。那就是说，您要是决心帮助您的丈夫解决这个极其困难的问题，坦白地说，您如果决定自愿离开他，独个儿生活，那我就十分高兴地说——啊——不管要多大的款子，比方说——嗯——"

珍妮立时站了起来，双手紧攥着，几乎两眼昏黑地走到窗前。奥布赖恩先生也跟着站了起来。

"好，那就请您自己斟酌吧。反正只要您下决心断绝这种关系，我受他们的委托郑重地通知您，随您高兴开出多少款子，五万、七万五、十万——"奥布赖恩先生自以为对她特别慷慨大方了，"就是说，给您单独存开，随时可以支取。往后，您一定什么都不会短缺的。"

"够了，请您不要再说了。"珍妮说。她听后简直伤心透顶，一时竟然说不出话来，也不再听他的话了，"不要再说了。请您快走吧。请您开开恩，让我独自待一会儿。我会离开他的，我也愿意离开他，我说话是算数的。只是请您再也不要说下去，可以吗？"

"我完全知道您心里难过，凯恩太太，"奥布赖恩先生显然了解到她的心里万分痛苦，但还是继续说，"我是十分同情您的，您要相信我。我要转达的话，都跟您说过了。要知道这个差使也很难办——实在伤透脑筋，万不得已，我才来的，真抱歉。我的名片留在您这儿，请您注意我的名字。您什么时候要我来，我随叫随到，或者您写信给我也可以，我不再耽搁您的时间了。我实在是非常对不起您。我希望您不要跟您丈夫说我来过这里——最好说是您自己拿的主意，解决这个问题的。我对他的深情厚谊一向非常珍重，因此，我实在感到非常抱歉。"

珍妮只是耷拉着眼皮，默默地站着。

奥布赖恩先生走到过道里，取下了自己的外套。珍妮按了一下电铃叫女仆，珍妮特应声而至。奥布赖恩先生步履轻快地往前面小道走去；珍妮则回到了书房，孤零零地坐在那里，双手托住下巴，两眼俯视着，仿佛觉得那块土耳其丝绒地毯上的古怪花纹一下子变成了令人罕见的图画。她好像看见自己置身在一间小屋子里，只有维思德一个人守在她身边；她又看见莱斯特住在另一个世界，杰拉尔德太太紧偎在他身旁。她看见眼前这所府邸早已空空洞洞了，随后又挨过了漫长的岁月，随后……

"哦!"她沉重地叹了一口气，竭力忍住才没有哭出来。她用手抹去了噙在眼里的热泪，然后站了起来。

"一定是这样的，"她心里自言自语，"一定是这样的。本来早就应该这样结束的。"这时忽然又想起来，"哦，多谢老天爷，幸亏爸爸已经死了! 这样的结局总算没有给他看见。"

第五十三章　决断与离别

　　莱斯特早已决定，不论将来跟珍妮分手也好，还是合法结婚也好，都要向她解释一番，所以奥布赖恩先生刚走不久，看来也就势在必行了。奥布赖恩先生来访的那天，他正好到威斯康星州一个名叫赫吉威希的小工业城市去，因为那里正在试验一种可以启动升降机的新型发电机，特地邀请他去参观——而他也想亲自去看看能不能在那里进行投资。次日他回到家里，尽管心里在盘算如何遗弃她，但还是如同往常一样，准备跟珍妮谈谈此次出门的观感，哪知道一进家门，好像到处笼罩着一种消沉的气氛，因为这时珍妮虽然已做出了认真而又明智的决定，但她毕竟不是善于掩饰自己感情的那种女人，她正在冥思苦索着自己的行动方案，左思右想，最后认为离开莱斯特才是上策，但又担心自己没有足够的勇气向他当面讲明。她觉得像从前那样跟他不辞而别也是不行的。其实，他是应该同意她离开的。她深信采取这一行动——断绝关系——是必要的，是可取的。她不认为莱斯特即使愿意为了她牺牲这么多的遗产，料他也绝不会有这种勇气，这是万万办不到的事，但他始终默不作声，置危险于不顾，把事情一直耽误到今天——叫她不由得大吃一惊。

　　他走进家门后，珍妮还是像平常一样笑脸相迎，只不过看起来好像有一点儿不太自然罢了。

　　"一切都很顺利吧？"她还是用她平日常用的习惯语问他。

　　"当然很好，"他回答说，"那你呢？"

"还不是跟平时一样。"她陪他一起来到了书房。他走到壁炉前，用长柄火筷拨弄了一下炉火，这才转过脸来，把整个房间扫视一遍。那是一月里的一天下午，大约五点钟光景。珍妮走到窗前，把窗帘放了下来，一回过身来，莱斯特正在仔细地端详她。"我看，今天你的神色怎么跟往日有点儿不一样？"他一眼看出她态度有些失常，才这样问。

"哪里的话，我觉得很好。"她虽然这么回答，她的两片嘴唇却在颤抖着——分明被他看出来了。

"我说，你别瞒我啦，"他仍然目不转睛地盯住她，"你到底有什么心事？难道家里出了什么事？"

她把脸背过去，喘了一口气，让自己心情镇定下来，然后又转过身来面对着他。"是的，有一点儿事，"她好不容易说出了口，"我可不得不告诉你。"

"我知道你心里有什么事的，"他脸上还露出一丝笑容，虽然心里已经觉察到她这句话里包含非常重要的内容，"那到底是什么事？"

她沉默了片刻，一个劲儿地咬着自己的嘴唇，简直不知道该从哪儿说起才好。末了，她才打破了这种冷场，说，"昨天，这里来了一个人——一个名叫奥布赖恩先生的，是从辛辛那提来的。你认得他吗？"

"不错，我认得他。他来干什么呢？"

"他是来跟我谈谈有关你和你父亲遗嘱的问题。"

她顿住了，看见他马上满脸愁云。"真见鬼，要他来跟你谈什么我父亲的遗嘱，呸！"他大声嚷道，"他跟你胡扯些什么来着？"

"请你先不要恼火，莱斯特。"珍妮平心静气地说，因为她心里明白，若要解决这个问题，她自己就非得平心静气不可，"他对我说，你为了我正在做出多么大的牺牲，"她继续说，"他还提醒我，说你失去遗产的时限已经迫在眉睫了。难道你不想马上就采取行动吗？你还不愿意及早离开我吗？"

"该死的家伙！"莱斯特恶狠狠地说，"嗯，真见鬼，要他来管我的事？我真不懂他们为什么不让我清静些？"他简直气得浑身哆嗦起来。

"全是该死的家伙！"他又大声嚷了起来，"这准是罗伯特在捣鬼。奈特－

特利－奥布赖恩联合律师事务所为什么要干预我的事情呢？事情像这样下去，真是越弄越烦死人了！"这时，他脸色发青，眼里冒火，不用说，是怒火中烧了。

珍妮见他如此狂怒，吓得浑身上下瑟瑟发抖，她简直不知道该说些什么才好。

过了半晌，他心情平静多了，才接着说："好吧。那他到底跟你说些什么呢？"

"他说，你如果跟我结了婚，每年就只有一万元的进项。他又说，你如果不跟我结婚，仍旧跟我同居下去，那就连一个子儿都拿不到。如果你离开了我，或者是我离开了你，那么，你的一百五十万的财产就可以通通到手了。难道现在你还不想早早地离开我吗？"

本来她不打算马上就把这个大问题摊出来的，但是话已说到了这地步，这个问题便自然和盘托出了。她一闪念就想到，他要是真的爱她，就应该马上坚定地回答说一个"不"字。如果他对她无动于衷，他就会犹豫、延宕，千方百计要把这个问题拖到——天知道是哪一天呢。

"依我看，"他恼怒地反驳说，"依我看，现在还用不着去过问这种事，也不必马上采取行动。我反对的，是他们不应该上我这里来管我的私事。"

珍妮从他话里知道，对她态度冷淡仅仅是恼羞成怒而不是含情脉脉，简直叫她伤心透顶。她认为，问题的关键在于：不是她离开他，就是他离开她。而他呢，显然老是纠缠在奥布赖恩先生来访这个问题上。在他还没有采取行动以前，却先受到别人干涉——这才叫作受不了呢。她尽管看到眼前种种表现，也还是抱着希望，以为这么多年来他和她朝夕相处，同甘共苦，莱斯特对她总有些深情的——即使眼看着两人不得不分离，她想，他恐怕也绝不会真的忍心分离的。当然，他从来没有跟她结过婚，不过当初有种种重要原因，还是情有可原的。可是如今，在这最后的一刻，即使他认为万不得已让她走，也多少得对她表示一点儿深情吧。难怪这时珍妮觉得自己跟他虽然同居了这么多年，至今还是不了解他，不过，尽管她有这样的感觉，她还是认为自己确实是了解他的。他有他自己那种表达爱的方式，他不善于流露，自然更不会公开表现出来。过去他只是兴之所至地先把她制伏，然后又随心所欲地据为己有，但是，现在到了紧要关头，他是不会去保护她的。直到此刻，他心中还在考虑他的命运问题。而她呢，虽然已在一种进退两难的窘境中受到创伤流了血，但是，她平生头一次下了最大的决心。

无论他愿意不愿意，她一定不让他做出这样的牺牲了。即使他本人还不愿离开她——她也一定要离开他。她留在这里，已经没有多大意思了。答案只能有一个。可是，他对她怎么连一句温情脉脉的话都没有呢？

"难道你不想马上就采取行动吗？"她继续问道，希望借以引出他一句怀念旧情的话来，"那个期限眼看着快要满了，不是吗？"

这时，她心里感到忐忑不安，来回拨弄着桌子上的一本书，她生怕控制不住自己，会露出很窘的样子来。此时此刻，她简直茫然不知所措。莱斯特狂怒时的样子总是叫她害怕的。如今，他既然已经有了杰拉尔德太太，要他离开珍妮，应该说是不难的，只要他自己愿意离开——其实，他是应该愿意离开的，在他看来，他的财产毕竟是比珍妮重要得多。

"你别着急。"他执拗地回答说，原来，他对他的哥哥、他的家庭和奥布赖恩直到此刻还怒气未消，"时间还有的是呢。现在我还不知道自己到底该怎么办。唉，这些家伙多么卑鄙无耻！可我不愿意再谈这个问题了，晚饭准备好了吗？"他只觉得自己出足了洋相，所以说话也都顾不上彬彬有礼了。他早已把珍妮和她此时此刻的感情忘得一干二净了。他憎恨他的哥哥罗伯特当众侮辱他，他恨不得扭住奈特、基特利和奥布赖恩的脖子，一个个地都给掐死才解恨呢。

可是这个问题当然不能就此一笔勾销，所以在吃晚饭的时候又重新提了出来。那时，珍妮心境已经趋于平静。因为有维思德和珍妮特在旁，他们说话就不能很随便了，可是，珍妮一有机会还是要插进一两句。"我倒是可以找一所小房子去住，不论在哪儿都行，"她轻声地说，希望他心情能够冷静下来，"我可不愿意住在这里了。我一个人用不着这么大的房子。"

"我希望你再也不要议论这个问题，珍妮，"他坚持说，"我简直听腻了。我根本不知道还会有这样的事，到现在我还不知道自己究竟该怎么办。"那时，他对奥布赖恩怀恨在心，因而显得异常执拗，珍妮也只好不再提了。维思德见她的继父平时都是那么和蔼可亲，今天晚上却是如此愁眉苦脸，心里不由得大为惊讶。

珍妮心里忽然产生了一种奇想，仿佛只要她愿意，也许她还是可以笼络住他的，何况这时他依然在犹豫不决；但她也知道自己是不愿意这样做的。这恐怕对他来说不公正，对她自己来说也是不公正，不友好，不体面的。

"是啊，莱斯特，你就得这么办，"后来，她又一次恳求说，"我往后再也不提这个问题了，可你就得这么办。此外，我对你再也没有别的要求。"

此后，这个问题——事实上几乎每天——都要提到的，往往是在他们的卧室里、书房里或是在餐室里吃早饭的时候，哪怕不一定都是用语言的方式表达出来的。珍妮一直是心事重重，不用说，从她的脸上也可以看得出来。她深信，一定要逼着他采取行动。既然现在他对她更加关心体贴，那她更要相信他马上就要采取行动了。至于他要采用什么方式呢，她还不知道，但她望眼欲穿地直瞅着他，恨不得帮他快点儿下决心。

她相信自己将来一定会幸福的，因为她想到自己走了以后他就得到幸福，那时她自然也得到幸福了！他是一个好人，什么东西都乐于给人——也许除了爱情。其实，他从来没有真正地爱过她——也许是在发生了这么多的事故以后，所以他不能爱她——尽管她还是那么诚心诚意地爱他。不过，他家里异常强烈地表示反对，难免要影响他的态度。这一点，她也是了解的。现在她才闹明白：他尽管头脑很聪明，可还是不能从那个圈子里跳出来。他是一个非常讲究体面的人，所以他绝对不能粗暴地把她遗弃了；又由于他瞻前顾后，思虑过细，所以他也不能露骨地只顾到他自己的利益或只顾到她的利益——实际上，这是他不容推诿的责任。

"你必须快下决断，莱斯特，"她一次次这样敦促他，'你一定要让我走。我走了，又有什么了不起呢？我照样还不是好好的。也许，这个问题解决了以后，你还会想要回到我那里去。你要是回来，我总是在那里等着你。"

"你说下决断，我还没有准备呢，"这是他一成不变的回答，"我根本不信自己会乐意离开你的。这笔钱财当然是重要的，但是钱财并不等于一切。必要时，每年有一万元，我也可以过活嘛。我从前就是这样子活过来的。"

"话是不错，可是现在，你在上流社会已是个有地位的人了，莱斯特，"她表示异议说，"这就不好办啦。你说，单是这个家的开支就要多少呢？至于那个——价值一百五十万的遗产——我怎么也不让你随意把它抛掉的。最好还是让我先走吧。"

"我说，要是真的这样，那你打算上哪儿去？"他好奇地问。

"哦，我会找到地方去的。你记得靠近克诺沙这边的那个桑德伍德小镇吗？有时候，我觉得它是一个安身立命的好地方。"

"想到这件事，我就讨厌，"临了，他这才直言不讳地说，"看来这是不公正的。那些条件都是反对我们俩结合的，也许我一开头跟你结了婚就好了。可现在我后悔也晚了。"

珍妮觉得嗓子眼儿已经哽住，看来她已是无话可说了。

"不管怎样，现在还不算最后定论，反正我总要尽力而为的。"他结束时这么说。他心里想，这一场风波毕竟也会过去的；只要他把钱财拿到手，然后就……但他就是不愿意妥协和解，当然也不愿意要弄种种花招。

后来，他们之间逐渐有所谅解，到了二月底，珍妮动身到桑德伍德去，看看那里能不能找到房子。他亲自告诉她，说今后她可以得到丰厚的赡养费，一句话，她要什么就给什么。又说，过了一些时候，说不定他偶尔也会去看看她。而且，他已下了决心，要向几个跟他捣蛋的人进行报复。不久，他就要把奥布赖恩先生叫来，跟他谈一谈，他要痛骂他一顿，以泄胸中积愤。

但是最近以来，那个姿色诱人、涉世很深、身份恰当的杰拉尔德太太的音容笑貌，在他心灵深处时时刻刻地浮现着。尽管他竭力克制自己不去多想她，但她的情影始终萦绕在心。他想了又想，忽然掠过一个闪念："也许这样对我更理想吧。"一进二月，他就准备采取行动了。

Part 1

第六部分

漫长孤独的岁月前景

第五十四章　分离后的痛苦

珍妮所说的"靠近克诺沙这边"的桑德伍德小镇离芝加哥倒是很近，坐上近郊列车，只要一个小时又一刻钟就可以到达。镇上大约有三百户住家，错落地分散在风景如画的湖滨一带。他们都不是有钱人家。他们住的那种房子每幢售价只不过是在三千到五千元之间，然而绝大多数都建造得非常雅致，四周全是树木，一年到头，青翠欲滴，就像赏心悦目的夏日风光。有一次，珍妮跟莱斯特一起坐着双驾轻快马车路过这里时，看见绿树丛中教堂白色钟楼的小尖顶，以及夏日湖上轻波荡漾的一叶叶扁舟，曾经惊羡不已。

"要是住在这样的地方，该有多好啊。"当时她曾经对莱斯特这样说过，可是莱斯特嫌那个地方有点儿太僻静了，"我想，将来有一天，当然不是现在，也许我喜欢到这种地方来的。这里真是幽静极了。"

后来，珍妮曾经不止一次地想起他的这些话来。正当她对人生觉得特别厌烦的时候，不知怎的，总要萦回在她耳际。将来她要是不得不永远独居，生活又绰有余裕，就要住到桑德伍德这样的好地方去。她在那里会开辟一个小园子，喂上几只小鸡，也许再竖上一根高高的竿子，在上面构筑一个漂亮的鸟巢，不用说，四周都是园树、庭花和绿草。她要是真的能够住进这样的一座湖上景色尽收眼底的小屋，夏日傍晚她就可以傍着湖水做针线活儿了。维思德放学回来也可以在园子里玩了。她还可以找上一两个新朋友——或许一个都不找也说不定。她要是不为维思德的前途操心，早就觉得独个儿生活倒也是很不坏的。她终于发现看看书——比如说，欧文 ① 的《见闻札记》，兰姆 ② 的《伊里亚文集》，霍桑 ③ 的《故事新编》这类书——也是其乐无穷。维思德在音乐上的成绩使珍妮感到高兴。她天生富有音乐感，特别爱好感情色彩浓烈的歌曲和乐曲，弹唱得也非常出色。她的歌喉，不消说，是浑然天成的——虽然年纪还不过十四岁——已是相当悦耳动听了。在她身上，渐渐看得出来兼有她的母亲和父亲的性格特点——珍妮性情温柔，喜好沉思默想，布兰德则精力充沛，办事干练。

她跟母亲谈论自然、书籍、衣着，以及爱情等等问题，已经头头是道，颇有自己的见解；珍妮从她的兴趣发展中，仿佛已经窥见她不久即将进入的新天地。由于维思德选修了许多新的学科，所以，珍妮对现代学校生活的性质，以及诸如音乐、科学等各门学科的设置也都有所了解。她知道，维思德即使不是锋芒毕露，显然也要成为一个很有才能的女人，将来她一定完全可以自立。所有这些都使珍妮满心感到喜悦，并对维思德的未来寄予莫大希望。

后来珍妮在桑德伍德租到的那所小房子虽然只有一层半楼那么高，但是宅基很坚固，有着许多用红砖砌成的方柱，柱间有绿色结构，四周还有游廊相通。整个屋子呈狭长形，一长溜五个房间，全部面向湖面。其中有一间餐室，里面装着落地长玻璃窗；一间很大的书房，壁上都是一层层书架；还有一间客厅，透过它的三个大窗口，整天阳光充足，空气清新。整个屋子占地一百平方英尺，四周还有几株树。从前的房东已铺砌了一些花坛，还放好几只绿色硬木长圆桶，以便栽种耐寒植物和藤萝之用。整个屋子都漆成白色，只有百叶窗和屋顶是绿的。

莱斯特既然知道两人分离已经势在必行，原想叫珍妮照旧住在海德公园附近的宅邸，可是珍妮偏偏不答应。她知道要是独个儿住在那里，的确是不堪设想，那里触景生情的东西实在太多了。开始，珍妮几乎不想带什么东西去，后经莱斯特再三劝说，这才拣了一些银质餐具、帷幔和家具，从海德公

---

① 华盛顿·欧文（1783—1859），美国建国后第一个获得国际声誉的作家，有"美国文学之父"的称号。

② 查尔斯·兰姆（1775—1834），英国著名散文家。

③ 纳撒尼尔·霍桑（1804—1864），美国著名浪漫主义小说家。

园宅邸搬到新居。

"你一时想不起来该要哪些东西吧，"他说，"全都拿走。我当然是什么都不要了。"

这所房子暂时先租用两年，讲定租户享有优先权可以续租五年，也可以出资购买。莱斯特既然让她走，所以也就乐得对她慷慨一番。他认为她今后在生活上是不应该短缺什么的。他觉得最难办的事，就是不知道对维思德该怎么解释才好。莱斯特是非常喜欢她的，但愿她生活中不要遇到难以解决的纠葛。

"为什么不送她到寄宿学校去，一直可以念到明年春天？"有一次，他曾经这样提议过，但因这一学期已经赶不上了，也就只好作罢。随后，他们商量好，对维思德只说莱斯特由于经商要常常离开芝加哥，所以珍妮和她也就不得不搬家了。以后，珍妮就可以随便找个理由，对维思德说明自己早已离开了他。此情此景确实令人非常难堪，不消说，珍妮格外感到心酸，因为她知道，尽管莱斯特这一决定是明智的，但是对她的态度该有多么冷淡！说实话，他一点儿都不像从前那样疼爱她了。

我们之所以如此热心研究男女之间的关系，原是希望探索天缔良缘的奥秘，但常常会遇到最棘手、也最难堪的情景，那就是，正当双方情投意合时，突然受到风马牛不相及的逆境的破坏而崩裂了。比如说，珍妮和莱斯特这个家里原是那么令人迷恋，又有过那么多的赏心乐事，而在它最后崩溃的那些日子里，珍妮和莱斯特心里自然都觉得特别难过。这时珍妮已是肝肠寸断，痛苦无比，因为她生来端庄稳重，但愿和有情人结成眷属，和谐美满，白头偕老。原来，她的一生，是通过眷恋和回忆这一缕缕难以言传的情思交织在一起，然后再把生活中瞬息即逝的零碎印象连成一种和谐而持久的全景。这些难以言传的情思中，有一缕就是，海德公园附近的这座宅邸毕竟是她的家，由于这里每一个人、每一件东西，都得到过她的深情关注而显得那么美好。不过，现在该是斩断这一缕情思的时候了。

珍妮并非把物质利益作为爱情的基础来考虑，但是像这样的事情她毕竟一辈子都没有经历过，所以一旦要离开这个家，心里确实不是滋味。她热爱生活，热爱人们，可以说丝毫没有自私自利的心理。临行之前，她到大大小小各个房间走了一圈，在这里挑上一块地毯，在那里取了一套家具，还有这样那样的装饰品，猛地一阵心酸，觉得自己其实完全用不着再去张罗这些东西。只要想一想，从此刻诀别以后，莱斯特晚上是再也不会回来了！她也用不着一早起来，先要给他煮咖啡、端早点了。平时，她每天要到花房去选配一束最美的鲜花插在桌子上，而且总觉得这是专门为他一个人才摆上去的，现在再也——不必为他插花了。如果一个人每到傍晚照例盼着听那辆双轮马车经过门前石子甬道时熟悉的声音，如果一个人常常在深夜十一点、十二点甚至一点钟的时候，忽然听到橐橐橐上楼时熟悉的脚步声，就从梦中笑着醒来，那么，像眼前这样的离别，这样的结局，自然要使人为之心碎。总之，临走以前，珍妮脑际真是思绪万千，时时刻刻萦绕不去。

　　至于莱斯特呢，他所感到的是另一种类型的痛苦。他悲痛的并不是因为爱情受到创伤、鄙视以至完全破灭，而是自己知道仅仅从策略出发而牺牲了善良、忠诚、爱情等等美德，觉得不公平，因此也感到非常痛苦。这种策略正从某一个观点向他展示出光辉灿烂的前景。摆脱了珍妮，给了她丰厚的赡养费，莱斯特就可以一无牵挂地走自己的路，自然专心从事同巨大资财有关的各种事务。他不禁想起了珍妮往日给他做过的大大小小的事情，不外乎为了让他莱斯特感到舒畅、快活、惬意。珍妮所具有的种种美德，他都是非常珍爱，并且已经不止一次地加以考察过了。如今，他却不得不做最后一次的检阅——见到此时她心中虽然万分痛苦，但是仍然没有一句怨言。近日来，她的举止行动，以及对他的态度还是一如既往，丝毫都没有改变。她并没有像别的女人那样来个歇斯底里大发作；她也没有在他面前假装悲伤，而是强作欢颜，但愿他暗中忖度隐藏在笑颜背后的那种哀痛。她如同往日一样很安详，很温柔，很周到——处处体贴他——至于他乐意上什么地方去，他乐意做什么事情，她也不多嘴多舌，免得叫他恼火。他已被她这心胸宽广的气量深深地感动，因而更加敬佩她。珍妮这个女人——确实了不起，就让大家公论去吧。她的一生竟是这样多灾多难，简直太不公平了！可是，另一个大千世界正在向莱斯特召唤，它的召唤声已经传到了他耳畔。不过，从前它曾经威胁过他，至今记忆犹新。难道他真的还敢迟疑不决吗？

他们先是跟邻舍做了一番解释，又放出了他们要到国外去的风声。莱斯特已在大会堂旅馆租好了房间，暂时不用的家具也都安放妥当。于是，最后的时刻终于到了，他们就不得不跟海德公园附近这座宅邸告别。事前，珍妮曾经陪同莱斯特去桑德伍德看过了好几次。他对这个小镇仔细地观察过一番，印象倒也不错，只觉得稍微有点儿冷清。春天转眼就到，珍妮觉得种些花很有意思。她打算雇一个花匠兼做杂活的用人。维思德将跟她住在一起。

"很好嘛，"他说，"我只是希望，你在这里能过得舒服些。"

就在这时，莱斯特一直在抓紧办自己的事。他委托自己的法律顾问沃森先生通知奈特－基特利－奥布赖恩联合律师事务所，希望他们约定日期，把他应得的那份父亲遗留下来的证券都交给他。如今，他毅然决然地认为，自己既然迫于形势才做了这件事，那么对其他别的事也干脆采用同样的狠心手段吧。看来他要跟杰拉尔德太太结婚了。他大概又要在联合车辆制造公司当董事了——因为他手里有本公司股份，他们谁都没法儿排挤他。他要是把杰拉尔德太太的产业也归并过来，就可以直接掌管辛辛那提联合拖拉机制造公司（他的哥哥对上述公司很感兴趣），以及美国西部炼钢厂（他的哥哥是该厂首屈一指的顾问）了。如今，莱斯特同前几年相比，该是多么了不起的一个大人物啊！

这时，珍妮心情沮丧几乎到了完全绝望的境地，她感到非常寂寞。这个家——对她来说，是意味深长的。当初她刚到这里，邻居开始串门的时候，她曾经想象过自己即将平步青云，以为有朝一日莱斯特也许会跟她结婚。如今，沉重的打击不断地袭来，她的这个家和梦想都已破灭了。格哈特去世了。珍妮特、哈里·沃德和弗里塞尔大娘通通辞退了，家具大部分都封存了。莱斯特对她来说，实际上也已经毫无关系了。她已经看透了莱斯特是怎么也不会回来的，即使现在他还有点儿迟疑不决，居然也忍心离开了她——那么，今后他自由了，远离了她，自然更是不堪设想了。他一旦沉溺于重大事情之中，当然就会忘掉她的。为什么不呢？原来她就不配做他的妻子嘛。她所经过的许多事情，不是都得到证明了吗？在这个世界上，光有爱还是不够的——这已是人所共知的事实了。人们还需要教育、财富、培训，以及善于搏斗和策划——可她不乐意这么干，事实上，她要干也根本干不了。

海德公园附近的那座宅邸最后封闭的这一天终于到了，旧的生活也就到此结束了。莱斯特陪同珍妮一起去桑德伍德。他在那所小房子里待了一会儿，竭力劝慰珍妮，说这里并不很坏，相信她对这种变化很快就会习惯的，他又许诺说，不久他就要再来。可是，后来他终于走了，反正他们在事实上和精神上早已分离，他所说的话显然都是毫无意义的了。那天下午，珍妮眼看着他从那条砖砌的过道走去，他那坚实稳健的体态，身穿花呢新装，长大衣挽在胳膊肘上，就像是自信和幸运的化身——她禁不住一阵心酸，恨不得马上死去。刚才她跟他吻别时，曾经预祝他快乐、成功、安宁；随后，她借故回到了自己的卧室里。不一会儿，维思德走进去找她，但她眼里泪水早已干涸了；一切都已化成了一种麻木不仁的痛苦。她的新生活——就是说，没有莱斯特、没有格哈特、除了维思德以外再没有亲人的生活——实际上已经开始了。

"我的一生遇到了多么奇怪的事情啊！"她暗自思忖着，走进了厨房，因为她决定今后至少一部分家务要由自己来做，聊以解闷，她不乐意整日价去胡思乱想。要不是为了维思德，本来她打算到外面去找一点儿固定工作做。只要自己不去冥思苦想就行，否则她准会发疯的。

第五十五章　聪慧的知音

　　莱斯特跟珍妮关系破裂后的一两年里，芝加哥、辛辛那提、克利夫兰，以及其他城市的上流社会和工商界同人都看到，莱斯特·凯恩好像重新恢复了青春。从前他跟珍妮同居的时候，不论对人对事，他的态度总是疏远的、冷漠的；如今，他已经拥有巨大的资产，显赫的权势，突然重新抛头露面，神气十足地以一个享有特权的人的身份对这事那事都要过问，俨然成为金融界和工商界的一位大人物了。当然，论年龄，他也已经不小了。但从某些方面来看，不得不承认：莱斯特的精神面貌已经焕然一新。在没有遇到珍妮以前，莱斯特原是自信心非常强的人，从来没有受到过挫折。像他那样的人原是在奢靡的生活环境中长大，对那个一贯骗人的金钱万能的社会仅仅看到它的惬意的一面；他之所以能够跟大企业打交道，并非因为这些企业是由他亲手开创的，而是因为他已成了这些企业的一部分，生下来就享有这种权利，如同人人享有呼吸空气的权利一样，这不由得产生一种幻觉，很容易使最清醒的头脑都被蒙蔽住了。当然，我们对没有看见过的东西很难想象是个什么样子。我们对没有经历过的事情，很难谈得上有什么亲身感受。有如我们这个世界，正因为我们不知道是哪种力量把它创造出来的，所以就觉得它永远是坚实的。现在，莱斯特同样也觉得他的世界永远是坚实的。只有经过大风大浪的考验和险恶的命运的折磨，以及他本人跟传统势力的搏斗之后，他才会恍然大悟，当初对自己也许估计得过高了。他的个人愿望和见解在公众信念面前是微不足道的，他毕竟已经错了。他认为，种族的精神，或者说社会的化身，亦即德国人所谓的"时代精神"，它的具体表现就在于维护某种制度，在他看来，我们的社会可能也是根据上帝的或至少是人类无法理解的模式所构成的。可他不能大胆反抗它，也不能故意拂逆它的命令。他的那些同时代人，都坚信某些特殊的社会组织形式乃是必不可少的；现在莱斯特也认为，他要是不肯依从，就很容易被这个社会唾弃。他的亲生父母——还有他的兄弟姐妹，以及旧友新知和整个社会，都曾经反对过他。天哪，他的这一行动竟然惹起了这么大的风波！唉，好像连命运本身也要惩罚他。他做的地产投机生意就是以他闻所未闻的彻底破产而告终。这是为什么呢？难道上帝也维护他所不屑一顾的那个社会章法吗？显然就是这样。反正他被迫认输了；如今，他又精力充沛、坚毅不拔地卷土重来了，虽然屡经挫折，面容不免有些憔悴，但依然是一位强有力的、有影响的人物。

　　他在回首往事时，常常感到有些痛心，这是他应受到的惩罚的一部分吧。原来，他觉得自己被迫干出了生平头一件蛮不讲理的丑事。他是不应该这样对待珍妮的。她曾经对他表示过矢志不移，现在他竟然把她抛弃，这真是太可耻了。说真的，珍妮的为人确实比莱斯特厚道。最要不得的是，他实在不应该以"万不得已"为理由，来替自己的行为辩白。本来他靠那一万元年金过活可以说绰绰有余；如今，这百万以上的财产已经属于他了，其实不要它照样可以。上流社会交际应酬毕竟其乐融融，一向在引诱他。本来他根本用不着去交际应酬的，可他心里舍不得，因为他想到了另外一个女人，致使事情变得复杂了。

　　难道说这个女人就像珍妮一样好吗？这是他常常反躬自问的一个问题。她的心眼儿也好吗？她不是在他面前故意献殷勤，企图把他从一个堪称贤妻的女人手里夺走吗？难道说这种行为值得称道吗？一个真正善良的女人做得出这样的事来吗？如果真是跟他般配吗？也许他就得跟她结婚吧？既然知道自己对珍妮即使法律上可以不负责任，但道德上确实是要负责的，难道就可以随便跟另一个女人结婚吗？还有谁乐意嫁给他呢？以上这些想法，老是在他脑际萦绕。

一句话，他总觉得自己很狠毒，做了亏心事。

先是从物质利益出发，走错了一步，如今发现自己道德上也犯了错误，致使问题变得更加复杂了。这时，他企图用后者来纠正前者。但是这样做，他真的使自己感到满意吗？从心理上和精神上会得到补偿吗？最终使他心安理得吗？他左思右想了好久，总是让他的生活去适应这个旧的——或者还不如说是新的——环境，结果他并不觉得更快乐，反倒越来越糟——出现了阴郁的复仇情绪。他有时暗自寻思，如果他跟莱蒂结了婚，只不过是用她的资财当作棍棒去狠揍自己的敌人，但是单单出于这样的动机才跟莱蒂结婚，又使他憎恨不已。那时，他借住在大会堂旅馆，每次不免都带着冷漠和敌对的情绪到辛辛那提去开董事会，其实，他只是希望自己的心境更加平静，并对生活更感兴趣罢了。不过，他对珍妮的处置办法还是照旧未变。

当然，杰拉尔德太太对莱斯特的浪子回头的消息非常关注。她出于礼貌起见，先是观望了一阵，后来才写信到他在海德公园的原址（好像她并不知道他早已迁居似的），问他，"您到底在哪儿？"这时，莱斯特对自己的生活骤变已经多少有点儿习惯了。他暗地里想，自己毕竟需要得到知心人——当然是一个女人做伴侣，现在，他已经跟珍妮分居了，同时，他在金融界的往来活动显然也重新恢复，所以，人们给他的请柬就开始多起来了。不久前，他曾经在好几个乡间别墅抛头露面，每次只带着一名日本人作为他的贴身男仆，最充分地证明他目前又是一个单身汉了。关于他的往事，谁都只字不提。

莱斯特接到杰拉尔德太太的来信，就觉得自己应该去看看她。他感到自己过去太亏待她了。他跟珍妮分居以前的好几个月里，一次都没有去看过她。就是此刻，他也还是在观望之中，直到她打电话来请他赴宴，他才应约前往。

宴会上，杰拉尔德太太以东道主的身份热情殷勤地招待客人。席间有钢琴家奥尔博奈，雕塑家亚当·拉斯卡瓦奇，从英国来的科学家纳尔逊·凯斯爵士，说来也怪，还有莱斯特多年没有正式见过面的贝里·道奇夫妇。杰拉尔德太太和莱斯特见面时，高兴得完全像知己欣然重逢似的互相致意。"您不觉得难为情吗，先生？"一见他进来，杰拉尔德太太就这么说道，"连我这么个老朋友都给忘了，看来您就得挨罚呢。"

"该怎么个罚法呢？"他笑着说，"真太突然了。我想，最多打个九十鞭子，总够了吧？"

"九十鞭子。嗨！"她反驳了一句，"您倒会避重就轻。你说，在暹罗，是怎么惩治坏人的？"

"我想，大概是下油锅吧。"

"是啊，反正就是这么回事。我正在琢磨要对你用重刑呢。"

"那么，等您想定了，劳驾通知我一声。"他哈哈大笑说。就在这时候，帮杰拉尔德太太做招待的德林坎太太走过来，把他介绍给一些有名望的客人。大家就兴高采烈地交谈起来。莱斯特在这样的社交场合一向挥洒自如，此刻也就更加兴致勃勃，他转过身去，跟站在他身边贝里·道奇打招呼。

道奇对他简直客气极了。"现在您住在哪儿？"他开口问，"我们一直没有跟您见面，恐怕要有——好多年啦。赶明儿请您上我们家来。道奇太太有话要跟你说呢。"莱斯特觉察到，道奇的态度跟从前大不一样了。

"不错，有好长日子啦，"莱斯特满不在乎地回答说，"我眼下住在大会堂旅馆。"

"前几天我还在打听您呢。杰克逊·杜波依斯你认得吧？不用说，您一定认得的。我打算跟他一块儿到加拿大打猎去，您干吗不跟我们去呢？"

"我可去不了，"莱斯特回答说，"现在手头的事还忙不过来。好吧，下一次我一定去。"

道奇很想跟莱斯特继续谈下去。不久前，道奇获悉莱斯特已当选为另一家C.H.D.公司的董事，显然，他又东山再起了。可是这时客人已经纷纷入席，他也就没法儿再谈下去。莱斯特在杰拉尔德太太的右侧就座。

"往后我还要请您吃饭，您乐意来吗？"杰拉尔德太太趁席间笑语喧闹的当儿，悄悄地跟他说。

"当然，我一定来，"他回答说，'老实说，我早就要来看您了，可是我现在的情况你知道吗？"

"我知道了，我已听说过很多。我之所以要您来，原因也就在这里。咱们应该一块儿谈谈。"

过了十天以后，莱斯特又去看她了，他仿佛觉得非要同她谈谈不可。他实在感到百无聊赖了。他跟珍妮过了这么多年的家庭生活，如今叫他孤零零地过旅馆生涯确实受不了。他好像一定要找一个聪慧的知音，以便倾吐自己胸中的积愫。既然这样，难道还有比这里更好的地方吗？莱蒂了解他的内心愁闷后就会安慰他，说不定还一下子让他坚实的脑袋枕在她胸脯上呢。

"那么，"他们通常见面时的那番逗笑之后，莱斯特一本正经地说，"您到底要我怎么向您交代清楚呢？"

"您已经堵绝后路，完全断念了没有？"她就这样问道。

"我还说不准，"他郑重其事地回答说，"反正我不能说这件事使我特别愉快。"

"我也是这么想的，"她回答说，"您的心情我很理解。我可以想象，您是好不容易经过内心斗争才转到这边来的，莱斯特。我一直在细心地观察您，甚至您采取的每一个步骤，我都看在眼里，但愿您心情舒坦。这样的事情总是很棘手的，可是您知不知道，我至今深信那无疑是最好的办法。抛开这个办法是不行的，绝对不行。反正您不能再回去过一种水生贝壳类动物的生活了。您跟我一样，生来都不习惯过那种生活。虽然您对自己现在这样的做法可能感到内疚，不过您要是采取别的做法，我想，您照旧会感到内疚的，甚至更要严重。不，您可不能再继续过那样的生活了——您说，是吗？"

"我还说不准，莱蒂。说真的，我不知道。我早就想要来看您了，可是，我总觉得好像是名不正，言不顺。现在，问题从外表上看总算解决了——您懂得我的意思吗？"

"是的，我很了解。"她温言劝慰说。

"但是，问题从根本上说，也许仍然没有解决。我还没有把它彻底了解清楚。我真不知道，这种理财之道的事情能不能把我的手脚都缚住。我可以向您坦白说，尽管我还不能说真心爱她，但我心里是怪可怜她的，也许这是人之常情吧。"

"当然，她不愁吃，不缺穿，真的够舒服啦。"她不言自明地评论说。

"那还用说，她要什么就给什么。可是，珍妮这个人脾气很特别。偏偏她要的不是很多。她生性喜爱孑身独处，不喜欢铺张排场。我给她在桑德伍德租了一所小房子，就是在芝加哥以北的一个滨湖小镇上；我还给她存了不少钱，不过，当然她心里也知道，不管住在什么地方，只要她自己喜欢就行。"

"她此时的心情我倒是一清二楚，莱斯特。你自己有什么感受，我也很理解。她心里总要痛苦一阵子——我们在忍痛割爱的时候都难免会这样。可是这一点，我们总能熬过去的，事实也是如此。至少说，我们总可以活下去吧，她也还愿意活下去。开头，她不免觉得非常难受，但过了一阵，等她看清楚是怎么一回事的时候，她就再也不会怨你、恨你了。"

"珍妮从来不会怪我的，这一点我知道，"他马上回答说，"我才要怪我自己呢。我要有相当长的时间自怨自艾。要知道，我有这种怪毛病。反正我自己也说不上来，引起我这种烦乱情绪的究竟是由于习惯势力，还是由于深切同情。有时候，我想，我自己就是世界上最迟钝的人，我想过的问题简直太多了。"

"多可怜的莱斯特啊！"她细声柔气地说，"不过有一点，我是可以理解的。现在您住在旅馆那里很寂寞，是不是？"

"那还用说嘛。"他回答说。

"那么，您不妨到西巴登①去住几天，好不好？我也要上那儿去。"

"什么时间？"他问。

"下星期一。"

"啊，"他回答说，"让我想一想，恐怕我不一定去得了。"他翻了一下他的记事本，"我星期四才能去，可以玩上几天。"

"那就一言为定。您出门少不了要有伴儿。我们到了那里，就可以一边溜

---

① 德国一个著名的矿泉疗养胜地。

达，一边谈问题了。好吗？"

"好的。"他回答说。

她拖着一袭淡紫色曳地长裙冲他走过来。"您简直就像是一本正经的哲学家，先生，"她轻松愉快地说，"事无巨细都要寻根究底。您为什么要这样呢？唉，您这个老脾气就是不改。"

"我是没办法呢，"他回答说，"我可不能不想呀。"

"得了吧，有一件事我可知道——"她轻轻地拧了一下他的耳朵。

"我想，您大概不会出于同情而再犯错误吧，"她大胆地补充说，"我说，您现在摆脱了纠缠，就有机会对自己要做的事好好考虑考虑了，而我呢，唯一就是希望您把我的事情都接过去管吧。我想，您当我的顾问，一定比我目前的律师要强得多。"

他站了起来，走到窗前，回过头来一本正经地望着她。"我知道您心底里需要什么。"他执拗地说。

"难道说我不该需要吗？"她又走到他身旁，反问了一句。她两眼望着他，露出既恳求而又挑战的神情，"您说，我为什么就不该需要呢？"

"您不知道自己在做些什么。"他咕哝着，可是两眼仍然望着她，她伫立在那里，身上散发着一位成年女性的动人、聪明、体贴、友善和温情。

"莱蒂，"他说，"您可别想跟我结婚，我配不上您。我实在是不敢僭望。我这个人太冷酷无情，玩世不恭了，看来是没出息啦。"

"不过依我看，还是大有出息的，"她坚持说，"您的处世为人我很了解。此外我就什么都不在乎了。反正我只要您这个人就得了！"

他握住了她的双手，接着又握住了她的胳臂。最后，他把她拽到自己身旁，紧紧地搂住了她。"可怜的莱蒂！"他情不自禁地说，"我是没出息的。不信，将来您会后悔的。"

"不，我不会后悔的，"她回答说，"我头脑清醒得很。至于您对自己有什么看法，我根本不去想。"她把脸颊贴在他肩膀上，"我就是要——您。"

"只要您继续坚持，我敢说，您就可以得到我。"他回话时，禁不住低下头来跟她亲吻了。

她"啊"的一声喊了出来，把她热辣辣的脸紧偎在他胸前。

"事情坏了！"他尽管还把她搂在自己怀里，心里却在这样想，"我不应该这样做的。"

这时，他仍然搂住她不放，但当她巧妙地噘起自己的嘴唇，莱斯特就不断地亲吻她。

第五十六章　新的联姻

要不是外来因素的干扰，莱斯特说不定后来也有可能跟珍妮重归于好。他心中十分明白，只有产权牢牢地掌握在自己手里，最初那一场风波也就完全平息了，这时，他不妨施展一点儿手腕——比方说，只要他不去履行那些他应尽但并不明确的义务，那么，他就很容易设法同珍妮破镜重圆。但是，他觉得在杰拉尔德太太身上有一种可以称之为飞黄腾达的大好机会，这种看法已经摆脱不掉了。因此，尽管他天然倾向于珍妮，但他还是要明了她的劲敌在身份上和财产上该有多大分量，因为这个劲敌是上流社会里最显要而又有趣的人物之一。这两个女人的形象在他的思想里不断地发生冲突。一个是有教养，充满同情心，又爱好哲理——对上流社会里所有的高雅情趣都是训练有素的，此外还拥有巨大财富，足以满足她的一切欲望；另一个则是自然的好心肠的、容易动情的、从未受过上流社会熏陶，但能感觉到生活的美，以及人与人之间关系中最美好的东西，因而使她毫无疑问地成为一个卓尔不群的女人。关于这一点，杰拉尔德太太分明看到了，也不得不承认。所以，她在批评莱斯特跟珍妮之间的关系时，并没有把珍妮看成草芥之物，只是认为从实际形势来看，这种关系未免不太明智罢了。反过来说，要是跟她莱蒂结成良缘，那就可以使莱斯特追求出名的夙愿达到理想的顶峰，从而也就事事称心如意了。他觉得，自己跟杰拉尔德太太在一起——几乎有如他过去跟珍妮在一起一样幸福；而且，他踌躇满志地认为，在美国中西部上流社会和金融界，就数他莱斯特是首屈一指的大人物了。他认为有关他物质利益的问题这样加以解决乃是上策，要是一味延宕，就不明智了。所以，他认真地考虑了很久，最后决定不能再拖延下去了。其实，他早就做出了遗弃珍妮这样的负心事，显然是无法弥补了。不过现在他再做这样的负心事，那又有什么关系呢？现在，珍妮除了他莱斯特这个人以外，几乎什么东西都是应有尽有了。何况，她自己也认为他是应该跟她分居的。由于他这样胡乱地给自己百般辩解，又因于令人心烦和极不安顿的生活，所以莱斯特对这个新的联姻的想法也就渐渐习惯了。

　　由于同杰拉尔德太太时常交往，使得莱斯特最终不能跟珍妮——哪怕是在某种形式上——恢复关系，这时，种种情况促使她顺理成章地解决了他心中的疑虑。现在他是单身汉，自然可以到处访友拜客，但他偏偏对此兴趣不大。又因为他的个性太孤高超逸，所以要造成他喜欢的那种环境，单靠他孤零零的一个人很难办到，杰拉尔德太太那样的女人要做到这一点却是易如反掌。如果他跟她结成佳偶，问题就简单得很，那时他们的家不论安在哪里，必定都是高朋满座，谈笑风生。他再也不用操心，只要出面应酬，尽情享受就得了。他喜欢怎样的生活方式，她是十分了解的。他喜欢的那些客人，同样也是她所喜欢的。他们只要在一起，就有可能共同享受那么多的赏心乐事。他已经依照她的提议，联袂同游西巴登。在芝加哥的时候，他也一切听便，陪她赴宴，跳舞，兜风。她的家差不多就像他自己的家——她故意让他产生这样的感觉。她事无巨细都要跟他商量，好让他心里明白，她为什么要他过问这样那样的事情。她不乐意他整日价形影相吊，冥思苦索或者暗自悔恨。他每当需要舒适、忘怀和安慰的时候，就去找她。他偶尔也在她家里碰到一些人，慢慢地外面就有传言说不久他恐怕要跟她结婚了。鉴于莱斯特从前的那种关系曾经遭到人们议论，莱蒂决定，万一跟他结婚，也绝不大肆声张。她只想在报上刊登一则简短消息，过上一段日子，等到事态恢复正常，人们也不再风言风语的时候，再替他大大地炫耀一番。

　　"我们为什么不在四月里结婚，然后到国外去避暑呢？"在他们默认结婚已是指日可待以后，有一天她这样问道，"我们到日本去吧。等到秋天回来后，就租屋定居在湖滨大道那边。"

这时，莱斯特离开珍妮已经很久，他开头自我谴责时那一阵剧痛早已消失。他虽然仍有疑虑，但他宁愿把它压抑下去。"好极了，"他几乎开玩笑似的回答说，"但愿不要惊动人就得了。"

"你同意了吗，我的心肝儿宝贝儿？"她两眼直瞅着他，大声说。在这以前，他们安静地在一起看书、谈天，已经度过了整个傍晚。

"我也想了很久很久了，"他回答说，"可我看不出来还有拖着不办的理由。"

她走到他身边，坐在他膝头上，她的两臂搂在他肩膀上。

"我简直不相信你会说这句话。"她出神地望着他说。

"那么，我就把话收回，好吗？"他问。

"不行，不行。刚才已说定在四月了，还说好一起去日本。你可千万不要变卦。保证不会声张出去的。可是，我的天哪，叫我怎么给自己准备妆奁呢！"

她乱摸着他的头发，他微笑着，仿佛有点儿不好意思似的；在这一曲愉快的乐谱里不知在哪儿缺了一个音符——也许是他年岁已大的缘故吧。

第五十七章　冷酷的结局

　　这时，珍妮也在慢慢地适应这种与过去有天壤之别的新环境，从今以后，就要在这里独自生活了。起初，她觉得这种跟莱斯特分居的生活似乎很可怕。尽管她也有自己强烈的个性，但她跟莱斯特相处非常和谐，似乎不可能把他们一下子就拆散。直到现在，她的思想行动也还是跟他形影相随，好像他们从来都没有分离过一般。此刻他在哪里呢？他在干什么呢？他在说些什么呢？他的气色又是怎样呢？每天早晨她一醒来，总觉得他还在自己身边。夜深了，她仿佛觉得他不在，不好独个儿上床去睡。不一会儿，他一定会来的——啊，不，他当然永远不会来了。老天哪，想想看吧，这是什么滋味啊！他永远也不会来了，而这又是她提出要他这样做的。

　　此外，还有许多琐屑的小事需要处理，也不免感到相当难堪，因为这种事情的变化实在太急剧了，所以也就不能等闲视之。其中最要紧的一件事，就是珍妮好歹也得向维思德有个说法吧。现在这个女孩子已能独立思考，心里不免有所猜疑。维思德记得人们议论过她母亲，说生下她的时候还没有跟她父亲结婚呢。当时，星期版报纸上刊登有关珍妮和莱斯特艳史的那篇文章，学校里有人指给她看的——是她很机灵，知道要叫母亲伤心的，所以回家后始终缄口不言。还有，莱斯特突然不露面了，当然使她感到万分惊讶；但是，在最近两三年里，她已经看出母亲神经太过敏了，所以也不敢随便多嘴多舌，免得叫她伤心落泪。不过到最后，珍妮还是不得不告诉维思德，说她自己就是因为身份低，配不上莱斯特，所以他只有离开她，他的产业才能保得住。维思德认真地听了以后，心里还是将信将疑。她替母亲感到非常难过，只要一看出母亲满脸愁云，她总要竭力装出特别高兴和勇敢的样子来。珍妮打算送她到寄宿学校去，她就是不肯去，只说她要寸步不离地守在母亲身边。她选了一些有趣的书念给母亲听；她又劝母亲跟她一起去看戏；有时她弹钢琴给母亲听，还把她的图画和手工作业拿出来，请母亲品评。她在桑德伍德那所最好的学校里结识了几个朋友，晚上也常常把她们带来，给她家里增添轻松愉快的气氛。珍妮越是看重维思德那种美好的性格，对她也就越是亲昵。莱斯特虽然走了，但她至少还有维思德留在身边，也许维思德就是她垂暮之年唯一的精神慰藉了。

珍妮知道，她还得把自己的生平讲给桑德伍德镇上的人听。凡是乐于过隐居生活的人，绝大多数对自己的身世用不着多做介绍，但往往也有一些事情是非说不可的。人们都有好打听的习惯——即使是那些卖肉的和烤面包的也不例外。久而久之，他们只好把自己的一些真事讲给众人听，在这里自然也不能免俗。不过，珍妮可不能说她的丈夫已经死了，因为说不定哪一天莱斯特要回来的。她只好说她已经离开了他——使人一看就知道，好像只有得到她的同意，他才可以回来。

她这一招确实高明，左邻右舍都对她深表同情和关切。事情好歹这样对付过去了，她就开始安安静静地过起一种平淡无奇的生活，等候她自己也难以预测的最终结局。

桑德伍德小镇的生活在一个酷爱自然的人看来，并不是一点儿魅力都没有的。此外再加上维思德确是真心爱她，珍妮好歹也算得到了一点儿慰藉。平时极目远眺，湖上波光粼粼，白帆片片，确实是其乐无穷。有时，她还坐上马车到小镇周围风景如画的郊外去游览，也可以一洗愁怀。珍妮自备了一匹马和一辆四轮轻便马车——这匹马就是他们寓居海德公园附近时常用的那两套马中的一套。没有多久，家养的一些小小玩赏动物也都陆续有了。其中有一只长毛牧羊犬，维思德管它叫拉茨，当初从芝加哥带来的时候还是一只小狗，如今已长成一只机灵而又亲昵的看门狗了。还有一只小猫咪，叫吉米·伍兹——原是维思德借用她所熟识的一个男孩子的名字，因为用她的话来说，那个男孩子长相跟这只小猫咪非常相似。还有一只婉转啼鸣的画眉，吉米·伍兹一天到晚朝着它乱转悠，所以不得不严密地加以防护。末了还有一缸金鱼。乍一看，这个小家庭安安静静，的确有如梦幻一般过着日子，可是永远有一股感情的暗流，由于埋藏得很深，所以就悄没声地流动着。

　　莱斯特走后头几个星期里，都没有给珍妮来信。一是他刚刚重新回到商界，真是千头万绪，忙不过来；二是他经过深思熟虑，觉得跟珍妮通信在目前情况下确实毫无意义，只能使她徒增悲伤而已。因此，他宁愿等着让事情平息下去，打算再过几天，头脑清醒、平心静气地写信给她，谈谈自己的事情。所以，经过一个月的沉默之后，他才写了第一封信，说他商务烦冗，简直忙得不可开交，还常常要到外地去出差——这倒是实情——而且将来大部分时间恐怕不在芝加哥。他在信里问起维思德，以及桑德伍德小镇的一般情况。"也许我过几天可以来看你。"他信上虽然这么写着，其实心里根本没有要去的意思，而珍妮一看，心里也都明白了。

　　又过了一个月，珍妮才收到他的第二封信，这一回就没有头一封信那么长了。珍妮在头一次回信时，曾经坦率而又详细地把她自己的近况告诉了他。她只字不提自己对分居一事的感受，只是说目前这种生活她很喜欢，在桑德伍德她也很愉快。她预祝他今后万事称心如意，又向他表示事情最终得到了解决，她真的很高兴。"你千万不要认为我不高兴了，"她在信上这么写道，"因为我事实上并没有不高兴。我相信，事情的确应该这么解决，要是换了别的办法，恐怕我反而不高兴了。你要为你自己的前途着想，这样你才可以得到最大的快乐，莱斯特，"她又补充说，"你是应该得到最大的快乐的。不管你怎么个做法，反正对我都一样。我始终不会怪你的。"她心里想到了杰拉尔德太太；看到她的信，他自然也十分了然。不过，他觉得她虽然心胸恢宏，却也充满浓厚的自我牺牲精神和难言的苦衷。他之所以犹豫不决，没有采取最后步骤，原因也就在这里。

　　莱斯特在信上写的和他心里想的——该有多么矛盾啊！半年以后，他的信几乎很少了，到第八个月干脆暂停了。

有一天早上，珍妮浏览报纸时，无意之中在社交新闻栏里看到了下面这样的一条消息：

> 寓居德雷克塞尔林荫大道 4044 号之马尔科姆·杰拉尔姆太太与辛辛那提已故阿奇博尔德·凯恩之次子莱斯特·凯恩订婚一事，已在星期二这位未来的新娘所主持的宴会上，向她的至交友好正式宣布。据悉，四月间将举行婚礼。

那张报纸一下子从她手里掉下来。她纹丝不动地坐在那里，两只眼睛痴呆地直望着前面。难道真有这种事情吗？她反问自己。难道这事真的终于实现了吗？本来她也知道这么一天是一定要来到的，是——她心里总是希望它切莫来到。她为什么还要抱着这样的希望呢？不正是她自己叫他离开了她吗？还不是她自己转弯抹角地给他出的好主意吗？如今果然实现了。那她又该怎么办呢？待在这里拿他的钱过活吗？不，她觉得不行。可是他已拨出巨款，完全由她支配了。就在拉·萨勒街的一家信托公司里，已存入价值七万五千元的铁路证券，年息四千五百元，是直接付给她的。这一进项她能拒绝吗？少说她也得要替维思德着想吧。

珍妮眼看着这样的结局，不消说，伤心透顶。但她痛定思痛，深感单是发怒未免太愚蠢。人生对她一直是这样冷酷无情，恐怕今后也还是这样吧。对于这一点，她已是深信无疑。她要是出去自食其力，对他，莱斯特，会有什么关系呢？对杰拉尔德太太又有什么关系呢？她，珍妮，在这里，关闭在这个小镇上，孤零零地过着一种默默无闻的生活。而他，莱斯特，在那里，置身于大千世界，尽情地享受人生的乐趣。这真是太不公道了。可是为什么哭呢？为什么呢？她眼里的泪水确实干涸了，但在这时，看来她早已心碎肠断了。她慢腾腾地站了起来，把那张报纸藏在箱底，用钥匙把它锁了起来。

第五十八章　维思德去世

　　如今，莱斯特和杰拉尔德太太的订婚已是既成事实，他觉得自己适应今后的新生活已经没有什么困难了；而且，毫无疑问，一切都是尽美尽善。他只觉得非常对不起珍妮。杰拉尔德太太虽然也有同感；实际上，她却聊以自慰地认为，这个办法对莱斯特和珍妮来说已经是两全其美。将来他一定会更幸福的——这一点现在就可以见到。而珍妮呢，她终于认识到自己做了一件又明智又了不起的事；她想到自己这种行为完全出于无私的动机，一定会觉得高兴。至于杰拉尔德太太，她对已故的马尔科姆·杰拉尔德素来没有感情，又因为她少女时期追慕莱斯特的梦想（虽然为时稍晚）毕竟还是实现了，所以有说不出来的快乐。她认为，世界上最大的乐事莫过于同莱斯特一起度过的日常生活——他们联袂到各个地方去游览观光。她以莱斯特·凯恩太太的身份在芝加哥度过的头一个冬季一定是难以忘怀的，至于他们的日本之行——那简直是美得难以相信了。

　　莱斯特写信给珍妮，说他不久将要跟杰拉尔德太太结婚。他说他实在没话可以解释，即使他真的做了解释，也完全是多余的。他只考虑到他应该跟杰拉尔德太太结婚，同时也应该让她——珍妮——知道他希望她身体安好，他要她永远明白，他是把她的命运放在心上的。他要尽力而为，使她生活得尽量愉快，尽量惬意。他希望她多多原谅他。他又请珍妮代向维思德问好，说应该送她到一所最好的中学去。

　　珍妮对个中底细可以说是了如指掌。她知道莱斯特自从在伦敦卡尔登大旅馆跟杰拉尔德太太邂逅那时起，他的灵魂就好像被她摄去了。她一直都在勾引他，现在她已把他弄到手算是万事大吉了，但愿他快乐去吧。于是，珍妮欣然写了回信，把她这个意思告诉了他。并说他们的订婚启事她已在报上见到。莱斯特将她的这封信细读以后，仿佛字里行间确有一种言有尽意无穷的感觉。甚至此刻他都觉得，她那坚忍不拔的精神依然具有魅力。尽管他以前做过了那么多对不起她的事，现在又要去做这种负心的事，但他觉得自己眷恋珍妮之心依然如故，她不愧为一个崇高而又迷人的女人。要不是环境所迫，他根本不会跟杰拉尔德太太结婚的，可现在他还是跟她结婚了。

婚礼是四月十五日在杰拉尔德太太的宅邸中举行的，由一位天主教神父证婚。有时候，莱斯特偶尔承认自己虽然信教，但是并不虔诚。原来他是一个不可知论者，可是，他想，既然自己从小即受到教会熏陶，觉得现在让神父来证婚也未尝不可。那天邀请的宾客大约有五十人左右，都是知己朋友。婚礼仪式进行得非常顺利。大家都热热闹闹地向新郎新娘欢呼祝贺，一捧捧米和彩色纸屑如同雨点般撒落下来。宾客们正在觥筹交错的当儿，莱斯特和莱蒂这对新郎新娘已悄悄地从一个边门出去，躲进一辆有篷盖的马车溜走了。十五分钟以后，宾客们都追到芝加哥 – 石岛 – 太平洋铁路公司的火车站去，不过那时候，这一对快乐的新郎新娘早已进了专用包厢，大家的送行也无关紧要了。当时又是笑闹声，欢呼声，又是喝香槟酒，直到列车开动，才算平息下来——新婚伉俪终于平安启程了。

"瞧，你现在可把我弄到手了，"莱斯特乐呵呵地把莱蒂拽到自己身旁坐下，说，"你怎么样呢？"

"这样子。"她大声嚷了一句，就紧紧地搂住他，狂热地吻着他。四天以后，他们抵达旧金山，再过了两天，他们已登上了一艘开往天皇圣土的快轮。

就在这时，孤零零的珍妮真可以说肝肠寸断。报上头一次报道，只说他们定于四月间结婚，珍妮见后，就一直非常留心有何新的消息。后来，她获悉莱斯特婚期定于四月十五日，地点就在这位未来的新娘的宅邸，时间是在正午。珍妮虽然听天由命已久，但现在无可奈何地密切注视这一时刻，犹如一个饥肠辘辘的弃儿在圣诞节之夜正在探头张望一个灯火辉煌的窗口。

莱斯特结婚的那天，珍妮愁云凝眉地等着钟响十二点，就像她真的亲临现场观礼一样。这时，她禁不住浮想联翩，仿佛看见了那座富丽堂皇的宅邸、马车、宾客、筵席，以及欢乐的人群和整个仪式——以及婚礼时全部的喜庆场面。她仿佛能使心灵感通，甚至于他们的专用包厢和他们即将进行的愉快旅行，都像是亲眼看见似的。各报都说他们要去日本度蜜月。他们的蜜月啊！她的莱斯特啊！何况，杰拉尔德太太又是那么妩媚动人。此刻珍妮好像看见她——这位新的凯恩太太——确实是有史以来第一个名副其实的凯恩太太正偎在他的怀抱里。从前他也曾经这样搂抱过她。他曾经爱过她。不错，他的确是爱过她的！她想到这里，就觉得如鲠在喉。唉，老天爷啊！她独自叹息，使劲儿地扭着双手，但还是无济于事。她心中依然痛苦万状。

等到那一天过去了，她心里才舒了口气，反正木已成舟，怎么都改变不过来了。这事维思德也都知道了，只好在心里同情母亲，但嘴里始终只字不提。原来，报上的消息报道他也看到了。过了一两天以后，珍妮因为觉得现在自己面临的原是不可避免的事情，所以心境也就稍见平静。但过了几个星期以后，这种剧痛又陷入平时那种麻木不仁的苦痛之中。她掐指一算，恐怕几个月以后他们才能回来，可是现在回来不回来，当然跟她已经毫不相干了。只不过她觉得日本这个地方好像远在天边，不知怎的，她总是巴不得莱斯特离她近些——比方说就在芝加哥城才好。

一晃眼春天和夏天都过去了，眼下已是十月初了。有一天突然变冷，维思德放学回来就嚷着头痛。珍妮记得母亲常常关照过的一种疗法——给她喝热牛奶，并叫她拿一块冷毛巾枕在脑后，然后维思德就回房间去睡了。转天早上，她稍微有一点儿发烧。当地内科医生埃默里大夫先给她开了一些药，但服后仍然不退烧，疑心她可能得了伤寒，因为那时附近村子里已发现了好几起这种病例。这位医生告诉珍妮，说维思德体质很好，大概可以顶得住，但是这种病说不定来势很凶。珍妮恐怕自己不会护理病人，为避免发生差错，所以特地从芝加哥请来了一个受过专门训练的护士，当然她自己也时刻守在病床前，这时，恐惧、渴念、希望和勇敢——在她心里真是百感交集。

维思德当真染上了伤寒。珍妮想要通知莱斯特，虽然她知道莱斯特正在纽约，但还是犹豫不决；那时报上也说莱斯特准备在那里过冬。但经过医生一周诊治并宣告病势严重以后，她就暗自思忖怎么也得写信给他，因为今后万一有个三长两短，那是谁都预料不到的。平日里莱斯特是那么疼爱维思德，有关她的消息，谅他也不至于会置若罔闻吧。

可是珍妮寄给他的信，他并没有收到，因为信到纽约之日，他已动身去西印度群岛了。珍妮只好独自守在维思德的病床前。好心的邻居知道孩子病重后，虽然不时来人帮忙照料，可是没法儿使珍妮的精神上得到安慰——那是唯有真心爱我们的人才能给予的。维思德一度似乎很有起色，医生和护士都觉得有了指望，哪知道，后来维思德又一天比一天衰弱下去，埃默里大夫说她已并发了心脏病和肾炎。

没有多久，大家都不得不承认，事实上死期已是迫在眉睫了。医生脸上的神情异常严肃，护士也是有话不肯明说。这时，珍妮急得如坐针毡，心里一直对上天祈祷，心心念念都集中在一个愿望上——但愿维思德的病早日痊愈。最近几年里，这孩子对她是太亲昵了，而且处处体谅妈妈。她开始了解到妈妈受尽折磨的一生，珍妮也由于她才觉得自己的责任感更重了，如今她已认识到做一个好妈妈和生儿养女该是何等重要。当初要是莱斯特不反对，她真的正式跟他结了婚，她是乐意为他再生几个孩子的。现在，珍妮心里总是感到非常对不起维思德，她因为出身一直受辱，所以至少也得让她过上一种长期幸福的生活才能抵补。近年来，珍妮眼看着维思德已长成一个美丽、文雅而又聪明的姑娘，心里该有多么高兴，谁知道现在她已是奄奄一息了！

埃默里大夫最后从芝加哥请来了他的一个同业的朋友，打算一起会诊一下。后者是一个老年人，举止庄重，富有同情心而又通情达理。他看了病人后，只是摇头。"治疗方案倒是蛮不错的，"他说，"看来她的体质好像已经顶不住了。有些人体质特别差，似乎比别人更容易得这种病。"两人会诊后一致认为，要是三天以内不见好转，死期也就在眼前了。

　　当时，大家都认为对珍妮还是应该据实相告为好，不过珍妮获悉后精神上该有多么紧张，恐怕谁也想象不出。她脸色煞白，老是在病床周围徘徊不前——心里虽然感触很深，但几乎不能多想了。看来她的心情在随着维思德越变越坏的病状有意识地颤动。维思德只要有一点儿起色，就会在她身上反映出来。维思德病情要是急转直下，那她的心情也会像晴雨表一样显示出来了。

　　珍妮的住地附近有一个邻居，名叫戴维斯太太，年纪大约五十岁上下，身子骨长得结实而又富有同情心，对待珍妮就像老妈妈一样亲切。

　　她很了解珍妮此时此刻的心情，所以从维思德得病起，就帮同护士和医生竭力劝慰珍妮心里不要老是紧张不安。

　　"现在你进房躺一会儿去吧，凯恩太太，"看见珍妮无可奈何地守着病床，或者在屋子里来回走动、茫然不知所措的时候，戴维斯太太就会对珍妮这样说，"所有的事情都有我呢。我做起来准不会比你差。天哪，你心里正在想什么，我会不知道吗？我生过七个孩子，坏了三个。你说，我还不懂吗？"一天，珍妮把头偎在她那热乎乎的宽大肩膀上，不由得哭了起来。戴维斯太太也陪着她一起哭。"我知道你心里很难过，"她接下说，"我可怜的孩子，别哭啦。你就跟我来吧。"于是，戴维斯领珍妮到自己卧室去。

　　可是珍妮哪能离得开维思德呢？她在那里仍然觉得坐立不安，几乎没有休息，不一会儿又回到了女儿身旁。后来，有一天，正是半夜时分，护士对她说，反正天亮以前准不会有什么事，劝她不妨睡去吧。珍妮在隔壁房间刚躺下，才不过几分钟，就听见病房里有声响，马上又从床上起来。那时，戴维斯太太也进来了，她和护士站在病床前，正在低声地议论维思德的病情。

　　珍妮一下子心里都明白了。她连忙赶到女儿床前，目不转睛地望着：这时，维思德面色煞白，如同白蜡一般，呼吸逐渐微弱了，眼睛也阖上了。"看来现在她的身体虚弱极了。"护士低声耳语道。戴维斯太太握住了珍妮的手。

　　不一会儿，过道里的时钟敲了一下。护士默弗里小姐不时地走到放药品的小桌子那里，用一块柔软的纱布，蘸上一点儿酒精，去擦洗维思德的嘴唇。钟敲一点半的时候，维思德虚弱不堪的身体微微动了一下——只听得她深深地叹了一口气。珍妮心急火燎地扑上前去，可是一下子被戴维斯太太拉了回来。那位护士走上前去，摆摆手叫她们闪开。原来，维思德已经停止了呼吸。

戴维斯太太紧紧地抱住了珍妮。"唉，你这个苦命人呀，"她低声地耳语时也不由得浑身战栗起来，"掉眼泪也不管用了。别哭啦。"珍妮两膝跪在床边，抚摸着维思德还有一点儿热的手。"不，不，"她恳求说，"你不该离开我呀！你不该离开我呀！"

"别伤心啦，亲爱的，"戴维斯太太竭力安慰她说，"你把一切都交给了上帝，不好吗？什么事情上帝都安排好了，难道你还不相信吗？"

这时，珍妮仿佛觉得大地已在徐徐下沉。所有一切的联系全都扯断了。她好像置身在四顾茫茫的黑暗之中，连一线光明都见不到了。

第五十九章　珍妮的伤痛

　　珍妮跟莱斯特移居海德公园附近以后，过了几年舒心的生活，好不容易才摆脱了那种极度忧郁的状态，如今又受到残酷的命运打击，再次把她抛回痛苦的深渊。经过好几个星期，她才真的明白维思德早已不在人世。珍妮在孩子死后一两天内所看到的她那憔悴不堪的形象，根本不像维思德旧日的样子。她从前那种轻快活泼、动作敏捷、光彩照人的音容笑貌都上哪儿去了？如今一切都已无影无踪了。只剩下这么一个像百合花那样惨白的躯壳——以及一片沉默。珍妮已经不再热泪洗面了，她只能感到一种深沉的、排遣不去的创痛。但愿有一个充满永恒智慧的哲人贤士向她低声地诉说这一显而易见的真理：世界上本来就没有死这个东西！

　　默弗里护士、埃默里医生、戴维斯太太，以及邻居中某些人，都对她深表同情，关心备至。戴维斯太太打电报给莱斯特，说维思德已经死了，但是莱斯特人不在，所以也没有回音。家里的事情因为珍妮自己已经无法照管，就由别人来料理了。她整天价走来走去，眼看着维思德生前喜爱的那些东西——都是莱斯特或她自己送给女儿的，如今睹物思人，使她不胜叹叹。她吩咐说，要把维思德的遗体运往芝加哥，安葬在救世主墓园，因为格哈特亡故时莱斯特曾经在那里买了一块墓地。她心里还想请格哈特生前常去的那个路德宗教会礼拜堂的牧师，到维思德墓前来说几句话。临行前，还按习俗在家里先举行一些仪式。

本镇循道宗①教会的牧师来念了《圣经》上有关使徒保罗致帖撒罗尼迦书中的头一段，维思德的一些同学也来这里唱了一首名叫《我主离你更近了》的赞美诗。人们在白色的灵柩上置放许多鲜花，接着深表同情地喧慰一番，然后维思德的遗体才被抬走了。等到灵柩装置妥当后，即交给火车托运，最后终于抵达了芝加哥路德宗教会礼拜堂的墓园。

这几天里，珍妮心神恍惚，就像在做梦。她觉得头晕目眩，几乎快要失去知觉了。邻居中有五个好心的朋友，看在戴维斯太太的面上，乐意护送她到芝加哥去。下葬的那天，珍妮眼看着灵柩徐徐落入墓穴，始终痴呆地伫立在墓边，心里仿佛早已麻木不仁。葬礼结束以后，她回到桑德伍德，说她在那里住不长了。她要回到芝加哥去，心想可以跟维思德和格哈特更近些。

此后，她已是独自一人，不由得琢磨自己的未来生涯了。她总觉得还是要找一点儿事由做做，尽管她根本没有谋职的必要。她很想去当护士，那么，现在自己就得从头学起来。她转念又想起了威廉。他至今还没有结婚，说不定还愿意过来，同她住在一起。但是她不知道他在什么地方，甚至连巴斯的地址，珍妮都不清楚。最后，她决定到一家商店里去找工作。她生来不愿意吃闲饭。可她不能孤苦伶仃地住在桑德伍德，让邻舍们替她的命运担忧。她独自住在这里确实愁肠百结，苦不堪言。她想要是先到芝加哥一家旅馆里歇歇脚，再找一点儿工作做做，或者干脆在救世主墓园附近找一间小屋子住下来，说不定悲伤的心情反而可以减轻些。她继而又想，不妨去领养一个无家可归的孩子，反正芝加哥各孤儿院里都有这样的孩子。

维思德死后大约三个星期，莱斯特偕同妻子回到了芝加哥，才发现珍妮寄出的头一封信，那份电报，以及还有通知维思德已亡故的那封短信。他知道了这个不幸的消息确实很伤心，因为从前他毕竟真的疼爱过那个孩子。接着，他

---

① 循道宗（Methodists），是基督教新教以卫斯理的宗教思想为基础的各教会的总称，又称"卫斯理宗"、"监理宗"。1729 年，由英国人约翰·卫斯理创立于英国，该派名称来源于卫斯理等人在牛津大学组成的"牛津圣社"，会员声称应该循规蹈矩地为人行事，强调循道的祈祷、《圣经》研究和属灵的操练，故被称作"循规蹈矩者"（英文 Methodists），后此称呼逐渐成为卫斯理宗一些教会的正式名称，汉译为"循道宗"。

又觉得珍妮怪可怜的，因而马上对妻子说要去看望她一下。他心里一直在纳闷，真不知道她往后该怎么办呢。看来她孤零零一个人，日子难过，也许他还可以帮她出一点儿主意。于是，他坐火车到了桑德伍德，但是一打听，珍妮已经住到芝加哥特莱蒙旅馆去了。他就又赶到那家旅馆，偏偏珍妮上女儿墓地去了，后来他第二次再去，这才找到了她。当茶房把莱斯特的名片递给她时，她心情异常激动——比往日见到他时更加强烈，因为此时此刻看来她更加需要他。

莱斯特虽然新婚宴尔，而且他的财富、权势和尊严都得到了恢复，但有时还不免想到自己不久前的负心行为。他原先就对自己感到怀疑和不满，这种心情至今还没有完全消失。他虽然知道珍妮的生活安定，自己仍是于心不安，因为他心中很明白，她的问题不是金钱就可以解决的。她觉得须臾不可离的是——爱情，没有爱情，她就像在茫茫大海上一叶无舵的孤舟，这一点他是非常了解的。她最需要他，而一想到他只一心考虑保全自己和一味贪求物质利益，对珍妮竟然毫无怜悯之心，他不由得感到十分羞惭。那一天，他坐电梯来到她房间的时候，心里确实难过，但他知道，时至今日他也是无能为力。此事一开头就得怪他——首先不应该去勾引她，后来遇到了逆境，又不能同她坚持到底。可是现在早已无法挽回了。他最多也只能对她彬彬有礼，跟她一起商量，满怀同情地给她出点儿主意。

"你好，珍妮。"她打开旅馆的房门时，他亲昵地说，同时一眼就看到由于女儿之死和哀恸逾恒，她简直判若两人了。她比从前瘦多了，满脸愁容，一丝血色都没有，眼睛显得更大了。"我为维思德感到非常悲痛，"他有点儿尴尬似的说，"这样的事情是我做梦都想不到的。"

自从维思德死后——事实上，是从莱斯特遗弃她以后，恐怕这就是莱斯特对她说的头一句安慰话。她觉得他是来表示同情的，感动得一时说不出话来。眼泪夺眶而出，顺着她的两颊流下来。

"别哭了，珍妮，"他搂住她，让她的头靠在自己肩膀上说，"我心里也很难过。有许多事情我一想起来就很难过，可如今也都没法儿挽回。维思德死了，我当然更伤心啦。后来你把她安葬在什么地方？"

"就在爸爸的墓旁。"她呜咽着说。

"嘿，太差劲儿了。"他喃喃自语，但仍然默默地搂着她。最后，珍妮心里已经恢复平静，才离开了他，用手绢擦着眼泪，请他坐下来。

"偏偏我不在芝加哥，出了这样的事，"他继续说下去，"真是太遗憾了。我要是没有出门，好歹也可以替你分点儿忧。我想，现在你大概不愿再待在桑德伍德了吧？"

"我待不下去了，莱斯特，"她回答说，"我受不了。"

"那你打算上哪儿去？"

"哦，连我自己都还不知道呢。我不想在那里成为邻居的累赘。我想随便去哪里，找一间小屋子，也许去收养一个孩子吧，不然就找一点儿事情做做。反正我不乐意独自过日子。"

"收养孩子，"他说，"这个主意可不坏。这样，你就不会感到寂寞了。你知道该怎样去领养孩子吗？"

"向孤儿院申请就行了，是不是？"

"我想没有这么简单吧，"他若有所思地回答说，"我想总得要按章办理——可惜我也不太清楚。听说孤儿院里总是设法要求以后还看得到那个孩子的，你最好找沃森商量一下，叫他帮帮你的忙。你只要把孩子挑选好，别的事都交给他办就得了。我会关照他的。"

莱斯特一眼就看出她是多么需要有人做伴。"你的弟弟乔治在哪儿？"他问。

"他在罗彻斯特，可是他来不了。巴斯说他已经结婚了。"她又找补了一句。

"那你家里还有谁乐意过来，同你住在一起吗？"

"也许我还可以把威廉找来，可我不知道他的地址。"

"你要是想住在芝加哥，为什么不去杰克逊公园以西的新街区找房子呢？"他出了这么一个主意，"我看见那边有一些很漂亮的小房子。你用不着买，开头只要租下来住着，等你感到满意再说。"

珍妮觉得这个建议很好——要知道这是莱斯特给她出的主意，准错不了。他对她的事情依然这么关心，她觉得他太好了。毕竟他还没有跟她完全分开吧，他多少还为她操心呢。于是，她问他的妻子身体可好，旅行是不是很愉快，今后他是否长期住在芝加哥。但在回答的时候，他老是想到自己对待珍妮实在太残酷了。他走到窗口，俯瞰着迪尔伯恩大街，但下面那种车水马龙、人群杂沓的景象把他的注意力吸引住了。数不清的轻便马车、载货大车，以及来去匆匆的行人，仿佛交织成一块别出心裁的迷宫，影影绰绰地处于幻梦之中。临暮时分，这里、那里早已灯火点点了。

"我要跟你讲几句话，珍妮，"莱斯特最后仿佛从沉思中觉醒过来似的说，"经过了这么多的事故以后，恐怕你会觉得我这个人好像挺古怪的，可是我照旧很疼你——当然是照我的办法。从我离开你的那天起，我一直都在想念你。我想，那时我离开你是明智的——那是顺理成章的。我又想，我既然很喜欢莱蒂，当然就可以跟她结婚嘛。从某一个观点来看，婚后直到现在我觉得还是挺美满的，但我并没有得到更多的快乐。将来我即使得到快乐，想来——至多就像从前跟你在一起时差不多吧。在这笔交易中，举足轻重的显然并不是我自己；因为凡是遇到这样的情况，个人毕竟是无能为力的。我不知道我刚才所说的这番话你究竟明白不明白。不过，依我看，我们大家多少都算是卒子吧。我们就像棋子一样听从命运的驱使，而命运呢，我们自己是支配不了的。"

"我明白了，莱斯特，"她回答说，"我一点儿也不怨你。我知道这样反而更好。"

"归根到底，人生多少就像一出滑稽戏，"他似乎有些辛酸地继续说道，"这是一场愚蠢的喜剧。我们所能做到的，最好保持我们的人格完好无损。要想人生无缺憾，依我看来，是根本没有的。"

珍妮虽然还不大了解他上面说的话，但她至少知道他的意思是在说，他对自己有所不满，并且对她表示歉意。

"别为我担忧，莱斯特，"她安慰他说，"反正我没觉得什么；我还是照样过日子嘛。开头要我过这种孤独的生活好像是很可怕的，现在，我觉得也没有什么了。反正我照旧可以过日子。"

"但是，我要你注意，我的态度并没有改变，"他急切地继续说，"有关你的问题，至今我仍然非常关注。我的——莱蒂对此也能够谅解，我的苦衷她很了解。等你找到了新居，我会再来的，看看你安排得好不好。过几天，我会再上这里来的。你知道我心里多难过，是不是？"

"是的，我知道。"她回答说。

他握住了她的手，满怀同情地来回抚摩着。"别难过，"他说，"你犯不着难过呀。我一定尽力而为就得了。我觉得，你还是我的珍妮，要是你不介意。尽管我对你很坏，可也不能说我样样都坏吧。"

"得了，得了，莱斯特。当初是我让你这样做的，那是万不得已啊。我想，现在你大概总很快乐吧，自从你……"

"别说了，珍妮，"他打断了她的话。随后，他怪亲昵地拽住她的手，她的胳膊和她的肩膀。"看在往日的情分，你乐意跟我亲吻吗？"他微笑着说。

她两手搂住他的肩膀，一往情深地瞅着他的眼睛，然后跟他亲吻起来。他们嘴唇刚碰在一起，她不由得浑身战栗起来。莱斯特也好像有些不自在了。珍妮看到他如此激动，便竭力想找句话说。

"现在你就走吧，"她坚决地说，"天已经黑下来了。"

于是，他走了，但心里恨不得还留在她那里，因为直到此刻，珍妮仍然是他唯一心爱的女人。珍妮呢，哪怕知道他们注定还得照旧分居，这时心里却也觉得很宽慰了。至于这种莫名其妙的事情是否还涉及什么伦理道德问题，那她并不打算去追根究底，弄个明白。有许多人总是竭力想把汪洋大海装进一只茶杯里，要不然，就把这个变幻无常的世界用一串所谓法律的准绳牢牢地拴住，但珍妮并不是这样的人。莱斯特还相当喜欢她，但他又喜欢莱蒂，那也没有什么了不起。从前她曾经希望过除了她自己以外，他任何人都不要，现在，他既然另有新欢，那么他的爱情还有什么价值呢？当然，她不敢想入非非。而莱斯特自己大概也是这么个想法。

第六十章　罗伯特的橄榄枝

　　随后五易寒暑，真是事过境迁，莱斯特和珍妮也就越发疏远了。开头他们在特莱蒙旅馆见过好几次面，看来颇有言归于好的预兆，但因都囿于自己的生活圈子，也就没法儿破镜重圆了。这时，莱斯特事务缠身，在上流社会和工商界忙得不可开交。他经常与之往来的那个上流社会，不消说，是生性淡泊宁静的珍妮所不敢僭望的。眼下珍妮自己则是冷冷清清地独个儿在过日子。南城杰克逊公园附近的街区看起来虽然不太显眼，但是环境非常幽静，珍妮就在那里找了一所极普通的小房子，和她收养的一个小孩子——那是她从西育婴堂里领来的一个栗色头发的女孩子，作为她唯一的伴侣——默默无闻地住在一起。她在这里自称为J.G.斯托弗太太，因为她觉得还是不姓凯恩为好。莱斯特·凯恩夫妇住在芝加哥的时候，就住在湖滨大道一所富丽堂皇的宅邸里，那里茶会、舞会和宴会三天两头常有，有时几乎令人眼花缭乱，应接不暇。

　　不过，近来莱斯特自己倒是喜欢过一种安静舒适的生活了。现在，他已从自己与之交游的名单内勾掉了一些人，因为前几年这些人对莱斯特的态度有些怀疑，不太亲热，过于冷淡，或者喜欢饶舌，在他看来早就可有可无了。如今，在美国中西部九个最重要的金融企业组织——辛辛那提联合拖拉机公司、美国西部坩埚炼钢公司、联合车辆制造公司、芝加哥第二国民银行、辛辛那提第一国民银行，以及还有好几个同样重要的公司中，他都担任了董事，有时还担任董事会主席。凡是有关联合车辆制造公司的事情，他从来不直接出面，亲自过问，而是委托他的法律顾问——德怀特·L.沃森先生全权代理，但他对公司的业务活动仍然非常关注。他跟哥哥罗伯特已经有七年没有见过面。伊慕琴虽然住在芝加哥，他也有三年没有见过她了。至于路易斯、艾米和她们的丈夫，以及她们的几个最亲密的朋友，在他看来简直就像是陌路人。奈特－基特利－奥布赖恩联合法律事务所，不用说，也跟他的业务毫无来往。

实际上，近年来莱斯特对人生不仅表示有点儿冷漠，显然还持批判的态度了，他对自己周围的这个世界越发感到没有什么意思。他知道，在遥远的年代里，曾经发生过这样一种令人不可思议的现象，即以进化的形式，从一种非常微小的细胞组织开始演变，它显然因为本身不断分裂而得到繁殖，又善于及早跟其他细胞相结合，于是渐渐形成了物体，比如飞禽、走兽、鱼鳖之类种种奇形怪状的动物，而到最后终于成为——人。而人，就他本身来说，原本由自己的细胞组织而成，但他还得要跟别人联合起来，才能给自己争取到安逸舒适，以及形形色色的生活。为什么非要这样不可呢？那只有天知道。这里就以莱斯特·凯恩为例，试加说明。他天资聪颖，也有一定才华，而且继承了一定数量的财富，至今他还认为自己之所以理当享有这笔财富，仅仅是因为走运罢了。虽然他在使用这些财富时很有节制，卓有成就，讲究实效，跟别人毫无二致，但是莱斯特看不到别人也不见得就不该享有这种财富。

他要是生下来就是个穷人，那么，他也许会知足常乐，跟另一个穷人完全一样。他为什么要牢骚满腹，要忧心忡忡，要沉思默想呢？不管愿意不愿意，生活总是按照自己的意旨稳步前进。他对这一事实是深信不疑的，那么，他为什么还要自寻苦恼呢？大可不必嘛。有时他虽然幻想，觉得当初自己如果没有呱呱落地该有多好。诗人说，"孩子是上帝派欢乐之神赐给我们的。"他觉得那纯粹是无稽之谈。莱斯特·凯恩太太的看法几乎跟他不谋而合。

那时，珍妮跟她的养女罗斯·珀佩图娅一起住在南城，她对生活的意义并没有下什么固定不变的结论，她不像莱斯特夫妇那样有着深刻的推理能力。她见过很多世面，吃过不少苦头，还漫无目的地看过一些书。对于各种专门知识，她根本一窍不通。历史学、物理学、化学、植物学、地质学，以及社会学，对她来说都不是固有的专长，跟莱斯特夫妇简直不可同日而语。反正她只是模模糊糊地觉得，世界是用一种光怪陆离的、变幻不定的方式在运行着，显然谁都不太知道它究竟是怎么一回事。人们生生死死。有人相信世界是在距今六千年以前造成的；也有人说它已有几百万年之久。这些说法是盲目的偶然性，还是当真有主宰着智慧的神呢？她几乎情不自禁地觉得，一定有某种东西——即上帝的力量使花朵、星星、树木、青草通通成为美的事物。大自然是那样的美！虽然生活有时似乎太残酷了，可大自然的美是亘古不变的。这样的想法多少使她聊以自慰；所以每当孤独寂寞的时候，珍妮就常常借此消愁解闷了。

上面早已说过，珍妮天性爱好勤劳，向来不喜欢闲居度日，即使她在工作的时候，也常常思考问题。近年来，她的身体已经有些发胖了——并不是肥胖不堪，而是体态渐见丰腴，恰到好处。脸上也没有因为心中忧愁而起皱纹。她那碧蓝的眼睛仍然是动人的，她那褐色的头发至今依然闪闪发亮，不过好像也有几丝花发了。邻居都说她性情温柔，和蔼可亲而且殷勤好客。关于她的身世，他们都不了解，只知道她从桑德伍德迁来，以前还在克利夫兰住过。她对自己的往事则是讳莫如深。

珍妮仿佛生来就善于细心地侍候病人，所以曾经一度想去学护理，以后当一个护士。但是，后来她发现人们只要年轻的姑娘去当护士，所以就不得不把这个主意打消了。后来她又转念一想，也许某些慈善机构会雇用她的，但是，她对当时很流行的那种新的论点，即认为只能教育人们依靠自己的力量解决自己的困难——实在不太了解。她认为，如果有人要求帮助，那就应该帮助他；至于那个人应不应该得到这种帮助，她却不大乐意去仔细地查问。因此，她怯生生地向许多慈善机构去了解，虽然没有碰到闭门羹，但都受到了人们的白眼。最后，为了罗斯不觉得孤单起见，她决定再收养一个孩子，结果她终于领到一个四岁的男孩子，就管他叫——亨利·斯托弗。因为她的收入仍由一家信托公司定期付给她，生活可以说绰绰有余。她根本不想拿这些钱去投机倒把或去搞不正当的买卖。栽培花卉，教育孩子，操持家务，已经够她忙活的了。

自从莱斯特跟珍妮分居以来，罗伯特与莱斯特之间多少有了一点儿耐人寻味的变化。原来从宣读先父遗嘱那一天起，他们兄弟俩就一别数载，从来没有见过面。罗伯特心里倒是时常惦着弟弟，一直在兴致勃勃地注意着莱斯特的行踪。他一得到莱斯特同杰拉尔德太太结婚的消息，心里就觉得很高兴，因为他始终认为她是他弟弟的理想的伴侣。罗伯特从许多迹象看到，由于父亲临终前的嘱咐，以及他自己通过特殊手段攫取了凯恩公司的控制大权，莱斯特对他一直深为不满，但他觉得，他们在思想上的看法（至少在经商方面来说）并没有严重分歧。

何况，眼下莱斯特已经交了红运，他就乐得宽宏大度，对他表示一下和解。说到底，他对弟弟历来都是竭尽全力——也可以说是苦口婆心地促使他幡然醒悟过来。他们如果能够和好如初，他们在经济上也一定都能得到很多好处。因此，他心里不时地琢磨，真不知道莱斯特是否乐意同他握手言和。

后来有一次，罗伯特正在芝加哥，故意要他同座的朋友让轻便马车顺便驶往密歇根湖北岸，打算去看看他早就有所耳闻的莱斯特夫妇的府邸。罗伯特一看，就突然回想到当年凯恩旧宅的那种气派来。原来，莱斯特买下那座别墅以后，曾经在大楼的一侧修造了一座花房，跟辛辛那提的旧宅完全一样。当天晚上，罗伯特写信给莱斯特，请他在联合俱乐部一起吃饭。信上又说，一两天之内就要离开芝加哥，希望能够跟他见见面。当然，他知道他们从前有过一些龃龉，但有一个重要问题务必亲自跟他面谈一番，不知星期四莱斯特能不能来会面。

莱斯特接到这封信，立刻皱紧眉头，陷入了沉思。他父亲给他留下的那个创伤，说真的，至今尚未愈合。当初罗伯特那么干脆地抛弃了他，他至今仍然耿耿于怀。现在他才明白，哥哥至今还在下很大的赌注。但他们毕竟是同胞兄弟，如果当时莱斯特自己处在罗伯特的地位，他也不会像他哥哥那样使出卑鄙的手段来，至少说他是不希望这样。如今罗伯特却偏偏要来求见他。

起初莱斯特心里想干脆置之不理，可后来又转念一想，不妨复信去回绝。但不知怎的，他忽然又好奇起来，很想跟罗伯特见见面，看看他究竟说些什么话，听听他到底会提出什么建议。因此，他决定回答说自己同意去。他想，两人见见面总不会有什么坏处的。但是说实话，他明知道即便真的见了面，也不会有什么好结果。他们也许会一致同意，干脆把以往的事情一笔勾销，但是已经造成的损失早已无法补救了。

一只补好了的破碗，难道能说它是完整无缺吗？就算能这么说，那又有什么意思呢？这还不是打破过而又修补起来的吗？于是，他写了回信给哥哥，说他愿意去。

到了星期四早上，罗伯特从大会堂旅馆打电话给他，提醒他别忘了那个约会。莱斯特出神地听着他说话的声音。"好吧，"他说，"到时我会来的。"正午时分，他就来到了芝加哥闹市区，在陈设非常讲究的联合俱乐部里，这一对兄弟重逢了。他们俩禁不住面面相觑。罗伯特比莱斯特上次见面时消瘦了，头发也有点儿灰白。他的目光如同往日一样炯炯逼人，可是眼角两边布满了皱纹。他的举止谈吐还是敏捷的，精明的，强劲有力的。而莱斯特呢，显然属于另一种典型——他是坚实的，鲁莽的，淡漠的。近来，人们都说莱斯特好像有点儿冷酷了。罗伯特那双犀利的蓝眼睛一点儿都没有使他感到困惑不安——一句话，怎么也感动不了他。他看到，他的哥哥还是跟从前一模一样，因为他是善于用哲理眼光来观察和思考问题的。罗伯特对莱斯特却怎么也估摸不准，简直说不出来莱斯特近年来究竟有了哪些变化，只是觉得莱斯特不知怎的并不显得苍老，身体好像反而比从前结实，看面色也是唇红齿白的，仿佛生活得很惬意，露出踌躇满志的样子。莱斯特用一种锐利而又沉着的目光直瞅着他的哥哥。他的哥哥却不由得把自己的脸挪动一下，因为这时他的心里觉得很不自在。现在他才知道，莱斯特性格中最突出的那种智慧和勇气显然并没有完全消失。

"我想，我很高兴又跟你见面了，莱斯特。"他们照例紧紧地握了一下手，罗伯特就这样开了腔，"我们是好久不见面了——要有八年了吧，是不是？"

"是啊，差不多吧，"莱斯特回答说，"你一向都好吧？"

"哦，一切照旧。我看你气色真是好极了。"

"从来没有得过病，"莱斯特回答说，"最多是偶尔闹一点儿感冒罢了。我经常一上床，什么事就都忘得一干二净了。嫂子可好？"

"嗯，玛格丽特身体还不错。"

"孩子们呢？"

"拉尔夫和贝伦尼斯他们，自从各人结婚以后，几乎就很少见面了，其他的几个孩子现在还都在家里。我想，弟媳妇身体也很好吧。"罗伯特迟疑不决地说，仿佛感到很难说出口似的。

莱斯特还是不动声色地看了他一眼。

"是啊，"他回答说，"她一向身体都很健康，现在也很好。"

随后，他们就东拉西扯地闲聊起来了。莱斯特问到有关托拉斯经营的情况，以及艾米、路易斯和伊慕琴的近况，罗伯特坦白说近来他既没有见过她们，也没有接到过她们的来信。不过，罗伯特还是把他知道的消息告诉了他。

"我想，这里有一件事情跟你有关，所以我要跟你商量一下，莱斯特。"罗伯特最后才言归正传，说，"那就是关于美国西部坩埚炼钢公司的问题。我知道现在你自己并没有去那里当董事，而是派了你的律师沃森作为你的代表。当然，沃森的确是个非常精明的人。经营管理方面也还不错——这个我们都了解的。可是，如果要使公司赚钱，那就必须有一个懂行的实干家去主持工作。直到现在为止，我始终都是跟沃森采取同一的立场，因为我觉得沃森提出的建议完全正确。他赞成我的意见，认为该公司里有许多事情必须加以改变。现在我有一个好机会，可以把罗西特的遗孀的七十股买下来。再加上你我现有的股权，不用说，那家公司就由我们全部控制起来了。现在，我乐意把这七十股让给你买进来，反正你我是一家人，根本没区别。将来你就派你的心腹去当公司总经理，往后的事情，我想，一定是很顺顺当当的。"

莱斯特只是一笑置之。这是一笔多么诱人的生意。沃森曾经告诉他说，在公司里罗伯特一直跟他同进同退。莱斯特早就猜到罗伯特还是要跟他和解的。现在，这份价值一百五十万左右的产权——恐怕就是罗伯特递给他的橄榄枝吧。

"承蒙你一片美意，"莱斯特一本正经地说，"这简直是一份慷慨的厚礼了。不过，请问你怎么忽然会想起这件事情来？"

"得了，我就给你打开天窗说亮话吧，莱斯特，"罗伯特回答说，"关于父亲遗嘱的事，我是始终觉得不对头的。后来又发生了你辞去秘书兼司库的职务，以及其他一些误会，我心里都感到非常不安。我在这里并不是故意要旧事重提——这会儿你听了已在笑了——可是，我不能不把心里的真实感受告诉你。过去，我这个人可以说是雄心勃勃的。正当父亲病故的那个时候，我简直是一厢情愿，要使这个车辆业托拉斯的计划得到实现，但我担心你恐怕是不会赞同的。后来我有时也想，当初很不应该这么做的，可是悔之已晚了。对于这些往事，我想你大概也不乐意再听吧。那么，我现在就讲刚才这件事……”

“恐怕是用来作为一种赔偿吧。”莱斯特平心静气地插话说。

“倒也不完全是那样，莱斯特——虽然这里面也许就有这么一点儿意思。我知道，这些事情现在对你来说已没有多大意义了。我知道，那些事情是发生在几年以前——而不是现在。可是尽管这样，我心里想你对这笔生意也许不会不感兴趣。我想这也许仅仅是个开端。凭良心说，我希望这笔生意也许可以让你我之间的感情得到弥补。要知道，咱们毕竟是同胞兄弟嘛。”

“是啊，”莱斯特说，“咱们是同胞兄弟。”

他说这话时，不由得暗自寻思，这句话实在是讽刺。这出自罗伯特之口的所谓同胞兄弟的情谊，在过去究竟值得上什么呢？实际上，正是罗伯特逼迫他跟杰拉尔德太太结婚的；尽管现在真正受罪的仅仅是珍妮一人，莱斯特至今仍然不得不对罗伯特感到恼怒。其实，罗伯特当初并不想取消莱斯特应得的父亲产业的四分之一的权利，但话又说回来，他确实也没有帮助莱斯特去取得这份产权，如今罗伯特却想用上述那笔生意来弥补日日的裂缝了。这不免使他——莱斯特——相当伤心，甚至使他十分恼怒。唉，人生真是怪啊！

“不，罗伯特，虽然我还不明白，”最后莱斯特坚决地说，“但是，对你的动机，我不能不深表感激。不过，我还是闹不明白为什么我非得接受不可。要知道，这毕竟是你的好机会嘛，我绝不会向你伸手。你要是把那些股权买下来，就可以照着你的意图去改变公司的局面了。反正我现在已经够富裕了。过去的事情，就不必再提它了。我很愿意时常跟你见面谈谈。你所要求的，我想不过就是这些吧。至于你刚才提出的这个建议，只不过是用来弥合日日裂痕的一种诱饵罢了。你想要得到我的好感，好吧，就我来说，没有问题，你一定能得到的。我对你从来都不怀恶意，今后也不会。"

罗伯特目不转睛地瞅着他，脸上仿佛露出一丝笑意。不管他从前是怎样得罪莱斯特——也不管此刻莱斯特又是怎样挖苦他的，但罗伯特不得不对莱斯特表示衷心佩服。

"我说，你刚才说的话也许是不错的，"临了他承认说，"不过，要知道我的动机并不坏。说心里话，我就是想要弥补我们之间在感情上的裂痕。好吧，这事现在就不多谈了。你不久就要到辛辛那提去，是吗？"

"我想，不一定去吧。"莱斯特回答说。

"你要是去，我真巴不得你上我们那里去住，弟媳妇一起来。我们可以叙叙旧嘛。"

莱斯特脸上露出一种莫名其妙的笑容。

"我很高兴来。"他无动于衷地说。但他回想到，珍妮还在的那些日子，休想得到这样的邀请，他们家里人是从来都不肯降尊纡贵来迁就她的。"得了吧，"他又暗自思忖，"也许我不该怪他们。算了，随它去吧。"

他们接着又扯了一些别的事情。最后，莱斯特想起了还有别的约会。"我不得不告辞了。"他看了一下表说。

"我也该走啦。"罗伯特说。他们都站了起来。"好吧，"他们走到衣帽间的时候，罗伯特又说了一句，"反正咱俩将来总不会像陌路人吧，是不是？"

"当然不会的，"莱斯特说，"我会常常去看你的。"说着，他们相互握手，怪亲热地告别了。罗伯特目送着他弟弟急匆匆地渐走渐远的背影，不由得感到一种未能尽到职责的悔恨心情。莱斯特是个了不起的、有能耐的人。那么，为什么他们感情上早已产生了鸿沟呢——甚至还在珍妮没有出现以前就如此了。于是，罗伯特忽然又想起了他从前对所谓"阴险手段"的看法。不错，那正是他弟弟所没有的。因此，莱斯特这个人就不是阴险毒辣的。"唉，你，真碰到鬼了！"他暗自寻思道。

莱斯特一路上还在想着他们兄弟俩的关系，觉得自己对哥哥难免还有点儿反感，但又不是一点儿同情都没有。他认为，罗伯特并不是那么坏的——至少也不比别人更坏吧。那么，为什么还要对他评头论足呢？他自己要是处于罗伯特的地位，真不知道又该怎样呢？现在罗伯特已是富埒王侯了。他莱斯特自己也是如此。至于当初他为什么会成为牺牲品，他的哥哥又为什么会负责经管父亲的巨大的产业——直到现在他才闹明白了。"原来世道就是如此，"他暗自忖度道，"反正都是一样，那又何必斤斤计较？现在我生活得够美啦。为什么还要去瞎操心呢？"

第六十一章　最后的见面

按照自古以来的计算方法，或者说得更正确些，即根据《圣经》上所设想的那个公式，一个人的寿命通常只有七十岁。这个公式因为口口相传而深入人心，看来早已成为一条最最意味深长的真理了。事实上，哪怕一个人自己具有一种必死的幻觉，但从他的机体来说，还是能够活下去，甚至可以超过他的成熟期的五倍以上；他要是知道精神可以长存，年寿纯系幻觉，而死亡根本不存在，那么，他的寿命也许还可以延长呢。然而，人类这种根深蒂固的思想（真不知道是从什么唯物主义的假设中梦想出来的）至今依然存在着，于是，按照这个令人毛骨悚然的数学公式，每天都有人在死亡。

莱斯特就是深信上面这个公式的一个人，现在他快要六十岁了。

他心里想，自己活在人世间最多也不过二十年——说不定还活不到那么久，不管怎么说，他这一生确实过得很舒服。他觉得大可不必怨天尤人了。万一死神要来，就让它来吧。他随时都准备好了。他既没有怨言，也没有反抗。人生从它的许多方面来看，只不过是一出愚蠢的喜剧罢了。

莱斯特承认，不管你怎么个看法，人生无非就是幻觉——这是不难得到证明的。有时候，他还怀疑整个人生说不定也都是幻觉。说真的，它很像一场梦——有时还是一场骇人的噩梦。现实生活——在他心目中不得不加以确认的——看来就是他日常接触到的赚钱生意，以及还要跟人们交际应酬，出席董事会的会议，跟个别人和其他团体商讨各种计划，末了，还有他妻子的种种重大的上流社会交际活动。莱蒂非常爱慕他，甚至还称他为一位才智出众、老成持重的哲学家。她如同珍妮一样钦佩他：尽管遇到逆境，但依然保持他那种坚忍不拔而又淡然置之的态度。无论走运也好，或者遇到不幸也好，看来既不能使莱斯特心情激动，也不能使他心烦意乱。他在任何恫吓面前从来都没有屈服过，他对于自己的信念和内心感情从来也不会动摇，虽然有时候不得不放弃了，但仍然信心十足。平时他有一句口头禅，那就是"正视事实，沉着应付"，并且为之搏斗了一生。他要是上当受骗，马上就要起来争斗，总是表现出顽强不屈的气概。他会想方设法跟所有威胁他的势力周旋到底。如果他最后终于不得不妥协，那也一定是在万般无奈的时候，但他不妥协的看法还是始终不变。

他的人生观显然还是非常注重物质利益的，一心追求尘世的安逸舒适，不论什么东西，他总是务求尽善尽美。家庭内部陈设只要稍微有一点儿褪色，他就要立刻撤下来，卖掉，然后把整幢屋子布置一新。他每次出外旅行，川资务必先期汇出，仿佛替他开路似的。他不喜欢跟人家抬杠，不喜欢闲扯淡，也不喜欢被他称作蠢话空谈的东西。人们只能跟他谈他感兴趣的问题，不然他就闭口不谈了。莱蒂对他的了解要算是最透彻了。早上一醒来，她常常要抚摩他的下巴，或者两手抱住他那坚实的脑袋，逗着玩似的说他是禽兽——当然是一种讨人喜欢的禽兽。

"是，是，我知道，"他哼哧哼哧地说，"我想，我确实是一种动物吧。至于你呢——想必满脑子都是仙女的思想吧。"

"不，你住嘴！"她马上回答说，因为他有时说话叫她听了刀绞一样难受，其实，他并不是故意挖苦她。随后，他连忙给她稍稍温存一番，因为他心里明白，她处世为人虽然好胜心很强，但多少还得依靠他。她心里分明知道，他并不是非要她不可的，但他生怕她心里难过，总是竭力掩饰这种心情，反而佯装自己好像少不了她，可是人们一眼就看出，他要甩掉她真是易如反掌。现在，莱蒂的确要仗着莱斯特全力支持了。要知道，在目前这种变幻不定的世界里，能有这么一个坚毅不拔而又果断有力的男子汉跟她终日相随，确是难能可贵的。这就好比在黑暗之中靠近一盏暖人心窝的明灯，或是在寒冷之中守着一堆烧得旺旺的篝火。莱斯特是什么都不怕的，他深信自己懂得生与死的意义。

像他那种性格，自然也一定会在每一个细枝末节的地方具体有力地表现出来。如今他把金融大权掌握在自己手里，他所拥有的证券绝大多数都是各大公司的股票，那些公司里野心勃勃的经理人员竭尽全力去做"赚钱"生意，总能得到煞有介事的各董事会的核准——因此，他莱斯特就有闲暇尽情去享乐。他和莱蒂喜欢到美国和欧洲各国矿泉疗养胜地游览观光。他有时也要赌赌钱，因为他觉得，把钱押在一个轮盘上或是一颗子弹上，虽然要冒风险，可也是很好玩的一种娱乐。他的酒瘾也越来越大了，虽然还不像酒徒那种狂饮，但在筵宴之间，他经常酒兴很浓，欲罢不能。不是佳酿名酒他根本不沾唇，他只喝纯威士忌、香槟酒、闪闪发亮的勃艮地葡萄酒，或者是名贵的、令人开胃的白葡萄酒。现在，他只要喝酒必定都是豪饮，食量也相当惊人。莱斯特历来认为，端上来的各道菜全是上品——汤呀，鱼呀，冷盘呀，烤肉呀，野味呀，点心呀——样样都要味美可口，即使重金礼聘厨师，也在所不惜。他们曾经到处物色，终于雇到了一位烹调大师，叫路易·伯尔多，是个法国老头儿，从前在某某纺织业巨头府上掌过灶，他要莱斯特每星期付给他一百元。反正碰到任何棘手的问题，莱斯特照例回答说："人生在世究竟能活多久？"这么一来，也就什么都不嫌贵了。

莱斯特这种态度也有一点儿麻烦，就在于他无力整饬事务、不断地加以改进，而且对所有一切事情都是漫无目标，放任自流。莱斯特要是当初跟珍妮结了婚，领取那区区一万元年金，恐怕也会照样坚持自己的这种生活态度。那样一来，他对上流社会的交际活动（如今他已是必不可少的一员了）便会抱着极端冷漠的态度，至多只能同两三位意气相投的人保持来往，而珍妮恐怕也不会比眼下的生活好多少。

凯恩夫妇举家迁往纽约，就是他们生活中所发生的最重大的变化之一。原来，凯恩太太的知己朋友中有一些聪明的女友——她们来自美国东部四百家（或说九百家）名门望族，都撺掇她迁居纽约，去换换环境。最后，她终于来到纽约，就在麦迪逊路附近的第七十八街上租下了一幢房子。她在那里搞了一套新的玩意儿，完全仿效英国人的派头起用了一班穿特殊制服的仆役，而且各个房间都按各个不同历史时期的风格设计布置起来。莱斯特对她如此爱好虚荣和肆意铺排只是付之一笑。

"你又在谈民主啦，"有一天，他咕哝着，"依我看，你谈的民主就跟我信的宗教一样，简直可以说是完全没有这回事。"

"不，你胡扯！"她矢口否认，"我是民主派。我们大家都分属各个阶级。你也是这样。我只不过是承认这种现实的逻辑罢了。"

"叫那种逻辑见鬼去吧！你说，一个身穿红丝绒制服的仆役领班兼门房，也算是非要不可吗？"

"当然是啊，"她回答说，"也许不一定说非要不可，但它肯定是一种气派。你为什么要跟我吵嘴呢？你自己不是样样事情都要求十全十美——要是稍微有一点儿纰漏，你不是就要吵吵闹闹吗？"

"我什么时候跟你吵闹过？"

"哦，也许我说的并不是这个意思。可是你事事都要求十全十美——无非就是要处处保持我们的气派罢了，这一点你自己总是知道的。"

"也许我知道，可是跟你讲的民主又有什么关系呢？"

"我是讲民主的。这一点，你可抹杀不了。我打心眼儿里就向往民主，如同任何一个女人。只不过我主张实事求是，而且喜欢自己尽可能地安逸舒适，反正你也是这样。我是住在玻璃房子里，我的老爷先生，你千万别扔石子。[1]你的房子也是透明的，你在里面的一举一动我都看得一清二楚。"

"我是讲民主的，你可不是，"他故意揶揄她。其实，他对她的一举一动不无赞同，有时他还幻想，她实在比自己更有经理之才。

莱斯特就这样随波逐流，整日价耽于宴饮之中。他还经常服用各种滋补的药酒，喜欢到各地旅游，也可以说非常豪华舒适。加上他又缺少体育运动锻炼，终于，他的身体从一个强壮、矫健而又匀称的有机体，变成这样一种病

---

① 　这里套用了一句英语谚语，"住在玻璃房子里的人不要扔石头"，意指，自己有短，不要去揭别人的疮疤。

态，即患有障碍每种重要机能的多血症。他的肝、肾、脾、胰——事实上，就是他的五脏六腑——因为长期以来负荷过重，以致消化和排泄功能严重失调。最近七年里，他越来越发胖，简直臃肿不堪。他的肾已有病变，脑血管也是这样。要是平日饮食调理有方，再加上适量运动，心情舒畅，莱斯特满可以活到八九十岁的。事实上，是他放任自流，把自己好端端的身体糟蹋得不成样子，哪怕一点儿小毛病，都可能发生危险。这样的后果已是在所难免，而且没多久果然出现了。

原来，事情是这样的。有一回，他和莱蒂跟朋友们一起乘快艇到挪威北部沿海的北角去。莱斯特因为有一些重要事情要办理，决定十一月底回到芝加哥。他跟妻子约定圣诞节前在纽约会面。他事先写信通知沃森在芝加哥等他，并且替他在大会堂旅馆预订好房间，因为现在他打算长期住在纽约，两年前已把芝加哥的宅邸卖掉了。

大约在十一月下旬，有一天，莱斯特刚把事情料理清楚，突然觉得有点儿不舒服，就马上请医生来看，说他是肠内受了凉——肠道失调以后，通常会使人体血液或其他重要器官出现严重病变症状。当时莱斯特感到极大的痛苦，医生就根据常规疗法，先用红法兰绒绷带敷上芥末把两脚包好，同时还关照他服用一些特效药。所以，他暂时觉得好些，可是，他不知怎的，总是疑神疑鬼，仿佛大难就要临头似的。他叫沃森打个电报通知他的妻子，先不提病情严重，只说他有点儿病痛就得了。莱斯特病床前有一个训练有素的护士来值班，大门口则由一个仆人严加把守，以免闲人上门滋扰。显然，三个星期以内，莱蒂是怎么也赶不到芝加哥的，莱斯特仿佛预感到自己再也见不到她了。

说来也真怪，这些天来他一直都在惦念着珍妮，这不仅仅是因为此刻他正在芝加哥，而是因为珍妮的情影始终在他心中萦绕不去。他这次来芝加哥，本来打算先把事情办完并且没有离城以前去看望她的。他曾经向沃森问到她的近况如何，沃森回答说她一切都好，说她生活过得很安适，气色看来也很健康。如今莱斯特病了，心里就很想跟她见一面。

日子一天天地过去了，病情还是不见好转，他想见珍妮的心情也就越发急切起来。他不时地感到腹痛如刀绞那样难受，仿佛要把五脏六腑搓成硬疙瘩；每次痛过以后，就觉得浑身虚脱了。为了减轻他的痛苦，有好几回医生还给他注射了可卡因。

有一回，他刚熬过了一阵剧痛，就把沃森叫到身边，要他先把护士支走，这才开口对他说："沃森，有一件事我想拜托你。劳你驾，代我去问问斯托弗太太，最好让她到我这里来一趟。依我看，你最好亲自去，顺便就带她一起来。今天下午，或者她在这里的时候，你就得把护士和科佐——就是那个看门的仆人——都给打发出去。不管她什么时候到，就马上让她进来见我。"

沃森听了，不用说，心领神会。莱斯特这种回心转意的表现，沃森很赞成。本来，他心里就替珍妮感到难过，当然也替莱斯特感到难过。

他心中正在纳闷，人们要是了解到这样一位知名人士竟有这么一段浪漫史，真不知道做何感想呢。沃森对莱斯特一向很尊敬。沃森是全靠莱斯特提挈才走运的，不论莱斯特叫他办什么事，他无不欣然从命。

沃森雇了一辆马车，匆匆地赶到珍妮的住处。他看见，珍妮正在浇花，一见他突然闯入，脸上立时现出非常惊讶的神色。

"我是万不得已奉命而来的，斯托弗太太，"他一面用她的假名字来称呼她，一面开始说，"您的——就是凯恩先生，他在大会堂旅馆得了病，病情相当严重。他的妻子此刻还在欧洲，他特地差我到这里来，问问您乐意不乐意去看他一趟。如果可能，他叫我陪您一同去见他。现在，乐意跟我一起去吗？"

"是啊，当然乐意。"珍妮回话时脸上立刻呈现出沉思的神情。那时，两个孩子还都在学校里，管家的瑞典老大娘则在厨房里忙活，她自然可以马上脱身去一趟。可是，她忽然想起了前几天自己做过的一个梦。她梦见，自己仿佛是在一个神秘的黑水湖上，湖面上笼罩着一团团又像烟、又像雾的东西。她耳畔先是听见湖水轻漾的潺潺声，随后从黑压压的湖面上蹿出来一只小船。那是一只没有桨的小船，也看不见它在移动，她看见小船里有她的母亲和维思德，好像还有一个什么人，她就看不清楚了。她母亲满面愁容，显得苍白憔悴，简直如同生前一般，严峻而又满怀同情地直瞅着珍妮。就在这时，珍妮突然认出小船上还有的那个人，他就是莱斯特。他愁眉苦脸地直望着珍妮——她从来没有见过他会有这样的表情。不一会儿，她的母亲就开口说，"得了吧。我们该走了。"于是，那小船开始移动了，珍妮心里真的充满了一种难舍难分的离愁，不由得大声嚷道，"妈妈呀，可不要扔下我啊！"

可是，她的母亲仅仅用她那深邃、暗淡而又沉着的目光向她看了一下，那只小船就一下子不见了。

她从梦中惊醒时，竟然幻想莱斯特仿佛紧偎在她身旁。她在蒙胧中伸出手去，想摸摸他的胳膊，但她马上意识到，自己只是独个儿在床上，便在黑暗里坐了起来，擦擦自己的眼睛。她心里感到一阵惊疑，过了两天，这梦境还是萦绕不去。后来，她好像把这个噩梦完全忘了，刚才沃森先生面告这一不祥的消息，却又使她回想起来。

珍妮就进屋去换衣服，不一会儿又回来了，看她的神情似乎有些茫然不知所措。可是，她的容貌依然惹人喜爱，显出她是一个温柔、和蔼的女人，连她穿的衣着也很素雅大方。要知道，她心里从来都没有离开过莱斯特，正如莱斯特根本离不了她一样。她至今心心念念还是莱斯特，有如他们当年同居时一模一样。她平生最最难以忘怀的事，就是当年他在克利夫兰初次向她调情的时候——就是他像穴居的野人抓住他的配偶那样，才把她抢走的。如今，她真巴不得自己能够替他再出点儿力。莱斯特这次派人来叫她去纵然使她大惊失色，但也是一种有力的证据，说明他是爱她的，不管怎样，他毕竟还是爱她的。

马车飞快地驶过了许多长长的大街，进入了烟雾缭绕的市中心区，一转眼就到了大会堂旅馆。沃森领着珍妮来到莱斯特的房间里。一路上，沃森都非常审慎小心，他几乎没有说什么话，为的是好让珍妮独自思考问题。她已有那么多年离群索居，今日走进这家大旅馆，不免也有点儿怯生生了。她走进了那个房间，就用她那双充满同情的碧蓝的大眼睛直瞅着莱斯特。他正躺在那儿，脖子后垫着两个枕头，他那坚实脑袋上的深褐色头发，如今稍微有一点儿花白。这时，他用他那聪明、老练的眼睛好奇地望着她，尽管眼眸有一点儿疲倦，但依然闪出同情和温情的光芒。珍妮心中不由得感到一阵剧痛。她见到他那苍白的脸已被折磨得有些形销骨立，就像被一把尖刀扎进了心窝。她拿起他伸在被子外面的手，紧紧地握住不放。她俯下身去，亲了一下他的嘴唇。

"我很难过，莱斯特，"她喃喃地说，"我很难过。不过，你的病还不是很重，是吗？你这病一定会好起来的，莱斯特——而且马上就会好起来的！"她一面说着，一面轻轻地抚摩他的手。

"是啊，珍妮，可是，我非常对不起你呀，"他说，"我觉得那件事情做错了。我这种负疚的心情，看来始终也摆脱不了。现在请你告诉我，你近来生活得怎么样？"

"哦，生活还不是照旧嘛，亲爱的，"她回答说，"我一切都很好。可你千万不要那么说，你很快就会恢复健康的。"

他苦笑了一下。"难道你真的这么想吗？"说着，他不以为然地摇摇头，"你坐下，亲爱的，"他又接下去说，"现在我也不再去想那件事情了。现在，我要再跟你说说话。我要你跟我挨得更近些。"他叹了一口气，马上把眼睛合上了。

她端了一把椅子，紧挨他床边坐下，脸望着他，还握住他的手。他这次派人来找她，她真是大喜过望了。她眼里流露出一种怜悯、温情和由衷的感激交集在一起的神情。同时，她又感到一种恐惧，因为看来他已是病入膏肓了！

"今后的事，我就很难预料了，"他又继续说下去，"莱蒂目前还在欧洲。我早就想去看望你了。我想，我这次来芝加哥就是要去看你的。现在我们住在纽约了，你大概知道的。我说，你好像有点儿胖了，珍妮。"

"是啊，我可老啦，莱斯特。"她微笑着说。

"唉，老了也不要紧，"他目光呆滞地直瞅着她说，"年龄算不了什么，我们大家都一样在老嘛。那就得看我们对人生是怎么看的了。"

他沉吟不语，两眼凝视着天花板。这时，一阵隐痛使他想起了自己连日来的肠病大发作。像上次那样的剧痛他不知道折腾过多少回了，说真的，他再也受不了了。

"我觉得，不跟你再见一面，我可不能走呀。"等到阵痛过去能够自由思考问题时，他就继续往下说，"我早就要跟你说，珍妮，像现在我们这样的分离，我是一直不满意的。依我看，当时这样办毕竟是不对的。事实上，我并没有比从前更幸福，我始终觉得对不起你。我真是巴不得那时没有离开你，也许现在心里就不会这么难过了。"

"你别说那个啦，莱斯特。"她迟疑了一下说，他们往昔相聚在一起的情景一齐涌上心头，这才证明他们是真正的良缘——他们真正心心相印了。"现在一切不是都很好吗？依我看，反正都是一样。你一向待我非常好。难道我能眼睁睁地看着你白白地丢掉你那偌大的产业吗？不，我是绝不会那么做的。像现在这样的办法，我心里反而觉得心安理得了。当然，开头心里也有点儿难受，可是，亲爱的，有时候谁都免不了有难受的事。"说到这里，她沉吟不语了。

"不，"莱斯特说，"以前的做法是不对的。这事一开头就错了，但绝不是你的过错。我觉得，很对不起你。我早就要跟你解释解释，幸亏现在我还来得及告诉你。"

"别那么说呀，莱斯特——请你千万不要那么说，好吗？"珍妮恳求说，"现在一切都很好，你用不着感到难过。你也没有什么地方值得难过的。你一向待我都是那么好。嗯，每当我想起了——"不知怎的，她突然顿住，说不下去了。这时，她喉间几乎被激动和同情哽塞了。她默默地握紧了他的手。她正在回忆当年他给她一家人在克利夫兰购置房子，他对待格哈特又是多么厚道，以及他从前对她无微不至的恩爱。

"好吧，现在我一切都给你说了，心里也就舒坦得多了。你是一个好女人，珍妮，多谢你还上这里来看望我。过去我是爱过你的，现在我还是爱你的。我要向你表明我的心迹。看起来好像挺奇怪的，但是，只有你才是我一生中真正心爱过的女人。说实话，我们是永远不应该分开的。"

珍妮过了好久，才喘过了一口气来。莱斯特这几句话——才是他们俩爱情的凭证，她翘首企盼了这么多年才听到。既然他已经坦白供认他们俩心灵上（虽然还不是肉体上）依然结合在一起，由此她也就对一切都心满意足了。现在她觉得，活着固然幸福，即便死了，也是如此。"哦，莱斯特。"她抽抽噎噎地嚷了起来，又紧紧地攥住他的手，莱斯特也有气无力地握住她的手。他们沉默了片刻。随后，莱斯特又开始说话了。

"那两个孤儿怎么样了？"他问。

"哦，孩子们好极了。"她回答时，把那两个小家伙详细地介绍了一番。他听着觉得很满意，因为她的声音给了他莫大的慰藉。只要她守在他身边，他总是觉得很愉快。后来，到了她该走的时候，他好像恨不得把她留下来。

"你还要走吗，珍妮？"

"我走不走都可以，莱斯特，"她自愿效劳说，"我就在这里开个房间吧。我只要写个便条，通知一声斯温森太太。你尽管放心好了。"

"不必了。"他说，但她心里明白，他很想把她留在那里，他害怕自己在那里孤零零的。

从那时起，一直到他命归西天，珍妮都从来没有离开过那个旅馆。

第六十二章　葬礼

　　莱斯特是在四天以后死去的，就在这四昼夜里，珍妮几乎时时刻刻地守在他床边。有了珍妮做伴，那位护士可以经常换班歇息，又不至于感到寂寞，所以心里很满意；那位医生却多少露出反对的意思。但是，莱斯特毕竟非常执拗。"你们看，我快要死了，"他带着一点儿难堪的幽默感说，"既然我快要死了，难道你们还不让我痛痛快快地爱怎么死，就怎么死吗？"

　　沃森听后禁不住笑了，莱斯特竟然会有这样坚忍不拔的勇气，他是从来都没有看见过的。

　　当时，人们纷纷给莱斯特写信表示慰问或打电报来询问他病情好转没有，甚至报上也都刊登了有关他患病的消息。罗伯特看到《问讯者》报上的消息报道后，就决定亲自赶到芝加哥去。伊慕琴和她的丈夫也都来探病了，莱斯特先让珍妮回到自己房间以后，这才允许他们进来坐上几分钟。莱斯特跟他们几乎没说话。护士事前已警告过，他们不能跟病人多说话。他们走了以后，莱斯特就对珍妮说，"伊慕琴现在变化真大呀。"此外，他就再也没有别的评语了。

　　莱斯特咽气的那天下午，凯恩太太正在横渡大西洋的轮船上，离纽约还有三天的航程。他在临终以前，心里很想再给珍妮一点儿帮助，可惜始终想不出妥善之计来。给她再留下一些钱吧——根本没有什么意思，因为钱——她并不短缺。当他心中正在琢磨，真不知道莱蒂此刻身在何处，又说不上她何时可到的时候，他突然最后发作，感到一阵摧心裂肺似的剧痛，但是，医生还来不及给他打止痛针，他就一命呜呼了。后来才查明，他病死的原因并不是肠道病，而是脑出血。

珍妮连日来侍候病人早已心力交瘁，如今见他一瞑不视，就更加悲戚，简直痛不欲生。长期以来，莱斯特早已成为她的思想感情的一部分，如今他这一死，仿佛她自己的生命也到了尽头。她是心无旁骛地专爱于他的，而他始终表示（至少在某种程度上）他自己也是疼爱她的。她感到的不是用眼泪表达出来的那种情感——她只感到有一种沉痛，有一种麻木不仁的东西，似乎使她完全失去了痛苦的知觉。眼看着莱斯特——她的莱斯特——安静地躺在那里，他即便死了，依然显得是那么刚强不屈。他脸部的表情也丝毫不变——坚决、倔强而又安详。这时，凯恩太太已经来了回电，说她星期三可以赶到，于是决定暂时不入殓。珍妮从沃森先生处了解到，遗体不久将运往辛辛那提，因为佩斯家有一座地下墓室在那里。现在，莱斯特家属已陆续赶到了，珍妮只好退避三舍，回到自己的房间，也就无事可做了。最后的出殡仪式好像给生活里种种稀奇百怪的现象添了一条特殊注释。当时拍出电报通知凯恩太太，说莱斯特的遗体将从旅馆移至伊慕琴的宅邸，送殡的行列不日将从那里出发。罗伯特是在莱斯特死的当天晚上赶到的，再加上贝利·道奇，伊慕琴的丈夫米奇利先生，还有其他三位当地知名人士——他们将亲自执绋护送灵柩。路易斯和她的丈夫从布法罗赶来了，艾米和她的丈夫也从辛辛那提赶来了。满屋子挤得水泄不通，有人确是诚心来吊唁的，有人只是按礼俗来敷衍一番。

由于莱斯特和他一家人都算是天主教徒，所以就请了一位天主教神父，按照天主教教规主持葬礼仪式。看来也真怪，莱斯特的遗体竟然在异姓人家的客厅里，头前脚后都阴森森地点着蜡烛，胸前置放一个银十字架，由死者白蜡一般的双手捧着。要是死者此刻起死回生，瞧一下自己这副模样儿，恐怕一定要笑掉大牙。但是，凯恩一家人历来都是遵循古老礼俗的，一时也改变不了，所以他们自己倒是一点儿都不觉得奇怪。至于教堂里的神父，当然不会出来反对。莱斯特他们是有名望的大家族，难道这一条还不够吗？

　　星期三，凯恩太太终于回到了芝加哥。她心里异常悲痛，因为她如同珍妮一样，是真心诚意地爱莱斯特的。那天，到了夜深人静的时候，她独个儿走出自己的房间，来到了客厅，身子俯伏在灵柩上，凭着那摇曳不定的烛光，久久地端详着莱斯特可爱的脸庞。这时，她不由得泪水洗面，因为她回想到从前自己和莱斯特在一起时是很快乐的。她又抚摩了一下他那冰冷的脸颊和双手。"多可怜哪，我亲爱的莱斯特！'她低声地饮泣着，"多可怜哪，我的英魂啊！"至于莱斯特临终前把珍妮叫来的事，没有人告诉她，就是凯恩一家人也都不知道。

　　这时候，芝加哥南公园路上一所小房子里，有一个女人孤苦伶仃地想到了一种无可挽回的损失，独自忍受心中的悲痛。多年来，不管情况怎样千变万化，但她心中那一线希望始终没有泯灭，巴不得有朝一日他回到自己的怀里。是的，莱斯特他也确实回来过了——真的，他是在临终前回来过了——但是不知道此刻他又上哪儿去了。他上哪儿去了？她的母亲，她的父亲，她的维思德，都上哪儿去了？现在她再也不能希望见到他了，因为她从报上知道，他的遗体已经移至米奇利太太宅邸，不久将运回辛辛那提去安葬。她又听说在芝加哥还要举行最后的安魂祈祷仪式，地点是在南城一座富丽堂皇的圣米迦勒天主教堂，米奇利一家平日里都是去那里做礼拜的。

　　想到这里，珍妮不由得感触很深。本来，她真巴不得将他就地葬在芝加哥的，往后她可以常到他墓前去凭吊，但是现在她心中这一希望也已成了泡影。她从来都主宰不了自己的命运，事事都听凭别人来摆布。她觉得，莱斯特遗体一运到辛辛那提，也可以说从此就永别了，虽然只是地点远了一些，她的感觉却大不一样。最后，她决定戴上一块面纱，把自己遮盖得严严实实的，到那个礼拜堂去参加葬礼仪式。据报上消息说，仪式将在下午两点钟举行，四点钟灵柩运往火车站，又说他的家属还要护送灵柩到辛辛那提。她又转念一想，这恐怕是最后的一次机会。她为什么不可以到火车站也去送一送呢？

　　送殡的行列还没有来到天主教礼拜堂，这时，已有一个严严实实地戴着面纱、身穿黑衣的女人，从旁门进入了礼拜堂，在一个根本没人注意的幽暗角落里坐下了。开头，她心里不免有点儿惊恐，因为她看到礼拜堂里黑魆魆，空荡荡，生怕自己弄错了时间和地点，但经过十多分钟惊疑不定以后，礼拜堂尖尖的钟楼上，就开始庄严地敲起丧钟来了。

不一会儿，一个身穿黑袍、外罩白色法衣的教堂司事从里面走了出来，就在祭坛两旁先把一簇簇蜡烛点亮了。不一会儿，从唱诗班的琴台里隐隐约约地听见脚步声，知道这次安魂祈祷仪式上还要奏哀乐。有一些被钟声招引而来的过往行人，还有一些到处闲荡的人，以及两三位未被邀请的熟人和街坊，这时陆陆续续进来入座了。

珍妮用惊讶的目光四下扫视了一遍。她从来都没有到过天主教礼拜堂。那里阴森森的气氛，嵌着五彩玻璃的尖拱窗，洁白无瑕的祭坛，还有那一簇簇金光闪闪的蜡烛，所有这一切都给她留下了深刻的印象。她心里不由得充满了一种美丽和神秘的感觉，同时也为失去了自己的亲人而感到无比悲哀。此情此景，怎么不叫她感到人生空虚，渺若云烟呢？

在一阵阵丧钟声里，从圣器收藏室里出来了一长列举行弥撒时协助神父的男童。走在头里的，是最小的一个男童，大约十一岁光景，长得十分俊秀，就像天使一般，高高地捧着一个华丽的银十字架，向前走去。后面是两个男童一排，跟着走上来，每人手里都擎着一支光芒四射的长长的蜡烛。最后才是那位神父，穿着一袭镶花边的黑袍，左右两旁各有一名教堂司事跟着。那一队行列穿过了大门，走进礼拜堂昏暗的走廊就看不见了；接着，教堂唱诗班开始互相应和地唱起了哀思绵绵的赞美诗，以及拉丁文祷词，为死者祈求宽恕和安宁。

随后，就在哀乐声中，那一队行列又重新出现了。先是银十字架和蜡烛一闪一闪地过去了，接着就见到那个脸色黝黑的神父，一面慢条斯理地走过去，一面嘴里煞有介事地念着祷词，后面是盛放莱斯特遗体的那个装着银把手的黑色大灵柩，由执绋人迈着齐整的步伐一步一步抬了出来。珍妮一见到灵柩，她的神经仿佛突然触了电，感到浑身上下都僵住了。抬灵柩的那些人，她简直一个都认不出来，她怎么也没有把罗伯特和米奇利先生看出来。灵柩后面跟着一对对前来送丧的知名人物，她只认出三个人来，都是从前莱斯特指给她看过的。

凯恩太太——当然珍妮看出来了。她紧紧地跟在灵柩后面，还有一个什么人搀扶着她。在她后面就是沃森先生，此人露出既庄重又和蔼的样子。他那双眼睛一个劲儿地往两边来回乱转，分明是在寻找珍妮，但是既然找不到，就只好照旧一本正经地往前走去。珍妮睁大眼睛看着看着，心里仿佛感到一阵阵剧痛。她好像是这个庄严的仪式中那么重要的一部分，但从亲属关系上说，她跟它毫不相干。

那一队行列来到祭坛的栏杆跟前，就把灵柩放下，给它盖上一个绣着受难的标志——黑十字架的白色棺罩，旁边摆上一对对大蜡烛。随后就是唱赞美诗和相互吟唱的祷词，又给灵柩洒上圣水，点燃香炉后又摇摆了一下，接下来随着神父低声地默诵天父祷文，末了——根据天主教教规——还要向圣母做祈祷。珍妮见到这样庄严的情景，不由得肃然起敬，但是，无论宏伟的教堂，还是华丽的送殡行列，都没法儿祛除她那万箭钻心的剧痛，以及永远也无法弥补的意识。在珍妮的心目中，那些烛光，香火，还有圣歌，都是很美的，它们撩拨她那深切悲哀的心弦，使它在她的心灵深处发出回响。除了哀歌和死的预感以外，她心里仿佛空空荡荡的。她哭了又哭。她看见凯恩太太也在抽抽噎噎地哭着，觉得有点儿奇怪。

安魂祈祷仪式一结束，大家纷纷登上轻便马车，灵柩也同时运往火车站。所有来宾和看热闹的闲人逐渐离去，到最后，礼拜堂里已经阒无一人时，珍妮才站起身来。此刻她也要赶到火车站去，因为她还希望自己能亲眼看到灵柩装上火车。她想，莱斯特的灵柩也许事先就停放在站台上了，如同从前运走维思德的灵柩时一样。她马上雇了车追去，不一会儿就到了火车站候车室。她先是在中央广场——那里有一道高高的铁栅栏把旅客跟铁路道轨隔开，后来又在候车室里来回转悠，希望能打听到有关灵柩上车的程序。最后，她看见莱斯特的一些直系亲属也都在那里候车——他们是凯恩太太、罗伯特、米奇利先生、路易斯、艾米、伊慕琴，还有其他几个人。实际上，这些人十之八九她都叫得出名字来，虽然在场的人并没有给她一一介绍，而是全凭她的本能和直觉才认出来的。

连日来，由于极度紧张与忙乱，谁都没有留意到那天正是感恩节的前夕。偌大的火车站内外，都是喧闹的人群，他们都在喜形于色地准备欢度节日。有些人正要上车，到外地去度假，许多轻便马车络绎不绝来到火车站入口处。每一次列车即将开行的时候，播音员都扯高嗓门，预告列车经过的各个站名。珍妮听到正在预报那一连串地名——她和莱斯特从前旅行时不止一次地都路过的——不由得一阵阵心酸。忽然，播音员慢腾腾地、清脆悦耳地再一次在预告，"底特律，托莱多，克利夫兰，布法罗，纽约。"接着是，"韦恩堡，哥伦布，匹兹堡，费城，以及东部各站。"最后才预告，"印第安纳波利斯，路易斯维尔，哥伦布，辛辛那提，以及南部各站。"不一会儿，开车的钟声响起来了。

眼看着一道高高的铁栅栏把她跟她心爱的人儿隔开了，珍妮好几次挤进了候车室和铁路道轨之间的中央广场，要想趁灵柩（也许外面还套上一个大木椁）还没有装上列车，透过铁栅栏投以最后一瞥。

现在她亲眼看见——灵柩来了。有一个搬运行李的脚夫，把一辆手推车挪到行李车沿站台停靠的那个地点。那辆手推车上放着莱斯特——恐怕是他最后剩下的亡灵，不过如今已用棺木、织物和银饰盛殓起来了。对那个搬运行李的脚夫来说，他脑子里是绝对想不到里面装着失去亲人的无比沉痛呢。他哪会知道，珍妮心里却把有钱有势这两件东西看成一道大栅栏，一堵墙，使她和她心爱的人永远分开了。这不是历来就是如此吗？她一生坎坷的遭际，还不就是受到她看见的——财富和权势——这些东西摆布，捉弄，并且始终对她看不上眼吗？显然，她命中注定要屈从于人，而不是有求于人。这种烜赫的权势好像披戴上全副甲胄，远在她的孩提时代起就在她面前耀武扬威过了。如今她除了茫茫然地看着它招摇过市地离去，又还能怎么样呢？莱斯特曾经是他们行列中间的一员，对于他，他们是尊重的；而对于她呢，他们根本不予理会。这时，她从铁栅栏里望过去，又一次听到播音员在预报"印第安纳波利斯，路易斯维尔，哥伦布，辛辛那提，以及南部各站"的声音。一长列灯光璀璨的红色列车——包括行李车，普通客座车，铺着白台布和银质器皿的餐车，以及五六节普尔门式高级软席包厢卧车——缓缓地驶行，停靠在车站旁，并且万无一失地给它挂上了一个哼哧哼哧喷着水汽和冒着火花星子的黑色大车头。

当那节行李车靠近等着装卸的手推车时，一个身穿蓝衣服的搬运工往站台上一张望，就回过头去，向车上的同伙喊道："喂，杰克！劳驾帮帮忙。外头有一具死尸呢！"

珍妮却一点儿都没有听见。

这时，她唯一看到的——只是那一口长长的大木椁，不一会儿就要从她眼前消失了。她心里唯一惦念着的——只是这趟列车一转眼快要开出，从此以后也就万事全休了。门一开，旅客们有如潮涌般地上了站台。

罗伯特，艾米，路易斯和米奇利——都向车尾的普尔门式高级软席包厢卧车走去。他们已经向送行的朋友们告过别，所以也不必频频回首了。三个搬运工下了车，七手八脚地帮着把那口大木椁装上了车。珍妮亲眼看见它安装进车厢，这时，她简直心肝俱裂，痛不欲生。

随后，还有许多箱子包裹陆续装上车，行李车的车门关了一半，不一会儿，车头上的钟响了。四下里响起了"请各位旅客赶快上车"的声音，那台大车头就慢腾腾地启动了。它的钟声当当响着，它哼哧哼哧地喷着水汽，它的大烟囱里高高地升起了一大股乌黑的浓烟，如同柩衣一般覆盖在后面的一长溜列车上空。那个火夫仿佛知道后面拖着的东西太沉重，就把炉门打开，尽管炉膛里烈焰滚滚，但她还是一个劲儿地往里添煤。炉膛里光焰四射，简直就像一只金色的眼睛。

珍妮呆若木鸡，伫立在那里，竟被眼前这种奇妙的景象迷住了。这时，她脸色惨白，睁大眼睛，无意识地来回扭着两手，心里只有一个念头——他的尸体这会儿给他们运走了。往前方看去，铅灰色的十一月的天空，几乎快要黑下来。她举目眺望这一趟列车渐渐地远去，直到最末一节卧车的红色尾灯完全隐没于低垂在一望无际的道轨上的蒙蒙烟雾里。

　　"是啊!"一个过路的陌生人,眼看着节日快到,就乐呵呵地说,"我们那儿一定要玩个痛快呢。你记得安妮吗?吉姆大叔还有埃拉姑妈都要来的。"

　　不论这几句话也好,还是四周笑语声、喧闹声也好,珍妮耳朵里什么都没有听见。这时,她正在定神凝视着展现在她眼前的漫长、孤独的岁月前景。往后怎么办呢?论年纪,她还不算很老,还有两个孤儿要她去抚养。他们将来长大了,就要男婚女嫁,也有离开她的一天,到那时又该怎样呢?朝朝暮暮,暮暮朝朝,就是这样循环不息,那时候呢?

"博集典藏馆" 书目

001《爱的教育》

002《飞鸟集·新月集》

003《假如给我三天光明》

004《再别康桥·人间四月天》

005《朝花夕拾》

006《落花生》

007《背影》

008《伊索寓言》

009《呼兰河传》

010《雾都孤儿》

011《春风沉醉的晚上》

012《春醪集》

013《城南旧事》

014《少年维特的烦恼》

015《绿野仙踪》

016《名人传》

017《猎人笔记》

018《格列佛游记》

019《鲁滨孙漂流记》

020《哈姆雷特》

021《十四行诗》

022《最后一课》

023《缀网劳蛛》

024《子夜》

025《汤姆·索亚历险记》

026《格兰特船长的儿女》

027《海底两万里》

028《神秘岛》

029《羊脂球》

030《小王子》

031《古希腊罗马神话》

032《一千零一夜》

033《瓦尔登湖》

034《钢铁是怎样炼成的》

035《巴黎圣母院》

036《红与黑》

037《八十天环游地球》

038《呐喊》

039《野草》

040《茶花女》

041《林家铺子》

042《复活》

043《基督山伯爵》（全2册）

044《童年·在人间·我的大学》

045《安妮日记》

046《培根人生论》

047《机器岛》

048《格林童话》

049《安徒生童话》

050《麦琪的礼物》

051《木偶奇遇记》

052《圣经故事》